名家名译

高植译托尔斯泰

[俄] 列夫·托尔斯泰 著

吉林出版集团股份有限公司

本书根据莫斯科国家艺术文学出版局 1937 年版本译出

第三卷

第一部

1

西欧的军队从一八一一年的年底开始扩充和集中，在一八一二年，这些军队——几百万人（包括运输和供养军队的人），自西向东地向俄国边境移动，而俄国军队从一八一一年起，也同样向边境集结。六月十二日，[①]西欧的军队越过了俄国边境，于是开始了战争，即是发生了违反人类理智和人类本性的事件。几百万人互相地犯了数不尽的罪恶、欺骗、叛变、偷窃、造假文件、发假钞票、抢劫、纵火、残杀行为，这是在若干世纪的全世界法庭的年刊里都容纳不下的，但是在这时候干下这些勾当的人们，并没有把这些行为看作犯罪。

这个非常的事件是怎么造成的？它的原因是些什么？历史家们凭着单纯的信念说，这个事件的原因是奥尔顿堡公爵所受的屈辱，大陆政策的未能遵守，拿破仑的野心，亚力山大的固执，外交家们的错误，等等。

因此，只要梅特涅、路密安采夫，或者塔来隆在接见与宴会之间，善为努力，写一篇更巧妙的牒文，或者拿破仑写信给亚力山大说："Monsieur mon frère, je consens à rendre le duché au duc d'Oldenbourg.〔仁兄陛下，我同意恢复奥尔顿堡公爵的公国。〕"战争就不会发生了。

当然，这事件在当时的人士看来是这样的。当然，拿破仑觉得，战

① 毛注：合新历六月二十四日。

争的原因是英国的阴谋（他在圣·爱仑那岛上这么说的）；当然，英国国会议员觉得，战争的原因是拿破仑的野心；奥尔顿堡公爵觉得，战争的原因是对他所施的暴行；商人以为，战争的原因是毁坏欧洲的大陆政策；老军人、将帅们以为，主要的原因是需要利用他们去打仗；当时的皇朝正统主义者觉得，原因是必须恢复les bons principes〔高尚的气节〕，而当时的外交家们觉得，这一切是由于一八〇九年的俄、奥联盟没有十分严密地瞒住拿破仑，由于第一七八号备忘录措辞欠妥。当然，在当时的人士看来，有这些原因，还有无穷无尽的原因，它们的数量的多寡取决于无数的人们的不同观点；但在我们后代的人看来，这些原因是不完备的，我们充分地观察这个既成事实的规模，并且探究它的简单而可怕的意义。我们不能了解，几百万基督教徒互相屠杀、互相蹂躏，是因为拿破仑有野心、亚力山大固执、英国的政策狡猾，以及奥尔顿堡公爵受屈辱。我们不能够理解，这些事情与屠杀、暴行之类的事实有什么联系；也不了解，为什么因为公爵受屈辱，欧洲另一边的成千上万的人便去屠杀、毁灭斯摩棱斯克省和莫斯科省的人，并且他们也被那些地方的人杀死。

在我们非历史家的后代人看来，它的原因是数不尽的，我们没有被研究程序所迷惑，因此能够运用不受蒙蔽的常识来观察事件。我们研究它的原因愈深入，我们发现的原因愈多；并且每个个别得出的原因，或全部原因，在我们看来，本身都是同样正确；而它们和事件的规模比较起来都是无足重轻，从这一点上看来，又显得是同样错误；没有其他同时发生的原因，它们便不能造成事件，从这一点上看，也显得是同样错误的。第一个法国伍长愿意或拒绝服第二次兵役，拿破仑拒绝把军队退过维斯拉河，拒绝恢复奥尔顿堡公爵的公国，在我们看来，同样是个原因；因为，假使法国伍长不愿服兵役，第二个也不愿，第三个以及第一千个伍长和兵士都不愿，则拿破仑的军队将会减少那么多的人，战争也不会发生。

假使拿破仑不是因为要求他退过维斯拉河而发怒，他不命令军队前进，就不会有战争；但是假使所有的军曹都不愿意服第二次兵役，也不会有战争。假使没有英国的阴谋，没有奥尔顿堡公爵，没有亚力山大的受屈辱的情绪，没有俄国的专制政体，没有法兰西革命和后来的独裁和帝国，以及导致法兰西革命的一切条件和其他原因，那同样也不会有战争。这些原因中少掉一个，便什么也不会发生。所以，是这一切原因——无其数的原因——凑合在一起，造成了所发生的事情。因此没有任何一个原因是事件的唯一的原因，而事件之所以发生，只是因为事件一定要发生。几百万人一定要丧失他们的人性和理智，从西到东屠杀同类，正如同几世纪前，许多群的人从东到西屠杀同类一样。

拿破仑和亚力山大的话似乎能决定事件发生或不发生。他们的行为不是自主的，正如同每个通过抽签或征集而参战的兵士的行为一样。这是不得不这样的，因为要使拿破仑和亚力山大的意志得以实现（似乎那事件是这两个人决定的），就必须同时具备无数的条件，这些条件中少掉一个，事件便不能发生。这几百万人（真正的力量在他们的手里），这些放枪的、运送给养和大炮的兵士们，必须同意去执行这些个别的无力的人的意志，并由无数的、复杂的、各种各样的原因引到这一步。

为了说明不合理的现象，历史中的定命论是不可避免的（不合理的现象，是我们不了解它的道理的那种现象）。我们愈要力求理性地解释这些历史现象，愈觉得这些现象是不合理的，是无法理解的。

每个人都为他自己而生活，利用自己的自由去达到他个人的目的，并且凭他整个的身心感觉到，他能立刻去做出或者不做出某种行为；但是他一旦做出了某种行为，这个在某一段时间内所做出的行为便不能挽回，并且成为历史的所有物，它在历史上的意义不是自由的，而是预先命定的。

每个人的生活有两方面：一方面是个人的生活，它的趣味越抽象，它便越自由；另一方面是自发的群体的生活，个人在群体里不可避免地要遵守那为他预先规定的法则。

一个人为他自己有意识地生活着，但他是全人类达到的历史目的的一种无意识的工具。人所做出的行为是无法挽回的，一个人的行为和别人的无数行为同时产生，便有了历史的意义。一个人在社会的阶梯上站得愈高，和他有关系的人愈多，他对于别人的权力愈大，他的每个行为的命定性和必然性就愈明显。

“帝王的心是掌握在上帝手里的。”

帝王——是历史的奴隶。

历史，也就是人类无意识的、共同的、群体的生活，利用帝王生存的每一分钟，作为达到自己目的的工具。

虽然拿破仑此刻，在一八一二年，比过去任何时候都更加相信。verser ou ne pas verser le sang de ses peuples〔他的人民是否流血〕取决于他（正如亚力山大在写给他最后的信中所说的），但此刻，拿破仑比起任何时候都更加服从那些不可避免的法则，这些法则迫使他为总的事业、为历史做那必须做的事情（而在他自己看来，他是按照自己的意志在行动）。

西欧的人为了互相屠杀向东欧推进。并且按照原因互相配合的法则，为了产生这个运动和这个战争有千千万万的小原因配合着这个事件，并且和这个事件同时产生：对于不遵守大陆政策的谴责；奥尔顿堡公爵的屈辱；军队向普鲁士的推进（在拿破仑看来），这只是为了获得武装和平；法国皇帝对于战争的爱好和习惯与他的人民的愿望相一致；迷恋于备战的庞大规模，备战的费用；要求获得利益来抵偿这些费用；在德来斯登的令人陶醉的光荣；外交家的谈判，在当时人士看来，这些谈判是本着求得和平的诚挚愿望而进行的，不过伤害了双方的自尊心；还有无穷无尽的别种原因配合着所发生的事件，并且和它同时产生。

苹果熟了便会掉下——它为什么会掉下？是因为它受了地面的吸

引，还是因为果柄枯萎，还是因为它被太阳晒干，还是因为它重了，因为风吹动它，还是因为站在下边的小孩想要吃它？

没有一种是原因。这一切只是同时产生的条件，在这些条件下发生各种有生命的、有机的自然事件。植物学家发现苹果掉下，是因为细胞组织分解，等等，这和站在树下的小孩说苹果掉下是因为他想吃，因为他祈祷掉下，同样是对的。有人说拿破仑到莫斯科去是因为他想要去，他的溃败也是因为亚力山大想要他溃败；这和别人说：掘空的重量达一百万吨的山坍塌下来，是因为最后的矿工在下面凿了最后一镐，同样的又对又不对。在历史事件中，所谓伟大人物只是一种标签，标志事件各项名称而已，他们同标签一样，和事件本身的关系是微乎其微的。

他们的每个行为，在他们自己看来是自主的，但是从历史意义上来说，却是不自主的，而是与整个历史进程有关的，是上帝注定的。

2

五月二十九日，[①]拿破仑离开了德来斯登，他在这里待了三个星期，在他的周围好像挤满了整个宫廷的官员，其中有亲王们、公爵们、国王们，甚至还有一个皇帝。拿破仑在启程之前，对应受恩宠的亲王们、国王们和皇帝表示了恩泽，责骂了他所不满意的国王们和亲王们，他把自己的即是他从别的国王们那里抢来的钻石和珍珠赠给奥国皇后，并且像他的历史家所说的，他亲切地拥抱了玛丽·路易丝皇后，然后离开她，这离别的痛苦似乎是她无法忍受的，这个玛丽·路易丝认为他是自己的丈夫，但他在巴黎另有一个妻子。虽然外交家们还坚信和平的可能性，并且热心地向这个目标努力，虽然拿破仑亲自写信给亚力

① 毛注：托氏在这里用了新历，大概是因为萨克逊（德来斯登所在之邦）用新历。在后边他又用旧历。从文字上看，拿破仑从德来斯登到俄国边境走了十二天（五月二十九日到六月十日），实际上用了双倍的时间。

山大皇帝，称他Monsieur mon frère〔仁兄陛下〕，并且诚恳地向他保证说，他并不希望战争，并且永远敬重他和爱他——但他到军队里去了，并且从每一个驿站发出新的命令，要军队加速向东推进。他坐着六马旅行车，走在前后左右的侍从、副官、卫兵之间，沿着波森、托尔因、但泽和刻尼格斯堡的大道前进。每个城市都有成千成万的人战栗地、狂喜地迎接他。

军队从西向东推进，替换的六匹马顺这个方向拉他前进。六月十日，他赶上了军队，并且在维尔考维斯基森林过夜，他住在一个波兰伯爵的田庄里，这个行营是为他准备的。

第二天拿破仑越过了军队，坐车到达聂门河①，换了波兰的制服，来到河岸上，视察渡河的地点。②

拿破仑看见了对岸的les Cosaques〔哥萨克兵〕和广阔的草原（les steppes），在草原的当中是Moscou la ville sainte〔圣城莫斯科〕，好像是马其顿王亚力山大所去过的西徐亚的王国的首都。他出人意外地违反战略和外交的常理，下令前进，于是在第二天他的军队开始渡过聂门河。

十二日清晨，他走出了这一天扎在聂门河斜陡的左岸上的营帐。他在望远镜里观看从维尔考维斯基森林中拥出来的他的军队正像潮水一样地在拥过聂门河的三座桥。军队知道皇帝在场，寻找着他，当他们发现了一个身穿大衣、头戴礼帽、离开他的侍从站在山边帐篷前面的身影的时候，他们把帽子向天空抛着，呼喊着：Vive l'Empereur！〔皇帝万岁！〕并且前后相连着，从那一直遮蔽着他们的广大的森林里不断地拥出，然后分为三路，从三座桥上跑到了对岸。

"On fera du chemin cette fois-ci. Oh！ quand il s'en mêle luimême,

① 毛注：聂门河在一八一二年是俄国与波兰间的边界。

② 毛注：拿破仑换波兰军装（见大尼列夫斯基历史），矛枪骑兵泅水过河（见蒂叶尔历史），简短生动地表示他和波兰的关系。波兰人希望战后独立，拿破仑小施恩惠，予以鼓励。

ça chauffe……Nom……de Dieu……Le voila! Vive l'em-pereur! Les voila donc les stepps de l'Asie! Vilain pays tout de même. Aurevoir, Beauché; je te réserve le plus beau palais de Moscou. Au revoir! Bonne chauce……L'as tu vu, l'empereur? Vive l'empereur! ……preur! Si on me fait gouverneur aux Indes, Gérard, je te fais ministre du Cachemire, C'est arrêté. Vive l'empereur! Vive! Vive! Vive! Les gredins de Cosaques, comme ils filent. Vive l'empereur! Le voilà! Le voistu? Je l'ai vu deux fois comme je te vois. Le petit Caporal……Je l'ai vu donner la croix à l'un des vieux…… Vive l'empereur! 〔现在我们要进军了。啊！他亲自出马，事情就好办了……凭天发誓……他在那里！……皇帝万岁！那些地方就是亚细亚草原！仍然是肮脏的国家。再见，保涉；我要替你保留着莫斯科最好的皇宫。再见！祝你走好运……你看见了皇帝没有？皇帝万岁……万岁！假使我做了印度总督，热拉尔，我让你做卡涉米尔大臣，就这么定了。皇帝万岁！万岁！万岁！万岁！这些哥萨克浑蛋们，看他们跑的那样子呀。皇帝万岁！他在那里！你看见他吗？我看见他两次，就像我现在看见你一样。这个矮小的伍长……我见过他给一个老兵十字勋章……皇帝万岁！〕"这都是各种各样性格和社会地位的、年老的和年少的人的声音。在所有这些人的脸上显出了同样的表情：由于开始了盼望已久的进军，由于对站在山上的、穿灰色大衣的人表达了效忠之心，大家个个显得欣喜若狂。

六月十三日，有人把一匹纯种阿拉伯小马牵到拿破仑面前，他骑到马上，向聂门河的一座桥上奔驰而去；他的耳朵被热烈的喊声不断地震着，他忍受着这些声音，显然只是因为不能禁止他们用这些喊声表现他们对他的爱戴；但这些喊声，处处跟随着他，扰乱着他，使他不能考虑军事问题，而这些问题是在他加入军队以后便出现在他心中的。他从晃动的浮桥上到了河的对岸，向左急转，向考夫诺方面奔驰而去；高兴得透不过气来的、狂喜的骑卫队在前面奔驰着，在大军中开道。他到了宽阔的维利亚河边，停在岸边的波兰矛枪骑兵团的附近。

“皇帝万岁！”波兰人同样狂喜地喊叫；他们也乱了行列，并且互相拥挤着，争着看他。

拿破仑看了看河，下了马，坐在岸边的一根木头上。按照他的无言的暗示，他们递给他一只望远镜，他把望远镜搁在一个跑到他面前的、快乐的侍从背上，开始观察对岸。然后他专心地注视着摊开在木头上面的地图。他没有抬头，不知说了些什么，于是他的两个副官骑马跑到波兰矛枪骑兵那里去了。

“什么？他说了什么？”这声音在一个副官跑到他们面前的时候，从波兰矛枪骑兵的行列中响了起来。

命令是，找到一个浅滩以后，便涉水到河对岸去。波兰矛枪骑兵上校是个英俊的老人，红着脸，兴奋得语无伦次，他问副官，可否准许他不用找涉水滩，便率领矛枪骑兵泅渡过河。他显然怕遭到拒绝，好像小孩要求骑马一样要求准许他当着皇帝的面泅渡过河。副官说，也许皇帝不满意这种过分的热心。

副官刚刚说了这话，这个有胡须的老军官，便现出高兴的神色，眼睛发亮地举起指挥刀，喊道：“皇帝万岁！”并下了命令，要矛枪骑兵跟着他，他刺了马，向河里跑去。他狠狠地刺了一下身下的踌躇不前的马，然后窜进水中，向急流的深处泅去。几百个矛枪骑兵跟着他奔驰。在河当中的急流深处是寒冷而危险的。矛枪骑兵坠下马来，互相乱抓着。有些马淹死了，有些人淹死了，其余的人有的在鞍上，有的抓着马鬃在努力泅渡。他们努力向前，向河对岸游去，虽然在半俚之外有涉水滩，他们感到骄傲的却是：他们当着一个人的面泅渡过河，并淹死在河里，而这个人坐在木头上，对他们在做些什么连望也没有望。回来的副官候中适当的时间，大胆地请皇帝注意波兰矛枪骑兵对他的效忠行动，这时候，这个穿灰大衣的矮小的人站立起来，把柏提挨叫到面前，开始同他在岸上来回走动，向他发出命令，偶尔不高兴地望望那些分散他注意力的淹死的矛枪骑兵。

他有一种信念，就是他出现在世界的任何地方，从非洲到莫斯科草原，都能够同样地使人震惊，使人做出舍身忘己的疯狂行为。对于他来说，人们对他的这种信念并不新鲜。他下令把马牵来，然后骑马回他的野营去了。

虽然派了船去救助，但仍有大约四十个矛枪骑兵淹死在河里。大部分人被冲回这边岸上来了。上校和几个矛枪骑兵泅过了河，吃力地爬上了对岸。他们身上的衣服湿透了，淌着水，一上岸就叫喊："皇帝万岁！"他们欣喜若狂地望着拿破仑站过的地方，可是他已经不在那个地方了，这时候，他们觉得自己很幸福。

晚间，拿破仑下了两道命令：一道是要尽可能快些运来印好的、要在俄国使用的俄国假钞票；另一道是要枪毙一个萨克逊人，在他被搜出的信件里发现了关于法军的各项命令的情报；他还下了第三道命令，就是把那个不必要跳进河里的波兰上校列入荣誉团（Légion d'honneur），拿破仑就是这荣誉团的首领。

Quos vult perdere—dementat.〔要谁毁灭——夺其理智。〕

3

俄国皇帝这时候在维尔那住了一个多月，主持阅兵和演习。对于大家所预料的战争毫无准备，皇帝原来是为了作好战争的准备而从彼得堡到这里来的。总的作战计划是没有的。在所有的已经提出的计划中，不知道应该采用哪一种——这种犹豫不决的情形，当皇帝在总司令部待了一个多月之后更加厉害了。三个军各有自己的总司令，但是各个军上面还没有统帅，皇帝自己也没有担当这个名义。

皇帝在维尔那住得越久，对战争越没有准备，大家等待战争等得厌倦了。环绕在皇帝周围的人们的意图，似乎只是要使皇帝愉快度日，忘掉迫近的战争。

在波兰豪贵们、朝臣们和皇帝本人所举行的许多次舞会和庆宴之后，在六月里，有一个波兰侍从武官长想要各位侍从武官长为皇帝举行一次宴会和舞会。这个想法被大家高兴地接受了。皇帝表示了同意。侍从武官长们收集了醵资。最能取悦皇帝的妇人，被邀请担任舞会的主持人。维尔那省地主别尼格生伯爵借出他的郊外房子举行庆宴，于是定于六月十三日在别尼格生伯爵城外住宅萨克来特举行舞会、宴会、赛船和放焰火。

就在拿破仑下令渡聂门河，他的先锋队赶走了哥萨克兵，越过俄国边境的那一天，亚力山大在别尼格生的别墅里，在侍从武官长们所举行的舞会里，度过他的夜晚。

那是快乐而辉煌的宴会；内行的人说，在一个地方聚集这么多美人，是少有的事。别素号娃伯爵夫人也在随同皇帝从彼得堡到维尔那来的其他俄国贵妇之内，她在这个舞会里，以她笨重的所谓俄国式的美胜过了纤巧的波兰妇女。她引人注目，并且皇帝邀她跳舞。

保理斯·德路别兹考，像他所说的，en garcon〔单独〕居住，把妻子丢在莫斯科，他也在这个舞会里，虽然不是侍从武官长，却为舞会出了一大笔份金。保理斯现在是富人，地位很高，已经不再求人庇护，而和同辈中地位最高的人已经能够平起平坐了。在维尔那他遇见了爱仑，他已经多时没有看见她。因为爱仑正享受着一个很重要的人的宠爱，保理斯是新近结婚的，他们没有提起过去，彼此却像要好的旧友一样。

夜间十二点钟还在跳舞。爱仑没有适当的舞伴，她亲自邀保理斯跳美最佳舞。他们是第三对。保理斯冷淡地注视着爱仑的在镶金黑纱长衫外边袒露着的艳丽的肩臂，谈到他们的旧友；同时，他自己和别人都没有觉得，他时时刻刻注意着在同一舞厅里的皇帝。皇帝不在跳舞，他站在门口，用那种只有他一个人会说的亲切的言语时而叫这一对、时而叫那一对跳舞的人停下。

在开始跳美最佳舞的时候，保理斯看见了皇帝的最亲信的人，侍从武官长巴拉涉夫走到皇帝面前，不合朝仪地站得和皇帝很近。皇帝正在和一个波兰太太谈话，和波兰太太说了话以后，向他询问地望了一下，显然，明白了巴拉涉夫这么做，只是因为有重大的原因才这么做的。皇帝向那个太太微微地点了点头，便转向巴拉涉夫。巴拉涉夫刚开始说话，皇帝的脸上便露出了惊异的神色。他拉住巴拉涉夫的手臂，同他走过舞厅，前面的人群自觉地让出了一条大约有三沙绳宽的走道。保理斯注意到在皇帝和巴拉涉夫同走时阿拉克捷夫的兴奋的脸色。阿拉克捷夫皱眉望着皇帝，并且用红鼻子嗅嗅气，从人群中走出来，似乎等待着皇帝垂询他。（保理斯知道，阿拉克捷夫嫉妒巴拉涉夫，显然他不愿意那么重要的消息不经过他传给皇帝。）

但是皇帝和巴拉涉夫没有注意阿拉克捷夫，穿过了外边的门，走进了灯火明亮的花园。阿拉克捷夫摸着佩刀，并且狠狠地回顾着，跟在他们后面大约二十步。

保理斯在表演美最佳舞的各节时，这个问题不断地使他烦恼，就是，巴拉涉夫带来了什么消息，而他要怎样才能够比别人先知道这个消息。

在一个舞节中，他应该选几个妇女，他低声向爱仑说，他想要选波托兹卡雅伯爵夫人，而她似乎到露台上去了，于是他的脚在镶木地板上滑着，穿过外边的门，跑进花园，看见皇帝和巴拉涉夫走上露台，便停了步。皇帝和巴拉涉夫向着门走来。保理斯着慌了一下，似乎来不及走开，恭敬地退到门边，垂下了头。

皇帝好像一个受了侮辱的人那样地激动着，说完了下边的话：

“不宣战，就侵入俄国！我要等到没有一个武装的敌人留在我国的时候，才讲和平。”

保理斯觉得，皇帝满意他说的这些话，皇帝满意的是他的思想的表达方式，但是不满意的是保理斯听到了这话。

“不要让任何人知道！”皇帝皱了皱眉加上一句。

保理斯知道，这话是对他而言的，于是他闭上了眼，微微地垂着头。皇帝回到舞厅，又在舞会里留了大约半小时。

保理斯最先知道法军渡过聂门河的消息，因此，有机会向几个要人显示他知道许多别人不知道的消息，并因此有机会在这些人的心目中提高自己的地位。

法军渡过聂门河的意外消息，在一个月的徒然的期待之后，显得特别意外，而且是在舞会里！皇帝最初听到这个消息时，在震怒与愤慨的影响之下，想出了那句日后著名的、他自己既认为满意并且充分表达了他的情感的话。从舞会里回去以后，皇帝在凌晨两点钟召见秘书锡施考夫[①]，命他写一个指令给军队，写一个谕旨给元帅萨退考夫公爵[②]，在这个谕旨里面，他坚持地要加进这句话，就是要到没有一个武装的法兵留在俄国境内时，他才讲和。

第二天他便写了下面的法文的信给拿破仑：

仁兄陛下，昨天我知道你的军队，不顾我遵守对陛下的义务的诚意，侵入了俄国边境，并且我此刻接到彼得堡的文书，劳理斯顿伯爵[③]在文书中提起此番侵略的原因，说陛下认为自库拉根公爵索取护照时起，即和我处在战争状态中了。巴萨诺公爵[④]拒绝发给护照的理由，绝不能使我相信，我的大使的行为可以作为此番侵略的借口。事实上，正如他自己所声明的，大使并未奉

① 毛注：A. S·锡施考夫海军上将（1754—1841）为斯撇然斯基的继任人。

② 毛注：N. I·萨退考夫（1736—1816）曾为亚力山大的教师，一八一二年，兼任内阁总理。

③ 毛注：即A.J.B.Law（1768—1828），为John Law of Laurigton之侄孙，一八一一——一八一二年为法国驻俄大使。

④ 毛注：即H.B.Maret（1763—1839），曾在一八一一——一八一二年任拿破仑之外交部长。

得命令提出此项要求，并且我一知道了这事，就向他表示我是多么不满意，并且命他继续供职。假使陛下不愿意因此种误会而使我们的人民流血，并且同意把你的军队退出俄国的领土，我便毫不介意所发生的一切，并且我们可以谅解。如其不然，我将被迫抵抗侵略，这侵略完全不是我方引起的。要使人类避免新的战争的痛苦，这仍然取决于陛下。我是亚力山大（签字）

4

六月十四日凌晨两点钟，皇帝召见巴拉涉夫，向他宣读了写给拿破仑的信，命令他去送这封信，并且要亲自交给法国皇帝。派遣巴拉涉夫时，皇帝又向他重复说道，要到没有一个武装的敌人留在俄国境内时，他才讲和，并且命令他一定要把这话传达给拿破仑。皇帝没有把这话写在给拿破仑的信中，因为他凭他的机敏，觉得此刻和解的最后努力仍在进行，把这句话写了出来是不合适的；但是他坚决命令巴拉涉夫亲自把这话传达给拿破仑。

巴拉涉夫由一个号手和两个哥萨克兵陪伴着，在十三日和十四日之间的夜里起程，黎明时，到了聂门河这边锐康特村法军的前哨。他被法国骑兵岗哨阻止了。

法国骠骑兵军曹，身穿红制服，头戴毛蓬蓬的帽子，向着前进的巴拉涉夫呼喊，命他停下来。巴拉涉夫并不马上停下来，却继续在大道上缓行着。

军曹皱了皱眉，说出一些咒骂的话，把马的胸部对着巴拉涉夫，向前走动，握了佩刀，粗野地向俄国将军呼喊，问他：他听没听到对他所说的话，是不是聋子。巴拉涉夫报了自己的姓名。军曹派了兵去报告长官。

军曹没有注意巴拉涉夫，开始和同伴们谈着自己团里的事情，没有望俄国将军。

巴拉涉夫一向接近最高的势力与权威人物，在三小时之前还同皇帝谈过话，并且习惯了因为自己的职位而受到的尊敬，此刻在这里，在俄国境内，他看见了这种敌意的、尤其是对他失敬的粗暴态度，觉得异常奇怪。

太阳刚刚开始从乌云的后面升起来；空气是新鲜的、带着露水的。在大路上有一群从村庄里赶出来的牛。在田野里，百灵鸟好像水里冒起的泡一样，一个一个的，啾啾地急冲地飞起。

巴拉涉夫环顾着四周，等候军官从村庄里来到。俄国哥萨克兵和号手同法国骠骑兵都沉默着，不时地互相望望。

法国骠骑兵上校，显然是刚起床的，骑着漂亮的肥壮的灰色马，由两个骠骑兵陪伴着，从村庄里走出来。军官、士兵和他们的马，都显出神气而又漂亮的样子。

这正是战役的初期，在这种时候，士兵们还在整齐的、几乎是检阅的和平活动中，但是在衣服上显出耀武扬威的味道，并且显出快乐进取的精神，这种情形在战役开始时一向都有的。

法国上校费力地忍住了嗬欠，但很恭敬，并且显然明白巴拉涉夫到来的重要性。他领他走过士兵面前，走到前哨的后边，并且告诉他说，他谒见皇帝的愿望大概马上可以实现，因为皇帝的行营，就他所知，是不远的。

他们穿过锐康特村，经过法国骠骑兵系马处，经过哨兵和士兵身边，他们都向他们的上校致敬，并且用好奇的目光望着俄国制服。他们走到村庄的另一边。据上校说，师长是在两公里之外，他将要接见巴拉涉夫并领他到达目的地。

太阳已经升起，并且愉快地照着明朗的绿野。

他们刚走过一个旅店，走上山，便看见山下有一群骑马的人迎面而来，在他们前面的是一个身材高大的人，骑在黑色马上，马具在阳光下闪烁着，那人戴着有花翎的帽子，黑发披到肩头，披着红斗篷，两只长腿照法国人骑马姿势向前伸着。这个人骑着马向巴拉涉夫迎面奔来，他的花翎、宝石和金花边，在明亮的六月阳光下闪烁着、颤动着。

巴拉涉夫和那个骑马迎面而来的，身上有手镯、花翎、项圈、金刺绣，脸上有戏剧性的严肃表情的人，相隔两匹马距离的时候，法国上校尤尔奈恭敬地向他低声地说："Le roi de Naples.〔那不勒王。〕"确实这个人就是牟拉，现在被称为那不勒王。虽然一点也不明白，为什么他是那不勒王，但他们却这么称他，并且他自己也确信他是那不勒王，因此他显出了比以前更严肃、更庄重的样子。他是那么相信他确是那不勒王，以致当他离开那不勒的前夕，他和妻子在街上散步，几个意大利人向他呼喊"Viva il re〔国王万岁〕"时，他带着忧郁的笑容向妻子说："Les malheureux, il ne savent pas que je les quitte demain!〔这些可怜的人，他们不知道我明天就要离开他们了！〕"

虽然他坚决相信他是那不勒王，并且对于他要离开的人民的悲伤表示同情，但是在最近，在他奉命再次服役之后，特别是在他和拿破仑在但泽会面之后——在会面时，他的威风凛凛的内兄向他说：je vous ai fait roi pour régner à ma manière, mais pas á la vôtre.〔我使你做了国王，为了要你像我这样地治国，而不是要照你自己那样。〕"——他愉快地接受了他所熟悉的工作，他好像一匹喂得肥而不胖的马一样，觉得自己是套在挽具中，在车辕间跳动着，他的衣装尽可能穿得华贵，他愉快而满意地在波兰的大道上奔跑，自己也不知道到哪里去，以及为什么要去。

看见了俄国将军，他像国王似的，庄重地把长发垂肩的头向后一仰，并表示问意地望着法国上校。上校恭敬地向国王陛下转达巴拉涉夫的重大使命，却说不出他的名字。

"De'Bal-machève!〔德·巴尔马涉夫！〕"国王说（他果断地克服了上校遇到的困难），"charmé de faire votre connaissance, général.〔很高兴和你认识，将军。〕"他做出国王的垂爱的姿势补充说。国王刚刚开始大声地、迅速地说话，他那国王的威严立刻消失，并且还不自觉地转换他所特有的善意的亲密的语气。他把自己的一只手放在巴拉涉夫的马颈子上。

“Eh bien, général, tout est à la guerre, à ce qu'il parait.〔啊，将军，一切都好像是战争啊。〕”他说，似乎在为自己无法判断的情况感到遗憾。

“Sire，〔陛下，〕”巴拉涉夫回答，“l'empereur mon maître ne désire point la guerre, et comme Votre Majesté le voit.〔我主皇帝并不希望战争，陛下是知道的。〕”巴拉涉夫说，他在任何情况下都称他“陛下”，而且常常用一种无法避免的虚伪的腔调称呼他，而牟拉对于这个称呼却还感到新鲜。

牟拉听德·巴拉涉夫先生说话时，脸上显出了愚蠢的满足的神情。但royauté oblige〔王位负有义务〕，他觉得，他作为国王和同盟者，必须和亚力山大的外交专使谈谈国家大事。他从马上跳下来，抓住巴拉涉夫的手，并且离开恭敬地等候着的随从们几步，开始和他来回走着，说话力求带着意味深长的口气。他提到，拿破仑皇帝所气愤的是要求他从普鲁士撤兵，特别是在这个要求被大家知道并且有伤法国尊严的时候。

巴拉涉夫说，这个要求并没有任何冒犯的地方，因为……但是牟拉打断了他的话。

“那么您认为亚力山大皇帝不是肇事者吗？”他带着好意的愚蠢的笑容忽然说。

巴拉涉夫说明，为什么他认定战争的策划者是拿破仑。

“Eh, mon cher général，〔哎，我亲爱的将军，〕”牟拉又打断了他的话，“je désire de tout mon coeur que les em pereurs s'a-rrangent entre eux, et que la guerre commencée malgré moi se termine le plus tôt possible.〔我诚心诚意地希望，皇帝们自己解决自己的问题，希望这个战争赶快结束，这个战争是我所反对的。〕”他说，他的说话口气好像是个仆人，尽管他们的主人之间发生争吵，他仍然希望主人们是好朋友。

他又接着问到大公，问到他的健康，提起了和他在那不勒所度过的愉快而有趣的时光。后来牟拉似乎想起自己的国王尊严，忽然严肃地挺直了身子，照他在加冕时那样的姿势站立着，挥动着右手，说："Je ne vous retiens plus, général, je souhaite le succès de votre mission.〔我不再耽搁你了，将军；我祝你的使命成功。〕"于是他颤动着绣花红斗篷和花翎，闪耀着珠宝，向恭敬地等候着的侍从走去。

巴拉涉夫继续前进，听到了牟拉的话，以为他可以很快地谒见拿破仑本人。但是他并没有很快地会见到拿破仑，而是大富步兵军团的哨兵，又像在前哨上那样，在下一个村庄里阻止了他，一个被找来的军团长的副官领他到村庄去见大富元帅。

5

大富在拿破仑皇帝的身边，就像亚力山大皇帝身边的阿拉克捷夫一样——大富不像他那么怯懦，却是同样的严厉、残忍，并且除了残忍，他不知道怎样才能表现他对皇上的忠心。

在政府组织的机构中，要有这些人，正如同在自然界组织中要有狼一样，他们总是存在，总是出现，并且保持他们的地位，虽然他们的存在以及接近政府首领，似乎是不适当的。只能用"非有不可"这个理由才可以解释：这个残忍的、亲自拔下掷弹兵的胡须的、因为神经衰弱不能经受危险、没有教育、不像朝臣样子的阿拉克捷夫，怎么会在骑士般的高贵而仁慈的亚力山大手下保持这样的权力。

巴拉涉夫看见大富元帅坐在农家仓屋里的小桶上，在做文书的工作（他在审核账目）。副官站在他旁边。本来可以找到较好的地方，但是大富元帅是这样的一种人，他们为了有权利显得愁闷，故意使他们自己处在最令人愁闷的生活环境中。他们为了同样的缘故总是匆忙而固执地工作着。"您知道，当我在脏污的仓屋里坐在小桶上工作时，怎能够想到人类生活的快乐方面呢。”他脸上的表情这么说。这种人的主要乐趣和要求，就是在他们碰到别人生气蓬勃的时候，表现出他们自己的愁闷而固执的活动。当别人领巴拉涉夫来到他面前时，大富正在享受这种乐趣。俄国将军进来时，他更专心地工作着，从眼镜上边瞥了瞥巴拉涉夫的由于晴朗的早晨以及和牟拉的谈话的影响而显得生气蓬勃的脸，没有站起身来，甚至动也不动，只是更加皱眉，并且恶意地冷笑了一下。

大富注意到巴拉涉夫的脸上因受这种接待而有的不愉快的气色，抬起头来，冷淡地问他有什么事。

巴拉涉夫以为，他受到这种接待，只是因为大富不知道，他是亚力山大皇帝的侍从武官衔，并且是他派来会拿破仑的代表，便赶快地说出了他的官阶和使命。出乎他的意料，大富听了巴拉涉夫的话，变得更严厉、更粗野了。

“您的文书在哪里？”他说，“Donnez-le moi, je l’enverrai à l’empereur.〔把它交给我，我带给皇帝。〕”

巴拉涉夫说，他奉命要亲自把文书交给皇帝本人。

“您的皇帝的命令在你们军队里行得通，但这里，”大富说，“您应该照别人向您说的去做。”

似乎是为了要使俄国将军更加觉得他依靠暴力，大富派了副官去找值日官。

巴拉涉夫取出了装皇帝的信件的封袋，放在桌上（一扇门板搁在两只桶上当作桌子，门板上突出一个扯开的铰链）。大富拿了封袋，读了上面的字。

“您对我表示不表示尊重，完全听便，”巴拉涉夫说，“但允许我提醒您一下，我有荣幸充任陛下的侍从武官长……”

大富沉默地看了看他，巴拉涉夫脸上所表现出的兴奋和不安的神情显然使他满意。

“我们会妥当地招待您的。”他说，一边把封袋放入口袋，走出了仓屋。

过了一会儿，元帅的副官德·卡斯特先生走进来了，带领巴拉涉夫到了为他所预备的住处。

巴拉涉夫这天就在仓屋里桶上的那扇门板上和元帅吃饭。

第二天大富很早就出去了，并且把巴拉涉夫叫到他面前，威风凛凛地向他说，请他留在这里，假使有了命令的话，便随同行李车一同走，并且除了德·卡斯特先生，不得和任何人说话。

在四天的孤独、无聊以及听从支配、无足轻重的感觉（因为他不久之前还在权势团体之内而特别感到这一点）之后，随同元帅的行李车和占领全区的法军走了几个行程之后，巴拉涉夫被带到此刻为法军所占领的维尔那，带进了正是四天之前他走出去的城门。

第二天，皇帝的侍从德·丢仑先生来找巴拉涉夫，向他传达了拿破仑皇帝要接见他的意思。

四天之前卜来阿不拉任斯克禁卫团的哨兵还站在巴拉涉夫被领到的这个屋子前面；现在这里却站着两个法国掷弹兵，他们身穿胸前敞开的蓝军服，头戴毛蓬蓬的帽子，此外还有骠骑兵和矛枪骑兵卫队，一群衣着华丽的副官们、侍从们和将军们，他们都等候着拿破仑出门，环绕着他的在台阶前的坐骑和他的埃及骑兵路斯坦[①]。拿破仑在维尔那，就在亚力山大派遣巴拉涉夫的这一个屋子里接见巴拉涉夫。

6

虽然朝廷的华丽是巴拉涉夫司空见惯的，但是拿破仑朝廷的奢华和堂皇却使他吃惊了。

丢仑伯爵领他进了大客厅，这里有许多将军、侍从、波兰豪贵在等

① 毛注：路斯坦是拿破仑于一七九八年自埃及带回的随身卫兵。

候着，其中有许多是巴拉涉夫在俄国皇帝朝廷里看见过的。丢好克说，拿破仑皇帝要在骑马散步之前接见俄国将军。

等了几分钟之后，一个值日的侍从走进了大接待室，并且恭敬地向巴拉涉夫鞠躬，请他跟他去。

巴拉涉夫走进小客室，这里有一个门通书房，俄国皇帝就是在这间书房里派他出差的。巴拉涉夫站了大约两分钟，等候着。门外传来了急促的脚步声。两扇门迅速地打开了，一切都肃静了，从书房里传来了别人的稳定而坚决的脚步声，这是拿破仑的脚步声。他刚刚穿好了出骑的衣装。他穿着蓝军服，军服在遮住他的圆肚子的白背心外面敞开着，他穿着紧裹着他的又肥又短的大腿的白鹿皮裤、长筒马靴。他的短发显然是刚刚梳好，却有一绺头发垂在他的宽额头的当中。他的又白又胖的颈子显眼地伸在军服的黑领子上面；他身上散发出香水的气味。在他的下颌突出的、年轻的、胖胖的脸上，带着皇帝仁爱的、尊严的欢迎表情。

他走出来了，每走一步身子便迅速地颤动一下，并且把头微微向后仰着。他整个又肥又矮的身子，又宽又胖的肩膀不自觉地向前挺出的肚子和胸脯，他有生活舒适的四十岁的人所有的那种尊严威风的样子。此外，还看得出，这一天他的心情是极好的。

他点了点头，回答巴拉涉夫低低的恭敬的鞠躬，并且走到他面前，立刻开始说话，好像一个珍惜每分钟时间的人，不用考虑自己的话，却相信他说的话总是好的，总是对的。①

“您好，将军！”他说，“我收到了您带来的亚力山大皇帝的信，我很高兴看见您。”他用大眼睛看了看巴拉涉夫的脸，立刻又朝着别处看去。

显然，巴拉涉夫本人丝毫不引起他的兴趣。显然，只有他的心里的事情才是他感到兴趣的。他身外的一切对他是没有意义的，因为他认

---

① 毛注：拿破仑向巴拉涉夫所说的话是根据蒂叶尔与大尼列夫斯基的著作。

为，世界上的一切都只取决于他一个人的意志。

“我现在不希望，过去也不希望打仗，”他说，“但是我被迫进行战争。我甚至现在（他强调地说现在）还准备听取您的解释。”于是他明白而简短地开始说出他对俄国政府不满意的原因。

从法国皇帝说话时的温和、镇静、亲切的语气上来判断，巴拉涉夫坚决地相信，他希望和平并打算举行谈判。

“Sire！L’empereur, mon maître〔陛下！我主皇帝〕……”巴拉涉夫在拿破仑说完了话并询问地看了看俄国使臣的时候，开始说出早已准备好的话；但是皇帝向他直视着的目光使他发慌了。拿破仑流露出几乎察觉不出的笑容，望着巴拉涉夫的军服和佩刀好像在说，“您心慌了——请安下心。”巴拉涉夫恢复了平静，说起话来。他说，亚力山大皇帝并不认为库拉根索取护照是战争的充分理由，库拉根做这件事是凭他个人的意愿，并没有得到皇帝的同意，亚力山大皇帝不希望打仗，并且和英国没有任何关系。

“还没有，”拿破仑插言，又似乎恐怕流露出自己的情感，皱了皱眉头，并微微地点了点头，使巴拉涉夫知道他可以说下去。

巴拉涉夫说了他奉命要说的一切，说亚力山大皇帝希望和平，但他不会举行谈判，除非有这个条件，就是……在这时巴拉涉夫迟疑了一下：他想起了亚力山大皇帝没有写在信里，却命令一定要写在给萨退考夫的谕旨里，并且命令他一定要向拿破仑传达的那句话。巴拉涉夫想起了这句话：“要到没有一个武装的敌人留在俄国境内的时候。”但是某种复杂的心情妨碍了他。他虽然想这么说，却不能说出这句话来。他迟疑了一会，又说：“要有这个条件，就是法国军队要退过聂门河去。”

拿破仑注意到巴拉涉夫在说出最后这句话时的不安神色。拿破仑的脸发抖了，他的左腿肚开始微微地颤动。他没有离开所站立的地方，声音比先前更高、更急地说起话来。巴拉涉夫听到以下的话的时候，屡次垂下眼睛，不由自主地注意着拿破仑左腿肚的颤动，他的声音越高，颤动得越厉害。

“我希望和平并不亚于亚力山大皇帝，”他开始说，“十八个月来，我不是为了谋取和平尽了一切努力吗？我等待说明已经十八个月了。但是为了开始进行谈判，还要求我做些什么呢？”他说，皱了皱眉头，用他的又白又胖的小手使劲地做出疑问的手势。

“军队退过聂门河去，陛下。”巴拉涉夫说。

“退过聂门河去？”拿破仑重复了他的话，“那么您现在想要我退过聂门河去——只是退过聂门河去吗？”拿破仑重复说，对直地看了看巴拉涉夫。

巴拉涉夫恭敬地点了点头。

不是四个月前退过波美拉尼亚的要求，而是现在只退过聂门河去的要求了。拿破仑迅速地转过身，开始在房间里来回走着。

“您说，为了开始谈判，要求我退过聂门河去；但是在两个月之前，同样地要求我退过奥德河，退过维斯拉河，现在又不管这个，您同意举行谈判了。”

他沉默着从房间的这一角走到那一角，又对着巴拉涉夫站住了。他的脸上带着严肃的神情，像一块石头，他的左腿比先前颤动得更快了。拿破仑自己知道左腿肚的颤动。他日后说道：“La vibration de mon mollet gauche est un grand signe chez moi.〔我左腿的颤动是我的一大特征。〕”

“退过奥德河和维斯拉河，这种要求可以向巴登亲王提出。却不能向我提出。”拿破仑完全出乎他自己的意料，几乎叫了起来，“即使您给我彼得堡和莫斯科，我也不会接受这种条件。您说是我发动这次战争的吗？但是谁先介入军队的呢？——是亚力山大皇帝，不是我。您当我耗费了无数金钱的时候，向我提出谈判，当你们和英国联盟的时候，向我提出谈判，而且是当你们的处境不妙的时候，您向我提出谈判！但你们为什么要和英国结成联盟？英国给了你们什么？”他急忙地说，显然他说话的目的不在说出媾和的益处，不在讨论它的可能性，而只在证明他的公正、他的力量，证明亚力山大的不公正与错误。

他谈话的开头几句，显然是为了表示他的地位的优越，并表示虽然如此，他还是愿意举行谈判。但是他一开口就滔滔不绝，他说得愈多，他就愈不能控制住自己。

他的话的整个目的，现在显然只是要抬高他自己，侮辱亚力山大，这正是他在开始接见的时候最不愿做的事情。

“听说，你们和土耳其人媾和了，是吗？”

巴拉涉夫肯定地点了点头。

“媾和了……”他开始说。

但是拿破仑没有让他说。显然他需要独自一个人说，并且带着骄纵任性的人们所常有的那种忍不住的激怒心情，滔滔不绝地继续往下说。

“是的，我知道你们没有得到摩尔大维阿和窝雷基阿就和土耳其人媾和了。我会把这些省份送给您的皇帝的，正如同我把芬兰给了他一样。是的，”他继续说，“我答应了，我就会把摩尔大维阿和窝雷基阿给亚力山大皇帝的，但是现在他得不到这些好省份了。他原可以将这些地方并入自己的帝国，并在自己的统治时代将俄国从保特尼亚湾扩展到多瑙河口。就是大叶卡切锐娜女皇也做不到这么多，”拿破仑越说越激动，在房间里来回走着，向巴拉涉夫重复着他在提尔西特向亚力山大本人说过的几乎相同的话，“Tout cela il l’aurait dû à mon amitié.Ah！quel beau règne, quel beau règne！〔他本来可以为了那一切感谢我的友谊的！啊！多么兴盛的朝代，多么兴盛的朝代！〕”他重复了几遍，然后停下步子，从衣袋里取出金鼻烟壶，用鼻子贪婪地嗅了一下。

“Quel beau règne aurait pu être celui de l’empereur Al-exandre！〔亚力山大皇帝的朝代本来可以成为一个多么兴盛的朝代啊！〕”

他同情地看了看巴拉涉夫，巴拉涉夫刚要说什么，他又连忙打断了他的话。

“他能够希望什么，他能够找到他在我的友谊中没有找到的东西吗？……”拿破仑迷惑地耸着肩膀说，“不，他认为最好是他身边全是我的敌人，有谁呢？”他继续说，“他把施泰恩、阿姆腓特、别尼格生、文村盖罗德这一类人[①]召集在他面前。施泰恩是被他的祖国驱逐出去的国贼，阿姆腓特是个流氓，又是个阴谋家，文村盖罗德是逃亡的法国臣民，别尼格生比别人多些军人气味，但仍然是无能之辈，他在一八〇七年没有能够做出什么，他一定会在亚力山大皇帝的心中引起可怕的回忆……我们假定说，假使他们是能干的，可以用他们，”拿破仑继续说，几乎不能使他的话赶上他的不断冒出的思想，这思想证明他正确、他有力量（在他看来，这两者是同一的东西）；“但他们也不是这样的人！他们对于战争、对于和平都是不适用的！巴克拉[②]，据说比他们都能干；但是从他的最初的行动上看来，我不能这么说。他们在做些什么，这些朝臣们都在做些什么？卜富尔[③]提建议，阿姆腓特争论，别尼格生审核，巴克拉奉命执行，却不能够有所决定，因此时间白白地过去了。只有巴格拉齐翁是军人。他愚蠢，但是有经验、有眼力、有决

---

① 毛注：施泰恩（Baron H. F. K. Von Stein 1757—1831）生于Nas-sau，一七八〇年入普鲁士军中服役，曾做重大改革，因拿破仑之要求而免职，一八一二年到俄国，促成反拿破仑之同盟。

阿姆腓特（G. M. Armfelt 1757—1814）为古斯塔夫斯（Gustavus）三世之宠臣，后逃出瑞典，于一八一〇年入俄军服役。

别尼格生（Count L.A.Von Bennigsen 1745—1826）于一七七三年离开汉诺佛军队而入俄军服役，曾参与保罗（巴夫尔）皇帝之暗杀事件，于一八〇六年在普尔土斯克战胜拿破仑。一八〇七年普鲁士—爱劳战役时任总司令，但在弗利德兰战役中大败。后来在保罗既诺战役时击败牟拉。一八一三年参加来比锡之战。

文村盖罗德（Baron F.T.Wintsingerode 1770—1818）为奥国将军，一七九七年入俄军服役。一度回奥，在奥斯特理兹受伤，一八一二年重入俄军服役。

② 毛注：巴克拉（M.B.Barclay de Tolly 176l—1818）为苏格兰籍之俄将。在大叶卡切锐娜女皇时代曾参与对土耳其之战，其后历经各战，直至一八一四年。一八一三年参加来比锡（Leipzig）之战。受总司令及公爵之衔。一八一〇至一八一三年为陆军大臣。

③ 毛注：卜富尔（K.L.A.Pfuel 1751—1827）为普鲁士将军，在一八〇六年耶拿（Jena）战役后，入俄军服役，拟成一八一二年战役中俄国第一个计划。

心……在这个不像样的人群中，您的年轻皇帝扮演着什么角色呢？他们连累他，把一切事情的责任都推在他身上。Un souverain ne doit être à l'armée que quand il est général。〔一个皇帝要是个将军，才可以留在军中。〕”他说，显然认为这些话是对于亚力山大的直接的挑衅。拿破仑知道，亚力山大多么希望做一个统帅。

“战争开始一星期了，你们不能保卫维尔那。你们被截为两段，被赶出了波兰省。你们军队在埋怨了。”

“恰恰相反，陛下，”巴拉涉夫说，几乎记不得他所听到的话，并且费劲地寻思着这些漂亮的言辞，“军队抱着满怀热望……”

“我全知道，”拿破仑打断他的话，“我全知道，我正确地知道你们军队的番号，就像知道我自己的军队一样。你们没有二十万兵，我的兵比你们多两倍：向你老实说，”拿破仑说，忘记了他的这种老实话不会有任何意义，“向您说ma parole d'honneur que j'ai cinq cent trente mille hommes de ce coté de la Vistule。〔老实话，我有五十三万兵在维斯拉河[①]这边。〕土耳其人不能帮助你们：他们一点用处也没有，他们同你们讲和，就证明了这一点。瑞典人是注定了被疯子国王统治的。他们的国王是个疯子；他们撤换了他，拉来另外一个人——柏那道特[②]，他立刻又疯了，因为只有疯子，像瑞典人，才能够和俄国缔结同盟。”拿破仑恶意地冷笑了一下，又把烟壶举到鼻前。

对于拿破仑的每句话，巴拉涉夫想要回答，并且有话回答；他不断地做出想要说话的样子，但是拿破仑总是没有让他说。关于瑞典人的疯狂，巴拉涉夫想要说，有俄国在它旁边的时候，瑞典就像是一个岛；但拿破仑愤怒地叫了一声压倒了他的声音。拿破仑是在那样的怒气之下，

---

① 维斯拉河，在法文里是Vistule（维斯杜勒），一般地图上或从英文Vistula译为维斯杜拉，波兰文是Wisla。

② 毛注：柏那道特（J.B.I.Bernadotte 1764—1844）为律师之子，生于泡（Pau）。入法军行伍，升为将军，一八一〇年被选为瑞典王位继承人。为攻击拿破仑之北路军总司令。一八一八年为瑞典国王，号查理十四世。

人在这样的时候一定要说，说，说，只是为了向自己证明自己是对的。巴拉涉夫觉得不舒服；他，作为使臣，怕损伤自己的尊严，觉得必须回驳他；但他作为一个“人”，面对着拿破仑的不能控制的、无故的怒火，精神上畏缩了。他知道，拿破仑现在所说的话都没有意义，他自己在头脑清醒时，会因为这些话觉得惭愧的。巴拉涉夫垂下眼睛站立着，望着拿破仑移动着的胖腿，极力回避着他的目光。

“但是你们的这些同盟者对我算得了什么？”拿破仑说，“我也有同盟者——八万波兰人，他们打仗就像狮子一样。将来他们会有二十万人。”

大概是由于他说了明显的谎话，以及巴拉涉夫还是保持着听天由命的姿势，沉默着站在他面前，他更加发火了，他忽然回转身，走到巴拉涉夫面前，用他的一双白皙的手做出有力而迅速的姿势，几乎是叫着说：

“您要知道，假使你们怂恿普鲁士反对我，我就把它从欧洲地图上除去。”他说。他的脸色是苍白的，并且因为怒火而显得难看。他用一只小手有劲地拍着另一只手，“是的，我要把你们赶过德维那河，赶过德聂伯河，我要把那个有罪的盲目的欧洲准许你们毁坏的防线[①]恢复起来。是的，这就是你们将来要遭遇到的事，这就是你们脱离我的结果。”他说完沉默着，颤动着他的胖肩膀，在房里来回走了几趟。他把鼻烟壶放进背心口袋里，又取了出来，向鼻头举了几次，面对着巴拉涉夫站住了。他沉默着，嘲笑地直视着巴拉涉夫的眼睛，并且低声说道：“Et cependent quel beau règne aurait pu avoir votre maître!〔可是你的皇帝本来可以有一个多么兴盛的朝代啊！〕”

巴拉涉夫觉得必须回话，说事情在俄国方面并不显得这样悲观。拿破仑不作声，继续嘲笑地望着他，显然没有听他说。巴拉涉夫说，俄国

① 毛注：意即巨大的波兰国。

方面期望从战事上得到最好的结果。拿破仑宽宏地点了点头，似乎是说："我知道，这么说是您的责任，但您自己也不相信这话，您被我说服了。"

在巴拉涉夫说完话时，拿破仑又取出鼻烟壶，嗅了一下，用一只脚在地板上踏了两下，作为暗号。门开了，一个侍从恭敬地弯着腰把帽子和手套递给拿破仑，另一个侍从递给他一条手帕。拿破仑没有望他们，转向巴拉涉夫说：

"替我向亚力山大皇帝保证，"他接过帽子说，"我对他还是像以前一样的忠实；我十分了解他并且很尊重他的崇高的品德。Je ne vous retiens plus, général, vous recevrez ma lettre à l'em-pereur.〔我不再耽搁您了，将军，您将要收到我给贵国皇帝的信。〕"于是拿破仑快步地向着门走去。所有人都从接待室向外面冲去，然后走下楼梯。

7

在拿破仑向他说了那些话之后，在他的怒火的爆发之后，在他最后冷淡地说了几句话"je ne vous retiens plus, général, vous recevrez ma lettre〔我不再耽搁您了，将军，您将要收到我的信〕"之后，巴拉涉夫相信拿破仑不但不愿接见他，而且力求不再看见他——受侮辱的使臣——尤其是不愿再看见他失态和发怒的目击者。但令他惊异的是，巴拉涉夫从丢好克那里接到了当日和拿破仑同席吃饭的邀请。

席间有培西挨尔、考兰库尔和柏提挨。[①]

拿破仑以快乐、亲切的态度接待巴拉涉夫。他不但没有因为早上的发火而显出局促或自责的神情，相反，他极力鼓舞巴拉涉夫。显然，拿

---

① 毛注：培西挨尔（J.B.Bessières 1768—1813）与柏提挨（A.Berthier1753—1815），皆为法国元帅。前者封为依斯特里（Istria）公爵，后者封为那沙代（Neuchâtel）亲王。考兰库尔（Armand A.L.de Caulaincourt）为一元帅，拿破仑之驻俄大使，封为维生萨（Duke of Vicenza）公爵。

破仑早就相信他不会出差错，并且他觉得，他所做的事情都是好的，这不是因为事情合乎任何好坏的观念，而是因为事情是他做的。

皇帝在维尔那骑马游览之后，很是愉快。在维尔那成群的人热烈地欢迎他、尾随他。从他骑马经过的各街道的窗子里，挂出了毯子、旗子、他的名字的第一个字母，欢迎他的波兰妇女们向他挥动着头巾。

在席上，他让巴拉涉夫坐在他旁边，不但对他亲切，并且那样地对他，好像是把巴拉涉夫当作他自己的朝臣，当作同情他的计划并且应当为他的成功而高兴的人。在谈话中，他说到莫斯科，于是向巴拉涉夫问到俄国故都的情况，他不仅仅像一个有求知欲的旅客那样探问他想要去的新地方，而且好像相信巴拉涉夫这个俄国人应该为了他的求知欲而觉得荣幸。

“莫斯科有多少居民？多少房屋？莫斯科叫作Moscou la sainte〔圣城莫斯科〕，是真的吗？莫斯科有多少教堂？”他问。

听到回答说教堂有二百多座时，他问：“为什么有这么多教堂？”

巴拉涉夫回答说：“俄国人很虔诚。”

“但是，修道院和教堂数目多，总是人民落后的表现。”拿破仑说，回头望着考兰库尔，要他赞赏这个评语。

巴拉涉夫竟敢恭敬地反对法国皇帝的意见。

“每个国家有它自己的风俗。”他说。

“但欧洲没有一处是这样的。”拿破仑说。

“请陛下原谅，”巴拉涉夫说，“除俄国之外，还有西班牙，那里也有许多教堂和修道院。”

巴拉涉夫的这个回答，暗示法国人在西班牙新近的失败，在巴拉涉夫回朝述职的时候，大受亚力山大皇帝的满朝的称赞，但是此刻，在拿破仑的席上，却没有受到称赞，并且没有被人注意。

在元帅先生们淡漠而困惑的面色上，显出了他们并不了解巴拉涉夫的语调里有什么讽刺意味。元帅们的面色是说：“即使有讽刺，我们也不了解，或者它根本没有讽刺。”这个回答是这样地未被重视，拿破仑简直没有注意它，并且单纯地问巴拉涉夫，从这里直接到莫斯科的道路经过些什么城市。巴拉涉夫在整个宴会期间显得小心翼翼，回答说，comme tout chemin mène à Rome, tout chemin mène à Moscou，〔正如同条条道路通罗马，条条道路通莫斯科，〕路有许多，在这些不同的道路中有一条路经过波尔塔瓦，就是查理十二世所选择的路线，[①]巴拉涉夫说这话时，由于自己圆满地回答了他的问题不觉脸红了。巴拉涉夫刚刚说到下面的“波尔塔瓦”，考兰库尔便开始说起从彼得堡到莫斯科的道路上的不方便和他对彼得堡的回忆。

饭后，他们到拿破仑的书房去喝咖啡，四天之前这里是亚力山大皇帝的书房。拿破仑坐下来，摸着赛佛尔瓷的咖啡杯，向巴拉涉夫指了指自己旁边的椅子。

人有一种大家共知的饭后的心情，它比一切理性的原因更能使人对自己觉得满意，并且认为大家都是他的朋友。拿破仑正有这种心情。他似乎觉得，他是被崇拜他的人环绕着。他相信，巴拉涉夫吃过他的饭，也是他的朋友和崇拜者。拿破仑带着愉快的和轻微嘲讽的笑容向他说话。

“我听说这就是亚力山大皇帝住过的房间。奇怪吧，是不是，将军？”他说，显然没有怀疑：这句话不能不使得交谈的人觉得愉快，因为这证明他拿破仑胜过亚力山大。

巴拉涉夫无话回答，沉默地点了点头。

“是的，在这个房间里，四天以前，文村盖罗德和施泰恩讨论过，”拿破仑带着同样的嘲讽的自信的笑容继续说，“我所不明白的就是，”他说，“亚力山大皇帝把所有的我个人的敌人都留在他的身边。我不明白这个。他没有想到，我也能做同样的事吗？”他问巴拉涉夫，

---

① 毛注：指一七〇九年瑞典查理十二世侵俄，被彼得大帝在波尔塔瓦打得大败，仅以身免。

显然这话又使他想起早晨的怒火，早晨的情形在他的心中还记忆犹新。

“让他知道，我也要这样做，”拿破仑说，站起来用一只手推开杯子，“我要从德国赶走他的所有的亲属——孚泰姆堡的、巴登的、威马的……是的，我要赶走他们。让他替他们在俄国准备避难所吧！”

巴拉涉夫点了点头，他的神情表示他想要辞别，而他听着，只是因为他不能不听别人向他所说的话。拿破仑没有注意这个表情；他对待巴拉涉夫不像对待敌人的使臣，却像对待一个现在对他十分忠顺、而且一定高兴故主受侮辱的人一样。

“为什么亚力山大皇帝要统率军队呢？这有什么用处？战争是我的职业，他的职务是治国，不是指挥军队。他为什么要自己负起这个责任呢？”

拿破仑又拿起鼻烟壶，沉默着在房里来回走了几趟，忽然出人意外地走到巴拉涉夫面前，那样自信地、迅速地、简单地微笑着，好像他在做一件不仅是重要的而且对于巴拉涉夫是愉快的事，他只用嘴唇微笑着，把一只手伸到四十岁的俄国将军的脸上，捏着他的耳朵轻轻地扭了一下。

Avoir l’oreille tirée par l’empereur,〔被皇帝扭耳朵，〕在法国朝廷里是最大的荣誉和恩泽。

“Eh bien, vous ne dites rien, admirateur et courtisan de l’empereur Alexandre?〔哎，亚力山大皇帝的崇拜者和朝臣，你怎么不说话了？〕”他说，似乎在他面前，做别人的而不做他——拿破仑——的朝臣和崇拜者，是可笑的事。

“替将军把马预备好了吗？”他说，微微地点着头，回答巴拉涉夫的鞠躬。

“把我的马给他，他要走很远的路。”

巴拉涉夫带回的信是拿破仑给亚力山大最后的信。谈话的全部细节都报告了俄国皇帝，于是战争开始了。

8

安德来公爵在莫斯科和彼挨尔会面以后，便到彼得堡去了，照他对家里的人的说法，是去处理事务，但事实上，是为了要在那里碰见阿那托尔·库拉根公爵，他认为他非碰见他不可。他一到彼得堡就探问库拉根，但库拉根已经不在彼得堡了。彼挨尔让他的内弟知道了安德来公爵在找他。阿那托尔·库拉根立刻接到陆军大臣的任命，到摩尔大维阿军队里去了。就在彼得堡的时候，安德来公爵会见了库图索夫，他的一向待他很好的老将军。库图索夫要安德来公爵跟他一道到摩尔大维阿军队里去，这位老将军被任命为那里的总司令。于是安德来公爵接受了在总司令部供职的任命，到土耳其去了。

安德来公爵认为写信给库拉根要跟他决斗是不合适的。安德来公爵认为从他这方面提出决斗，若不拿出别的决斗的理由，便会连累罗斯托娃伯爵小姐，因此他寻找和库拉根亲自会面的机会，好借此找到决斗的新理由。但在土耳其军队里他仍然没有遇到库拉根，他在安德来公爵来到土耳其军队之后，很快回俄国去了。在新国家和新环境里，安德来公爵觉得生活过得轻松了些。在他的未婚妻变心之后（他愈是要对大家力求掩盖这件事对他所产生的影响，他愈是强烈地感觉到它的影响），他觉得他从前过得很幸福的生活环境现在变得难以忍受，而他从前那么重视的自由和独立变得更难忍受了。他不但不再记起从前的那些想法，他躺在奥斯特理兹原野上望着天空时第一次想到的，后来他很高兴地对彼挨尔叙述过的，以及他在保古恰罗佛和后来在瑞士、在罗马的独居生活中所充满着的那些想法；而且他还怕勾起那些想法，那些曾经展示过无限光明的境界的想法。现在使他关心的，只是那些和从前无关的、最近的、实际的兴趣，他愈热切地要抓住这些兴趣，过去的那些兴趣则对他愈隐秘。似乎从前那个在他头上的遥远的无限的苍穹，忽然变为压迫他的低矮的有限的苍穹，其中一切都很明朗，但没有任何东西是永恒的、神秘的。

在他所想到的事业中，军役是最普通的，是他最熟悉的。他在库图索夫司令部里担任值班将军的职务，他顽强地热心地做事，他对于工作的热心和精细使库图索夫感到惊讶。在土耳其没有找到库拉根，安德来公爵认为用不着再回俄国去找他了；但是，他仍然知道，虽然他很轻视他，虽然他有许多理由证明不值得降低身份去同他决斗，但他知道，无论过了多少时候，一旦遇见库拉根，他也不会不同他决斗，正如饥饿的人不会不攫取食物一样。耻辱未雪，怒气未消，这感觉还在安德来公爵的心里存在着，破坏了他的为人的宁静，这宁静是他在土耳其用勤劳的、忙碌的、多少有点功名心的、虚荣的活动为他自己所换来的。

一八一二年，和拿破仑打仗的消息传到部卡累斯特（库图索夫在这里住了两个月，同他的窝雷基阿女人日夜在一起）的时候，安德来公爵请求库图索夫把他调到西部的军队里去。库图索夫已经对保尔康斯基的好动觉得讨厌了，好像这种好动是对他闲逸的指责，他极其愿意让他离开，于是给了他一项使命到巴克拉·德·托利那里去了。

五月间，军队驻扎在德锐萨的野营，安德来公爵在到达军队之前，到童山去了一次，这地方是他必经之路，离斯摩棱斯克大道有三俚。最近三年来，安德来公爵的生活中有了那么多变化，他有了那么多的思索、感想、见闻（他走遍了东方和西方），以致他来到童山时，那里丝毫不变的、全然如旧的生活习惯使他觉得奇怪和意外。他赶车上了道，进童山房屋的石门时，好像是进施过魔法的、沉沉入睡的城堡一样。屋内是同样的庄严，同样的洁净，同样的安静，同样的家具，同样的墙壁，同样的声音，同样的气味，同样的一些羞怯的、只是老了一点儿的面孔。玛丽亚公爵小姐还是那样一个羞怯的、不好看的老小姐，她陷在恐惧和永久的精神痛苦中，毫无乐趣地虚度着人生的最好年华。部锐昂还是那样一个自足的风骚的姑娘，她对自己生活的每一分钟都觉得快乐，并且抱着满腔的最愉快的希望。安德来公爵觉得，她只是变得更加自信了。他从瑞士带来的教师代撒勒，穿着俄国式的大礼服，同仆人们说着生硬的俄国话，但还是那样一个不很聪明的、有教养、有德性、学究式的教师。老公爵身体上的变化只是从他的嘴边上可以看出他缺少了一颗牙齿；精神上他还是和从前一样，只是脾气更大，不相信世界上所发生的事情。只有尼考卢施卡长大了，模样变了，面色红润，长着鬈曲的深色的头发，并且在笑的时候，高兴的时候，不自觉地噘起美丽小嘴的上唇，正像逝世的矮小的公爵夫人的那个样子。在这个施过魔法的、沉沉入睡的城堡中，只有他不遵守那照旧不变的法则。虽然在外表上一切如旧，但这些人的内部关系，自从安德来公爵和他们分别之后，便改变了。家庭里的人分成了两个格格不入的彼此仇视的阵营，他们只是现在他来了才聚在一起，因为他在这里才改变日常的生活方式。一方是老公爵、部锐昂和建筑师，另一方是玛丽亚公爵小姐、代撒勒、尼考卢施卡和所有的保姆、女仆。

他在童山的时候，全家的人在一起吃饭，但是都觉得不舒服，安德来公爵觉得，他是客人，他们为他做了例外的事，他的在场使大家感到拘束。在第一天吃饭的时候，安德来公爵不自觉地感到这一点，他沉默着，老公爵注意到他态度不自然，也不高兴地沉默着，并且饭后立刻回到他自己的房里去了。晚上安德来公爵去看他，极力要使他的精神振作起来，开始向他说到年轻的卡明斯基伯爵的出征，老公爵意外地开始同他说到玛丽亚公爵小姐，指责她迷信，说她不喜欢部锐昂小姐，而她，据他说，却是唯一的真正忠实于他的人。

老公爵说，假使他有病，那只是玛丽亚公爵小姐引起来的；说她有意折磨他、触怒他；说她的溺爱和愚笨的故事把小尼考拉公爵教坏了。老公爵知道得很清楚，他折磨自己的女儿，使她的生活很痛苦；但是他又知道，他不能不折磨她，并且这是她应得的。“安德来公爵知道这一点，为什么不和我说到他妹妹呢？”老公爵这么想，“他会以为我是坏人或者傻瓜，毫无理由地疏远自己的女儿，却接近法国女人吗？他不明白，因此我应该向他说明，他应该听我把话说完。”老公爵这么想。于是他开始解释，为什么他不能忍受女儿的糊涂的性格。

“我本不想要说，可是假使您问我，”安德来公爵说，没有望父亲（他平生第一次批评他的父亲），“假使您问我，我就坦白地向您说出我对于这一切的意见。假使您和玛莎之间有什么误会和争执，我不能够责备她——我知道她是多么爱您，多么尊重您。既然您问我，”安德来发火地说，近来他总是容易发火，“我只能说这一点，假使有什么误会，那么，它的原因就是那个卑贱的女人，她不配做我妹妹的陪伴。”

老人起初眼睛不动地望着儿子笑着，不自然地露出牙齿的新豁子，这是安德来公爵看不惯的。

“什么陪伴，好孩子？啊，你已经说过一次了！啊？”

“爸爸，我并没有想要下结论，”安德来公爵用气愤的严厉的语气说，“但是您引起我说的，我说过，并且永远要说，不能怪玛丽亚公爵小姐，要怪……要怪那个法国女人……”

“啊，下结论了！……下结论了！”老人低声地说，在安德来公爵看来，他说话的时候似乎有些发窘，但后来他忽然跳起来说，“滚开，滚开！不要你再留在这里！……”

安德来公爵想立刻就走，但是玛丽亚公爵小姐留他再住一天。这天安德来公爵没有和父亲见面，因为他父亲不出门，除了部锐昂小姐和齐杭外，也不让任何人到他的房间里去，不过他问了几次儿子走了没有。第二天起程之前，安德来公爵走进了儿子的房间。这个健康的、像母亲那样长着鬈发的男孩坐在他的膝盖上。安德来公爵开始给他讲蓝胡子的故事，但是还未讲完便沉思起来了。这时候他想的不是他抱在膝上的漂亮的男孩，他的儿子，却是想他自己。他恐怖地反省着，但并不为触怒了父亲而感到悔恨，也不为要离别他的父亲（在平生第一次争吵之后）而感到惋惜。最使他注意的是他寻找着却没有找到他从前对儿子的柔情，他抚爱孩子，让他坐在自己的膝上，就是希望唤起这种柔情。

“哎，往下说呀。”他的儿子说。

安德来公爵没有回答他，把他从腿上放下来，自己从房间里走出去了。

安德来公爵刚刚放下他的日常事务，特别是他刚刚回到从前幸福时代的生活环境里，对生活的厌倦之感便又像从前那样强烈地向他袭来，于是他急于赶快避开这些回忆，尽快去找点事做。

“你一定要走吗，安德来？”他的妹妹问他。

“谢谢上帝，我要走的，”安德来公爵说，“可惜你不能走。”

“你为什么这么说！”玛丽亚公爵小姐说，“为什么现在，当你去参加这可怕的战争，而他的年纪又这么点大的时候，你说这种话！部锐昂小姐说，他问到你……”

她刚刚开始说到这里，嘴唇便开始发抖，眼泪也流出来了。安德来公爵转过身去，开始在房间里来回走着。

“啊！我的天哪！”他说，“想一想，是什么，是谁——是哪些不足道的人会造成人们的不幸！”他带着使玛丽亚公爵小姐觉得可怕的怒气说。

她明白他说到的那些不足道的人，他的意思不仅是指那个使她不幸的部锐昂小姐，而且还指那个破坏了他的幸福的人。

“安德来，我求你一件事，我求你，”她摸着他的胳膊说，并且用眼泪汪汪的、闪亮的眼睛望着他，“我了解你（玛丽亚公爵小姐垂下眼睛）。不要以为苦恼是人造成的。人是上帝的工具。”她用人们看着熟悉的悬挂画像的地方时所有的那种确信的、习惯的目光看了看安德来公爵头顶上稍高一点的地方，“苦恼是上帝送来的，不是人造成的。人是它的工具，人是无罪的。假使你觉得，有谁对不起你，你就忘掉这件事，就饶恕他。我们没有权利去处罚。这样你便懂得宽恕的幸福了。”

“假使我是女人，我就这样做了，玛丽。这是妇女的德行。但男子不该这样做，而且不能忘记、不能宽恕。”他说。虽然他直到此刻还没有想到库拉根，但所有未曾发泄的怒火都从他心里忽然冒了起来。“假使连玛丽亚公爵小姐也劝我宽恕，那意思就是说我早就该惩罚他。”他这么想。他没有再回答玛丽亚公爵小姐，开始想到当他遇见库拉根，向库拉根复仇时他自己痛快的心情。他知道，库拉根此刻正在军队里。

玛丽亚公爵小姐要求哥哥再等一天，她说，她知道假使安德来不同父亲言归于好就走，她父亲将会多么难受；但是安德来公爵回答说，他大概不久就要从军队里回来，他一定写信给父亲，但是现在他留得愈久，这次冲突就会愈厉害。

“Adieu, André！Rappelez-vous que les malheurs viennent de Dieu et que les hommes ne sont jamais coupables.〔再会，安德来！记住，不幸是从上帝那里来的，人是永久无罪的。〕”这是他同妹妹分别时，他听见她所说的最后的话。

“那么，这是必定如此的！”安德来公爵离开童山住宅的小道时这么想，“她，这个可怜的天真的人，要做老糊涂的牺牲品了。老人觉得自己有罪，但他不能改变他自己。我的孩子正在长大并且在享受生活，在生活里他将要像所有的人一样被欺骗或者去欺骗别人。我到军队里去，为什么？——我自己不知道；我希望遇到我所轻视的人，为了给他一个机会把我杀死，把我嘲笑！”这些生活条件在从前也是这样的，但从前它们是互相连接的，而现在全都碎裂了。只有一些无意义的现象，没有任何联系，一个一个地出现在安德来公爵的心中。

9

安德来公爵在六月底到了军队的总司令部。皇帝所在的第一军驻扎在德锐萨设防的野营里；第二军[①]正在后退，力求与第一军会师，据说

① 毛注：即巴格拉齐翁的军。

第二军和第一军被法国的大军从中隔开了。大家都不满意俄国军事的大势；却没有人料想到敌军侵入俄国本部省份的危险，也没有人设想战争能够越过西部的波兰各省[①]。

安德来公爵在德锐萨河岸找到了巴克拉·德·托利，安德来公爵就是被派到他这里来的。因为在野营的附近没有一个大村庄或小市镇，所以大批的将军、随军的朝臣散居在两岸和方圆十俚以内各村庄上最好的房子里。巴克拉·德·托利驻扎的地方离皇帝有四俚。他简慢地冷淡地接见安德来·保尔康斯基，用德语的发音说，他要呈请皇帝派他任务，并且要他暂时留在他的司令部里。安德来公爵原指望在军中找到阿那托尔·库拉根，但是库拉根已经不在军中，他已经到彼得堡去了，这个消息是保尔康斯基听了觉得高兴的。对于指挥当前大战的司令部的兴趣，吸引了安德来公爵的注意力，他高兴的是，他可以暂时免除因为想到库拉根而有的不安的心情。在头四天，在无事要他担任的时候，安德来公爵骑马走遍了全部设防的野营，并且借助于他的知识以及和专家的谈话，力求对于这个设防的野营能有一个明确的概念。但这个野营是有利还是有害的问题，安德来公爵仍然不能解决。他已经凭战争经验获得了这样的信念，就是在战争中考虑最周密的计划也是毫无意义的（他在奥斯特理兹战役中已经看到这一点），一切取决于如何应付敌人的不可预见的意外的行动，一切端赖如何指挥并由谁指挥全部战事。为了阐明这最后的问题，安德来公爵利用他的地位和朋友，努力研究军队指挥的性质，参与其事的人及党派的性质，并且为他自己获得了下面的关于局势的概念。

皇帝还在维尔那时，军队便分为三部分：第一军由巴克拉·德·托利指挥，第二军由巴格拉齐翁指挥，第三军由托尔马索夫指挥。皇帝在第一军里，但不是做总司令。命令里已经说过，皇帝并不指挥，只说皇

① 毛注：斯摩棱斯克以西各省，甚至数年前割归俄国的各省，仍然叫作波兰各省。

帝要随军。此外，皇帝本人的左右没有总司令的参谋部，只有皇帝行宫的团体。皇帝面前有行宫长官、军需大臣福尔康斯基公爵，将军们，侍从武官们，外交官员们，以及大批的外国人，但是没有军事参谋部。此外，随驾而无专职的有：前任陆军大臣阿拉克捷夫；将军中官衔最高的别尼格生伯爵；皇太子康斯坦清·巴夫洛维支大公；首相路密安采夫伯爵；普鲁士前任大臣施泰恩；瑞典将军阿姆腓特；作战计划的主要起草人卜富尔；侍从武官长保路翠[①]和萨提尼阿的侨民；福尔操根[②]和许多别的人。虽然这些人在军中没有担任军事专职，但由于他们的地位，他们是有影响的，军团长，甚至总司令都常常不知道别尼格生，或皇太子，或阿拉克捷夫，或福尔康斯基公爵是以什么资格发问或提出种种建议的，也不知道是他本人或许代表皇帝发出建议形式的命令，以及是否必须执行。但这是表面的情形；皇帝和所有这些要人随军的重大意义，从朝臣的观点看来是十分明显的（在皇帝面前大家都是朝臣）。这意义便是：皇帝不亲自担任总司令职务，但他指挥各军，围绕在他身边的人都是他的助手。阿拉克捷夫是纪律的忠实执行者和监督者，是皇帝的随身侍卫；别尼格生是维尔那省的大地主，似乎在忙于些琐事，但实际上是一个好将军，他的用处是一方面当个顾问，一方面准备随时代替巴克拉。皇太子在军中，是因为他愿意如此。前任大臣施泰恩在军中，因为他的建议是有用的，同时因为亚力山大皇帝很看重他个人的品德。阿姆腓特是拿破仑的死对头，又是一个将军，他有自信心，这对于亚力山大总是有影响的。保路翠在军中，是因为他的言论大胆而又果断。侍从武官长们在军中，是因为他们的行动总是跟着皇帝的，以及最后、最重要

① 毛注：保路翠侯爵（Marquis E.O.Paulucci）于一八〇九年从法军入俄军服役。一八一二年为第一军总参谋长。但因为和巴克拉不睦，调任利佛尼阿—库尔兰（Livonia and Courland）总督。

② 毛注：福尔操根男爵（Baron L.J.Wolzogen 1774—1845），普鲁士将军，一八〇七——一八一五年在俄军中服役。其著作《回忆录》于一八五一年出版，亦为托氏写本书时所参考的历史资料。

的——卜富尔在军中，是因为他在起草反对拿破仑的军事计划时，一边使亚力山大相信这个计划的合理，一边在指导整个作战事务。在卜富尔手下的是福尔操根，他比卜富尔本人更能把卜富尔的思想用易懂的形式表达出来，卜富尔本人是一个严格的书房里的理论家，自信得看不起所有的人。

除了上述的俄国人和外国人（特别是外国人，他们每天大胆地提出新的意外的主张，他们的勇敢是在异国环境中做事的人所特有的），还有许多次要人物在军中，因为他们的长官在那里。

从这个庞大的、骚乱的、显赫而骄傲的团体里所有的主张和言论中，安德来公爵看出了以下各种派别和党派的很尖锐的分歧。

第一派是：卜富尔和他的追随者们、军事理论家们，他们相信有战争科学，在这种科学里有不变的法则、斜角运动法则、包抄法则等。卜富尔和他的追随者们主张依照假定的军事理论所规定的明确的法则，把军队退到国内腹地，而任何违背这个理论的行为那就是野蛮、无知或恶意。属于这一派的有外国的亲王们、福尔操根、文村盖罗德和别人，主要的是德国人。

第二派同第一派是对立的。这是一向如此的：有一个极端，便有另一个极端的代表。这一派的人主张从维尔那进兵波兰，不受一切事先拟订的计划的约束。这一派的代表不但是主张勇敢行动的代表，同时他们又是民族主义的代表，因此在争论中他们更是片面的。这是些俄国人：巴格拉齐翁、开始露脸的叶尔莫洛夫和别的人。这时候流传着叶尔莫洛夫的尽人皆知的笑话，说他请求皇帝给他一种恩典——把他升为德国人。这派人怀念苏佛罗夫，他们说，不需要思考，不要把针插到图上，而是要战斗，打击敌人，不许敌人进入俄国，不让军队的士气低落。

第三派是朝廷中在前两派意见之间的折中派，皇帝最信任这一派。这一派的人大都不是军人，阿拉克捷夫也属于这一派，他们想到并且说出那些本来没有信心、却又希望显得有信心的人们通常所说的话。他们说，战争，特别是对保拿巴特（他们又称他保拿巴特了）这样的天才作战，无疑需要周密的考虑、高深的科学知识，而卜富尔在这方面是天才；但同时不能不承认，理论家常常是片面的，因此不应该完全相信他们，还应该听听卜富尔的反对者所说的话，听听实事求是的、有战争经验的人所说的话，然后在他们之间采取中庸之道。这一派的人主张维持卜富尔所计划的德锐萨野营，并改变其他军队的调动。虽然这种办法不能达到任何一方面的目的，但这一派的人却似乎觉得是最好的。

第四派意见的最显著代表人是大公皇太子，他不能忘掉他在奥斯特理兹的失望，他在那里好像是在阅兵一样，戴盔披甲，走在禁卫军的前面，企望英勇地击溃法军，却料想不到走到了最前线，陷入大混乱中，好不容易才逃回来。这一派的人在他们的意见中兼有坦率的优点和缺点。他们怕拿破仑，承认他有力量，承认自己软弱，并且坦率地说出这话。他们说："这一切，除了烦恼、羞辱和失败，不会有任何结果的！我们已经放弃了维尔那，放弃了维切不司克，又将要放弃德锐萨。我们唯一可以做出的明智的行动，就是趁我们还没有被赶出彼得堡的时候，赶快讲和！"

这个意见很普遍地在军队的高级团体中散布开来，在彼得堡也有支持的人，丞相路密安采夫也因为其他政治的原因主张和平。

第五派是巴克拉·德·托利的信徒们，他们与其说是把他作为一个人，毋宁说是作为陆军大臣和总司令看待的。他们总是这样开口便说："无论他是什么样的人，总之，他是一个正直的、干练的人，没有人比他更好了。给他实权吧，因为指挥不统一，战争便不能顺利地进行，并且他准会表现出来他能做出什么，正如同他在芬兰所表现的一样。[①]假使我们的军队是组织良好的、战斗力强的，并且退到了德锐萨，没有遭受任何失败，那么这要完全归功于巴克拉。假使现在用别尼格生来替换

① 毛注：一八〇九年巴克拉·德·托利为芬兰战争中之总司令，在冰上做两日之行军，渡过保特尼亚湾以奇袭攻下乌米阿（Umea）得与瑞典媾和。

巴克拉，一切都要丧失的；因为别尼格生已经在一八〇七年表现了他的无能。”这便是这派人所说的话。

第六派，别尼格生派，所说的正相反，以为无论如何，没有人比别尼格生更能干、更有经验；“随便你怎么打转，你还是要转到他面前来的”。这一派的人认为，我们退到德锐萨是最可耻的失败，是一系列错误的结果。他们说：“犯的错误愈多愈好，至少他们能够更快地明白，事情这样下去是不行的。我们不需要什么巴克拉，却需要像别尼格生这样的人，他已经在一八〇七年大显身手，拿破仑本人给了他公正的论断，[①]我们需要一个是我们甘心受他统制的人，只有别尼格生是这样的人。”

第七派是这种人，他们是在皇帝面前一向就有的，特别是在年轻的皇帝面前，在亚力山大皇帝的面前，这种人特别多，他们是将军们和侍从武官们，他们不但把皇上当作皇帝，对他竭尽忠诚，而且把他当作“人”，由衷地、无私地崇拜他，像一八〇五年罗斯托夫那样崇拜他，他们不仅看到了他的一切的善行，并且在他身上看到了人类的一切美德。这些人虽然赞美皇帝拒绝统率军队的谦虚，却批评这种过度的谦虚，他们只希望一点，而且坚持这一点，就是要他们所崇拜的皇帝，放弃这种对于自己过分的不信任，公开地宣布他要统率军队，在自己手下组织总司令部，在必要的时候，咨询有经验的理论家和实际家，而军队则由他自己统率，只要做到这一点，就可以使军队的士气大振。

第八派是最大的团体，他们的人数之多和其他的派别比较起来，好像是九十九比一，他们这些人所希望的既不是和平，又不是战争，既不是攻击的行动，又不是在德锐萨或在任何地方设下防御野营，既不是巴克拉，又不是皇帝，也不是卜富尔，也不是别尼格生，他们所希望的只有一样最重要的东西，就是他们自己的最大的利益和满足。在这个由许多错综复杂的、在皇帝行宫四周滋生蔓延的阴谋所形成的浑水潭中，有

---

① 毛注：这两派意见是指二卷二部七章中俾利平信中所提的普鲁士战役。

许许多多方法可以使那种在别的时候想象不到的事情得到成功。这一个人，只是为了不愿意失去他的有利地位，今天同意卜富尔，明天赞成他的反对者，后天只为了逃避责任和讨好皇帝，又断言对于某种问题没有任何意见。另一个人希望获得利益，要引起皇帝对他注意，高声地主张皇帝前一天刚刚暗示过的事情，在会议中争吵喊叫，拍自己的胸脯，向不同意的人要求决斗，借此证明，他决心为大家的利益而牺牲他自己。第三个人只是在两种建议之间和没有对手的时候，为自己的忠实效劳而请求特别补助金，他知道现在别人没有工夫反对他。第四个人总是找机会在皇帝面前显出工作过重。第五个人为了达到早已怀有的目的——和皇帝同席吃饭，无情地证明新提出的意见是正确的或不正确的，并因此而提出了多少是有力而公正的证据。

这一派所有的人猎取卢布、勋章、官衔，在这种猎取中他们只注意皇帝恩惠风标的方向，并且一旦注意到风标朝着某一方向，军中所有的雄蜂式的人便立刻开始朝这一边拥来，弄得皇帝更难把风标转到另一边去。在局势不定的情况下，在威胁性的、严重的、使一切显得特别紧张的危险之前，在阴谋、自私、各种观点与情感冲突的旋涡中，这个有着各种国籍的第八派是最大的一派，他们关心个人的利益，给公务带来了很大的混乱和麻烦。无论发生了什么问题，这群雄蜂式的人，对原先的问题还没有停止嗡嗡的议论声，便又飞到新的问题上去，用他们的嗡嗡声掩盖和压倒了诚意的争辩的声音。

正当安德来公爵来到军中的时候，在所有这些派别里，又形成了另外一个派，第九派，它正开始发出声音。这一派是上了年纪、有理性、有政治经验、有才干的人，不接受那些敌对意见中的任何一种，超然地观察司令部里的人员所做的一切，并在考虑着摆脱这种模棱两可、犹豫不决、混乱和软弱的办法。

这一派人说，并在想：这种糟糕情况，主要的是由于皇帝和他的行宫留在军队里，由于军队中有了那种不确定的、受限制的、动摇不定的关系，这种情况在朝廷里还合适，但在军队中却是有害的；皇帝应该执政，不该统率军队；摆脱这种局面的唯一办法就是皇帝和他的行宫离开军队；皇帝一个人在军中，使得保护他个人的安全所必需的五万人的一支军队失去了作用；最坏的、然而行动不受牵制的总司令也胜于那最好的、然而受到皇帝控制的总司令。

正当安德来公爵在德锐萨没有任务的时候，这派的一个主要代表国务秘书锡施考夫，写了一封信给皇帝，巴拉涉夫和阿拉克捷夫也同意签了名。承蒙皇帝准许他评论一般的局势，他在这封信里借口皇帝必须鼓起首都居民的战争情绪，恭请皇帝离开军队。

他们拿皇帝要鼓舞人民和呼吁人民保卫祖国作为离开军队的理由，把信呈给了皇帝，并且被他接受了，——就是这种鼓舞（它是皇帝亲自莅临莫斯科的结果）是俄国胜利的主要原因。

10

在这封信还没有呈给皇帝的时候，巴克拉在吃饭的时候通知保尔康斯基说，皇帝本人要召见安德来公爵，要垂询他关于土耳其的事，安德来公爵要在晚间六点钟向别尼格生的司令部报到。

就在这一天，皇帝行宫接到了关于拿破仑向前推进的消息，这个推进足以危害俄军，但这个消息后来证明是不确实的。这天早晨，米部上校陪同皇帝骑马视察德锐萨防御工事，并且向皇帝说明，这个设防的野营是毫无意义的，并且会使俄军遭到毁灭。这个野营是卜富尔设计的，并且它直到此时被人当作是战术的chef-d'oeuvre〔杰作〕，以为它一定会消灭拿破仑。

安德来公爵来到了别尼格生将军的司令部，这是河岸上一座小小的、地主的屋子。别尼格生和皇帝都不在那里；但是皇帝的侍从武官切尔内涉夫接待了保尔康斯基，向他说明，皇帝和别尼格生将军、保路翠侯爵这天第二次去视察德锐萨野营的工事，他们对于它的作用开始大为怀疑了。

切尔内涉夫拿着一本法国小说坐在第一个房间的窗边。这房间从前大概是音乐厅；里面还有一架风琴，它上面放着一些毯子，在房间角落里放着别尼格生副官的一张折床。这个副官也在那里。他显然是由于酒宴或工作而疲乏至极，坐在折起了的床上打盹。这里有两道门：一道直通大客厅，另一道在右边，通往书房。从第一道门里传出了说德语的和偶尔说法语的话声。在这个客厅里，秉承皇帝的意旨所召集的，不是军事会议（皇帝爱好含混不清），而是几个人的会议，皇帝鉴于当前的困难局势，希望知道他们的意见。这不是军事会议，却好像是为了向皇帝个人解释某些问题而召集的会议。被邀请参加这个半正式会议的有：瑞典将军阿姆腓特、侍从武官长福尔操根、文村盖罗德（拿破仑称他是逃亡的法国臣民）、米邵、托尔[①]、根本不是军人的施泰恩伯爵，以及卜富尔自己。安德来公爵听说卜富尔是一切事务的la cheville ouvrière〔主动力〕。安德来公爵有了机会清楚地看见他，因为他是紧跟着安德来公爵来到的，他停下来，同切尔内涉夫说了一会儿，才走进客厅。

卜富尔穿着缝工低劣的俄国将官制服，他穿这件制服很不合适，好像是个演戏的人一样，乍看起来，他好像是安德来公爵认识的人，可是安德来公爵从来没有看见过他。在他身上有安德来公爵在一八〇五年所看见过的威以罗特、马克、施密特，以及许多别的德国军事理论家的特色。但他比所有的人更为典型。像他这样的德国军事理论家，一身具备了所有其他德国人的特性，是安德来公爵从未见过的。

卜富尔身材不高、很瘦，却骨骼宽大，身体粗壮健康，臀部宽阔，肩膀耸起。他的脸上有很多皱纹，有一双深凹的眼睛。他前面两鬓的头发，显然是匆忙地梳光的，但后边有些小发簇天真烂漫地翘着。他不安

① 毛注：托尔（K.F.Toll 1778—1842）为德国籍的俄国将军，一八一二年战争中，任军需总监，在拿破仑自莫斯科退去时，工作甚为积极。

地、发怒地回顾着，走进书房，好像他怕走进去的那个大房间里的一切。他举止笨拙地握着佩剑，转向切尔内涉夫，用德语问他，皇帝在哪里。显然他是想要赶快地走过各个房间，施行了鞠躬与问候，坐在地图前面工作，他在地图前面才觉得自如。他听到切尔内涉夫的话，连忙点头，并且嘲讽地微笑着，听着他说皇帝察看工事去了，而这些工事是他卜富尔根据自己的理论所设计的。他像自信的德国人说话一样，急遽地低声地自语着；说的或者是：Dummkopf,〔蠢材，〕……或者是：Zu Grunde die ganze Geschichte〔整个的事情要弄糟了〕……或者是：S'wird was gescheites d'raus werden〔这要造成不好的结果的〕……安德来公爵没有听清楚，想要走开，但切尔内涉夫把他介绍给了卜富尔，说他是刚从土耳其来的，那里的战事是那么侥幸地结束了。卜富尔与其说是瞥了瞥安德来，毋宁说是向他一眼扫过，笑着说道："da muss ein schöner tactischer Krieg gewesen sein.〔那一定是合乎战术原理的战争。〕"于是轻蔑地笑着，走进那间传出声音的房里去了。

显然卜富尔时时准备大发一通怒火，他今天特别生气，因为他们竟敢不同他一道去察看他的野营，并且加以评论。由于奥斯特理兹的经验，安德来公爵在和卜富尔这个短促的会面中，能够对这个人的性格获得明白的概念。卜富尔是那种自信得不可救药、不可改变的，自信得可以殉道的人，只有德国人才是这种人，正因为只有德国人的自信是根据一种抽象观念——科学，就是绝对真理的虚假知识。法国人自信，是因为他认为自己在智慧上和身体上，对于男人对于女人，是同样不可抗地有魅力的。英国人自信，是根据他是世界上最有组织的国家的人民，因此他作为英国人，总是知道他所应做的事，并且知道，作为英国人，他所做的一切，无疑是对的。意大利人自信，因为他是冲动的，并且容易忘记他自己和别人。俄国人自信，正因为他什么都不知道，也不想要知道，因为他不相信，他能够充分了解任何事情。德国人的自信是最坏的、最固执的、最令人讨厌的，因为他以为自己知道真理，知道科学，这种科学是他自己发明的，但在他自己看来是绝对的真理。卜富尔显然是这种人。他有科学——斜角运动的学说，这是他从腓得烈大帝战争史演绎出来的；他在新近战史中所遇到的一切，在他看来，是无意义的、野蛮的、不成体统的冲突，在冲突中双方都犯了许多错误，因此这些战争都不能叫作战争：这些战争不合乎理论，不能作为科学的门类。

在一八〇六年，卜富尔是战争计划拟定人之一，那个战争是在耶拿和奥扼尔斯泰特结束的，但是从那次战争的结果来看，他对自己的理论丝毫没有发现什么错误。反之，他认为违反他的理论，便是全部失败的唯一的原因，于是他带着他所特有的高兴的嘲讽口气说道：“Ich sagte ja, dass die ganze Geschichte zum Teufel gehen werde！〔我说过，整个的事情要弄糟的！〕”卜富尔是一个那样的理论家，他们那么爱自己的理论，以致忘记了理论的目的是在于实际中的应用；由于爱好理论，他仇恨一切的实际，并且也不想要知道实际。他甚至欢喜失败，因为由于在实际中脱离了理论而产生的失败，只向他证明了他的理论的正确。

他和安德来公爵和切尔内涉夫说了几句关于目前战争的话，他的神情显出他预先知道了一切都要糟糕，但是他并不感到不快。脑后翘起的没有梳好的发簇和匆促地梳过的双鬓，特别雄辩地说出了这一点。

他走进了另一个房间，从那里立刻传出了他的低沉的发牢骚的声音。

11

安德来公爵还没有目送卜富尔走去，别尼格生伯爵已经急促地走进了房，他向安德来·保尔康斯基点了点头，没有停留，一面走进书房，一面对他的副官发出指示。皇帝跟在他后边来了，于是别尼格生连忙走在前面，以便有所准备，及时地迎接皇帝。切尔内涉夫和安德来公爵走到台阶上去了。皇帝带着疲倦的样子下了马。保路翠侯爵向皇帝说着什么。皇帝把头向左偏着，带着不满意的神色听着保路翠特别激动地说话。皇帝显然是希望结束谈话，向前移动了一下，但是这个脸红的兴奋的意大利人忘记了礼节，跟着他走，继续说道：

“Quant à celui qui a conseillé ce camp, le camp de Drissa，〔至于这个建议野营——德锐萨野营的人，〕”保路翠说着，这时候皇帝正踏上台阶，注意到安德来公爵，注视着他的生疏的面孔。

“Quant à celui, sire，〔至于这个人，陛下，〕”保路翠不顾一切地继续说，好像不能够克制他自己，“qui a conseillé le camp de Drissa, je ne vois pas d'autre alternative que la maison jaune ou le gibet.〔建议德锐萨野营的人，我以为除了送进疯人院，或者上断头台，没有别的办法。〕”

皇帝没有听完，并且似乎没有听意大利人说话，认出了保尔康斯基，厚意地向他说话。

“我很高兴看见你。到他们聚会的地方去等着我。”

皇帝走进了书房。在他背后跟随着彼得·米哈洛维支·福尔康斯基公爵、施泰恩男爵。他们随手关了门。安德来公爵得到皇帝许可，和他在土耳其认识的保路翠到要开会的客厅里去。

彼得·米哈洛维支·福尔康斯基公爵所担任的职务，好像是皇帝的参谋长。福尔康斯基从书房里走进客厅，拿来许多地图放在桌上，他提出问题，希望听到在座各位的意见。事情是这样的，夜里得到了消息（后来证明不实），说法军向前推进要包围德锐萨野营。

阿姆腓特将军首先发言，为了避免当前的困难，他出人意外地提出了一个全新的主张，离开彼得堡和莫斯科大道的阵地，他说不出道理来，这无非是他要表示、他也能够有意见而已，但他认为，军队一定要集中在这个阵地上，等待敌人。显然，这个计划是阿姆腓特早已想好的，现在他提出来，目的与其说是在解答所提出的问题（这个计划并没有解答什么），毋宁说是在利用机会把它说出来。这是无数的提议之一；这些提议，在不知道战争会有什么性质的时候，可以彼此同样有理由地被提出来。有的人反对他的意见，有的人赞成。青年上校托尔比别的人更激烈地反驳这个瑞典将军的意见，在争论的时候，从衣服的旁边口袋里取出一本写满了的笔记本，他请求准许诵读出来。在这些浩繁的笔记里，托尔提出另外一个和阿姆腓特计划及卜富尔计划完全相反的作战计划。保路翠反驳托尔时，提出了一个前进和攻击计划，据他说，只有这个办法能够使我们脱离不可知的境地，脱离我们所处的陷阱（他这么称呼德锐萨野营）。在争论的时候，卜富尔和他的翻译福尔操根（他是朝廷关系中的桥梁）沉默着。卜富尔只是轻蔑地嗅鼻子，并且背过身去，表示他绝不降低身份，驳斥他现在所听到的无聊的话。但是当讨论会的主持人福尔康斯基公爵请他发表意见时，他只说：

“为什么问我呢？阿姆腓特将军提出了很好的后方暴露的阵地。或者是von diesem italienischen Herrn〔这位意大利先生的〕攻击——sehr schön〔好极了〕。或者是撤退。Auch gut.〔也好。〕为什么问我呢？”他说。“啊，你们比我知道得更清楚。”

但是当福尔康斯基皱了皱眉，说他代表皇帝咨询他的意见时，卜富尔便站起来，忽然兴奋起来，开始说道：

“一切都被弄糟了，都被弄乱了，都想知道得比我清楚，但现在又来找我了。怎样补救呢？用不着补救。一定要严格地遵守我提出的原则，”他说，在桌上敲着他的骨瘦的手指。“困难在哪里呢？废话，Kinderspiel！〔儿戏！〕”他走到地图前面，开始迅速地说话，用细小的手指着地图，证明没有任何偶然的情况会改变德锐萨野营的作用，一切都预料到了，并且假使敌人果真要包围，则敌人不可避免地要被消灭。

保路翠不懂德语，开始用法语问他。福尔操根来帮助他的法语说不好的首领，开始翻译他的话，却赶不上卜富尔，卜富尔迅速地证明，一切，一切，不但已经发生的一切，而且可能发生的一切，一切都在他的计划中预料到了，假使现在有了困难，则一切的过错只在于没有严格执行他的计划。他不断地讽刺地笑着，说明着，最后轻蔑地停止说明，好像一个算术家停止用各种方法证明那已经证明过的问题的正确性一样。福尔操根接替了他，继续用法语解释他的意思，并偶尔向卜富尔说，“nicht wahr, Exellenz? 〔是不是，阁下？〕”卜富尔好像一个愤怒的人在殴斗中殴打自己这一边的人一样，愤愤地向他的赞成人福尔操根嚷叫着：

“Nun ja, was soll denn da noch expliziert werden? 〔好吧，还有什么要解释的？〕”

保路翠和米邵同声用法语攻击福尔操根。阿姆腓特用德语问卜富尔。托尔用俄语向福尔康斯基公爵解释。安德来公爵沉默地听着、观察着。

在这些人当中，最引起安德来公爵同情的，是愤怒的、坚决的、自信得不近情理的卜富尔。在全体出席的人当中，显然只有他一个人没有什么要求，不对别人怀有仇恨，而只希望一件事——执行他的凭他多年努力研究出来的理论所拟成的计划。他是可笑的，他的讽刺令人讨厌，但是由于他对理想的无限忠实而引起别人不自觉的尊敬。此外，在所有发言人的所有言论中，除了卜富尔，都有一个共同的特点，这是在一八〇五年军事会议中所没有的——就是现在对于拿破仑天才的异常恐惧，这种恐惧，虽然被掩饰着，却表现在每个反对的意见中。他们认为，拿破仑可以做出任何的事情，他们从各方面期待着他，并且互相用他的可怕的名字来干扰别人的提议。似乎只有卜富尔一个人把拿破仑当作那样的一个野蛮人，就像所有的反对他的理论的人一样。但是除敬意之外，卜富尔还引起安德来公爵对他的怜悯。由于朝臣们对他说话的态度，由于保路翠竟敢向皇帝所说的话，尤其是，由于卜富尔本人的言语中某种绝望的表情，可以看得出来，别人既知道，他自己也觉得，他的失败是不远了。虽然他有自信心，且有德国人的意气不平的讽刺，他这个在耳门前头发梳光、在脑后发簇翘起的人却显得可怜。虽然愤怒与轻蔑的神色掩盖了这一点，他却显然感到绝望，因为现在，用大规模试验来证实他的理论、向全世界证明他的理论正确性的唯一的机会，就要失去了。

这场讨论经过了很长的时间，经过的时间愈长，争论愈激烈，以至喊叫与攻击个人，就愈不能从这些言论中得出任何共同的结论。安德来公爵听着这种用各国语言进行的谈话，以及许多提议、计划、反驳、喊叫，只是对他们所说的一切觉得惊讶。在他服军役的时期，他早已出现并且常常出现的一种想法，现在在他看来，成了十分明显的真理，这想法就是：任何军事科学是没有的，并且是不可能有的，因此也不可能有所谓军事天才。“战争的条件和情况是不可知的，并且是不能确定的，战斗人员的力量是更加不能确定的，这还能够有什么理论和科学呢？谁也不曾能够、并且现在也不能够知道，我们的和敌人的军队在一天以后是什么情形，谁也不会知道这一支队或那一支队的力量如何。有时候，没有一个懦夫在前方呼喊‘我们被切断了！’和在逃跑，却有一个快乐勇敢的人在前方高呼‘乌拉’——这时候，五千人的一个支队便抵得上三万人，例如在射恩格拉本的情形；有时候，五万人在八千人面前逃走，例如在奥斯特理兹的情形。在这种事情里面，正和在一切现实的事情里面一样，什么都不能确定，一切都取决于无数的条件，这些条件的作用是在某一个时候决定的，但是谁也不知道这某一个时候要在什么时候来到——在这种事情里面，能够有什么科学呢？阿姆腓特说，我们的军队被切断了，但保路翠说，我们使法军受到夹攻；米邵说，德锐萨野营的缺点是有河在背后，卜富尔却说，这是它的优点。托尔提出一个计划，阿姆腓特提出了另外一个；它们都好，又都不好，任何提议的好处只能在事件发生的时候看得出来。为什么大家都说有军事天才呢？一个人能够适时地下命令送上干粮，下命令谁向左走谁向右走，他便是天才吗？只是因为，把荣耀和权力授予了军人，许许多多卑鄙的人阿谀权力，使权力具有了它所没有的天才的特质，称他们天才而已。恰恰相反，我所知道的最好的将军们——是愚蠢的或者是心不在焉的人。最好的是巴格拉齐翁，拿破仑自己也承认这一点。还有拿破仑本人！我记得在奥斯特里兹原野上他的自满而狭小的面孔。好的统帅不但不需要天才或者任何特殊品质，而且反之，他所需要的，是极力减少人类最高尚、最美好的愿望——爱，诗，亲切，哲学的、探究性的怀疑。他应该是克制的，坚决地相信他所做的事是很重要的（不然他便没有足够的耐心），只有在这个时候，他才是一个勇敢的统帅。上帝不许他有人性，不许他爱什么人、同情什么人，想到什么是对的，什么是不对的。足见天才的理论是早就替他们捏造出来的，因为他们有权力。战争的胜利不是取决于他们，而是取决于队伍中那个喊叫‘垮了！’或喊叫‘乌拉！’的人。只有在队伍里，人才能够带着‘自己有用’的信心而服役！”

安德来公爵一面听着说话，一面这么想着，直到保路翠唤他、大家都散去时，他才清醒过来。

第二天检阅时，皇帝问安德来公爵，他希望在哪里服役，安德来公爵没有要求留在皇帝身边，却要求准许他到军中去服役。他永远失去了在朝廷供职的机会。

12

罗斯托夫在战争爆发前，接到双亲的一封信，信里向他简短地提到娜塔莎的病状和她与安德来公爵的解约（他们以娜塔莎的拒绝向他说明了这个解约），他们又要他退役回家。尼考拉接到这封信，并不打算请假或退役，却回信给双亲说，他很可惜娜塔莎的病以及她和未婚夫的解约，说他要做他所能做的一切来满足他们的希望。他另外写了封信给索尼亚。

“我心中所崇拜的朋友，”他这么写着，“除了荣誉，没有东西能够阻止我返回乡间。但是现在，在战争开始之前，假使我只顾自己的幸福，不顾我对祖国应尽的责任，抛弃了对祖国的爱，则我要认为，我不但在所有的同事们的心目中，而且在自己的心目中都是不光荣的。但这是最后的别离。你相信，战争一结束，假使我还活着，并且仍然被你爱着，那时我就抛弃一切，飞奔到你面前，把你永远搂在我火热的胸前。”

确实，只是战争的爆发阻止了罗斯托夫，使他不能够照他所许诺的那样回家去和索尼亚结婚。奥特拉德诺的秋天和打猎，冬天和圣诞节，以及和索尼亚的爱情，在他心中展开了一幅清静的乡村快乐与安宁的情景，这是他以前从未想象到的现在却吸引着他的美景。“出色的妻子、儿女、一群好猎犬、十来队勇猛的狼犬、农田里的事、邻居以及被选供职[①]。”他这么想。但是现在爆发了战争，他应该留在团里。因为应该如此，所以尼考拉·罗斯托夫由于自己的性格，他对在军营中所过的生活觉得满意，并且在这种生活里能感到乐趣。

尼考拉休假满期归营时，受到同伴们热烈的欢迎，被派去补充军马，从小俄罗斯带回了很好的马匹，这使他高兴，还使他得到上峰的嘉奖。他出差的时候被升为上尉，当全团扩大名额、实施战时编制时，他又接受了他从前所指挥的那一个连。

战争开始了，这一团向波兰移动，发了双饷，来了新军官、新兵、新马，尤其是，军中充满了战争开始时所常有的那种兴奋而乐观的情绪；罗斯托夫明白自己在团里的有利地位，完全醉心于军役的快乐与乐趣，虽然他知道，他迟早要丢开他们的。

军队因为各种复杂的、国家的、政治的以及策略上的原因退出维尔那。退却的每一步骤，都连带着总司令部里的各种利害、论断和感情的复杂的活动。对于巴夫洛格拉德骠骑兵团的兵士们来说，这整个的退却在夏季是最好的时候，而且有充分的给养，是极简单而愉快的事。沮丧、不安和阴谋，只在司令部里才有，而在军队的队伍里，并没有人问到，他们到哪里去，为什么要去。假使有人觉得退却可惜，那只是因

---

① 毛注：他意思是由地方贵族选为行政官吏。

为，他们不得不离开他们住惯的地方，离开美丽的波兰姑娘。假使有人觉得情况不好，那么，有这个感觉的人，便像一个优秀的军人所应有的那样，极力使自己高兴，不去想战事的进程，只想身边最近的事。起初他们快乐地驻扎在维尔那附近，结识波兰地主，准备并且受到皇帝和其他高级司令官的检阅。后来下了命令，要退却到斯文促安尼，并且毁掉不能带走的粮食。斯文促安尼是骠骑兵们记在心头的，一方面是因为这里是酗酒的野营——全军都这样称呼在斯文促安尼的扎营，另一方面是因为斯文促安尼那里对于军队有许多怨言，埋怨的原因是他们利用征集粮食的命令，除征粮之外，还从波兰地主家拿去马匹、车辆和地毯。罗斯托夫记得斯文促安尼，因为他到达这个地方的第一天，便撤换了骑兵上士；他不能管制他的骑兵连里所有喝得醉醺醺的兵，他们瞒着他偷吃了五桶陈啤酒。从斯文促安尼他们节节后退，一直退到德锐萨，又从德锐萨后退，现在已经快退到俄国边境了。

七月十三日，巴夫洛格拉德团的兵士们第一次参加重要的战斗。

在七月十二日的夜里，战争的前夜，刮起了剧烈的飓风，下起了雨和冰雹。总之，一八一二年夏天的暴风雨是非常之多的。

两个巴夫洛格拉德的骠骑兵连，露宿在那全被牛马踏倒的、已经结穗的燕麦田里。大雨如注，罗斯托夫和一个为他所保护的青年军官依利因，坐在草草搭成的小棚子里。本团的一个军官，留着长长的络腮胡子，他从司令部回来，为了躲雨走进罗斯托夫的棚里。

“伯爵，我是从司令部来的。您听到拉叶夫斯基的功绩了吗？”于是这个军官详细地说了他在司令部里所听到的萨尔塔诺夫战斗的详情。

罗斯托夫扭动着淌水的颈子，抽着烟斗，不注意地听着，偶尔望一望挤在他身边的青年军官依利因。这个军官还是个十六岁的孩子，入团不久，他现在和尼考拉的关系，正如同七年前尼考拉和皆尼索夫的关系一样。依利因极力要事事模仿罗斯托夫，并且像女孩子那样地爱慕他。

这个有唇髭的军官斯德尔任斯基夸张地说，萨尔塔诺夫堤是俄国的瑟摩彼利[①]，在这个堤上，拉叶夫斯基将军做出了千古不朽的事迹。斯德尔任斯基叙述拉叶夫斯基的事迹，说他在可怕的炮火下领着他的两个儿子到堤上去，并且和他们一同进攻。罗斯托夫听着他的叙述，不但没有称赞斯德尔任斯基的热心，而且反之，显出羞于他所听到的话的样子，然而他无意反驳。罗斯托夫在奥斯特理兹和一八〇七年的战争以后，根据自己的经验知道，人们叙述战绩的时候总是撒谎，正如同他自己叙述的时候也说谎；再说，他有充分的经验，知道战争中所发生的一切，完全不是我们所能想象和叙述的那样。因此他不满意斯德尔任斯基的叙述，不满意这个有络腮胡子的斯德尔任斯基本人，由于习惯，他对着听话的人的脸把头低低地垂着，并且在狭小的棚子里挤他。罗斯托夫沉默地望着他。“第一，在那被攻击的堤上，一定是那么混乱、那么拥挤，即使拉叶夫斯基领了他的儿子上堤，对于谁也不能发生影响，除了对于他身边的十来个人以外，”罗斯托夫想着，“其余的人不能看见拉叶夫斯基是怎样并且是同谁一起走到堤上去的。但那些看见的人，也没有显得很兴奋，因为，事情已经到了自己性命攸关的时候，拉叶夫斯基那种亲切的、父亲的情感与他们有什么关系呢？再说，国家的命运并不取决于是否占据了萨尔塔诺夫堤，正像别人对我们所说的瑟摩彼利的情形那样。所以为什么要有这样的牺牲？而且为什么在战争场合里，要自己的儿子去冒险呢？我不但不会带我的弟弟彼恰去，而且也不会带这个我觉得陌生的、但又是善良的孩子依利因去，你要尽力把他们安置在什么地方，得到保护。”罗斯托去一面继续想着，一面听斯德尔任斯基说着。但他没有说出自己的想法，他在这方面也有了自己的经验。他知道，这个故事的作用是赞扬我们军事上取得的荣誉，因此应该做出不怀疑它的样子。他就是这么做了。

“但是，我不行了，”依利因说，看出了罗斯托夫不高兴斯德尔任

① 地在希腊北部，公元前四八〇年，希腊军在此抵御波斯的侵略。

斯基的话，“袜子、衬衫、我的身子下边都淌水了。我要去找躲雨的地方。好像雨下小了。”

依利因走出去了，斯德尔任斯基也走了。

五分钟后，依利因在泥浆里奔跑着回到棚子。

“乌拉！罗斯托夫，我们赶快去。我找到了！大约两百步远的地方有一个小旅店；那里已经有了我们的人了。我们至少可以把衣服烤一烤。玛丽亚·根利荷芙娜也在那里。”

玛丽亚·根利荷芙娜是团里医生的妻子，是年轻美丽的德国女子，是医生在波兰娶的。医生也许是没有办法，也许是不愿意在新婚的初期离开年轻的妻子，随身带她跟着骠骑兵团到处走，医生的嫉妒成了骠骑兵军官间通常的笑柄。

罗斯托夫披上外套，叫拉夫如施卡带着东西跟随他，于是同依利因一道走去，在偶尔被远处的电光划破的黑暗中，在细雨中，他们有时在泥泞里滑着，有时在泥泞里踹着。

“罗斯托夫，你在哪里？”

“在这里，多亮的闪电呀！”他们互相叫着。

13

医生的篷车停在旅店门口，旅店里面已经有了五个军官。玛丽亚·根利荷芙娜是个肥胖的、金发的德国女子，穿着短宽服，戴着睡帽，坐在前面角落里的阔凳子上。她的医生丈夫，睡在她旁边。罗斯托夫和依利因走进房，军官们欢迎他们，发出快乐的喊叫声和欢笑声。

“啊！你们多快活。”罗斯托夫笑着说。

“您为什么打嗬欠？”

“好漂亮呀！他们身上淌着水呢！不要把我们的客厅弄湿了。”

“不要弄脏了玛丽亚·根利荷芙娜的衣裳。”大家一起回答。

罗斯托夫和依利因急忙找一个角落，换下湿衣服，免得玛丽亚·根利荷芙娜害羞。他们走到隔墙的后面去换衣服；但是在这个小角落里坐满了人，在一只空箱子上放着一支蜡烛，有三个军官在玩纸牌，谁也不愿意让出地方来。玛丽亚·根利荷芙娜临时借出她的裙子，用它代替帘子，就在这个帘子的后边，罗斯托夫和依利因靠着背行囊的拉夫如施卡的帮助，脱下了湿衣服，换上了干衣服。

他们在破壁炉里生了火。他们找到了一块木板，搭在两个鞍子上，铺上马衣，又找来一个小茶炊、一个酒壶和半瓶甜酒，并且要求玛丽亚·根利荷芙娜做女主人，大家都挤在她的身边。有的给她一块干净的手帕，以便拭她的美丽的小手，有的把上衣垫在她的小脚下以免受湿，有的把外套挂在窗子上挡风，有的把苍蝇从她丈夫脸上赶走，使他能好好睡觉。

“不要管他吧，”玛丽亚·根利荷芙娜羞涩地愉快地微笑着说，“他一夜没有睡，现在睡得多好。”

“不行，玛丽亚·根利荷芙娜，”一个军官回答，“应该侍候医生的。也许在我的手脚要锯掉的时候，他会可怜我的。”

杯子只有三只；水是那么脏，因而不能确定茶是浓是淡，而且茶炊里只能烧六杯水，因此更加有趣了：大家按照年纪的大小，轮流地从玛丽亚·根利荷芙娜那又肥又短、指甲不很干净的手里接过各人的茶杯。似乎是所有的军官，确实在这天晚上都爱上了玛丽亚·根利荷芙娜。甚至那些在隔墙那边玩纸牌的军官，也歇了牌，怀着大家对玛丽亚·根利荷芙娜献殷勤的那种心情，走到茶炊旁边。玛丽亚·根利荷芙娜看见自己身边围绕着这些漂亮而恭敬的青年，显得很高兴，虽然她极力掩饰这种心情，虽然她每次看到睡在她身边的丈夫身子一动，便显得胆怯。

勺子只有一个，糖却多极了，但是来不及搅糖，因此决定由她轮流地替每一个人搅糖。罗斯托夫接过自己的茶杯，在茶里倒进甜酒，请玛丽亚·根利荷芙娜搅一搅。

“怎么，您没放糖？”她说，一直微笑着，好像她所说的一切和别人所说的一切都是很可笑的，并且含有别的意义。

“我不要糖，我只要您用自己的小手搅一下。”

玛丽亚·根利荷芙娜同意了，开始寻找勺子，勺子已被人夺去了。

“您用手指，玛丽亚·根利荷芙娜，”罗斯托夫说，“这样更好了。”

“太烫了！”玛丽亚·根利荷芙娜说，高兴得脸发红。

依利因拿来一桶水，倒进一点甜酒，搬到玛丽亚·根利荷芙娜面前，要求她用手指搅。

“这是我的茶杯，”他说，“只要您把手指伸到杯子里，我就喝完。”

茶炊倒空了的时候，罗斯托夫拿了一副纸牌，提议和玛丽亚·根利荷芙娜玩王牌。他们拈阄决定了谁是玛丽亚·根利荷芙娜的同伙。大家同意了罗斯托夫提出的玩纸牌的规矩，就是谁做了国王，便有权利吻玛丽亚·根利荷芙娜的小手儿，谁做了傻瓜，便在医生醒来时，为他另煮一壶茶。

“那么，假使玛丽亚·根利荷芙娜做了国王，怎么办呢？”依利因问。

“她就是皇后！她的话就是法律。”

刚刚开始玩牌，医生的头发蓬乱的头忽然从玛丽亚·根利荷芙娜背后抬起来了。他早就醒来了，听着他们所说的话，显然他们所说所做的一切，他看不出任何愉快的、可笑的或者有趣的地方。他的脸色愁闷、沮丧。他没有向军官们致候，搔了搔头发，要求他们让他出去，因为他们挡了他的路。他刚刚走出去，全体军官就发出了大声地欢笑，玛丽亚·根利荷芙娜却脸红得快要淌眼泪了，这使她在所有军官们的眼睛里，更有魅力了。医生从院子里回来，向他的妻子说（她脸上快乐的笑容消失了，惊恐地望着他，等着他说话），雨已经停了，他们应该到篷车里去过夜，不然东西要被人偷光了。

“好，我派一个传令兵去守……派两个，”罗斯托夫说，“算了吧，医生。”

“我自己去站岗！”依利因说。

“不要，诸位，你们睡过了，但我两夜没有睡。”医生说，气闷地坐在妻子的身旁，等候玩纸牌结束。

医生斜视着他的妻子，军官们看见医生愁闷的面色，更加开心了，许多人忍不住笑出声，不过笑了之后，他们连忙寻找好听的借口。当医生领着他的妻子走出去，同她上了篷车的时候，军官们躺在旅店里，用潮湿的军大衣盖着身体；但是他们好久没有睡着，时而彼此谈话，提起医生不高兴的心情和他妻子愉快的脸色，时而跑到台阶上去，回来报告篷车里所发生的事情。罗斯托夫几次蒙了头想睡觉，但是不知谁的说话声又提起了他的精神，谈话又开始了，并且又发出了无缘无故的、开心的、小孩般的笑声。

14

两点钟以后还没有人睡着，有一个骑兵上士带来了命令，要他们开拔到一个小市镇奥斯特罗夫那去。

军官们仍旧谈着、笑着，连忙开始准备；他们又在茶炊里烧着混浊的水。但是罗斯托夫没有等到喝上茶，便到骑兵连去了。已是黎明时分了；雨停了，云散了。天气潮湿而寒冷，特别是穿着未干的衣服。罗斯托夫和依利因两个人走出旅店，在朦胧的晨光中，看了看因雨水而发亮的医生的皮篷车，从车帷的下边伸出了医生的脚，在车子当中可以看到医生妻子在枕头上戴着睡帽的头，听到她的熟睡的呼吸声。

“确实她很可爱！”罗斯托夫向一同出来的依利因说。

“多么迷人的女人啊！”依利因带着十六岁的人的严肃态度回答。

半小时后，排好队的骑兵连站在路上了。发出了命令：“上马！”兵士们画着十字上了马。罗斯托夫走在前面，命令：“前进！”于是骠骑兵四人一列展开了，在潮湿的道路上发出马蹄溅起泥淖声、佩刀铿锵声和低低的说话声，他们随着前面的步兵和一队炮兵，在两旁种植桦树的大道上前进。

破碎的蓝色带紫的云，因为日出而发红，在风里飞驰着。天色渐渐明亮了。总是生长在乡村道路旁边的弯曲的草看得清楚了，因为夜雨草还是潮湿的；桦树的垂枝也是潮湿的，在风里摆动着，顺着风势滴下明亮的水珠。士兵的面孔也渐渐清楚起来了。罗斯托夫和紧跟着他的依利因在两行桦树之间的大路边上走着。

在作战时，罗斯托夫自己骑着哥萨克的马，不骑战马。他是识马的人，又是猎人，他新近得到一匹烈性的、顿省种的、好看的、有鬃的大马，这匹马是谁也赶不上的。罗斯托夫觉得骑这匹马是一种乐趣。他想到马，想到早晨，想到医生的妻子，却没有一次想到迫近的危险。

从前，罗斯托夫去打仗时便害怕，现在他没有丝毫的恐怖情绪。他不怕，不是因为他听惯了炮声（人对于危险是不能习惯的），而是因为他遇到危险时能够控制自己的心情。他习惯了在去打仗的时候想到一切，只是不想那个似乎是他所最关心的事情，不想到眼前的危险。在从军的初期，无论他多么努力，无论他怎么责备自己懦弱，他却做不到这一点；但现在，经过了许多年，他也能这么做了。此刻，他和依利因在桦树之间并排走着，偶尔从他的手所碰着的树枝上摘下一片叶子，有时用脚踢马肚子，有时头也不转过来，把吸完的烟斗递给身后的骠骑兵，显出那样镇静的无忧无虑的神情，好像是骑马闲游一样。他可怜地望着不安的话很多的依利因的兴奋的面孔，他凭经验知道这个骑兵少尉预感到恐怖的和死亡时的痛苦心情，并且知道，除了时间，没有什么可以帮助他减轻痛苦。

太阳刚刚从乌云后边升到那一块明净的天空，风便平息了，似乎风不敢破坏这暴风雨后夏天早晨的美景；水珠还在滴，但已经是直滴下来了，——一切寂静无声。太阳升起来了，在地平线上显露了一会，又消失在上边的一条窄长的乌云里。几分钟后，太阳更明亮地升到乌云的上边，并且扯裂着云边。万物光明灿烂。随着亮光的出现而同时响起的是前面所发出的炮声。

罗斯托夫还没有来得及思索并断定这些炮声的远近，奥斯忒曼·托尔斯泰伯爵的副官已从维切不司克骑马跑来，带来命令要顺着大道缓驰前进。

骑兵连赶过了也是急于赶快前进的步兵和炮兵连，下了山，经过一个没有居民的空村庄，又上山。马开始出汗，人脸发红。

“停，看齐！”骑兵营长在前面发令。

“向左前进，慢步走！”前面传来了命令声。

骠骑兵们顺着步兵的行列，走到阵地左翼，停在前线上的我方矛枪骑兵的后面。右边是我方密集的步兵纵队，——他们是后备队；在他们上方的山上，在清净明亮的空气中，在早晨斜射的亮光里，在地平线上，可以看到我方的大炮。在前面的深谷的那边可以看到敌人的纵队和大炮。在山谷里可以听到我方前哨的声音，他们已经加入战斗，和敌人互相射击觉得很愉快。

罗斯托夫听到这些许久没有听到的声音，好像是听到最欢乐的音乐一样，他的精神提起来了。特拉卜——嗒！嗒！嗒！枪声时而一齐打响，时而迅速地连续响起。一切又都寂静了，然后又好像有人在玩鞭炮似的，发出打冷枪的声音。

骠骑兵们在原地停留了大约一小时。开始打炮了。奥斯忒曼伯爵带着随从走到骑兵连的后面停下来，和团长说了话，又回到山上的大炮那边去了。

奥斯忒曼走了以后，对矛枪骑兵发了命令：

“成纵队，预备攻击！”

他们前面的步兵分成了排，让骑兵通过。矛枪兵出动了，矛枪的缨子飘动着，向山下左边的法国骑兵缓驰而去。

矛枪兵刚下山，骠骑兵便奉命下山去掩护炮兵。骠骑兵刚到了矛枪骑兵空出的地方，便从前方飞来了嗖嗖呼啸的枪弹，落在远处，没有射中目标。

这种许久没有听见的声音，使罗斯托夫觉得比先前的枪声更愉快、更兴奋。他挺起身子，观察展开在山前的战场，一心注意着矛枪骑兵的行动。矛枪骑兵冲到法国龙骑兵面前去了，在硝烟中发生了混乱，五分钟后，矛枪骑兵退回来了，并未回到他们先前驻扎的地方，却偏左一点。在骑栗色马匹、穿橙色军服的矛枪骑兵的行列之间及在他们后边，可以看见一大群骑灰色马匹、穿蓝色军服的法国龙骑兵。

15

罗斯托夫凭他敏锐的猎人的眼睛，首先看见了这些穿蓝色军服的法国龙骑兵在追赶我们的矛枪骑兵。凌乱的一群群矛枪骑兵和追赶他们的法国龙骑兵相距得越来越近了。已经可以看到，这些在山下显得矮小的人们在彼此冲撞，互相追逐，并且挥着手臂或者佩刀。

罗斯托夫好像是在打猎的时候一样望着面前所发生的事情。他本能地觉得，假使现在用他的骠骑兵去攻击法国龙骑兵，他们便抵挡不住；但假使要攻击，便应该立刻就发起，马上就发起，不然就迟了。向四周看了一下。上尉站在他旁边，也一直紧盯着下方的骑兵。

“安德来·塞发斯提阿支内，”罗斯托夫说，“你要知道，我们能击溃他们……”

“那好极了，”上尉说，“确实……”

罗斯托夫没有听完他的话，便刺了刺坐骑，跑到骑兵连的前面去了，他还没有来得及发出进攻的命令，整个骑兵连像他所感觉的那样，已经随着他出动了。罗斯托夫自己也不知道，他是怎样并且为什么他要这么做。他不假思索、不加考虑地做了这一切，就像他在打猎的时候所做的一样。他看见龙骑兵接近了，他们凌乱地奔驰着；他知道他们抵挡不住攻击，而且知道只有那片刻时间，假使错过了时间，它是不会再来了。子弹那么激烈地在他四周嗖嗖呼啸地响着，马那么急切地向前猛冲，以致他无法加以控制。他刺了刺坐骑，下了命令，顷刻之间，他听到背后展开着的骑兵连的马蹄声，他急速地向山下龙骑兵冲去。他们还没有下山，他们的坐骑已经不觉地由急驰变为奔腾，他们愈接近矛枪骑兵和矛枪骑兵背后追赶着的法国龙骑兵，他们的坐骑奔腾得愈快。龙骑兵接近了。前面的人看见了骠骑兵，开始向后转，后面的人停下了脚。罗斯托夫怀着拦截狼的去路时的那种心情，使他的顿省种的马竭力奔腾，去拦截法国龙骑兵的凌乱的队伍。有一个矛枪骑兵停下了脚，有一个步行的趴倒在地上，以免被撞倒，一匹无人骑的马夹杂在骠骑兵之间。几乎全部的法国龙骑兵都向回跑。罗斯托夫紧盯着一个骑灰色马的法国人，向他急冲。在路上他碰到一丛灌木，但他的矫捷的马越过去了，尼考拉还没有在鞍上坐正便看出，他在顷刻之间就要赶上那个被他认作目标的敌人。这个法国人从服装上看来，一定是一个军官，弯着腰坐在灰色马上奔驰着，用他的佩刀鞭策着。顷刻之间，罗斯托夫的马的胸部撞上了那个军官的马的后部，几乎把它撞倒，就在这个时候，罗斯托夫自己不知道为什么，举起了刀向法国人砍去。

就在他举刀砍杀的那一片刻，罗斯托夫所有的拼杀精神顿然消失了。军官从马上跌下来，这与其说是由于刀砍，刀只轻轻地碰在他的胳臂上边，毋宁说是由于马的颠簸和受惊。罗斯托夫勒住了马，两眼寻找着他的敌人，要知道他打败的是谁。法国龙骑兵的军官一只脚在地上跳着，一只脚拤在脚镫里。他恐怖地眯着眼睛，好像每一秒钟都会再挨一刀，他皱了皱眉，带着恐怖的神情，抬起头看了看罗斯托夫。他的脸色是苍白的，沾了泥，他是个金发的年轻人，下巴上有个酒窝，眼睛是浅蓝的，这脸一点儿也不像是战场上所有的敌人的脸，却是最寻常的家庭生活中所常见的脸。在罗斯托夫还没有决定怎样处置他之前，军官已经喊叫："Je me rends！"〔我投降了！〕他忙乱着，想要却又不能把脚从脚镫里抽出来，用惊恐的蓝眼睛不动地望着罗斯托夫。赶上来的骠骑兵们，拔出他的脚，把他扶到鞍子上。骠骑兵在各处忙于处理龙骑兵：有一个受伤了，脸上有血，却不肯放开他的马；另一个抱着骠骑兵，坐在骠骑兵的马臀上；第三个正由骠骑兵扶着上马。前面的法国步兵一面奔跑一面射击。骠骑兵们带着俘虏们连忙向回跑。罗斯托夫和别的人一同向回跑，在心里感觉到一种难受的不快的情绪。由于这个军官的被俘和砍了他一刀，他内心感觉到一种茫然的、混乱的、自己怎么也说不明白的情绪。

奥斯忒曼·托尔斯泰伯爵迎接了返回的骠骑兵，把罗斯托夫喊到跟前，感谢了他，并且说，他要向皇帝呈奏他的勇敢行为，并且要请求颁给他乔治十字勋章。罗斯托夫被召唤去见奥斯忒曼伯爵的时候，才想起他发起的攻击并没有接到命令，同时他认为，司令官把他找去是为了处罚他的这种擅自的行动。奥斯忒曼的赞语和奖赏他的话，应该使罗斯托夫觉得高兴；但他仍然感觉到一种不愉快的茫然的厌恶的情绪。“使我苦恼的究竟是什么呢？”离开将军时，他问他自己。“是依利因吗？他是安然无恙的。我做了什么丢脸的事情吗？不是。都不是！”有一种别的东西使他觉得苦恼，那好像是忏悔。“是的，是的，那个有小酒窝的法国军官。我记得很清楚，在我举刀要砍的时候，我的手是怎样停住的。”

罗斯托夫看见了被押走的俘虏，跟在他们后面奔去，以便看一看那个下巴有酒窝的法国人。那人穿着奇异的军装，坐在骠骑兵的一匹后备马上，并且不安地四面张望着。他手臂上的刀伤几乎算不了是伤。他做作地向罗斯托夫微笑了一下，向他挥手致意。罗斯托夫见了仍然觉得不舒服，并且有点难为情。

这一整天和第二天，罗斯托夫的朋友和同事注意到他不愁闷、不发怒，但沉默着、思索着、凝神着。他勉强地喝酒，力求独自思索着什么。

罗斯托夫总是想着他这次的光荣功绩，令他惊讶的是，这个功绩使他获得了乔治十字勋章，甚至使他获得了勇士的名誉；可是有一点是无论如何也不能了解的。“看来他们比我们更加害怕！”他这么想着，“这就是所谓英勇的全部含义吗？我为祖国是这么做的吗？那个有小酒窝和蓝眼睛的人，他的罪在哪里呢？他是多么恐惧啊！他以为我要杀死他。我为什么要杀死他呢？我的手是发抖的。但是他们给了我乔治十字勋章。我一点儿也不明白！”

尼考拉在心中反复考虑这些问题，对于那个使他那么苦恼的问题，仍然没有给他自己一个明确的回答，但这时候，军役中幸运的轮子转得于他有利了，像这种事是常有的。在奥斯特罗夫那战役之后，他升了官，指挥一营骠骑兵，并且在需要一个勇敢的军官的时候又委派了他。

16

接到了娜塔莎生病的消息以后，伯爵夫人虽然还没有完全复原，还很虚弱，却同彼恰和全家来到莫斯科，于是罗斯托夫全家从玛丽亚·德米特锐叶芙娜的家里搬进自家的房子，并且在莫斯科住下来了。

娜塔莎的病是那么严重，因而想到她得病的原因，她的行为，以及她的解除婚约，都成了次要的事情，这对她和她的父母倒是幸事了。她的病那么重，因而没有人能够想到她对于所发生的一切要负多大的责任，这时候她不吃、不睡，显见地消瘦了，她咳嗽，并且正如医生们使她的父母所感到的那样，她的病很危险。只能想到怎样帮助她了。医生们来看娜塔莎，有时各人单独地来，有时大家举行会诊，用法语、德语、拉丁语说着各种各样的话，他们互相批评，按照他们看得出来的病症开出各种各样的药方；但是他们当中没有一个人想到一个简单的道理，就是他们不能够了解娜塔莎所生的病，因为没有一种活人的病是能够被了解的；因为每一个活人有他的特性，并且总有他自己的特殊的、新的、复杂的、医学上不知道的病，不是医书上所写的肺、肝、皮肤、心、神经等病，而是这些器官的疾病的某一种结合症。医生们不能够想到这种简单的道理（正如同魔法师不能够想到，他不能行使魔法），因为他们的毕生工作是治病，因为他们靠治病获得钱财，并且因为他们在这件事情上耗费了他们生命中最好的年华。但是医生们不能够想到这种道理，主要因为他们知道，他们无疑是有用的，而且事实上，对于罗斯托夫全家是有用的。他们有用，不是因为他们给女病人吞服大部分是有害的药剂（这种害处是不大感觉到的，因为有害的药剂所用的分量是微小的），但他们是有用的、必需的、不可少的，因为他们满足了病人的和爱护病人的人的精神上的要求，这就是为什么现在有、将来也有假医生、女巫、对症治疗者和顺势治疗者的原因。他们满足了那种永恒的、人类的要求，就是人在痛苦时所具有的希望减轻痛苦的要求，获得同情和见诸行动的要求。他们满足了那种永恒的、人类抚摩痛处的要求，这在小孩子身上可以看到最原始的形式。小孩子自己有了伤痛，便立即跑到母亲或保姆的怀抱里，要她们抚摩并且吻自己的痛处，她们抚摩了、吻了痛处，他便觉得痛苦减轻了。小孩子不相信，那些最有力量、最有智慧的人没有办法减轻他的疼痛。使小孩获得安慰的，是减轻疼痛的希望，是母亲抚摩他的肿包时所表示的同情。医生对于娜塔莎有用，因为他们吻了、抚摩了她的“肿包”并断言说，假使车夫到阿尔巴特街的药店去用一卢布七个格利夫那[①]买回装在好看的小盒里的药粉和丸药，假使这些药粉一定每隔两小时，时间不多也不少，由女病人用开水吞服一次，“肿包”就立刻会消去。

假如不给病人按时服药、喝水、喝汤以及按医生的吩咐做好一切生活琐事（这些是照料病人的事务性工作，做好这些事情，对服侍病人的人来说，也是一种安慰），那么索尼亚和伯爵夫人又有什么事可做呢？她们无事可做，那又成什么样呢？假使不是伯爵知道，娜塔莎的病花了他几千卢布，并且为了她的好转，他不惜再花几千；假使伯爵还不知

① 一个格利夫那合十个戈比，好像中国的一角钱。

道，她若不复原，他还不惜再花几千，把她送到外国去找医生会诊；假使伯爵还不能够详尽地说出美提弗耶和费来尔看不准，弗利斯却看得准，而穆德罗夫更能确定她的病症，——那么，他怎么能够忍心看到他心爱的女儿在害病呢？假如不是伯爵夫人因为娜塔莎不完全遵守医生的吩咐，偶尔和生病的娜塔莎争吵，那么她有什么事情可做呢？

她在发火而忘记自己忧愁的时候说："假若你不听医生的话，不按时吃药，这样是永远不会好的！在你的病会变为肺炎的时候，不能够这样忽视的。"伯爵夫人这么说，在她说出这个不单是她一个人不明白的字眼的时候，她已获得了很大的安慰。

索尼亚假若不是愉快地觉得，为了决心严格执行医生的一切吩咐，她第一次连续三夜没有脱衣裳，并且她现在夜里不睡，为了不误服药的时间，准时从小金盒子里取出稍含毒性的药丸给病人吞服，那么她要做什么呢？甚至娜塔莎自己，虽然说过没有药能医好她的病，说这一切都是蠢事，却乐于知道，他们对她做出了这么多牺牲，她应该在一定的钟点服药。甚至这样的事也使她高兴，就是她能够表示，她不遵守医生的吩咐，不相信治疗，不看重她自己的生命。

医生每天来按脉，看舌苔，没注意她的沮丧的脸色，和她说笑话。但后来，医生走进另一个房间，伯爵夫人赶快跟他走进去，他做出严肃的神情，沉思地摇头说，虽然还有危险，他希望这最后的药剂能有效力，又说应该等着看；他又说，这病大部分是精神上的，但……

伯爵夫人一面极力遮遮掩掩，一面把金币塞到医生的手里，然后总是安心地回到病人那里。

娜塔莎的病因是她吃得少、睡得少、咳嗽，总是没有精神。医生说病人不能够没有医药的帮助，因此他们把她留在城市里，让她呼吸那种令人窒息的空气。因此在一八一二年的夏天，罗斯托夫家没有下乡。

娜塔莎虽然吞服了大量药丸、小瓶和小盒的药水、药粉（邵斯夫人爱好这些小东西，她收集了很多），虽然失去了她所习惯的乡村生活，她的青春活力却发生了作用：日常生活使她渐渐忘记了自己的悲伤；这悲伤不再像痛苦的疾病那样压在她的心上，渐渐成为过去的事，而她也开始在身体上复原了。

17

娜塔莎更沉静了，但并没有更加愉快。她不但逃避各种外界的欢乐：跳舞会、闲游、音乐会、看戏；而且没有一次笑的时候不是带着眼泪。她不能唱歌。她一开始要笑，或试图独自歌唱的时候，泪水便哽住了她：那是忏悔的泪，回忆一去不复返的纯洁时期的泪；那是烦恼的泪，由于她白白地毁了她的本来是可以很幸福的青春年华。她似乎特别觉得，笑与唱歌对于她的悲哀是一种亵渎。她也没有想到献媚；她甚至不必抑制自己。她说并且觉得，这时候所有的男子在她看来，完全像是小丑娜斯他斯亚·依发诺夫那。内心的警戒兵，坚决地禁止了她一切的快乐。并且她失去了从前的、无忧无虑的、充满希望的少女生活的兴趣。她常常地、最痛苦地想起的，是秋天、打猎、伯伯，以及同尼考拉在奥特拉德诺所过的圣诞节。只要这种日子能够回来，哪怕只有一天，她便什么都可以牺牲！但这永远一去不复返了。那时候的预感证实了，那种自由自在和愿做一切乐事的心情是永远不再回来了。然后还是要活下去的。

她高兴地想到她并不比别人好，正像她从前所想的那样，要比别人坏，比世界上所有的、所有的人都坏得多。但是还不仅仅如此。她知道这个，并且问她自己："还有什么呢？"但是什么都没有了。生活中没有任何乐趣，但日子还是在过。娜塔莎显然只是极力想要不拖累任何人，不妨碍任何人，但是她自己也不需要任何东西。她疏远家里所有的人，只同弟弟彼恰在一起的时候，她才觉得舒服。她不欢喜和别人在一起，只欢喜和他在一起；有时候，只和他在一起的时候，她便发笑。她几乎不出屋子，在来看他们的人当中，她只高兴看见一个人——彼挨尔。要比别素号夫伯爵对她更体贴、更细心，同时又更严肃，他是不可能的。娜塔莎不自觉地感觉到他的这种体贴，因此很高兴和他在一起。但她并不感激他的体贴。彼挨尔好的地方，在她看来，没有一点是做作的。彼挨尔对一切的人厚道，似乎是很自然的，而且在他的厚道中，没有任何的手段。有时娜塔莎注意到彼挨尔在她面前感到困惑和发窘，特别是在他想要做点什么讨好她，或者在他生怕有什么话引起娜塔莎痛苦回忆的时候。她注意到这一点，并且认为这是由于他的一向所有的厚道和羞涩，在她看来，他一定就像对待她一样地对待所有的人。有一次在她非常激动的时候，彼挨尔曾经无意地说过这样的话，假若他是自由的，他硬要跪下来向她求婚、求爱，自从那时以后，他便没有向娜塔莎流露过他对她的感情；并且她很明白，这些话当时安慰了她，就像是为了安慰啼哭的孩子而说的一切没有意义的话一样。而她也从来没有想到过，她和彼挨尔的关系，会引起她这方面的爱情，更没有想到过会引起他那方面的爱情，甚至也没有想到过会促成男女之间的那种亲切的、自觉的、诗意的友谊，这种友谊她知道有几个例子。这不是因为彼挨尔是结过婚的人，而是因为娜塔莎深深地感觉到在她和他之间有一层道德上不允许他们亲近的障碍，这是她对库拉根所没有感到过的。

在圣·彼得斋期末[①]，阿格拉斐娜·依发诺芙娜·别洛娃、罗斯托夫家的奥特拉德诺的乡邻到莫斯科来拜望莫斯科的圣徒们。她向娜塔莎提议斋戒，娜塔莎高兴地接受了这个意见。虽然医生禁止她清早出门，但是娜塔莎坚持要到教堂去斋戒，就是不要像罗斯托夫家里平常那样斋戒，每天在家里做三次祈祷，而且要像阿格拉斐娜·依发诺芙娜那样斋戒，一星期一次也不耽误教堂里的早祷、午祷和晚祷。

伯爵夫人欢喜娜塔莎这样的热心；在无效的医药治疗之后，她在内心

① 毛注：为彼得节（旧历六月二十九日）前两周，拿破仑越过俄国边境后十七天。

希望祈祷比药剂能更有助于她女儿病的好转，虽然她担心并且瞒着医生，却同意了娜塔莎的要求，并且把她交托给别洛娃。阿格拉斐娜·依发诺芙娜每天凌晨三点钟来叫醒娜塔莎，常常发现她已经醒了。娜塔莎恐怕耽误早祷的时间。匆忙地洗着脸，温顺地穿上她的最坏的衣裳和旧外套，娜塔莎因为凉气而战抖着，走上被朝霞照得透亮的、无人的街道。娜塔莎听从阿格拉斐娜·依发诺芙娜的意见，不到自己的教区而到别的教堂去斋戒，据虔敬的别洛娃说，那里有一个过着极严格的高尚生活的神甫。教堂里的人总是很少；娜塔莎和别洛娃总是站在常在的地方，在那个放在左边唱歌队后面的圣母像前；当她在早晨这种不寻常的时间，望着圣母像的黑脸被前面点燃着的蜡烛和从窗口透进来的晨光所照亮，听到她极力要领悟了解的祈祷文的时候。一种新的、对伟大的事物无法理解而产生的、卑微的情绪支配了她。当她理解的时候，她个人的各种各样的情绪都和祷文吻合；在她不理解的时候，她更乐意地想到，她希望理解一切乃是一种自高自大，而理解一切是不可能的，只需要相信并皈依上帝就行了，她觉得上帝在这时候正领导着她的心灵。画十字、鞠躬，当她不了解的时候，她为自己的卑劣恐惧，只是请求上帝饶恕她的一切，一切，并且可怜她。她最专心从事的祈祷是忏悔的祈祷。在早晨很早回到家里的时候，她只遇到去上工的石匠、扫门前街道的园丁，家里所有的人都还在睡觉，这时候，娜塔莎体验到一种新的情绪，就是：能够改正她一切的罪过，能够过纯洁的新生活，能够有幸福。

在她过这种生活的整整一周之内，这种心情与日俱增。领受圣餐的幸福，或者像阿格拉斐娜·依发诺芙娜高兴地要弄着这个字眼时向她说的，“圣灵交通”的幸福，在她看来是那么伟大，使她觉得她活不到这个幸福的星期日。

但是幸福的日子来到了，当娜塔莎在这个可纪念的星期日穿着白纱衣在圣餐后回家时，几个月来，她第一次觉得自己的心情很安宁，第一次觉得自己的心情不受当前生活的压迫。

医生这天来看娜塔莎，吩咐她继续吞服他在两星期前所开的最后的药粉。

“一定继续早晚吞服，”他说，显然是真诚地满意自己的成功，“但是，要更加严格遵守。放心吧，伯爵夫人，”医生开玩笑地说，一边用手敏捷地抓住了金币，“她很快又要唱歌、又会活跃起来。最后的药品对她很有帮助。她的气色很好了。”

伯爵夫人看了看手指甲，吐口唾沫，①带着愉快的面色回到了客厅。

18

七月初，莫斯科散布着愈益令人惊慌的关于战争局势的流言：大家说到皇帝向人民的呼吁，说皇帝本人要离开军队回到莫斯科。因为在七月十一日之前，还没有接到诏书和呼吁书，关于这两件事和俄国局势的谣言不免有些夸张。传说，皇帝离开军队，因为军队处在危险之中，说是斯摩棱斯克失陷了，说是拿破仑有一百万兵，说是只有奇迹才能够拯救俄国。

七月十一日，星期六，接到诏书，但是还没有印出来；彼挨尔在罗斯托夫家，他答应第二天星期日来吃饭，并且把诏书和呼吁书带来，这些东西他要到拉斯托卜卿伯爵那里去拿的。

在这个星期日，罗斯托夫家的人照常到拉素摩夫斯基的家庭教堂去做午祷。那是七月里炎热的一天。已经十点钟了，当罗斯托夫家的人在教堂前下车时，炎热的空气，小贩叫卖声，人们穿着的浅淡而鲜明的夏衣，林荫道上树木沾满尘灰的叶子，音乐队的乐声和去换防的一营军队穿着的白裤子，以及车道上的车轮声和炎日的亮光，都使人感觉到在城市晴热的白天特别容易感觉到的那种夏季的困倦，使人对于眼前的事物

① 毛注：俄国人唾手指头，为求吉利，避免过分信赖而致的恶果。

产生满意和不满意的感觉。在拉素摩夫斯基的教堂里，有莫斯科的所有的贵族和罗斯托夫家的所有的熟人，（这一年，好像是期待什么，许多照例要下乡的富家也留在城里。）娜塔莎走在母亲的身边，在穿号衣的推开群众的跟班后面，听到一个青年人的声音，用显得太高的低语声说到她：

“这是罗斯托娃，就是她。”

“她虽然瘦了，但还是漂亮！”她听到，似乎觉得有人提到库拉根和保尔康斯基的名字。娜塔莎总是有这样的感觉。她总是似乎觉得，望着她的人，都只想到她所发生的事。这时她像往常在人群里那样，心觉得痛苦、难受，穿着淡紫色镶黑花边的绸裙，走路好像妇人们一样——她愈是心里觉得痛苦、羞耻，她的神色愈显得沉着、尊严。她知道并且没有弄错，她长得好看，但现在这不像从前那样使她高兴了。反之，近来这比什么都更使她苦恼，特别是在赤日炎炎的城市里。“又是一个星期日，又是一周，”她自言自语，想起上个星期日她在这里，“总是这样的没有生活内容的生活，总是这样的环境，从前在这个环境里的生活是很安适的。我好看、年轻，我知道现在我善良，从前我邪恶！现在我善良，我知道，”她想，“白白地，也不为了任何人，就度过了最好的、最好的年华。”她站在母亲身边，和站在附近的熟人点头。娜塔莎习惯地注视着妇女们的服装，批评身边一个妇人的tenue〔举止〕和她画十字时不得体的样子，她又烦恼地想到别人批评她，她也批评别人，忽然听到祈祷声，她便因为自己的卑劣而惧怕，怕她的先前的心灵的纯洁又会失去。

一个高雅的清洁的老神甫那么温和地严肃地祈祷着，这对于祈祷人的心灵发生着给人一种极大安慰的作用。圣坛的门关闭了，帘子缓缓地拉起来了，有神秘的微细的声音从那里发出来。娜塔莎自己也莫名其妙的眼泪从眼眶里涌出来，一种快乐而又苦恼的情绪使她坐立不安。

“指教我，我要去干什么，我要怎样过我的生活，我怎样才可以永久地……永久地纠正我自己！……”她想。

教堂执事走到讲坛上，叉开大拇指，从法衣下边理出长发，把十字架放在胸前，大声地严肃地开始读祷告文：

“我们在和平中向主祷告。”

娜塔莎想：“我们作为一个团体，[①]大家在一起，没有等级差异，没有仇恨，在友爱中联合起来，——我们来祷告。”

“为了天上赐予的和平，为了拯救我们的心灵！”

娜塔莎祷告着：“为了天使的和一切在我们头上的神灵的世界。”

当他们为军队祷告时，她想起了她的哥哥和皆尼索夫。当他们为水上和陆上的旅客们祷告时，她想起了安德来公爵，并且为他祷告，并且祷告上帝饶恕她对他所做的错事。当他们为爱我们的人祈祷时，她为家中所有的人祈祷，为父亲、母亲，为索尼亚祈祷，现在她第一次感觉到她对他们所做的错事，并且感觉到她对他们的爱的力量。当他们为恨我们的人祈祷时，她为了要替他们祈祷，想起了她的仇人和恨她的人。她把债主以及一切和她父亲有交易的人都看作是仇人，并且每次想到仇人和恨她的人，她都想起了对她做了那么多坏事的阿那托尔，虽然他不是恨她的人，她却愉快地像为仇人一样地为他祈祷。只有在祈祷时，她才觉得自己能够清晰地平静地想起安德来公爵和阿那托尔，她对于他们这些凡人的感情，和她对于上帝的畏惧和虔信的感情比较起来，是微不足道的了。当他们为皇帝和宗教事务院祈祷时，她特别低低地鞠躬，画着十字向自己说，即使她不了解，她也不能怀疑，并且无论如何她爱统治的宗教事务院，为它祈祷。

在为皇帝的祈祷之后，教堂执事在胸前圣带上画了十字，并且说：

“把我们自己和我们的生命献给主耶稣。”

“把我们自己献给上帝，”娜塔莎在心里重复着，“我的上帝，我

① 毛注：俄语中“МИР”有两个意思；特别是在祈祷时，意思是和平，和谐，一致；娜塔莎，却当作普通意义解，即宇宙、世界、社区、乡村、议会等。

把我自己献给你的意志，”她想，“我不想要什么，也不希望什么；教导我，我要去做什么，怎样运用我的意志！收下我吧，收下我吧！”娜塔莎带着那种动人的、急切的心情说，她没有画十字，垂着纤细的手臂，似乎是在期待着一种无形的力量来把她带走，把她从她自身，从她的懊悔、愿望、谴责、希望和罪过中拯救出来。

伯爵夫人在祈祷时，屡屡地回头看看女儿那张受感动的面孔和一双明亮的眼睛，祷告上帝，求上帝帮助她。

事情出人意外，在祈祷当中，并不是按照娜塔莎所熟悉的次序，教堂执事拿出一个小凳子，即是他在“三位一体日”跪在上面祈祷的凳子，把它放在圣坛的门前。神甫走出来，他戴了顶淡紫色天鹅绒法冠。他理了理头发，费力地跪下来。大家都照他的样做着，莫名其妙地互相打量着。接着是诵读刚从宗教事务院发来的祷文，这是祈求要拯救俄国免遭敌人侵略的祷文。

“万能的主上帝，拯救我们的上帝，”神甫用那种清楚的、嗓门不大的、温和的声音开始诵读，只有斯拉夫的教士才会用这种声音读祷文，使得俄国人的心灵产生那种不可抵抗的作用。

“万能的主上帝，拯救我们的上帝！请你现在仁慈地、宽大地保护你的温顺的人民，仁爱地垂听我们，可怜我们，饶恕我们。敌人在骚扰你的土地，起来反对我们，想要把全世界变为废墟；这些不法的人聚集起来，要毁坏你的王国，破坏你的神圣的耶路撒冷和你所爱的俄国：玷污你的教堂，毁坏你的圣坛，并侮辱我们的神龛。主啊，这些罪人要横行到几时呢？那个不法的恶势力能维持到几时呢？

“主上帝！听我们向你祷告：用你的力量加强我们的大仁大德的至崇至尊的伟大君主亚力山大·巴夫诺维支皇帝；记住他的公正和温良，按他的善行奖励他，让他的善行保护你所爱的以色列吧。祝福他的会议、事业和工作；用你的万能的手巩固他的帝国，让他战胜敌人，好像摩西战胜亚马力、基甸战胜米甸、大卫战胜歌利亚一样。保佑他的军队，将铜弓放在以你的名义武装的人手里，给他们作战的力量。拿起武器和盾牌，起来帮助我们吧，羞辱那想要危害我们的人吧，让他们在这些忠实的战士面前，如同灰尘在风的面前一样，让你的有力的天使羞辱他们，把他们赶走；使他们在不知道的时候落入网罗，使他们的秘密阴谋坑害他们自己；要他们跪在你的奴隶的脚下，由我们的战士打倒他们。主啊！你救人无论多少都不费力；你是上帝，人不能反对你。

“我们的父上帝！记住你的一向所有的宽大和仁爱；不要扭过你的脸背着我们，宽恕我们的卑微吧，用你的伟大的仁爱和无限的宽宏赦免我们的不法和罪过吧。使我们的心灵纯洁，在我们心里恢复正义的精神；增强我们对你的信仰，增强我们的希望，唤起我们真正的互相的爱，使我们以一心一德为武装，正义地保护你给我们的和我们祖先的产业，不要让不义之徒的魔杖使你的神圣人民的命运受到打击吧。

“我们的主上帝，我们相信主，我们信托主，不要让我们由于希望你的仁爱而受羞辱吧，给我们一个幸福的征兆吧，让那怀恨我们和我们正教信仰的人看见，叫他们羞耻，叫他们灭亡吧，并要让各国的人知道你就是主，我们是你的人民。主啊，今天向我们显示你的仁爱，拯救我们吧；让你的奴隶的心为自己的仁爱而快乐吧；打倒我们的敌人，并要很快地使他们毁灭在你忠实信徒的脚下。你信赖你的人们会防御、有援助并能获胜，我们将荣耀归于你，归于圣父、圣子和圣灵，现在，直到永远，世世代代，阿门。”

娜塔莎的心是灵敏的，这个祈祷强烈地感动了她。她听到关于摩西战胜亚马力人，基甸战胜米甸人，大卫战胜歌利亚，以及“你的耶路撒冷”的破坏的每一个字，并且带着满怀的亲切与感动的心情祈祷上帝；但她不能明白地理解，在这个祈祷中她向上帝所祈求的是什么。她一心一意地参与了这个为了伸张正义、为了用信仰和希望加强人心、为了用爱唤起人心的祈祷。但是她不能祈祷把她的敌人踏在脚下，因为仅在几分钟之前，她还为了爱敌人，为了替敌人祈祷而希望有更多的敌人。但她也不能怀疑所宣读的祈祷文的正确。她想到对于人们的罪过，尤其是对于她的罪过而有的处罚，她的心里感觉到一种虔敬而战栗的恐惧，她求上帝宽恕大家和她自己，并且给大家，也给她生活的安宁和幸福。她似乎觉得，上帝听到了她的祷告。

19

自从那天离开罗斯托夫家之后，彼挨尔回想着娜塔莎那感激的目光，望着出现在空中的彗星，并且觉得在他面前展开了什么新的东西以后——他不再想到那个不断使他苦恼的关于虚荣和世间一切皆无意义的问题。这个可怕的问题是：为什么？有何目的？从前在他做任何事情的时候，这个问题就浮现在他眼前，现在对于他来说，已经被代替了，并不是被别的问题或对于老问题的回答所代替，而是被“她”的形象所代替了。当他听到或者自己在无聊的谈话时，当他读到或者听说人类的卑微与愚蠢时，他不像从前那样惊恐；他不问自己，既然一切是那样为时短促、不可确知，为什么人类要忙忙碌碌，但是他想起了上次见面时她的那个样子，于是他所有的怀疑都消失了，这不是因为她回答了他常想到的那些问题，却是因为对于她的想象立即把他带到另外一个更光明的精神活动的领域里，在这里面人不能够是正当的或有罪的，那是美与爱的区域，是值得为它去生活的。无论他想到什么人世的丑恶，他都向自己说：

“某人盗窃国家和沙皇财富，但国家和沙皇却给他荣誉；但她昨天向我微笑了一下，要我再去，并且我爱她，而且绝不会有人知道这件事。”他想。

彼挨尔照旧赴交际场所，照旧喝很多的酒，照旧过着闲散放荡的生活，因为除了他在罗斯托夫家消磨几小时以外，他还要打发其余的时间；他的习惯和他在莫斯科的交游，不可抵抗地吸引着他过这种使他迷恋的生活。但是近来，从战场上传来愈益使人不安的消息，而娜塔莎的健康已开始恢复，她不再引起他从前的那种爱怜。近来他所愈益不了解的一种不安的心情控制着他。他觉得，他所处的境况不能够长久维持，灾难就要降临，这灾难必将改变他全部的生活，于是他不耐烦地在一切的事情上寻找这个迫近的灾难的征兆。有一个共济会员向彼挨尔说出下面的一段关于拿破仑的预言，这是从圣·约翰的《启示录》中引出的。

在《启示录》第十三章第十八节里说过："在这里有智慧；凡有聪明的，可以算计兽的数目，因为这是人的数目，他的数目是六百六十六。"

在同一章的第五节里："又赐给他说夸大亵渎话的口，又有权柄赐给他，可以任意而行四十二个月。"

法文字母表，依照希伯来文的数值，前面九个字母代表个位，其余的代表十位，则有如下的数值：

a	b	c	d	e	f	g	h	i	k	l	m	n
1	2	3	4	5	6	7	8	9	10	20	30	40

o	p	q	r	s	t	u	v	w	x	y	z
50	60	70	80	90	100	110	120	130	140	150	160

按照这个字母表，用数目代替字母写出L'empereur Napo-léon〔拿破仑皇帝〕，便得出这个数目的总和六六六，①因此拿破仑就是《启示录》中所预言的那只野兽。此外，再照样写Quarante deux〔四十二〕各字的数目，"四十二"乃是给"说夸大亵渎话的"野兽的期限，这些数目的总和又等于六六六；因此，拿破仑的权柄的期限是在一八一二年，这年法国皇帝是四十二岁。②这个预言很感动彼挨尔，他常常问自己这

① 毛注：包括首一字Le中所省的e的数字5。

② 毛注：《圣经》上是四十二个月，彼挨尔却在这里弄为四十二个年。拿破仑的第四十二个生日是一八一一年八月十五日，故在一八一二年八月之前还算是四十二岁。

个问题，是什么来限制野兽的——即是拿破仑的——权柄呢？并且根据同样的以数目代替字母和计算的办法，他极力寻找他所关心的这个问题的答案。彼埃尔为了回答这个问题，写了L'empereur Alexandre, La Nation Russe，〔亚力山大皇帝，俄国民族，〕他算计字母的数目，但数目的总和不是比六六六大得多，就是小得多。在计算时，有一次，他写下自己的名字——Comte Pierre Besouhoff〔彼埃尔·别素号夫伯爵〕；数目的总和也是相差很大。他改变拼缀，用z代替s，加上de，加上article〔冠词〕Le仍然得不到他所希望的结果。后来他又想到，假使对于所研究的问题的答案，是在他的名字里，则答案之中一定要有他的国籍。于是他写了Le russe Besuhof〔俄国人别素号夫〕，算计数目，得六七一。只多了五；五代表e，这个e就是在empereur前的article〔冠词〕Le中所省略的。同样地然而不正确地省略了e，彼埃尔获得了他所求的答案。L'russe Besuhof的数目等于六六六。这个发现使他激动了。他是怎样的，是由于什么同《启示录》中所预言的伟大事件连在一起的，他并不知道；但是他没有片刻工夫怀疑过这个联系。他对娜塔莎的爱情、基督的叛徒、拿破仑的侵略、彗星、六六六、L'empereur Napoléon〔拿破仑皇帝〕、L'russe Besuhof〔俄国人别素号夫〕，这一切都应该成熟、爆发，把他从那被魔法迷惑住的、无足轻重的莫斯科生活习惯的圈子里拔出来（他觉得自己是那种习惯的俘虏），使他得到伟大的功业与伟大的幸福。

彼埃尔在读祷文的那个星期日的前一天，答应了罗斯托夫家的人，由他到他很熟识的拉斯托卜卿伯爵那里去把皇帝向人民的呼吁书和最近的军事消息带来给他们。彼埃尔早晨去看拉斯托卜卿的时候，在他那里遇到一个刚从军中来到的信使。

这个信使是彼埃尔在莫斯科跳舞会中的一个相识。

"看在上帝的分上，您能不能替我帮点忙，"信使说，"我有满满一袋子寄给家长们的信。"

在这些信中，有一封尼考拉·罗斯托夫寄给父亲的信。彼埃尔拿了这封信。此外，拉斯托卜卿伯爵给了彼挨尔一份刚印好的皇帝向莫斯科的呼吁书、军中最近的命令和他自己的最近的公告。看了军中的命令，彼挨尔在一份死伤奖赏表中发现了尼考拉·罗斯托夫的名字，他因为奥斯特罗夫那战斗中所表现的勇敢得到一枚四级圣·乔治的勋章，又在同一命令中看到任命安德来·保尔康斯基公爵为轻骑兵团团长。虽然他不愿意在罗斯托夫家提起保尔康斯基，但彼挨尔却忍不住要用他家儿子获得勋章的消息使他们欢喜，于是他留下呼吁书、公告和其他命令，以便在吃饭时带给他们，却派人把印好的命令和信送到罗斯托夫家去了。

和拉斯托卜卿伯爵的谈话，拉斯托卜卿伯爵的焦虑和着急的口气，和信使的会面，信使信口地说到军事如何不利，关于在莫斯科被发觉的间谍的流言，关于莫斯科所散布的一张传单的流言，这张传单里说到拿破仑保证在秋天到达俄国的新旧两都，关于预料皇帝明天驾临的谈话，——这一切重新有力地鼓起了彼挨尔兴奋和期望的情绪，这情绪从彗星出现时起，特别是从战争开始时起，在他身上一直没有消失过。

彼挨尔早就想服兵役，假若不是因为如下的两件事情妨碍了他，也许他已经实现了这个计划，第一，因为他加入共济会，他被共济会誓言束缚住了，共济会主张永久和平，消灭战争。第二，他看到很多莫斯科人穿着制服宣传爱国主义，他羞于这样的宣传。而他不去从军的主要的原因就是那个空洞的概念，就是他，L'Russe Besuhof〔俄国人别素号夫〕合乎野兽的六六六这个数目，他要对于说夸大亵渎话的野兽的权柄加以限制，他在这伟大事业中的使命是有世以来就注定的，因此他不该做任何的事情，应当等待着那必然发生的事情。

20

罗斯托夫家像平常星期日一样，有几个顶亲密的知交来吃饭。

彼挨尔到得很早，好单独会见他们。

彼挨尔这一年长得那么肥胖，假若不是因为他的身材那么高大，便显得很难看了，不过他的手脚那么大，那么有力，肥胖的身子对他来说显然是一点也不会感到吃力的。

他喘着气，自言自语地上楼去。车夫也没有问他是否要等候着。他知道，伯爵一到罗斯托夫家去，便要待到十二点钟。罗斯托夫家的用人高兴地赶上前来替他脱外套，接过他的手杖和帽子。彼挨尔按照俱乐部的习惯，总是把手杖和帽子放在前厅里。

在罗斯托夫家，他最先看到的是娜塔莎。当他在前厅里脱外套还没有看见她时，便听到了她的声音。她在大厅里唱练习曲。他知道，她自从生病以来便没有唱歌，因此她的声音使他又诧异，又高兴。他轻轻推开门，看见娜塔莎穿着她在祈祷时所穿的淡紫色的衣裳，在房里一面来回走着，一面唱歌。当他推开门时，她正背朝着他在走路，但是当她忽然转过身来看见他的胖胖的、诧异的大面孔时，她的脸发红了，她迅速地走到他的面前。

“我想再试唱，”她说，“这总算得是一桩事情。”她补充说，似乎是在替她自己辩解。

“好极了。”

“您来了，我多么高兴！今天我多么快乐！”她像从前那样活泼地说着，这个样子彼挨尔好久没有见过了，“您晓得，尼考拉得到一枚圣·乔治十字勋章。我多替他感到骄傲。”

“是的，我派人送命令来的。那么，我不想妨碍您了。”他又说，想要走进客厅。

娜塔莎阻止了他。

“伯爵，我唱歌是不对的吗？”她红了脸说，目不转睛地、询问地望着彼挨尔。

“不是……为什么这样说呢？相反的……您为什么问我？”

“我自己也不知道，”娜塔莎迅速地回答，“但是我不想要做您不欢喜的事情。我完全相信您。您不知道您对我是多么重要，您对我做了多少事情……”她迅速地说，没有注意到彼挨尔听到这些话而脸红，“我也在那个命令里看到他，保尔康斯基（她迅速地低声地说），他在俄国，又在服役了。您怎么想法呢？”她迅速地说，显然她急忙地说，因为她恐怕自己没有勇气说下去，“他会饶恕我吗？他对我不会怀恨吗？您怎么想法呢？您怎么想法呢？”

“我想……”彼挨尔说，“他并没有要饶恕人的事情……假若我处在他的地位……”由于联想的作用，彼挨尔顿然回想到，在那次安慰她的时候向她说过，假如他不是他自己，而是世界上最好的人，并且是自由的，他硬要跪下来，向她求婚；同样的那种怜悯、体贴和爱恋的情绪控制了他，同样的那些话到了他的嘴边。但是她不让他有工夫说出这些话。

“是的，您，”她说，狂喜地说着“您”字，“那是另外一回事。比您更厚道、更大度、更好的人，我不知道，也不会有。假使那个时候没有您，现在也没有您，我不知道我会成为什么样子，因为……”泪水忽然从她的眼睛里涌出；她转过身去，把歌谱拿在眼睛前面，又唱起来，又开始在房里来回走动。

就在这时候，彼恰从客厅里跑出来了。

彼恰现在是一个俊秀的、面色红润的、十五岁的孩子了，嘴唇厚厚的、红红的。他像娜塔莎。他预备进大学了，但最近和他的朋友奥保林斯基秘密决定了去当骠骑兵。

彼恰跳到他的同名者[①]面前，和他说这件事。

他曾经请求彼挨尔去打听骠骑兵里收不收他。

彼挨尔在客厅里走着，没有听彼恰的话。

彼恰拉了拉他的手臂，要彼挨尔听他说话。

---

① 彼恰即彼得之爱称，而彼挨尔是法文中的彼得，故曰同名者。

“我的事怎样了？彼得·基锐累支，看在上帝分上！我唯一的希望就在您。”彼恰说。

“哦，是的，你的事。当骠骑兵吗？我要说，要说，今天我统统要说。”

“啊，mon cher，〔我亲爱的，〕您弄到了诏书吗？”老伯爵问，“伯爵夫人在拉素摩夫斯基家做弥撒，听了新祷文。她说很好。”

“弄到了，”彼挨尔回答，“明天皇帝要来……要举行非常的贵族会议，听说每千个人里征十个人。啊，我祝贺您。”

“是，是，谢天谢地。那么，军队里有什么新闻呢？”

“我们军队又后退了。听说，已经要退到斯摩棱斯克了。”彼挨尔回答。

“我的上帝，我的上帝！”伯爵说，“诏书放哪里去了？”

“呼吁书！啊，是的！”彼挨尔开始在衣袋里掏摸文件，却找不到。他继续拍着衣袋，吻了进房的伯爵夫人的手，并且不安地环顾着，显然是盼望娜塔莎出来。娜塔莎没有再唱，但也没有到客厅里来。

“Ma parole, je ne sais plus ou ie l’ ai fourré.〔说实话，我不知道把它放哪里去了。〕”他说。

“瞧，他总是丢失东西。”伯爵夫人说。

娜塔莎带着受感动的、兴奋的面色走进来，坐下，无言地望着彼挨尔。她一走进来，彼挨尔那一直阴郁的面孔就顿时开朗起来了，于是他继续搜寻公文，向她看了几眼。

“天哪，我要坐车去找，我把它丢在家里了。一定……”

“那么，您吃饭要迟到了。”

“啊，车夫走了。”

但是索尼亚到前厅去寻找公文，竟在彼挨尔的帽子里找到了，他曾经小心地把它们夹在帽里子里。彼挨尔想要诵读出来。

“不忙，饭后再念吧。”老伯爵说，显然预见到这次宣读中会有巨大的乐趣。

吃饭的时候，大家饮香槟酒祝贺新近获得圣·乔治勋章的人的健康。沈升说起城里的新闻，说到格鲁吉亚的老公爵夫人的病，说到美提弗耶在莫斯科不见了，说到有人把一个德国人带到拉斯托卜卿的面前，控告他是法国间菌[①]（拉斯托卜卿伯爵自己这么向人说的），而拉斯托卜卿命令释放了这个间菌，向人民说这不是间菌，不过是德国一个老菌子而已。

“他们在抓人了，抓人了，”伯爵说，“我向伯爵夫人说过，要她少说法语，现在不是说法语的时候了。”

“您听说过吗？”沈升说，“高里村公爵聘了一个俄国先生，在学俄语——il commence à devenir dangereux de parler fran-sçais dans les rues.〔在街上说法语成了危险的事了。〕”

“那么，彼得·基锐累支伯爵，您怎样呢？若是征集民团，您也要骑马了。”老伯爵向彼挨尔说。

彼挨尔在整个吃饭的时间都沉默着、思索着。他望着伯爵对他说话，似乎不明白他的话。

“是的，我去打仗，”他说，“不去！我会成为一个什么样的战士呢？但一切是这样奇怪，这样奇怪！我自己也搞不明白。我不知道，我对战争是一点不感兴趣的，但是现在这时候，谁也不能够替自己担保。”

饭后，伯爵安静地坐在扶手椅里，面色严肃地要求著名的朗诵者索尼亚来诵读。

“我们的古都莫斯科。

“敌人的大批军队入侵俄国边境。它要毁坏我们亲爱的祖国。”索尼亚用她的尖细的声音用心地诵读着。

---

① 俄语间谍ШПНИОНаЖ音shpionash与法语间谍espionnages的音相似，又与菌子champignon的音相似，读起来发生混淆，原意是指间谍。

伯爵闭目静听着，听到某些地方他就叹一口气。

娜塔莎挺直身子坐着，凝神地时而望望父亲，时而望望彼挨尔。

彼挨尔感觉到她的目光，并且竭力不掉转头去看她。伯爵夫人对于诏书中每句庄严的话都不满地、愤怒地摇头。她从这些话里只看出，威胁她儿子的危险不会马上消失。沈升的嘴边现出嘲讽的笑容，显然是想嘲笑那最先要被嘲笑的事：嘲笑索尼亚的朗读，嘲笑伯爵要说的话，甚至假使没有更好的笑料，也要嘲笑呼吁书本身。

读到威胁俄国的危险，皇帝对于莫斯科的，尤其是对于有名的贵族们的希望时，索尼亚带着主要是因为他们注意静听而产生的颤抖的声音读最后的话："我们为了协商以及领导我们所有的民团，就要亲自来到我们莫斯科人民的当中和我国各地人民的当中，民团现在正在阻止敌人的进攻，新组织的民团要在任何发现敌人的地方打击敌人。让敌人企图给我们的毁灭性打击，落在他们自己的头上吧，让这个从奴役中解放出来的欧洲来赞扬俄国的名字吧！"

"对呀，对呀！"伯爵叫着，睁开湿润的眼睛，并且他的话被喷嚏打断了好几次，好像是他的鼻子嗅到了强烈的醋酱一样，"只要皇帝说一声，我们就牺牲一切，不惜一切。"

沈升还没有来得及说出他所准备的对于伯爵爱国心的嘲讽，娜塔莎已经从她的位子上跳起来，跑到父亲的面前去了。"这位爸爸，多么可爱呀！"她吻着他说；然后她又带着不自觉的媚态看了看彼挨尔，这媚态是随同她的活跃一起出现的。

"好一个女爱国者！"沈升说。

"一点也不是女爱国者，只是……"娜塔莎愤慨地回答，"您觉得什么都好笑，但这根本就不是笑话……"

"简直是个笑话！"伯爵又说，"只要他说一声，我们都去……我们不是什么德国人……"

彼挨尔说："说是'为了协商'，您注意到了吗？"

“哦，不管是为了什么……”

这时候，大家都不注意的彼恰走到父亲的面前，满脸通红，用他的变音的，时而低沉、时而尖锐的声音说道：

“爸爸，现在我断然地说了，还有妈妈，随便您的意思怎样，我断然地说了，您让我去从军吧，因为我不能……就是这些了……”

伯爵夫人恐怖地抬起眼睛看天，拍了拍手，愤怒地向丈夫说：

“这是您说起来的！”

但伯爵这时候也从兴奋中恢复了镇定。

“唉，唉，”他说，“又是一个战士！不要说废话了吧：你应该读书。”

“这不是废话，爸爸。费佳·奥保林斯基比我还小，他也去。反正一样，我现在什么都读不进，此刻……”彼恰停住了，脸上红得发汗，却继续说，“此刻国家在危急的时候。”

“够了，够了，废话……”

“但是您自己说过的，我们要牺牲一切。”

“彼恰，我告诉你，不许说，”伯爵叫着，望着妻子。她脸色发白，瞪着眼望着她的小儿子。

“我告诉您，彼得·基锐洛维支要向您说……”

“我向您说，这是废话，你乳臭还未干，就要去从军！来，来，我告诉你。”于是伯爵带着文件从房里走出去了，大概是要在休息之前，在书房里再读一遍。

“彼得·基锐洛维支，我们去抽烟……”

彼挨尔感到不安和犹豫。是娜塔莎的那双异常明亮的生动的眼睛，带着超乎亲切的神情，不断地望着他，把他弄到这个地步。

“不，我想，我要回家了。”

“怎么要回家，您说晚上要在我们这里过……您现在是很少到这里来了。但我的女儿……”伯爵好意地指着娜塔莎说，“只是在您面前才显得快乐……”

“是的，我忘记了……我一定要回家了……有事情……”彼挨尔连忙地说。

“那么，再会吧。”伯爵走到房外说。

“您为什么要走呢？您为什么心绪凌乱呢？为什么？”娜塔莎问彼挨尔，挑衅地望着他的眼睛。

他想要说：“因为我爱您！”但是他没有说，脸红得要流泪了，于是他垂下了眼睛。

“因为我最好是少到您这里来，因为……不……只因为我有事……”

“为什么？不，您告诉我呀。”娜塔莎开始坚决地说，又忽然沉默了。

他们两人惊恐地不安地互相望着。他试图微笑，却笑不出来：他的笑容表示了自己的痛苦；他无言地吻了她的手，便走出去了。

彼挨尔下了决心不再到罗斯托夫家来了。

21

彼恰在遭到断然地拒绝之后，走到自己的房里，把自己锁在房里，伤心地哭着。当他沉默地、不高兴地、眼睛带着泪痕来喝茶时，大家都装作什么也没有注意到。

第二天皇帝来到莫斯科。罗斯托夫家的几个仆人要求准许去看沙皇。这天早上，彼恰打扮了很长时间，像大人一样梳着头发，理着领子。他对镜子皱了皱眉，做着手势，耸着肩膀，最后，没有告诉任何人，戴起帽子，从后边的台阶走出屋子，极力避免被人发现。彼恰决定直接走到皇帝所在的地方，直接向某一个御前侍从（彼恰觉得，皇帝身边总是环绕着侍从）说明，他，罗斯托夫伯爵，虽然年轻，却希望为国效劳，年轻不是效忠的障碍，他决心……彼恰在打扮的时候，预备了他要向侍从说的许多漂亮的话。

彼恰以为，正因为他是孩子（彼恰甚至想到，大家都要诧异他的年轻），所以他能够见到皇帝，同时，他又想要在领子的样式上、头发的样式上，以及沉着的迟缓的步伐上，显出自己是一个成年人。但他愈向前走，就愈被克里姆林宫前不断增加的群众所吸引，就愈忘记了保持成年人所特有的沉着和迟缓。走到克里姆林宫时，他已经开始担心受挤，并且用威胁的姿势，毅然地把臂肘撑在腰边。但在三圣一体门，虽然他有决心，人们却大概不知道他是带着多么大的爱国的意图到克里姆林宫来的，把他挤到墙边，使他不得不停下了脚步，这时候车辆带着隆隆声从拱门下走过。在彼恰旁边，有一个农妇，一个听差，两个商人，一个退伍兵。彼恰在门前站了一会，不等所有的车辆过去，便想要抢在别人之先向前移动，开始毅然地用他的臂肘开路；但是，他的臂肘首先捣在他对面的农妇身上，农妇愤怒地向他叫着：

“干吗？少爷，你捣人，看呀——大家都站着。你挤什么！”

“大家都在挤。”听差说，也开始用他的臂肘开路，把彼恰挤在门边的臭角落里。

彼恰用手拭了拭满脸的汗，理了理他在家里照成年人那样打扮得很好的被汗淌湿的领子。

彼恰觉得他的样子不中看，并且生怕假使他这样地去见侍从，他们不会让他去见皇帝的。但是由于拥挤，要整顿仪容，或者走到别处去，都是没有一点儿可能的。有一个骑马走过的将军是罗斯托夫家的熟人。彼恰想要求他帮助，但是他又认为这是有失他的大丈夫气概的。车辆都过去了以后，群众向前一拥，把彼恰带到了广场上，那里已经人满了。不但广场上是人，而且在门窗的斜墙上，在屋顶上，处处是人。彼恰刚刚到了广场，便清晰地听到充满整个克里姆林宫的钟声和民众的高兴的说话声。

广场上松动了一会，但忽然所有的头都光着，大家又向前拥挤了。彼恰被挤得透不过气，大家喊叫着：“乌拉！乌拉！乌拉！”彼恰踮着脚尖，被挤着，但除了四周的人群，什么也看不见。

所有的脸上都有一种共同的激动和狂喜的表情。一个女商人站在彼恰的旁边呜咽着，她的眼里流出了泪。

“父，天使哟！亲爱的！”她一面说着，一面用手指拭着眼泪。

“乌拉！”大家都喊叫。

群众不动地站立了一会；后来又向前挤。

彼恰发狂般地咬紧了牙齿，凶狠地睁大了眼睛，用臂肘推开人群向前挤，并且喊着“乌拉！”好像准备在这个时候把他自己和所有的人都杀死，但是在他四周，人们拥挤着，脸色也是这样凶狠，发出同样的呼叫声，“乌拉！”

“原来皇帝是这样的！”彼恰想，“不，我不能亲自向他请愿了，这太胆大了！”虽然如此，他还是那样拼命地向前挤，从前面人的背后，他窥见铺了一长条红布的一块空地方；但这时，群众向后拥（前面的警察在推挤得太靠近的观众；皇帝正从宫中到圣母升天大教堂去），彼恰突然在一边的肋下受到那样的撞击，并且受到那样的挤压，以致他觉得眼前的一切忽然发黑，于是他失去了知觉。当他清醒时，一个教士模样的人，在头后边垂着一束白发，穿着破烂的蓝法衣——大概是一个教会执事，他一手扶着他的腋下，一手挡住拥挤的群众。

“你们挤倒少爷了！”教会执事说，“干吗这样呀！……松一点……挤倒人了，挤倒人了！”

皇帝进了圣母升天大教堂。人群疏松一点了，教会执事把面色发白、呼吸急促的彼恰带到沙皇炮[①]前面。有几个人怜惜彼恰，忽然一群人向他面前拥来，于是在他身边发生了拥挤。那些站在附近的人照料着

① 毛注：是一四八八年所铸的炮，为一古物。

他，解开他的上衣，把他放在炮架上，并责备那些挤他的人。

“这会挤出人命的呀。这是怎么回事呢？挤死人啦！可怜的人，脸白得像布一样啦。”许多声音说。

彼恰不久便清醒了，脸色也复原了，痛苦已经过去了，而且由于一时吃了苦头，他得到了炮上的位子，他希望在炮上看到回来时要走过这里的皇帝。彼恰此刻不再想到请愿了。只要能看到皇帝，他便自认是幸福的了！

当圣母升天大教堂里举行祈祷——欢迎皇帝驾临以及为了同土耳其媾和而感恩的联合祈祷——的时候，群众散开了；小贩们出现了，喊着卖克瓦斯酒、姜饼和彼恰最爱吃的罂粟糖；人们平常的谈话又听得见了。一个女商人展示她的破披巾，说这披巾买得多么贵；另一个女商人说现在所有的绸料子都贵了。救彼恰的教会执事和一个官吏说到这天是谁和主教做祈祷。教会执事说了几次“全体礼拜”，这个名词彼恰听不懂。两个年轻的小市民和嚼胡桃的农奴女孩们在说笑话。这些谈话，特别是和女孩们的笑话，对于这样年龄的彼恰本是有特别吸引力的，但是这些谈话现在却不能引起彼恰的注意。他坐在高处——炮架上，仍然因为想到皇帝和他对皇帝的爱戴而兴奋着。在他被挤倒时的疼痛、恐惧连同狂喜的情绪，更增强了他对于这一时刻的重要性的认识。

忽然从河岸上传来了炮声（这是鸣炮庆祝和土耳其媾和），于是群众猛烈地向河岸冲去——去看放炮。彼恰也想要向那里跑，但那个保护这位少爷的教会执事不让他去。炮继续在放，此刻从圣母升天大教堂里跑出来一些军官、将军和侍从，然后其余的人较为从容地走出来，帽子又都脱下了，那些跑去看放炮的人又跑回来了。最后，四个穿军服、佩绶带的人从大教堂门里走出来。群众又喊：“乌拉！乌拉！”

“哪一个，哪一个？”彼恰用哭泣般的声音问他四周的人，但是没有人回答他；大家都太兴奋了，于是彼恰盯着四个人当中的一个人，他因为眼里含着快乐的泪，看不清这个人，他把所有的热情都集中在这个人身上，虽然这个人不是皇帝，他却用发狂的声音呼喊“乌拉！”并且下了决心，明天不管怎样，他要去做军人。

群众跟着皇帝跑，随他到了宫前，便开始散去。时间已经很迟了，彼恰还没有吃东西，汗像水珠向下流；但他没有回家去，和那逐渐减少的、然而还是相当多的群众站立在宫前，在皇帝吃饭的时候，望着宫殿的窗子，还期待着什么，并且同样羡慕那些走上台阶、去和皇帝吃饭的大官们，以及那些侍候筵席的、在窗口一闪而过的御前听差们。

在皇帝吃饭时，发卢耶夫向窗外看了一下说：

“人民还希望瞻仰陛下。”

快要终席了，皇帝嚼着饼干站起来，走到露台上。群众，包括彼恰在内，一齐向露台前面冲去。

“天使！亲爱的！乌拉！父！……”群众和彼恰喊叫着，妇女和几个软心肠的男子——彼恰也在内——又因为快乐而流泪了。

皇帝手里一块很大的饼干碎了，落在露台的栏杆上，又从栏杆掉在地上。一个站得最近的穿背心的车夫冲上前去，攫取了这块饼干。群众里有几个人向车夫面前跑去，皇帝注意到这件事，令人给他一碟饼干，开始把饼干从露台上向下抛。彼恰的眼睛都发红了，受挤的危险更加使他激动，他向着饼干冲去。他不知道为什么，但是觉得他一定要从皇帝手里得到一块饼干，而且一定不要让步。他向前冲，撞倒了一个在抢饼干的老妇人。老妇人虽然躺在地上，却并不认输（她伸手要抓饼干，却抓不到），彼恰用膝头挡开她的手，抢了一块饼干，并且似乎恐怕叫得太迟，又用已经哑了的声音高呼“乌拉”

皇帝进去了，然后大部分的人开始散去了。

“正是我说的，只要再等一下——果然是这样。”人们都在快乐地说着。

虽然彼恰是快乐的，但他仍然觉得，回家去并且知道今天所有的快乐事已经结束是悲伤的事。彼恰没有从克里姆林宫直接回家，却去看他的朋友奥保林斯基，他十五岁，也要去入团。回到了家，他坚决地毅然地宣布，假使不让他去从军，他就要逃跑。第二天，虽然伊利亚·安德来伊支伯爵还未完全答应，却出去打听，怎样替彼恰找一个危险较少的地方。

22

第三天，七月十五日的早晨，斯洛保大宫前停着无数的马车。

各个大厅里人都满了。第一个大厅里是穿制服的贵族，第二个大厅里是留长胡子的、佩奖章的、穿蓝色长衣的商人。在贵族聚会的大厅里有不断的声音和动作。在皇帝画像下边的大桌旁，最重要的贵族们坐在高背椅子上，但大部分的贵族是在大厅里来回走着。

所有的贵族，就是彼挨尔每天在俱乐部里或在他们家里见面的那些人都穿着制服；有的穿叶卡切锐娜朝的制服，有的穿巴弗尔朝的制服，有的穿亚力山大朝的新制服，有的穿普通的贵族制服，都穿制服，这在这些老老少少、各种各样熟识的面孔上增加了一种奇怪的幻想的意味。尤其令人注意的是眼花、齿豁、头秃、臃肿、脸黄或消瘦、皮肤起皱的老人们。他们大部分是坐着不动，也不作声，即使他们走动一下说几句话，也是到年纪较轻的人跟前去说的。正如同彼恰在广场上看到的人们的脸色一样，在所有这些面孔上都有极其明显的两种相反的表情，一种是大家共有地期待着隆重事件的表情，一种是关心日常琐事的表情——关心波斯顿牌友、厨师彼得路沙、西娜伊达·德米特利叶芙娜的健康等等的表情。

彼挨尔在大厅里，他一清早就穿上不舒服的、太狭窄的贵族制服。他很兴奋：这不仅是贵族的不寻常的集会，而且是商人阶层的不寻常的集会，Les états généraux，〔三级会议，〕这在他心中引起一连串的他久已不提、然而牢记在心的关于*Contrat Soocial*〔《社会契约》〕与法国革命的想法。他在呼吁书中听到皇帝为了和人民协商要到首都来，这话肯定了他的这种见解。他以为，在这方面的，他早已期待的那个重要的东西快要来到了，他走动着，注视着，谛听着谈话，但是他没有在任何地方发现他所关心的这些想法的表现。

皇帝的诏书朗读过了，使大家很高兴；后来大家散开了，交谈着。除了日常的话题之外，彼挨尔听到他们谈到，在为皇帝举行的舞会上，当皇帝进来时，贵族代表应该站在什么地方，将按县分开，或按省分开……等等，但刚刚谈到战争以及为什么要召集贵族开会时，谈话又变得犹豫不决、含糊不清了。大家都愿意听，不愿意说。

一个强壮的英俊的中年男子穿着退休的海军制服，在大厅里说话，在他身边围了许多人。彼挨尔走到说话人身边围成的小圈子那里，注意地听他说。伊利亚·安德来伊支伯爵穿着叶卡切锐娜朝的军官制服，现出愉快的笑容，在他全部认识的一伙人当中走动着，他走到这个团体那里，像他素常听讲时那样带着善良的笑容听着谈话，赞成地点着头，表示赞同说话的人。退休的海军军官说话很大胆（这可以从听他说话的人的脸色上看出来），因此，彼挨尔所认识的最柔顺、最温和的人们，不赞成地离开他，或者表示反对。彼挨尔挤到小圈子当中，倾听着，并且相信说话的人确是一个自由主义者，但是和彼挨尔的想法全然不一样。海军军官用那种特别响亮的、唱歌般的、贵族的男中音，夹着悦耳的喉音和缩略的辅音，就是人们喊叫“嗨，烟斗！”之类的话的时候所有的那种声音说话。在他的声音里显出了他的狂妄和发号施令的习惯。

“假使斯摩棱斯克人民为皇帝编练民团，这怎么办呢？难道斯摩棱斯克人民是我们的榜样吗？假使莫斯科省的贵族认为必要的话，他们可以用别的方法表示对于皇帝的效忠。难道我们忘记了一八〇七年的民团吗？只有教士的儿子和盗贼得到了好处……”

伊利亚·安德来伊支伯爵愉快地微笑着，同意地点点头。

“请问，我们的民团对国家有用吗？一点也没有用！只是破坏了我们的农事。征兵还好一点……不然回到你面前来的不是个兵，不是个农民，而是个堕落的人。贵族并不爱惜自己的生命，我们全体去，召集更多的新兵，而且只要王帝（他这么说皇帝）说一声，我们都可以为他去死。”说话的人兴奋地补充着。

伊利亚·安德来伊支满意地咽着唾液，推推彼挨尔，可是彼挨尔也想要说话。他向前走动，觉得自己兴奋，却不知道为什么兴奋，也不知道要说什么。他刚刚张嘴要说，就有一个枢密官突然打断了他的话，这人的牙齿都落光了，他带着聪明而又生气的脸色站在第一个说话人的旁边。他显然是一个惯于领导辩论、掌握问题的人，他低声地、清晰地说话了。

“亲爱的先生，我以为，”那枢密官的落掉牙的嘴巴嘟嘟哝哝地说，“我们被召集在这里，不是为了讨论目前哪一样对国家较有好处——征兵还是组织民团。我们被召集在这里，是为了响应皇帝陛下向我们提出的呼吁。但是判断征兵和组织民团究竟哪一样较好，我们最好是让最高当局去判断吧……”

彼挨尔忽然发现了表达他兴奋的心情的机会。他狠起心来反对那个枢密官，因为那人对于贵族目前的任务提出了这种传统而狭窄的观点。彼挨尔走上前，打断了他的话。但是他不知道自己要说什么，于是开始兴奋地文绉绉地用俄语说，有时夹杂着法语。

“阁下，请您原谅我，”他开始说（彼挨尔和这个枢密官十分熟悉，但是他认为在这里必须客气地称呼他），“虽然我不同意先生……（彼挨尔迟疑了。他想要说mon très honorable préopinant〔我的最尊敬的反对者〕），先生……que je n'ai pas l'honneur de eonnaître;〔我还没有荣幸认识;〕但我认为，贵族阶级被召集在这里，除了表现它的同情与高兴之外，还为了讨论我们能够帮助祖国的方法。我认为，”他兴奋地说，“假使皇帝看到我们只是农奴的主人，我们要把农奴贡献给他……我们把自己当作chair à canon〔炮灰〕，可是他听不到我们的意见，那一定会不满意的。”

许多人看到枢密官的轻蔑笑容和彼挨尔的随意谈吐，便离开了这个团体；只有伊利亚·安德来伊支对彼挨尔的话感到满意，正如同他曾经对海军军官和枢密官的话，以及每次最后所听到的话感到满意那样。

“我认为，在讨论这些问题之前，”彼挨尔继续说，“我们应该问皇帝，极恭敬地请陛下告诉我们，我们有多少军队，我们的军队和部队处于何种状况，然后……”

但是彼挨尔还未说完这话，他们便忽然从三面向他攻击。攻击他最厉害的是他早已认识的、并且向来对他很好的波斯顿牌友斯切班·斯切班诺维支·阿德拉克生。斯切班·斯切班诺维支穿着制服，或者由于制服，或者由于别的原因，彼挨尔把他看成完全另外一个人。斯切班·斯切班诺维支的脸上忽然显出老年人的恼怒的神色，向彼挨尔大声说：

“第一，我告诉您，我们没有权利问皇帝这件事，第二，即使俄国贵族有这种权利，皇帝也不能回答我们。军队随敌人的运动而运动——军队的人员有增有减……”

另外一个人的声音打断了阿德拉克生的话，此人中等身材，四十岁光景，彼挨尔从前在茨冈人那里见过他，并且知道他是一个蹩脚的打牌人，他也由于穿了制服而变了样，走到彼挨尔面前。

“是的，这不是讨论的时候，”这个贵族的声音说，“需要的是行动：战争发生在俄国。我们的敌人来毁灭俄国，糟蹋我们祖先的坟墓，抢走我们的妻室儿女。”这个贵族拍拍他的胸脯，“我们都起来，大家都预备为君父沙皇效劳！”他瞪着充血的眼睛大叫着。人群里发出几声赞许的声音，“我们是俄国人，为了保卫信仰、皇位和祖国，我们不惜流血。假若我们是祖国的子孙，就不应该再说废话。我们要向欧洲表示，俄国是怎样起来保卫俄国的！”这个贵族叫喊着。

彼挨尔想要反驳，但是一句话也说不出来。他觉得，他的话不如兴奋的贵族的话那样有人听，不管他的话想要说明的是什么问题。

伊利亚·安德来伊支在人群后边赞许着，有几个人在说话的人将要说完时很快地转过身对他说：

“对了！对了！正是这样！”

彼挨尔想要说，他并不是不愿牺牲金钱、农奴和他自己，但是应该了解情况，以便加以协助，但他不能够说。许多人同时叫着、说着，使得伊利亚·安德来伊支来不及向大家一一点头。人群散开了又聚集起来，然后低声交谈着，向大厅里的大桌前移去。他们不但不让彼挨尔说，而且无理地打断他的话，推开他，避开他，好像避开共同的敌人一样。所以有这样的情形，不是因为大家不满意他话里的意思，他们在讲了许许多多的话以后已经忘记了他话里的意思——而是因为要人们热闹需要有具体的爱的对象和具体的恨的对象。彼挨尔则成了后者。许多人在兴奋的贵族之后发言，大家都用同样的语气说话。许多人说得动听而别出心裁。

《俄罗斯导报》的出版人格林卡[①]，他们认出了他（人群中有人向他呼喊“作家，作家！”），他说地狱应该由地狱来打退，又说他看见一个小孩在雷电的闪光和霹雳声中微笑着，但是我们不要做这样的小孩。

“是的，是的，在霹雳声中！”后边行列里的声音赞同地重复着。

人群走到大桌跟前，桌边坐着一些穿制服、挂绶带、白发秃头的七旬老贵族，这些人彼挨尔差不多都见过，有的是在家和小丑玩耍时见到的，有的是在俱乐部打牌时见到的。人群不断地低语着，走到桌前。说话的人一个接一个地说着，有时两人一起说，他们被后边拥来的人群挤到椅子的高背跟前。站在后边的人发现说话的人没有把话说完便赶快补充。别的人在又热又挤的情形下绞尽脑汁，想找到一种意见，赶快说出来。彼挨尔所认识的老贵族们坐着，回头看看这个人又看看那个人，他

① 毛注：格林卡（1776—1847），俄罗斯作家，于一八〇八至一八二四年创办《俄罗斯导报》。

们大部分人的表情只是表示着他们觉得很热。彼挨尔也觉得自己兴奋，并感受到大家想表示他们绝不罢休的愿望，这感觉在他们的声音和面部表情上比在他们的言辞里表现得更多。他没有放弃自己的意见，但是觉得自己有点不对的地方，也希望为自己辩护。

“我只是说，我们知道了需要什么，就更加便于做捐献工作了。”他说着，极力用叫声压倒别的声音。

一个最靠近他的老人回头看了看他，但是老人的注意力立刻又被桌子那边的声音吸引过去了。

“是的，莫斯科要放弃了！莫斯科要做赎罪者了！”有一个人叫喊着。

另外一个人叫着：“他是人类的仇敌！”

“请您让我说……”

“阁下，您挤着我了！……”

23

这时候拉斯托卜卿伯爵穿着将军制服，挂着背带，下颏突出，眼光敏锐，在让开路的一群贵族的前面快步地走了进来。

“皇帝陛下立刻驾到，”拉斯托卜卿说，“我刚从那里来。我以为，我们处在现在这样的情况下用不着多讨论。皇帝愿意召集我们和商人，”拉斯托卜卿说，指着商人们所在的那个大厅，“那里要捐献无数的金钱，而我们的任务是提供民团，我们不要吝惜自己……至少我们能做到这一点！”

坐在桌前的贵族们开始互相商谈着。所有的商谈都是声音极低的。先前的喧嚣过去后，现在可以听到一个一个的老人的声音，有的说“同意”，别的人为了显出差别，说“我也是这个意见”，等等，这些声音甚至显得有点悲哀了。

秘书奉命记录莫斯科贵族的决议，莫斯科的贵族和斯摩棱斯克的贵族一样，在每千名农奴中派出十个兵并捐献他们的全副服装。协商的贵族们站立起来，似乎轻松了，他们一边拖椅子，一边挽手交谈着，在大厅中走动着，伸动他们的腿。

“皇上！皇上！”忽然从各个大厅里传来了这个声音，于是全体向门口拥去。

皇帝从贵族行列当中的一条宽路走进大厅。所有的脸上都显出恭敬、惊惶、好奇的神色。彼挨尔站得很远，不能完全听清皇帝的话。他只从他所听到的话里，明白了皇帝说到俄国当前所处的危险和他对莫斯科贵族的希望。另外一个声音回答皇帝，报告刚刚通过的贵族的决议。

“诸位！”皇帝用颤抖的声音说。人群骚动了一下，又静穆了。彼挨尔清晰地听到皇帝的那么悦耳、那么富有人情味、那么受感动的声音，他说：

“我从来没有怀疑过俄国贵族的忠心。在今天，它超过了我的希望。我代表祖国感谢你们。诸位，我们要行动——时间是最宝贵的……”

皇帝沉默了，人群开始在他的四周拥挤着，大家一起发出了欣喜若狂的呼声。

“是的，最宝贵的……御言……”伊利亚·安德来伊支在后边啜泣地说，他什么也没有听到，但是凭他自己的思索了解了一切。

皇帝从贵族所在的大厅走到商人所在的大厅。他在那里待了大约十分钟。彼挨尔和别人看见皇帝带着受感动的眼泪从商人的大厅中走出。后来知道，皇帝刚刚开始向商人说话，他的眼里就涌出了泪，他用颤抖的声音把话继续说完。彼挨尔看见皇帝时，他正由两个商人陪着走出来。一个是彼挨尔认识的肥胖的专卖酒商。另一个是清瘦的稀胡子的黄脸的市长。两人都在哭。瘦子的眼里有泪，但胖子专卖酒商哭得像小孩一样，老是重复着：

“陛下，接受我们的生命和财产！”

彼挨尔这时候没有任何感觉，只是希望表示他不惜一切并准备牺牲一切。现在他觉得，他说了有立宪倾向的话是一种过错；他寻找机会要加以补救。听说马摩诺夫伯爵出一团人，彼挨尔·别素号夫立刻向拉斯托卜卿说，他要出一千人，并且担负他们全部的给养。

老罗斯托夫回家后，不能不含着眼泪向妻子说到所发生的事情，并且立即同意了彼恰的请求，亲自替他去报名。

第二天皇帝走了。所有被召集开会的贵族们脱下了制服，又安居在家里和俱乐部里。他们一面哼着，一面向管家们发出征集民团的命令，同时对于他们自己所做的事情觉得诧异。

第二部

1

拿破仑发动了对俄国的战争，是因为他不能不到德来斯登去，不能不迷恋尊荣，不能不穿上波兰制服，不能不受到六月早晨的进取心的影响，不能够在库拉根面前和后来在巴拉涉夫面前克制自己的怒火。

亚力山大拒绝一切谈判，因为他觉得自己受了侮辱。巴克拉·德·托利力求用最好的方法指挥军队，是为了尽到他的职责，并获得伟大统帅的荣誉。罗斯托夫骑马奔腾着进攻法国人，是因为他不能约制他在平坦的田野上疾驰的欲望。并且同样地，参加战争的无数的人，都是依照他们各人的特性、习惯、环境和目的而行动的。他们感到恐惧，爱好虚荣，他们高兴、愤怒，他们发议论，自以为知道自己在做什么，并且是为了自己而做的；但他们都是历史的被动工具，并且做了他们自己不明白而为我们所了解的工作。这是一切实际行动者不可避免的命运，他们在社会组织中地位愈高，他们愈不自由。

现在，一八一二年的行动家们早已离开了他们的活动场所，他们个人的兴趣无影无踪地消失了，留在我们面前的只是当时的历史成果。

但是我们设想，这些欧洲人，应当在拿破仑的统率之下深入俄国腹地，在那里灭亡，我们以为，参与这个战争的人们的互相对立的、无意义的、野蛮的行为是我们可以了解的。

天意强使所有的这些追求个人目的的人得到一个伟大的结果，而这个结果是谁都不想得到的，拿破仑和亚力山大不想得到，参加战争的任何人更不想得到这样的结果。

现在我们明白了，什么是一八一二年法军毁灭的原因。无人否认，拿破仑的法国军队毁灭的原因，一方面是他们在天寒岁暮的时候，没有冬季远征的准备便深入俄国的腹地，另一方面是战争由于许多俄国城市的焚毁，由于俄国人民的敌忾情绪而具有的性质。只有这样才能够使世界上最好的、由最好的将帅指挥的八十万军队同人数只有他们一半的、无经验的、由无经验的将帅所指挥的俄国军队战斗时遭到灭亡。现在这似乎很明显了，但是当时却没有一个人预见到这一点。不但没有一个人预见到这一点，而且俄国方面所有的努力，是要不断地阻碍那能够拯救俄国的唯一的事情，而在法国方面，虽有拿破仑的所谓军事天才和经验，所有的努力，是要在夏季的末尾推进到莫斯科，就是要做那必定将使法军灭亡的事情。

在关于一八一二年的历史著作中，法国作者们很爱说到拿破仑当时曾经感到战线延长的危险，说他曾觅取会战的机会，说他的将帅们劝他在斯摩棱斯克按兵不动，这些作者们还提出其他类似的议论，证明当时就已经明白了战争的危险；而俄国作者们更爱说到，从战争一开始，便有引诱拿破仑深入俄国腹地的西徐亚人式的军事计划，并且有的作者将这个计划归于卜富尔，有的作者归于某一法国人，有的归于托利，有的归于亚力山大皇帝自己，他们指出一些笔记、计划与书信，在这些文件里，确实有这种行动的暗示。但是关于预见所发生的事件的一切暗示，现在由法国方面和俄国方面提了出来，只是因为事实证明了它们的正确性。假若事件不发生，则这些暗示就要被人遗忘了，正如同我们现在遗忘了成千上万的相反的暗示和假设，它们是在当时流行的，但是被证明了是不正确的，因而被人遗忘了。关于任何一个事件的结局，总是有那么多假设，以致不管事件的结果如何，总有人要说："我那时已经说过，事情必定如此。"他却根本忘记了在无数的假设之中，还有许许多多完全相反的意见。

设想拿破仑感到战线延长的危险，设想俄国方面有意引诱敌人深入俄国腹地，这些都显然是这一类的假设，只有牵强附会的历史家才能够假设拿破仑和他的将帅有这种考虑，才能够假设俄国的将帅有这种计划。所有的事实都和这个假设完全相反。不但在整个战争时期，俄国方面并不希望把法国人引入腹地，而且从敌人刚刚侵入俄国的时候起所做的一切，就是要阻止他们；不但拿破仑不怕战线的延长，而且他对自己的节节前进感到高兴，就像对胜利一样高兴，并且不像在以前战争中那样懒于寻找战斗。

在战争刚开始的时候，我们的军队被切断，我们所力求到达的唯一目标，是要把他们会合起来，虽然为了退却和诱敌深入腹地军队的会合是无益的。皇帝在军队里，是为了鼓励军队保卫俄国的每一寸土地，而不是为了退却。德锐萨的规模庞大的野营按照卜富尔的计划建筑起来了，并没有打算再向后退。皇帝因为每一步的后退而责备总司令。不但莫斯科烧毁了，而且让敌人进到斯摩棱斯克，这是连皇帝也想象不到的。并且在军队会合的时候，皇帝因为斯摩棱斯克失陷、焚烧，不能在城外进行大会战而大发雷霆。

皇帝是这么想法，而俄国的将帅和全国人民想到军队退入腹地，就更加愤慨了。

拿破仑切断了俄国军队，向俄国腹地推进，并且放过了几个会战的机会。八月里，他在斯摩棱斯克只想到如何前进，虽然我们现在知道，这个前进显然是导致他灭亡的原因。

事实很明显，拿破仑既没有预见到向莫斯科推进的危险，亚力山大和俄国的将帅那时也没有想到引诱拿破仑，却想到相反的事。引诱拿破仑深入俄国腹地，不是由于任何人的计划（没有人相信这件事的可能），而是由于参与战争的许多人的阴谋、个人目的和欲望的最复杂的活动，他们并没有想到那一定会发生的事以及拯救俄国的唯一方法。一切是偶然发生的。军队在战争的开始便被切断。我们力求使他们会合，显然的目的是要作战，并阻止敌人的前进，但是在这个要求会合的努力中，我们避免和强大的敌人作战，并且不觉地成锐角地向后撤退，把法国人引到了斯摩棱斯克。我们照锐角退却，不仅因为法国人在两军之间移动，这个角变得愈锐，我们就退得愈远，而且因为这个不负众望的德国人巴克拉·德·托利是巴格拉齐翁所怀恨的人（巴格拉齐翁将要受他的指挥），而第二军的司令官巴格拉齐翁力求尽可能地迟缓地和巴克拉会师，以便不受他的指挥。巴格拉齐翁久不会师（虽然所有的长官的主要目的是会师），是因为他觉得，这样的行军是要使自己的军队受到危险，他觉得于他最有利的，是再向左、向南退却，在侧面和后方扰乱敌人，并在乌克兰补充自己的部队。这似乎是他所想的，因为他不愿屈居他所怀恨的、而且官阶比他低的德国人巴克拉之下。

皇帝在军中，本是为了鼓舞军队的士气；但他御驾随军、没有决策频繁地干预和做出计划，反而破坏了第一军作战的力量，于是军队后退了。

他们打算在德锐萨野营驻扎；但是出人意外，保路翠要做总司令，要用他的能力影响亚力山大，于是卜富尔的整个计划放弃了，而一切事情都托给巴克拉。但巴克拉没有受到信任，他的权力受到了限制。

军队散乱了，没有统一的指挥，巴克拉不负众望。但是由于这种混乱、分散，以及德国人总司令的不负众望，使军队一方面产生了犹豫不决和避免会战的想法（假若军队是在一个地方并且不是巴克拉做总司令，那会战是一定会发生的），另一方面产生了对德国人的越来越大的愤慨，鼓起了自己的爱国情绪。

终于皇帝离开了军队，并选择了这样一种说法作为他离开军队的唯一的最合适的借口，这就是：为了发动全民进行战争，他必须去激励各都城的人民。皇帝到莫斯科去，这使俄国军队的力量增加了两倍。

皇帝离开军队是为了不妨碍总司令权力的统一，并希望能采取一些更果断的办法；但是军队的指挥反而更加混乱、更加削弱了。别尼格生、大公和一群侍从武官长留在军中，以便监视总司令的行动并督促他努力；而巴克拉在这些皇帝耳目的监视下觉得自己更不自由，对于决定性的行动更加小心，并且避免战斗。

巴克拉主张谨慎行事。皇太子暗示这是种背叛行为，并要求进行一场大会战。刘保密尔斯基、不隆尼斯基、夫洛斯基和这类人惹起了那么多的纠纷，以致巴克拉借口向皇上递送呈文差遣这些波兰的侍从武官长到彼得堡去，同别尼格生及大公[①]进行公开的斗争。

虽然巴格拉齐翁不愿意，军队终于在斯摩棱斯克会合了。

巴格拉齐翁坐车来到巴克拉所住的屋子前面。巴克拉挂着绶带出来迎接，并向官阶较高的巴格拉齐翁报告。巴格拉齐翁不管官阶的高低，是为了表示大度地服从巴克拉；他虽然服从，却和他更不一致了。巴格拉齐翁遵照皇帝命令，直接向皇上呈报。他写信给阿拉克捷夫说：

“虽然是皇帝的意思，但我却不能和大臣（巴克拉）在一起。看在上帝的分上，派我到别处去吧，即使是指挥一个团也好，但我不能在这里；总司令部里全是德国人，因此俄国人一个也不能在这里，而且在这里也没有一点意义。我以为，我是确实在为皇帝和祖国服务的，但结果证明，我是在为巴克拉服务。我承认，我不愿如此。”

不隆尼斯基、文村盖罗德这类人的团体，更加妨害了两位司令官之间的关系，结果是更加不能得到统一。他们准备在斯摩棱斯克前面攻击法军。派遣了一名将官去视察阵地。这个将官怀恨巴克拉，看自己的朋友军团长[②]去了，在他那里待了一天，然后回到巴克拉那里，从各方面挑剔这个他并未见到的未来战场。

正当围绕着未来战场的问题进行着争论和策划阴谋时，正当我们弄错了法军的所在地而寻找法军时，法军已遇上了聂韦罗夫斯基的师，并且兵临斯摩棱斯克城下了。

我们必须在斯摩棱斯克打一场出其不意的战役，以便保全我们的交

---

① 这里的皇太子和大公是一个人。

② 一个军团包括两个师以上。一个军包括两个军团以上。这是过去一般的译名。

通。战役发生了。双方死亡了几千人。

斯摩棱斯克失守了，这是违反皇帝和全国人民的意志的。但是城里的居民受了总督的骗，自己焚烧了斯摩棱斯克，这些破产的居民，给其他的俄国人做出了榜样，他们到了莫斯科，只想念着他们的损失，对于敌人怀着如焚的仇恨。拿破仑向前进，我们向后退，于是正好得到了打败拿破仑的结果。

2

尼考拉·安德来维支公爵在儿子离家的第二天，把玛丽亚公爵小姐叫到自己的跟前。

“好，你现在满意了吧？”他向她说，“你使我同儿子吵嘴！满意了吧？你只需要这样，满意了吧？……这叫我痛心、痛心。我老了，身体弱了，你就想要这样。你高兴吧，高兴吧……”

此后玛丽亚公爵小姐有一个星期没有看见父亲。他生病了，没有出书房。

使玛丽亚公爵小姐感到惊异的是，她注意到老公爵在生病期间，同样不让部锐昂小姐到他跟前去。只有齐杭一个人侍候他。

一周之后，公爵出房了，又开始了从前的生活，他特别勤快地忙于盖房子和料理花园，断绝了和部锐昂小姐从前的一切关系。他的神色和对玛丽亚公爵小姐的冷淡口气似乎是向她说：“你要知道，你捏造事实，向安德来公爵说谎，说我和这个法国女人的关系，使我同他吵嘴；但你知道，我不需要你，也不需要法国女人。”

玛丽亚公爵小姐每天要和尼考卢施卡在一起半天，照管他的功课，亲自教他俄文、音乐，并和代撒勒谈天；其余的半天，她读书或和老保姆在一起，或和偶然从后门来看她的上帝的人在一起。

玛丽亚公爵小姐对于战争的想法，正和一般妇女对于战争的想法一样。她为参战的哥哥担心，她对于那使人们互相屠杀的人世间的残忍既感到恐惧，却又不了解。她不了解这个战争的意义，她觉得这个战争和以前的战争都是一样的。虽然经常与她交谈的代撒勒热心地注意战况，极力向她说明他的意见，虽然来看她的上帝的人，用她们自己的话，恐惧地报告民间对于基督叛徒侵略的谣传，虽然尤丽，现在的德路别兹卡雅夫人，又和她通信，从莫斯科写给她许多爱国的信件，但她不了解这个战争的意义。

“我的好朋友，我用俄文写信给您，”尤丽这么写，“因为我恨所有的法国人，同样恨他们的语言，我不能听人说法语……我们在莫斯科都由于对我们所崇拜的皇帝的热情而欣喜若狂。

“我的可怜的丈夫在犹太人的旅店里忍受着困苦和饥饿，但我所接到的这个消息更使我振奋。

“你想必听到了拉叶夫斯基的英勇事迹，他抱着两个儿子说道：‘我要和他们同归于尽，但我们绝不动摇！’诚然，敌人的力量虽然比我们强一倍，我们却没有动摇。我们尽我们所能地消磨时间，但战时是战时啊！阿丽娜公爵小姐、索斐和我成天在一起，我们是不幸的守着活寡的妇人，在拆纱布时，在愉快地谈话时；只是缺少您，我的朋友……”云云。

玛丽亚公爵小姐不了解这次战争的全部意义，主要的是因为老公爵从不谈到战争，不承认有战争，并且在吃饭时嘲笑地谈起这个战争的代撒勒。公爵的语气是那么安详而自信，因而玛丽亚公爵小姐毫不怀疑地相信他的话。

整个的七月老公爵是极其勤快，甚至是精神矍铄的。他开始建筑一个新花园和仆人的新下房。唯一使玛丽亚公爵小姐感到不安的事，是他睡得少，并且改变了他在书房睡觉的习惯，每天更动安置床铺的地点。他有时命人把他的行军床置在游廊上；有时不脱衣服睡在客厅的沙发上或躺椅上，这时候他不需要部锐昂小姐，却要家僮彼得路沙读书给他听；有时他在饭厅里过夜。

八月一日，接到了安德来公爵的第二封信。第一封信是在他走后不久接到的，安德来公爵在信里恭顺地请求父亲对于他大胆所说的话加以宽恕，并请求恢复对他的慈爱态度。老公爵写了一封亲切的信回给他，在这封复信之后，他便疏远了法国女人。安德来公爵的第二封信是在法国人占领维切不司克之后，从附近的地方寄来的，信内是全部战役的简短描写和一个写在信中的计划，此外是对于未来战争局势的推测。在这封信里，安德来公爵向父亲指出，他住的地方接近战场，正是军队前进的路线上，是不利的，并且劝他到莫斯科去。

在这天吃饭的时候，代撒勒说，他听说法军已经进入维切不司克，老公爵听了这话，想起了安德来公爵的信。

“今天收到了安德来公爵的信，”他向玛丽亚公爵小姐说，“你看到没有？”

“没有，mon père.〔爸爸。〕”公爵小姐惊惶地回答。她不会看到的，甚至接到信的事也没有听到过。

“他提到这次的战争。”公爵带着习惯的轻蔑的笑容说，他总是带着这种笑容说到现在的战争。

“一定是很有趣的！”代撒勒说，“公爵能够知道……”

“嗯！很有趣！”部锐昂小姐说。

“您去替我拿来！”老公爵向部锐昂小姐说，“您知道，在小桌子上的镇纸下面。”

部锐昂小姐高兴地跳起来。

“啊，不要，”他皱了皱眉叫着说，“米哈伊·依发内支，你去！”

米哈伊·依发内支站起身来，到书房去了。但他刚出去，老公爵便一面不安地回头望着，一面丢下餐巾自己去了。

“他们什么事都不会做，总是把事情搞得一团糟。”

他去的时候，玛丽亚公爵小姐、代撒勒、部锐昂小姐，甚至于尼考卢施卡都沉默地交换着目光。老公爵由米哈伊·依发内支陪着，快步地回来了，带来了信和计划，在吃饭的时候，他把信放在身边，不给人看。

老公爵进客厅时，把信递给玛丽亚公爵小姐，然后把新屋的计划展开在自己的面前注视着，便命令她高声地读信。读过了信，玛丽亚公爵小姐疑问地看了看父亲。他望着计划，显然是精神集中地在思考。

“这件事您以为如何呢，公爵？”代撒勒大胆地提出了问题。

“我？我？……”公爵说，似乎不愉快地清醒过来，目不转睛地盯着造屋的计划。

“战场很可能会离我们这儿很近的……”

“哈——哈——哈！战场！”公爵说，“我说过了，现在还是说，战场在波兰，敌人决不会越过聂门河。”

代撒勒惊讶地望了望公爵，他在敌人已经到了德聂伯河的时候还说聂门河；但是玛丽亚公爵小姐忘记了聂门河的地理位置，以为父亲说的话是对的。

“在化雪的时候，他们要淹死在波兰的沼泽里。但是他们不能明白这一点，”老公爵说，显然是想起了一八〇七年的战争，他觉得那次战争还记得那么清楚。“别尼格生应该早一点进普鲁士，那时事情便有别的转变……”

“公爵，”代撒勒胆怯地说，“信里说到维切不司克……”

“啊，信里吗？是的……”公爵不高兴地说，“是的……是的……”他的脸色忽然显出阴沉的表情。他沉默了一会，“是的，他写的是法军被击溃了，在什么河上呀？”

代撒勒垂下了眼睛。

“公爵没有写这个。”他低声说。

“他没有写吗？不是我自己空想出来的。”

大家沉默了很久。

“是的……是的……哎，米哈伊·依发内支，”他忽然抬起头，指着盖屋的计划说，“你说，你想怎么改……”

米哈伊·依发内支走到计划前面，公爵和他说了关于盖新屋的计划，然后愤怒地看了看玛丽亚公爵小姐和代撒勒，便到自己的房里去了。

玛丽亚公爵小姐看见了代撒勒向她父亲注视着的惶惑而惊讶的目光，注意到他的沉默，并且对父亲竟把儿子的信遗忘在客厅的桌子上觉得惊异了，但是她不但怕说到，怕向代撒勒问到他的惶惑和沉默的原因，而且还怕想到这件事。

晚间，米哈伊·依发内支带着恭敬而嘲讽的笑容说，这使玛丽亚公爵小姐脸上发白了。“他对于盖新屋很不放心。他看了一点书，但是现在，”米哈伊·依发内支压低了声音说，“在柜桌上，大概是在搞他的遗嘱（近来公爵最爱做的一件事便是处理他的文稿，这是要在他死后遗留下来的，他叫作遗嘱）。”

“要派阿尔巴退支到斯摩棱斯克去吗？”玛丽亚公爵小姐问。

“是的，他已经等了好久了。”

3

当米哈伊·依发内支拿信回房的时候，公爵戴着眼镜，在眼上和蜡烛上都加了罩子，坐在打开的柜桌前，远远伸出的手里拿着文稿，带着几分庄重的姿势读他的文稿（他称作笔记），这是他要在死后呈给皇帝的。

米哈伊·依发内支进房的时候，他眼睛里含着泪，回忆到他写现在所读的这个文稿的时代。他从米哈伊·依发内支手里接过了信，放进了衣袋里，放下文稿，并且叫等待很久的阿尔巴退支进来。

他在一张纸上开列了要在斯摩棱斯克购买的东西，他在房里，一面从站在门边的阿尔巴退支面前来回走着，一面吩咐。

“第一样，信纸，听着，八帖，照这个样子；金边的……样子，要完全和它一样；火漆、封蜡，照米哈伊·依发内支的单子买。”

他在房里来回走了一会，看了看他的有纪念性的笔记。

“然后把关于证书的信亲自交给省长。”

然后是新房子门上所需要的闩，这闩一定要合乎公爵自己所定的样子。然后是定做一只存放遗嘱的有装潢的箱子。

对阿尔巴退支吩咐了两个多钟头。公爵还没有让他走。他坐下来，沉思片刻，然后闭上了眼打盹。阿尔巴退支轻轻动了一下。

“好了，去吧，去吧；若是还要什么，我就叫你。”

阿尔巴退支出去了。公爵又走到柜桌前，看了看桌子里面，摸了摸他的文稿，又合了柜桌，坐到大桌子前写信给省长。

当他封了信站起来的时候，已经很晚了。他想要睡觉，但是他知道，他睡不着，在床上会出现最不好的想法。他喊了齐杭，同他走过几个房间，以便告诉他，今天夜里把床放在什么地方。他走着，打量着每个角落。

他觉得处处都不好，最不好的是书房里他睡惯的那张沙发。他觉得这个沙发可怕，大概是由于他躺在沙发上的时候所想到的那些难受的念头。处处都不好，但是最好的地方还是客厅里大钢琴后面的那个角落：他还没有在这里睡过。

齐杭和用人把床搬来了，并且开始部置。

“不是这样，不是这样！”公爵大声说，亲自把它拉开，离角落四分之一阿尔申[①]，又移近一点。

“好，我终于做完了，现在我要休息了。”公爵想着，让齐杭替他脱衣服。

因为脱衣服和裤子需要出力，公爵恼恨地皱着眉，脱了衣服，沉重

① 一阿尔申合〇. 七公尺。

地坐到床上，似乎在沉思，轻蔑地望着黄黄的枯瘦的腿。他不是在沉思，却是因为把腿抬起来放到床上去要费力而拖延着。他想，“啊，多么困难！啊，让这些劳苦快些结束吧！您放开我吧。”他咬紧嘴唇，第二万次做了这样的努力，躺下了。但他刚刚躺下，便忽然觉得整个床在他身子下边前后均匀地摇动着，似乎沉重地在呼气，在跳动。他几乎每天夜里都有这样的情形。他睁开了闭着的眼睛。

“不得安宁，该死的！”他发怒地向谁在说，“是的，是的，还有点重要的，很重要的事情，我要留到夜里躺在床上想的。门闩吗？不是，这件事情已经说过了。不是，还有点事情，客厅里的事情。玛丽亚公爵小姐说了些废话。代撒勒这个傻瓜说了什么。衣袋里有点东西——我想不起来了。”

“齐示卡——吃饭的时候说到了什么？”

“说到安德来公爵……”

“不要说了，不要说了。”公爵用手拍桌子，“是的，知道了，安德来公爵的信。玛丽亚公爵小姐看的。代撒勒说到维切不司克。我现在要看。”

他叫人从衣袋里把信拿出来，把一张摆着一杯柠檬水和一支螺纹蜡烛的小桌子移到床边，戴上眼镜，开始看信。直到此刻，在深夜的寂静中，在蓝灯罩下的弱光下，他看着信，才第一次立刻了解了它的意思。

“法军现在维切不司克，经过四天的行军，他们可以到斯摩棱斯克，或者他们已经到了那里。”

“齐示卡！”齐杭跳了起来。他叫着，“不，不要；不要什么！”

他把信藏在灯台下，闭上了眼睛。他想起多瑙河、晴热的正午、芦苇、俄国军营，以及他自己——一个年轻的将军，脸上没有一条皱纹，强壮、愉快、面色红润——走进波将金[①]的华丽的营帐，对受宠者

① Г.А.波将金（1739—1791），俄国统帅，曾参加第一次俄土战争（1768—1774），在第二次俄土战争（1787—1791）时任总司令。

燃起的嫉妒心，还和那时一样有力地激动着他。他想起和波将金初次会面时所说的一切话。他想起皇太后——矮矮的胖妇人——初次恩厚地接见他的时候，她那发黄的肥胖的面部，她的笑容，她的话，并且想起她在尸龛里的脸，以及在御棺前为了争得吻她的手的权利而和苏保夫发生的冲突。

“啊，快点，快点，再回到那个时候去吧，现在的一切快快结束吧，他们不要打搅我了吧！”

4

尼考拉·安德来维支·保尔康斯基公爵的田庄童山在斯摩棱斯克背后六十俚，离莫斯科大道三俚。

就在公爵向阿尔巴退支发出吩咐的那天晚上，代撒勒求见玛丽亚公爵小姐，向她说，因为公爵身体不很好，对于自己的安全没有作任何打算，但是根据安德来公爵的信，他却看得出，住在童山是不安全的，所以恭敬地劝她亲自写一封信由阿尔巴退支送给斯摩棱斯克省长，请他告诉她局势如何以及童山要受到的危险的程度。代撒勒替玛丽亚公爵小姐写了给省长的信，由她签了名，她把这封信给了阿尔巴退支，命他交给省长，并且说如遇危险，便赶快回来。

阿尔巴退支奉到各项命令，戴着毛茸茸的白皮帽（公爵的赠品），像公爵一样拿着手杖，由家里人伴送着，出门上了皮篷车，这车是由三匹肥壮的褐黄色的马拉的。

大铃裹了起来，小铃塞了纸。公爵不许人在童山乘坐响铃的马车。但是阿尔巴退支欢喜在远路上用大大小小的铃铛。阿尔巴退支身边的人、书记、管帐、厨娘和厨房女工、两个老妇人、侍童、车夫和其他家奴，都来为他送行。

他的女儿把印花棉布的鸭绒垫子放在他的背后和身下。年老的姨子偷偷地放进一个包裹。一个车夫扶他上了车。

“唉，唉，女人真麻烦！女人！女人！”阿尔巴退支喘着气迅速地说，完全像公爵说话一样。他坐上了车。关于事务他对书记作了最后的吩咐，阿尔巴退支这次不仿照公爵那样了，从秃头上摘下帽子，画了三次十字。

“您，假若是……您就回来，雅考夫·阿尔巴退支；看在基督的分上，想念着我们吧。”他的妻子向他叫着，暗示着关于战争和敌人的流言。

“女人，女人，女人真麻烦！”阿尔巴退支低声地说着，便上路了。他环顾着四周的田地，有的地方是发黄的裸麦，有的地方还是绿油油的茂盛的燕麦，有的地方是刚刚开始翻耕的黑土。阿尔巴退支向前走着，观赏着今年春麦的罕有的收成，注视着有几处已经开始收割的裸麦田，于是他想到播种和收成，想到是否忘记了公爵的任何吩咐。

路上喂了两次马，八月四日傍晚，阿尔巴退支到了城里。

在路上，阿尔巴退支遇到和越过辎重车和军队。他快到斯摩棱斯克时，听到了远处的射击声，但这些声音没有使他惊异。最使他惊讶的是，他临近斯摩棱斯克时看到很好的一片燕麦被兵士刈割了，显然是用作马秣的，并且在田里扎了一个帐篷：这件事使阿尔巴退支吃惊了；但是他想着自己的事，马上把它忘记了。

阿尔巴退支整个三十多年生活的兴趣，仅仅局限于为公爵服务，他从来没有越出过这个范围。凡是与执行公爵的命令无关的事，不但不使他发生兴趣，而且他觉得是不存在的。

阿尔巴退支于八月四日晚来到斯摩棱斯克，住宿在德聂伯河那边加清那郊区的费拉蓬托夫旅店里，三十年来他在这里住惯了。十二年前，费拉蓬托夫听了阿尔巴退支的劝告，购买了公爵的一个树林，开始做生意，现在在省城里有了一所房子、一家旅店和一爿面粉店。费拉蓬托夫是一个肥胖、肤色黝黑、红脸、四十岁的农人，他的嘴唇厚厚的，长着一个酒糟鼻子，在皱着的黑眉毛上有两个同样的斑点，还有一个大肚子。

费拉蓬托夫穿了背心和印花棉布衬衫，站在门朝大街的旅店前面。他看见了阿尔巴退支，便向他面前走去。

“欢迎，欢迎，雅考夫·阿尔巴退支，别人出城，你进城。”旅店主人说。

“为什么要出城？”阿尔巴退支问。

“我说的——人蠢呀，总是怕法国人。”

“女人的见识，女人的见识！”阿尔巴退支说。

“我也这么想，雅考夫·阿尔巴退支。我说，下令不让他们进来，这是对的。但农人要三卢布的车费——他们不是基督教徒！”

雅考夫·阿尔巴退支不注意地听着。他要了一个茶炊，要了马的草秣，喝了茶，便躺下睡觉了。

军队整夜地在街上从旅店前面走过。第二天，阿尔巴退支穿了只在城里才穿的上衣，出门办事。早晨有太阳，八点钟时天已经很热了。阿尔巴退支觉得，这是收割庄稼的好天气。从早晨起就从那边传来了射击声。

在早晨八点钟时，枪声加上了炮声。街上有许多人急急忙忙地走着，有许多兵，但是同平常一样，还有车辆来往着，商人站在店里，教堂里在做祈祷。阿尔巴退支到了各个商店、各衙门、邮局，看了省长。在各个衙门和各个商店里，在邮局里，人人谈到军队，谈到已经在攻城的敌人，都在互相探问该怎么办，都极力互相安慰。

在省长的屋子的前面，阿尔巴退支看见很多的人、哥萨克兵和省长的一辆旅行车。在台阶上，雅考夫·阿尔巴退支遇到两个贵族绅士，其中有一个他认识。他认识的这个贵族，前任警察局长，他发火地说道：

“要知道，这不是开玩笑，”他说，“单独一个人是很舒服的。一个人不幸——只是一个人的事。但是一家十三个人和全部财产……弄得我们倾家荡产，这算是个什么省长呀？……哎，绞死这些强盗……”

“好，好，不要说了。”另一个贵族绅士说。

“我不在乎！让他听到！嘀，我们不是狗。”前任警察局长说，回头看了一下，看见了阿尔巴退支。

“啊，雅考夫·阿尔巴退支，你来干什么？”

“奉大人的命令，来看省长先生，”阿尔巴退支回答，骄傲地抬起头，把手放在胸前，他提到公爵时总是这样，“派我来探问局势。”他说。

“你去探听吧，”绅士说，“他们弄得车子都没有了，什么也没有了！……又打响了，听见了吗？”他指着传来射击声的方向说，“弄得我们一切都没有了……强盗们！”他又说，然后走下台阶。

阿尔巴退支摇摇头[1]，然后走上楼梯。在接待室里有商人、妇女、官吏，他们面面相觑。办公室的门开了，大家站立起来，向前移动。从门里跑出一个官吏，向一个商人说了几句话，叫了一个颈上挂十字架的肥胖的官吏跟随他，又走进门里去了，显然是躲避对他而来的目光和问题。阿尔巴退支向前移动了一下，在官吏第二次出来时，把一只手放在扣着的衣服前面，招呼了一下，递给他两封信。

“陆军上将保尔康斯基公爵致阿什男爵先生。”他那么郑重地意味深长地喊着，使那个官吏转向他，接了他的信。

几分钟后，省长接见阿尔巴退支，匆匆忙忙地向他说：

“回报公爵和公爵小姐，我什么都不知道，我照上峰的命令行事，瞧……”

他给了阿尔巴退支一份文件。

“可是因为公爵身体不好，我劝他到莫斯科去。我马上就要走了。回报……”

但省长没有把话说完；从门口跑进来一个满身灰尘、流着汗的军官，开始用法语对省长说些什么。省长的脸上显出了恐怖。

---

① 毛注：俄国人有摇头表示惶恐、惊异、不赞成的习惯。

“去吧。”他向阿尔巴退支点了点头说，又开始问军官。

当阿尔巴退支从省长的办公室里走出时，人们热切的惊惶的无能为力的目光都对着他。阿尔巴退支此刻不觉地倾听着相隔很近的越来越猛烈的射击声，急忙赶回旅店。省长给阿尔巴退支的文件内容如下：

> 我向您保证，斯摩棱斯克城还没有丝毫危险，也不致受到任何威胁。我从这一方面，巴格拉齐翁从另一方面，向斯摩棱斯克会师，将于二十二日完成，两军将以联合兵力保卫贵省的同胞，直到我们努力把祖国的敌人击退，或者直到最后一批战士英勇地战死。由此可以知道，您有充分的权利安慰斯摩棱斯克的居民，受到两军如此英勇的战士们的保护的人，可以相信他们的胜利（巴克拉·德·托利给斯摩棱斯克省长阿什男爵的训令，一八一二年）。

人民在街上不安地走动着。

满载着家具杂物、坐椅、碗橱的车子，不断地从人家的门里赶上大街。在费拉蓬托夫家隔壁的门前，停着一些车辆，妇女们在分别时一面号哭着，一面说话。守院的狗吠着，在套上挽具的马匹旁边跳跃着。

阿尔巴退支踏着比寻常更为匆忙的步子，走进院子，直接走到板棚里他的马和车子那里。车夫睡着了；他把他唤醒，命令他套马，自己到门廊里去了。从店主的内室传来了小孩子的号叫声、妇人伤心的啼哭声，以及费拉蓬托夫沙哑的发火的喊叫声。阿尔巴退支刚走进去，厨娘好像受惊的鸡一样，在门廊里乱窜。

“他把她打得要死了——要打死老板娘了！……又打又拖呀！……”

阿尔巴退支问：“为什么？”

“她要求离开。女人的见识！她说，‘你带我走，不要使我和小孩送掉命，’她说，‘人家都走了，’她说，‘我们为什么不走呢？’所以他打她了。又打又拖呀！”

阿尔巴退支听到这话，似乎是赞同地点了点头，也不想多知道情由，便走到对面店主内室的门口，他买的东西都放在那里。

“你这个坏人、凶手！”这时候，一个脸色苍白的瘦女人喊叫着，她抱着一个小孩，头巾从头发上扯了下来，从门里冲出来，从台阶上向院子里跑去。

费拉蓬托夫出来追她，看到阿尔巴退支，便理了理背心和头发，打了个嗬欠，跟随阿尔巴退支走进内室去了。

“已经想走了吗？”他问。

阿尔巴退支没有回答这个问题，也没有望店主，收拾着自己买的东西，问店主应付多少房钱。

“我们来算一下。到省长那里去了吗？”费拉蓬托夫问，“有什么决定吗？”

阿尔巴退支回答说，省长并未向他说什么决定性的话。

“我们要做生意，怎么能够搬走呢？”费拉蓬托夫说。“到道罗高部什要七卢布车钱。我说，他们不是基督教徒！”他说。

“塞利发诺夫星期四走了好运，面粉卖给军队九卢布一袋。怎么，您要喝茶吗？”他补充说。

套马的时候阿尔巴退支和费拉蓬托夫喝着茶，谈起粮价、收成和宜于收割的好天气。

“但是声音小一点了，”费拉蓬托夫喝了三杯茶，站起来说，“一定是我们军队打赢了。命令上说，不让敌人进来。这说明有力量……那天他们说，马特末·依发内支·卜拉托夫把敌人赶到马利那河里，一天淹死一万八。”①

---

① 毛注：卜拉托夫是哥萨克兵的主帅，是一八一二年战争中最著名的英雄人物，有一次，他几乎俘获拿破仑。

阿尔巴退支收拾了买的东西，递给进房的车夫，同店主结清了账。从门口传来了一辆离去的小车的车轮声、马蹄声和铃声。

已经是午后很长的时候了；街的半边是阴影，半边被太阳照得明亮亮的。阿尔巴退支朝窗口看了一下，走到门口去了。忽然传来了一个奇怪的、遥远的嗖嗖声和撞击声，然后又传来了一个震动玻璃的炮弹的隆隆声。

阿尔巴退支走到街上；街上有两个人向桥上跑去。四面八方传来炮弹的嗖嗖声、轰隆声以及落在城内的榴弹爆炸声。但这些声音和城外炮声比起来，几乎是微乎其微的，而且引不起市民的注意。这是拿破仑在四点钟后，下令用一百三十门大炮向城市轰击。人民起初还不了解这种轰击的意义。

坠落的榴弹和炮弹的声音起初只引起好奇心。费拉蓬托夫的妻子在板棚里不停地哭到现在，不作声了，然后抱着孩子走到门口，沉默地注视着人们，谛听着声音。

女厨子和一个店员走到门前。大家都怀着愉快的好奇心，极想看见在头上飞的炮弹。从街角上走出几个人，兴奋地交谈着。

“那——那么大的力量！”有一个人说，“把屋顶和天花板都打得粉碎了。”

“好像猪拱土一样。”另一个人说。

“好极了，真有劲！”他笑着说。

“亏得你让开了，不然会把你打扁的。”

人们都朝着这两个人看着。他们停下来，说到有一颗炮弹正落在他们身边的一个屋子里。这时候别的炮弹——有的是带着迅速的凄厉的嗖嗖声的炮弹，有的是带着愉快的嗖嗖声的榴弹——不停地在头顶上飞过；但是没有一个炮弹落在附近，都飞过去了。阿尔巴退支上了车。店主站在门前。

“你没有看见过吗！”他向女厨子说。她穿着红裙子，卷起袖子，摇着光胳膊走到角落里，听他们说话。

“真是怪事。”她说，但是听到主人的声音，她便放下撩起的裙子，走回来了。

不知什么东西又嗖嗖地响了一声，但这一次很近，好像从上面飞下来的鸟一样，在街心闪出一道火光，不知什么东西爆炸了，于是街上弥漫着烟气。

“浑蛋，你在干什么？”店主叫着，跑到女厨子面前。

就在这一瞬间，各处的妇女都伤心地啼哭起来，一个小孩恐怖地哭叫起来，人们无言地、脸色苍白地拥挤在女厨子的周围。在这一群人中，女厨子的哭叫声比谁都响。

“啊，我的好人！我的好人！别让我死啊！我的好人！……”

五分钟后，没有一个人留在街上了。女厨子的大腿被榴弹碎片炸伤，他们把她抬进了厨房。阿尔巴退支、他的车夫、费拉蓬托夫的妻子和孩子们、看门的，都坐在地窖里谛听着。大炮的隆隆声、炮弹的嗖嗖声和女厨子比其他声音都高的、可怜的叫声，没有片刻停止。旅店老板娘时而抖着哄着小孩，时而用可怜的低语声问所有进地窖的人，她的留在街上的丈夫在哪里。进地窖的店员向她说，店主和别人到大教堂里去了，他们到那里抬斯摩棱斯克的创造奇异的神像去了。

黄昏时炮声平静下来了。阿尔巴退支出了地窖，站在门口。

先前明亮的黄昏的天空完全被硝烟遮蔽了。高空的一钩新月奇异地在硝烟弥漫的空中透出亮光。在先前可怕的炮声静止后，城里也显得寂静了，只有满城的脚步声、呻吟、遥远的叫声和着火的声响打破沉寂。女厨子的呻吟现在停止了。两边腾起着、飞散着火的黑烟团。士兵们穿着各种制服，在街上散乱地向四面八方走着、跑着，好像是从破洞里跑出来的蚂蚁一样。阿尔巴退支看见他们当中有几个跑进费拉蓬托夫的院子。阿尔巴退支走到大门口去了。有一个团发生了拥挤，急迫地向后撤退，阻塞了街道。

“城要放弃了，走吧，走吧，”一个看到他的军官向他说，立刻又向兵士叫着说，“我不许你们向人家院子里跑！”

阿尔巴退支回到房子里，叫了车夫，命他赶车上路。费拉蓬托夫全家跟着阿尔巴退支和车夫走出去。看见了烟气和暮色中现在可以看见的火焰，一直没有作声的妇女们忽然望着火哭起来了。大街上别的角落里传来了同样的哭声，似乎同她们在呼应。阿尔巴退支和车夫在棚子里用颤抖的手整理着缠结的缰绳和挽具。

阿尔巴退支坐车出门时，看见费拉蓬托夫敞开门的店里有十来个兵，他们大声地谈着，将麦粉、葵花子装进袋子和背囊里。这时候费拉蓬托夫从街上回来，走进店里。看见了兵，他想要喊叫，但是忽然又停住了口，然后抓着头发，又哭又笑起来了。

“把东西都拿走吧，弟兄们！不要留给魔鬼。”他喊叫着，一边亲自搬了几袋面粉丢到街心。

几个兵惊慌了，跑走了，还有几个兵继续在装。看见了阿尔巴退支，费拉蓬托夫向他说：

“俄国完了！”他叫着，“阿尔巴退支，完了！我自己来放火。完了……”费拉蓬托夫跑进院子去了。

士兵不断地在街上走过，把整条街都阻塞了，因此阿尔巴退支不能通过，不得不等待着。费拉蓬托夫的妻子带着小孩们也坐在小车上，要等到能够通行的时候才能走。

已经是夜晚了。天上有星，新月照耀着，偶尔被烟气遮蔽着。在德聂伯河的斜坡上，阿尔巴退支和店主妻子的车辆跟在士兵和别的车辆中间慢慢地移动着，不得不停下来了。离停车的十字街不远，小街上的房子和店铺失火了。火势已经下去了。火焰时而熄灭，消失在黑烟里，时而忽然明亮地燃烧，极其清晰地照见挤在十字街头的人们的脸。在火的前边有黑的人影闪过，在火的不断的爆炸声中，听得到话声和叫声。阿尔巴退支下了车，看到他的车还不能迅速通过，便回到小街上去看火。

士兵们在火旁不断地前后乱窜，阿尔巴退支看见两个兵和几个穿绒布军大衣的人，从火里把燃烧着的柱子拖进街对面邻家的院子里，别的士兵们拿着成捆的草秸。

阿尔巴退支走到一大群的人那里，他们站在一个整个儿都烧起来的高大的仓库对面。墙都在火里，后墙倒了，木板的屋顶坍塌了，柱子燃烧了。显然，大家等着屋顶塌下来。阿尔巴退支也等着。

忽然老人听到一个熟识的声音在叫他："阿尔巴退支！"

阿尔巴退支立刻认出了小公爵，回答说："哎哟，大人。"

安德来公爵穿着外套，骑在黑马上，站在人群后边望着阿尔巴退支。

"你怎么到这里来的？"他问。

"大……大人，"阿尔巴退支说，一边哭泣起来了……"大……大……我们已经失败了吗？主啊……"

"您怎么到这里来的？"安德来公爵又问。

火焰此刻明亮地燃烧起来，使阿尔巴退支借着火光看清了小主人苍白而憔悴的脸。阿尔巴退支说了，他是怎样被派来的，现在要走出去是多么困难。

"怎么，大人，我们败了吗？"他又问。

安德来公爵没有回答，取出笔记本，抬起膝盖，在撕下的纸上用铅笔写字。他写给妹妹：

"斯摩棱斯克要放弃了，"他写着，"童山在一周内将被敌人占领。立刻到莫斯科去。立即给我答复，你们何时上路，派特别信使到乌斯维阿日。"

他写完之后，将纸片递给阿尔巴退支，还口头告诉他，怎样照料公爵、公爵小姐、他的儿子和教师上路，怎样立刻回信并且回信寄到哪里。他还没有吩咐完毕，便有一个骑马的参谋长带着一个随从，跑到他面前来了。

"你是上校吗？"参谋长用安德来公爵所熟悉的德语叫着。"他们当您的面烧房子，您站着不动？这是什么意思？您要负责。”别尔格叫着，他现在是第一军步兵左翼司令官的副参谋长——照别尔格说，是一个极其如意的很令人注目的职位。

安德来公爵望了望他，没有回答，继续向阿尔巴退支说：

“你告诉他们说，回信我等到十日，假使十日接不到他们走的消息，我就要丢开一切，亲自到童山去走一趟。”

“公爵，我说，只因为，”别尔格认出了安德来公爵，说，“我应该执行命令，因为我总是严格执行命令的，请您原谅我。”别尔格说着道歉的话。

火中不知什么在爆炸。火势小了一会儿；从屋顶下冒起了团团黑烟。不知什么还在火中发出可怕的爆炸声，一块很大的天花板塌下来了。

“哎哟！”人们看到仓库的天花板塌下来了，这么喊叫着。仓库里燃烧的麦粉散发出饼样的气味。火焰升起来，照亮了站在火边的人们兴奋、愉快而疲倦的面容。

穿绒布军大衣的人举起了手，叫着：

“好呀！火冒起来啦！弟兄们，好呀……”

“这是店主本人！”许多人在说。

“那么，”安德来公爵向阿尔巴退支说，“把我向你所说的一切告诉他们。”他一句话也没有回答那无言地站在他身边的别尔格，刺动坐骑，走到小街上去了。

5

军队从斯摩棱斯克继续后退。敌人追赶着他们。八月十日，安德来公爵所指挥的一个团，顺着大道前进，经过通往童山的支路，炎热和干燥的天气已连续有三周多了。每日天空里飘着絮云，有时遮蔽着太阳；但是到傍晚，天空又明朗起来，太阳沉入棕红色的雾里。只有夜间的重露使土地恢复清凉。没有收割的庄稼焦枯了，落粒子了。沼泽也干涸了。牛饿瘦了，在晒焦了的草场上找不到食料。只有在夜里，在树林里，在有露水的时候，才会凉爽。但是在路上，在军队通过的大路上，甚至在夜间，甚至在大路穿过的树林里，也没有这种凉爽。在路面厚达四分之一阿尔申以上的碾碎的沙尘上，露水是看不见的。天刚黎明，便开始行军。在柔软的、窒息的、夜间不冷的热烘烘的尘土中，辎重车和炮车陷到轮壳，步兵陷到足踝，无声地走着。一部分沙尘在人的脚下和车轮下碾压着，另一部分像云一样飞扬在军队的上空，飞进在路上行走的人和牲畜的眼睛、毛发、耳朵、鼻孔里，特别是肺里。太阳升得愈高，尘土飞扬得愈高，透过细小的发热的尘土，可以用肉眼望到无云遮盖的太阳。太阳好像一个深红色的大球。没有风，士兵们在静止的空气里喘息着。人们用手巾捂着鼻子和嘴巴走着。到了村庄，大家都向井边跑去。他们争夺井水，一直到把井水喝干。

安德来公爵统率一个团，团的管理、兵士的福利、接受和发出命令的必要事务，都是要他过问的。斯摩棱斯克的火灾和放弃，在安德来公爵看来，是划时代的事件。对于敌人的新的愤怒，使他忘记了自己的苦恼。他专心在他的团的事务上，他关心自己部下的官兵，对他们很亲切。团里都称他我们公爵。他们以他为荣，并且爱他。但是他只对他的部下，对齐摩亨和类似的人，对完全陌生的不同社会里的人，对不会知道以及不明白他的过去的人，才表现了善良和温和态度；可是一旦碰见从前的和司令部里的什么人，他又立刻激怒起来了；他变得凶狠、好嘲讽，并且轻视别人。一切与他过去的回忆有关的人，都使他觉得讨厌，因此，在他和那个旧团体的关系上，他极力显出自己公正的态度，并且尽自己的职责。

确实，安德来公爵觉得一切是黑暗的、阴森的——特别是在八月六日放弃斯摩棱斯克以后（他认为这里是能守而且应该守的），在他生病的父亲不得不逃往莫斯科，丢下他所建造的、他所居住的、并且他那么心爱的童山任人劫掠以后；虽然如此，安德来公爵却由于他的团，能够想到和战争的一般问题完全无关的事情。八月十日，有一个纵队，他的团也在内，经过童山附近。安德来公爵在两天前便接到父亲、儿子和妹妹已去莫斯科的消息。虽然安德来公爵在童山没有事情要办，但是由于他惯于自寻烦恼，他决定了，一定要到童山去一趟。

他吩咐把马加了鞍子，离开行军的团，骑马到父亲的村庄上去，这是他出生和度过童年的地方。他经过一个池子，这里平常总有十来个妇人，谈着话，捣着杵棒，洗濯衬衣，此刻安德来一个人也没有看到，而拆去的跳板一半浸在水里，斜着漂浮在池子当中。安德来公爵走到看守的小屋子那里。在车马入口的石门那里，门敞开着，一个人也没有。花园的路径上已经开始长草了，马和小牛在英国式的花园里乱跑。安德来公爵走到花房：那里的玻璃打碎了，花桶里的花木有的倾倒，有的干枯了。他唤了园丁塔拉斯。没有人答应。绕过花房，来到陈列园，他看到松木的雕花栅栏都破坏了，李子连在枝上被扯下来了。老农夫（安德来公爵年幼时在门口常看见他）坐在绿凳子上编草鞋。

他是聋子，没有听见安德来公爵来到的声音。他坐在老公爵所爱坐的凳子上，在他旁边有编草挂在折断而枯萎的木兰树枝上。

安德来公爵骑马走到屋前。在旧花园里，有几棵菩提树被伐倒，一匹花马带着小驹在屋前蔷薇花中践踏着。屋子的窗子都封闭了。只有楼下的一扇窗子开着。家僮看见了安德来公爵，便跑进屋里去了。

阿尔巴退支把他全家送走以后，独自留在童山；他坐在屋里，读《圣徒生活录》。他知道安德来公爵来到了，在鼻子上戴上眼镜，扣着衣服，从屋里走出来，急忙走到公爵的面前，什么也没有说，就吻着安德来公爵的膝盖，哭起来了。

然后，他气愤自己的软弱，转过身去，开始向他报告情况。所有值钱的贵重的东西都送到保古恰罗佛去了。一百担麦子也送走了。草秸和春麦，照阿尔巴退支说，今年的收成异常好，被军队征收并且未熟就割下了。农民破产了，有些也到保古恰罗佛去了，一小部分留了下来。

安德来公爵没有听完他的话，便问：

“父亲和妹妹是什么时候走的？”他的意思是说什么时候到莫斯科去的。

阿尔巴退支以为他是问什么时候到保古恰罗佛去的，便回答说是七号去的，又絮叨地讲着农田上的事，请求指示。

“军队把燕麦拿去时我要他们打收条吗？我们还有六百担。”阿尔巴退支问。

安德来公爵想：“回答他什么呢？”望着老人在太阳光下发亮的秃头，从他的面部表情上觉察出来，他自己也明白这些问题是多么不合时，但是他这么问，只为了压制自己的悲伤。

“是的，让他们拿去。”他说。

“若是看见花园里乱糟糟的，”阿尔巴退支说，“这是没有办法防止的，有三个团打这里经过，在这里宿夜，大都是龙骑兵。我记下了司令官的官阶和名字，好去控告他们。”

“你还要做什么呢？假若敌人占领了这里，你不走吗？”安德来公爵问他。

阿尔巴退支转过脸来对着安德来公爵，望着他；忽然，他以庄严的姿势，举起了手：

“他是我的保护者，让他的意志实现吧！”他说。

一群农夫和家奴光着头从草坪上向安德来公爵面前走来。

“再见吧！”安德来公爵向阿尔巴退支低着头说，“你自己也走吧！能带走的就带走，叫农奴们到锐阿桑田庄上去，或者到莫斯科乡下去。”

阿尔巴退支贴着安德来公爵的腿呜咽起来了。安德来公爵小心地推开他，然后刺了马，顺着林荫道奔驰而去。

那个老人仍旧没有感觉地、好像亲爱的死人脸上的苍蝇似的坐在陈列园中敲草鞋楦子，两个女孩用衣襟兜着在花房的树上摘下的李子，从那里跑出来，正碰上安德来公爵。大女孩看见了年轻的主人，面色惊恐地抓住小女伴的手，没有来得及拾起落下的青李子，和她一同躲到桦树的后边去了。

安德来公爵惊惶地连忙转过身去，怕让她们知道他看见了她们。他觉得对不起那个美丽的受惊的女孩子。他怕看她，但同时他又不可遏制地想要看见她。他望着这两个女孩，明白了还有别的、和他完全无关的但和他自己所关心的事情同样合理、同样合乎人情的事情，这时候，他感到一种新的、高兴的、安慰的心情。这些女孩显然只是热切地希望做一件事，就是带走并吃完这些青李子，不被人抓到，并且安德来公爵也和她们一样希望她们的计划得到成功。他忍不住地再看了她们一下。她们以为已经没有危险，从躲藏处跳出来，用尖细的小嗓音说着话，愉快地提着衣襟，她们晒黑的光脚在草地上迅速地跑着。

安德来公爵离开军队所走的尘土飞扬的大道，觉得精神清爽了一点。但是在离童山不远的地方，他又走上了大道，在小池堤边的休息处赶上了自己的团。已经是下午一点多钟了。太阳虽被空中的灰尘遮没了，但他那穿着的黑衣服的背脊仍被晒得、烤得难以忍受。灰尘仍旧不动地弥漫着，停下步的兵士们嗡嗡地说着话。没有风。从堤上经过时，安德来公爵闻到池里的淤泥和清凉的气味。他想到水里去——不管它是多么脏。他看了看池子，池里发出叫声和笑声。有绿藻的浑浊的小池子，显然是涨高了半阿尔申[①]，溢到堤上来了，因为池子里挤满了在水里乱动的兵士们，他们光着白白的身子，他们的手、面孔、颈项都像红砖一样。所有的这些赤裸着身子、肤色白皙的人，笑着、叫着。在这个污水池子里扑腾着，好似塞满在水罐里的鲫鱼一样。在水里扑腾显得是快乐的，却正因如此，它是特别悲惨的。

① 约合〇．三五公尺。

第三连的一个年轻的金发的兵，——安德来公爵认得他，在小腿上缠着一条带子，画了十字，向后退着，以便用力跑着跳进水里；另外一个黑头发总是蓬乱着的军曹，站在齐腰深的水里，快乐地舒展着筋肉发达的身体，愉快地喷着鼻子，用晒黑到腕部的双手捧水淋头。他们互相泼水，发出叫声和呼号声。

在岸上，在堤边，在池中，处处是白白的、健康的、筋肉发达的身体。小红鼻子的军官齐摩亨在堤边用手巾擦身体，看见了安德来公爵觉得害臊，却下了决心向他说：

“这很好，大人，您来试一下！”他说。

“脏！”安德来公爵皱着眉说。

“我马上替你把池子出清。”齐摩亨还没有穿衣服，便跑去赶人出池子。

“公爵要洗澡。”

“哪一个？我们的公爵吗？”大家说，并且急忙离开池子，以致安德来公爵来不及阻止他们。他觉得最好是在仓库里向身上淋水。

“肌肉，身体，chair à canon.〔炮灰。〕”他望着自己赤裸着的身体这么想着，并且颤抖着，这与其说是由于冷，毋宁说是由于看见这一大批在污水池里洗澡的人所引起的、他自己也不了解的厌恶与恐惧。

八月七日，巴格拉齐翁公爵在斯摩棱斯克大道上米哈洛夫卡村他的司令部里写了下面的信。

“亲爱的阿列克塞·安德来伊维支伯爵大人。

（他写信给阿拉克捷夫，但是他知道他的信会被皇帝看到，因此，他尽最大的努力，推敲琢磨每一句话。）

“我想，大臣已经报告过了斯摩棱斯克放弃给敌人的事。这是痛心的、可悲的，全军感到绝望，因为他们把这样重要的地方毫无代价地丢弃了。我这方面，曾经亲自恳切地求过他，最后还写了信，但是他什么也不同意。我对您发誓，拿破仑已陷于从未有过的困境，他可能损失一半军队，却不能攻下斯摩棱斯克。我们的军队从来没有那么战斗过，现在还是那么战斗着。我曾用一万五千人阻挡敌人三十七小时以上，并且击败了敌人；但他连十四小时也不愿坚持。这是我们军队的羞耻、污点；我觉得，他不应该再活在世上了。假若他报告，损失很大——这是不确实的；也许是四千人左右，不会再多了，也许还没有这么多；但即使是一万，这却是战争呀，敌人的损失却是无限的……

“多坚持两天，他能费什么劲呢？至少他们自己会退走的；因为人马都没有水喝。他向我保证他不退，但忽然送了命令给我，说他在夜里撤退。这样打仗是不行的。我们会立刻把敌人引到莫斯科来了……

“有了谣言，说您想到媾和。上帝禁止媾和！在这一切的牺牲之后，在这样疯狂的退却之后，——媾和：您会使全俄国反对您，使我们每人都觉得穿军服可耻了。即使到了这个地步，——还是要打仗，只要是俄国还能打，只要是俄国还有人的时候……

“应该是一个人指挥，不是两个人指挥。您的大臣，也许做个大臣是好的，但他做个将军，不但是不好，而且是恶劣的，而我们整个国家的命运却在他手里……我实在气得发疯了；请原谅我大胆地这么写。主张媾和并把军权交大臣指挥的人，显然是不爱皇上，希望我们全体灭亡。我向您说实在的话：预备民团吧。因为大臣用最巧妙的方法引客人到首都来了。全军对侍从武官福尔操根先生有很大的怀疑。据说他帮拿破仑多，帮我们少，并且他总是向大臣提出意见。我不但对他尊敬，并且像一个伍长那样服从他，虽然我比他级别高。这是痛心的；但是，我爱我的恩主和皇上，我服从。我可惜的只是皇上把这样好的军队托付给这样的人。您想想看，在我们的退却中，我们因为疲倦和住院而损失的人，在一万五千以上；假如我们进攻，就不至于如此了。看在上帝的分上，对我说吧！我们的俄国——我们的母亲，对于我们这样的恐惧，会说什么呢？并且为什么我们把良好勤劳的祖国交给暴徒，使每个人民的心中感到仇恨与耻辱呢？我们为什么怯懦，并且是惧怕谁呢？大臣没有决断、怯懦、糊涂、迟缓，样样事都做坏了，这是我不能负责的。全军都在痛哭，在诅咒他死……”

6

在生活的现象里可以做出的无数的分类，我们可以分得出，有些是实质上占优势，有些是形式上占优势。在后一类中，可以列入那种和乡村、市镇、外省，甚至和莫斯科生活相反的彼得堡生活，特别是客厅生活。这种生活是不变的。

从一八〇五年起，我们同拿破仑讲了和，但又不睦，我们立了许多宪法，但又把它取消，然而安娜·芭芙洛芙娜的客厅和爱仑的客厅还是完全照旧，一个和七年前一样，一个和五年前一样。在安娜·芭芙洛芙娜的客厅里，他们还是那样迷惑地说到拿破仑的胜利，并且从他的胜利中，以及在欧洲各国君主对他的姑息中，看出了毒辣的阴谋，它的唯一的目的是使这个朝廷团体感到不快与不安，这个团体的代表便是安娜·芭芙洛芙娜。爱仑那里路密安采夫[①]是常常光临的，并且认为她是极其聪明的女人，在这里，一八一二年和一八〇八年一样，他们还是那样兴奋地说着大国和伟人，并且为俄国和法国的分裂感到可惜，这种分裂，照爱仑的客厅里人们的意见，应该用和平来结束的。

新近，在皇帝离开军队来到这里以后，在这些敌对的客厅里有一点不安，并且互相做了一点示威，但是各个团体的倾向是依然如旧的。在安娜·芭芙洛芙娜的团体里，只接待法国人里根深蒂固的君主正统主义者，这里所表现的爱国思想，是不该到法国戏院去，并且认为一个剧团的经费抵得上一个军团的军费。他们热切地注意战局，并且传播着于我军最有利的消息。在爱仑、路密安采夫、法国人的团体里，他们否认关

---

① 毛注：路密安采夫曾为商相，一八〇七年为外相，一八〇九年任首相。

于敌人与战争的野蛮的消息，并且讨论拿破仑对媾和的各种企图。在这个团体里，他们攻击那些主张赶快下令准备把朝廷和在皇太后保护之下的女学校迁到卡桑去的人。总之，全部的战事，在爱仑的客厅里看来，只是一些无用的示威，它们很快就要以和平方式来结束的，并且俾利平的意见最得势，他此刻在爱仑的彼得堡的家里很随便（每个聪明人一定要到她家里去），他说解决问题的不是火药，而是那些发明火药的人。在这个团体里，他们嘲讽地、极其聪明地而又极其小心地讥笑莫斯科人士的热情，关于它的消息是和皇帝一同来到彼得堡的。

反之，在安娜·芭芙洛芙娜的团体里，他们称赞这种热情，并且好像卜卢塔克[①]谈到古人那样谈到它。发西利公爵仍然负有重要的任务，成了两个团体之间的联系人。他到ma bonne amie〔我的好朋友〕安娜·芭芙洛芙娜家里去，也到dans le salon diplomatique de ma fille〔我的女儿的外交客厅里〕去，他不断从这个阵营转入那个阵营，因此他常常弄错，在爱仑家说了应该在安娜·芭芙洛芙娜家说的话，反之亦然。

在皇帝来到之后不久，发西利公爵在安娜·芭芙洛芙娜家说到战事，严厉地批评巴克拉·德·托利，又不能决定谁应该做总司令。客人中有一个人，著名的un homme de beaucoup de mérite〔一位很有美德的人〕，说他今天看见了膺选为彼得堡民团司令官的库图索夫在财政部里主持登记新兵的事，这人竟敢慎重地提出他的假定，认为库图索夫是能够满足一切要求的人。

安娜·芭芙洛芙娜忧郁地微笑了一下，并且说，库图索夫除了引起皇帝不快而外，没有做出任何事情。

“我在贵族会上说了又说，”发西利公爵插言说，“但是他们不听我的话。我说，选他做民团总司令会使皇帝不高兴。他们不听我的话。”

---

① 希腊历史家。

“这完全是一种反对狂，”他继续说，“这是对谁的呢？这全是因为我们想要模仿莫斯科的愚蠢的热情，”发西利公爵说，他一时弄错，忘记了应该在爱仑那里嘲笑莫斯科的热情，而在安娜·芭芙洛芙娜这里要称赞它，但他立刻就加以纠正，“库图索夫伯爵这位俄国最老的将军，是否适宜在财政部主持军务呢？et il en restera pour sa peine！〔他做事是毫不顾忌的！〕我们怎能够任命不能骑马、开会时打盹而道德最坏的人做总司令！他在部卡累斯特声名好极了！我不是说他做将军的资格，但是在这样的时候怎么能够任命一个衰老而瞎眼的人——简直是瞎眼的人呢？瞎眼将军真好啊！他什么都看不见！好像捉迷藏……简直什么都看不见。”

没有人反对他这个意见。

在七月二十四日这是全然对的。但在七月二十九日库图索夫封了公爵衔。封公爵的意思，也许是想要不用他，因此发西利公爵的意见还是对的，不过他现在并不急于表示这个意见。但是八月八日，由萨退考夫元帅、阿拉克捷夫、维亚倚密齐诺夫、洛普亨和考丘别组织的委员会举行会议，讨论军事问题。委员会认定了战事的失败是由于指挥上的不统一，虽然委员会的委员知道皇帝不喜欢库图索夫，但是经过简短讨论之后，即提议任命库图索夫为总司令。就在这一天，库图索夫被任命为各军及各军整个驻区的全权总司令。

八月九日，发西利公爵又在安娜·芭芙洛芙娜家里遇见了那个l'homme de beaucoup de mérite〔很有美德的人〕。这个很有美德的人很巴结安娜·芭芙洛芙娜，因为他希望被任命为女学堂学监。发西利公爵带着如愿以偿的、胜利者的幸福的样子，走进了房。

“Eh bien, vous savez la grande nouvolle. Le prince Koutouzoff est maréchal.〔啊，你们知道了这件重大新闻。库图索夫公爵做了总司令。〕一切的争论都结束了，我是多么快活，多么高兴！”发西利公爵说。“Enfin voilà un homme！〔我们终于有一个人才了！〕”他说后，意味深长地、严厉地望着客厅中所有的人。

那个“很有美德的人”虽然希望自己获得学堂学监的地位，却忍不住地向发西利公爵提起他原先的意见（这对于在安娜·芭芙洛芙娜的客厅里的发西利公爵，对于也乐意听到这项消息的安娜·芭芙洛芙娜本人，都是没有礼貌的。但是他不能克制他自己不说）。

“Mais on dit qu'il est aveugle, mon prince!〔但是有人说他是瞎子，公爵！〕”他说，提起发西利公爵本人说过的话。

“Allez donc, il y voit assez,〔可是，他看得很清楚，〕”发西利公爵用他低沉的、迅速的、带着咳嗽的声音说，他总是用这种声音和咳嗽解决一切困难，“Allez, il y voit assez,〔可是，他看得很清楚，〕”他重复了一遍。“我所高兴的。”他继续说，“就是皇帝给了他指挥各军和整个驻区的全权——这种权力是任何总司令从来没有过的。他是第二个专制君主。”他带着胜利的笑容结束了自己的话。

“但愿如此，但愿如此！”安娜·芭芙洛芙娜说。

那个“很有美德的人”在宫廷团体里还是生手，希望阿谀安娜·芭芙洛芙娜，在这个问题上为她从前的意见作辩护，说道：

“听说，皇帝是勉强地给库图索夫这种权力的。On dit qu'il rougit comme une demoiselle à laquelle on lirait Joconde, en lui disant: le souverain et la Patrie vous decernent cet honneur.〔据说，当他说‘皇帝和祖国给你这种荣耀’的时候，他脸红得像一个听人读《约康德》[①]的姑娘一样。〕”

“Peut-être que le coeur n'était pas de la partie.〔也许，他并不是有心这么说的。〕”安娜·芭芙洛芙娜说。

“啊，不是，不是，”发西利公爵激烈地辩护。现在他不能认为库图索夫是在任何人之下了。照发西利公爵的意见，库图索夫人好，而且

① 毛注：*Joconde*为拉方丹的第一篇韵文故事，被认为是恶劣的作品。

大家都崇拜他，“不是，这是不可能的，因为皇帝早就那么赏识他。”他说。

“但愿上帝只让库图索夫，”安娜·芭芙洛芙娜说，“掌握实权，不许任何人把煞车棒放在车轮里——des batons dans les roues.”

发西利公爵立即明白了这个任何人是谁。他低声地说：

“我确实知道，库图索夫提出了不可变更的条件，不要皇太子留在军中。Vous savez ce qu'il a dit à l'émpereur?〔你们知道他向皇帝说了什么吗？〕”发西利公爵把据说是库图索夫向皇帝所说的话重复了一下：“假使他做坏了，我不能责罚他；假使做好了，我也不能奖赏他。”又说，“啊！这个聪明人，库图索夫公爵，je le connais de longue date.〔我早就认识他了。〕”

“他们甚至于说，”这个没有宫廷里那种机敏的很有美德的人说，“大人提出了不可变更的条件：要皇帝自己也别到军队里去。”

他刚刚说了这话，发西利公爵和安娜·芭芙洛芙娜就转身离开他，愁闷地互相望了一下，为他的单纯叹了一口气。

7

当彼得堡方面有这种议论的时候，法军已经越过了斯摩棱斯克，渐渐逼近莫斯科了。拿破仑的历史家提埃尔和拿破仑的其他历史家一样，极力为他的英雄辩护，说拿破仑是违反本意地被引诱到莫斯科城边的。这个历史家是对的，是和所有的历史家们同样的对，他们要在个人意志中寻找历史事件的解释；他是和俄国的历史家们同样的对，他们断言拿破仑是被俄国统帅们的计谋引诱到莫斯科来的。这里，除了追溯律，它认为前面事件是后面发生的事件的预备，还有那扰乱整个问题的交互律。好棋手输了棋，由衷地相信，他的失败是由于他的错误，并且在棋局的开始就寻找这个错误，但是他忘记了，在每次走子时，在整个棋局中，都犯了同样的错误，没有一招是对的。他所注意的这个错误引他注意，只是因为对手利用了这个错误。战争发生在一定的时间条件下，在战争里不是一个意志领导许多没有生命的物件，而一切是从各种意志的无数冲突中产生的，这种战局和棋局比较起来是更加复杂呀！

在斯摩棱斯克会战之后，拿破仑在道罗高部什那边，先在维亚倚马，后在擦来佛—萨伊密锡寻找会战；但事实是，在到达距离莫斯科一一二俚的保罗既诺以前，由于各种情况的冲突，俄军不能应战。在维亚倚马，拿破仑下令，一直向莫斯科推进。Moscou, la capitale asiatique de ce grand empire, la ville sacrée des peuples d'Alexandre, Moscou avec ses innombrables églises en forme de pagodes chinoises!〔莫斯科这个大帝国的亚洲首都，是亚力山大的人民的圣城，莫斯科有无数的像中国的寺院的教堂！〕

这个莫斯科使拿破仑的想象不得安宁。从维亚倚马到擦来佛—萨伊密锡的行军中，拿破仑骑在浅栗色的截尾快马上，由禁卫军、卫兵、侍从和副官们陪伴着。参谋总长柏提挨留在后边，审问骑兵捉到的一个俄国俘虏。他带着翻译员Lelorgne d'ldeville〔勒劳恩·提代维勒〕纵马奔腾，追上了拿破仑，并且带着快乐的面色勒住了马。

“Eh bien?〔啊嗯？〕”拿破仑问。

“Un cosaque de Platow〔卜拉托夫的一个哥萨克兵〕说，卜拉托夫的军团正要和大军联合，说库图索夫做了总司令。Très intelligent et bavard!〔他很聪明，很会说话！〕”

拿破仑微笑了一下，命人给这个哥萨克兵一匹马，把他带到他的面前来。他希望亲自和他说话。几个副官骑马跑去，一小时后，带来了皆尼索夫让给罗斯托夫的家奴拉夫如施卡，他穿着侍从兵的短上衣，骑在法国骑兵的马上，带着狡猾、酩酊、快乐的面色，到了拿破仑面前。拿破仑命他和他并排地走着，开始问道：

“您是哥萨克兵吗？”

“是哥萨克兵，大人。”

“Le cosaque ignorant la compagnie dans laquelle il se trouvait, car la simplicité de Napoléon n’avait rien qui put révéler à une imagination orientale la présence d’un souverain, s’entretint avec la plus extrême familiarité des affaires de la guerre actuelle.〔这个哥萨克兵不知道自己是和谁在一起——因为从拿破仑简朴的外表看，没有任何地方会使这个东方人想到皇帝在此，——他极亲昵地说起目前战争的情形。〕”提埃尔叙述这个插曲时这么说。确实，拉夫如施卡头一天喝醉了，没有给主人准备饭，被鞭打了一顿，然后被差遣到乡间去找鸡，他在乡间一心抢劫，被法兵俘获了。拉夫如施卡是那种粗野无耻的听差，他们见识过各种事情，认为干一切卑鄙狡猾的勾当是他们的责任，他们准备为自己的主人干任何勾当，并且他们狡猾地推测主人的坏心思，特别是在虚荣和细节的方面。

同拿破仑在一起时，拉夫如施卡很清楚、很容易地认出了他，一点也不慌张，只是一心讨好新主人。

他很清楚地知道这是拿破仑本人，并且觉得在拿破仑面前，并不比在罗斯托夫面前或拿棍子的曹长面前心更慌，因为曹长和拿破仑都不能剥夺他任何东西。

他信口说出一切在侍从兵之间所听到的话。其中有许多是正确的。但在拿破仑问他俄国人是不是以为他们会打败拿破仑的时候，拉夫如施卡眯着眼睛想了一下。

拉夫如施卡在这句话里看到了机巧狡猾的地方，正如所有和他一类的人一样，总是在一切之中都看到狡猾的地方。他皱了皱眉，沉默了一会。

“是这样的，假使有会战，”他思索着说，“并且很快的话，那么，就是很快的。但假使过了三天，过了这个期限，这个会战就要拖下去。”

勒劳恩·提代维勒微笑着把这话这样翻译给拿破仑听：“Si la bataille est donnée avant trois jours, les Français la gagneraient, mais que si elle serait donnée plus tard, Dieu sait ce qui en arriverait.〔假使战斗在三天之内发生，法国人就胜利，但假使过了这个期限，上帝晓得会发生什么事情。〕”拿破仑没有微笑，但他显然是怀着最快乐的心情，并且命令把这话向他重述一次。

拉夫如施卡注意到这个，并且为了使他开心，佯作不知道他是谁。

“我们知道，你们有保拿巴特，他打败了世上所有的人，可是对于我们，是另外一回事……”拉夫如施卡说，他自己也不知道最后那句夸大的爱国主义的话是怎么说出来的，也不知是为什么而说出来的。

翻译把这话翻给拿破仑听，省了结尾的话。拿破仑微笑了一下。提埃尔说：“Le jeune cosaque fit sourire son puisant interlocuteur.〔这个年轻的哥萨克兵使他的万能的交谈者微笑了一下。〕”拿破仑沉默地走了几步，转向柏提挨说，他想试试看这个说明 sur cet enfant du Don〔对于这个顿河区的孩子〕会发生什么效果，就要使他知道，同这个顿河区的孩子说话的这个人正是皇帝本人，就是这位皇帝，他在金字塔上写下了不朽的常胜的名字。

这个说明传达给他了。

拉夫如施卡知道这件事做出来是困惑他的，知道拿破仑认为他听了要害怕的，他为了取悦新主人，立刻装作惊慌、发呆的样子，瞪着眼睛，做出他要挨打的时候所惯有的面色。提埃尔说：“Apeine l'interprête de Napoléon avait-il parlé que le cosaque, saisi d'une sorte d'ébahissement ne proféra plus une parole et marcha les yeux constamment attachés sur ce conquérant, dont le nom avait pénétré jusqu'à lui, à travers les steppes de l'orient. Toute sa loquacité était subitement arrêtée, pour faire place à un sentiment d'admiration naïve et silencieuse. Napoléon, après l'avoir récompensé, lui fit donner-la liberté, comme à un oiseau qu'on rend aux champs gui l'ont vu naître.〔拿破仑的翻译刚说完，这个哥萨克兵就大为惊愕，说不出一句话来，他骑在马上继续前进，眼睛注视着威名早已越

过东方的草原传给了他的征服者。他的健谈忽然中止了，并且被一种简单而沉默的惊讶情绪所代替。拿破仑给了他赏赐，给了他自由，好像把一只鸟放回到它生来的田野上一样。〕”

拿破仑骑着马向前走着，幻想着莫斯科，莫斯科是那么引起他的注意，而l'oiseau qu'on rendit anx champs qui l'ont vu naŕtre〔那个被放回到它生来的田野上的鸟〕骑马向哨兵线跑去，预先杜撰着那些并未发生而是他要向他的同伴们去说的事情。他所实际经历过的事，他不想说，是因为他觉得这是不值得一说的。他回到了哥萨克兵那里，打听他的属于卜拉托夫支队的团在哪里，并且傍晚便找到了他的主人尼考拉·罗斯托夫，他驻扎在扬考佛，刚刚上马要同依利因到附近的乡村去走走。他给了拉夫如施卡另外一匹马，带着他一道去。

8

玛丽亚公爵小姐并没有摆脱危险，到了莫斯科，像安德来公爵所料想的那样。

在阿尔巴退支从斯摩棱斯克回来之后，老公爵好像忽然从睡梦中醒来似的。他下了命令，在各乡村召集民团，武装他们，并且写信给总司令，告诉他说他决意留在童山，直到最后关头，并且要保卫它，让总司令斟酌是否采取保卫童山的措施，在这里一个俄国的最老将军将被俘或被杀。他并且向家里宣布过，他要留在童山。

虽然自己留在童山，公爵却吩咐把公爵小姐代撒勒和小公爵送到保古恰罗佛，由那里到莫斯科去。父亲狂热的不睡觉的活动代替了先前的漠不关心的态度，这使玛丽亚公爵小姐吃惊了。她不能够让他单独留在这里，她平生第一次竟敢不依从他。她拒绝离开这里，于是公爵的可怕的怒火对她爆发了。他向她重复地说了许多不公平的话。公爵极力谴责她，向她说，她使他苦恼，她使他和儿子争吵，她对他有卑鄙的怀疑，她的生活目的就是妨害他的生活，并且他把她从他的房里赶出去，向她说，假使她不走，对他来说反正是一样的。他说，他不愿意知道有她这个人，但是预先警告她，不许她出现在他眼前。和玛丽亚公爵小姐所担心的相反，他并没有命令强迫地把她送走，只是不要她出现在他眼前，这是玛丽亚公爵小姐觉得高兴的。她知道，这证明了，他对她留在家里不走，心里还是觉得高兴的。

在尼考卢施卡离家的第二天早晨，老公爵穿了全套制服，预备去看总司令。车辆已经备好了。玛丽亚公爵小姐看见，他穿了制服，佩了全部勋章出了门，走到花园去检阅武装农民和家奴。玛丽亚公爵小姐坐在窗边，听到他从花园里传来的声音。忽然有几个人面色惊惶地从林荫道上跑来。

玛丽亚公爵小姐跑到台阶上，穿过花径，跑到林荫道上。一大群民团和家奴向她面前移动着，在这群人当中，有几个人托着一个穿制服、佩勋章的矮小的老人的胳肢窝，拖着他走。玛丽亚公爵小姐跑到他面前去了，在菩提树下的阴影里太阳透进来的跳动的小光团里，她不能看出他的脸上有什么变化。有一点她看到的，就是他脸上先前严肃而坚决的表情变得畏怯而顺从了。他看见了女儿，动了动无力的嘴唇，沙沙地哼了一声。无法了解他想要什么。他们把他抬起来送到书房里，放在他近来那么害怕的长躺椅上。

当夜请来的医生把他放了血，说公爵中了风，右半身瘫痪。

留在童山，是越来越危险了，在中风的第二天，他们把公爵送到保古恰罗佛去了。医生同他一道去了。

他们到保古恰罗佛的时候，代撒勒和小公爵已经到莫斯科去了。

老公爵中了风，病状仍旧那样，不好也不坏，在保古恰罗佛，在安德来公爵所盖的新屋子里躺了三周。[①]老公爵失去了知觉；他躺着像一

---

① 毛注：这是托氏在小说中把时间弄错的稀有的例子，八月五日炮轰斯摩棱斯克时，他还是好好的，他死于十五日，患中风应无三周。

具变了脸相的尸体一样。他不停地咕噜着，眉毛和嘴唇痉挛着，无法知道，他是否明白他身边的事情。只有一件事是可以确实知道的——就是，他痛苦并且觉得还需要说些什么。但是他要说些什么，却没有人能够知道；那也许是病人和半疯人的某种胡思乱想，也许是想说说一般的局势，也许是想说些家庭琐事。

医生说，他所表现的不安并没有任何意义，说这是由于得了病的缘故；但是玛丽亚公爵小姐以为他想和她说什么话，她的在场总是增加他的不安，这证实了她的假定。

他显然是身体上、精神上都感到痛苦。复原的希望是没有了。送他上路是不可能的。假若他死在路上怎么办呢？“假若他完了，一了百了不是更好吗？”玛丽亚公爵小姐有时这么想。她几乎日夜不睡地看守他，说来很可怕，她常常看守着他，并不希望发现病势减轻的征兆，却常常希望发现生命垂危的征兆。

公爵小姐无论怎样也不肯承认有这种情绪，但是这种情绪是有的。玛丽亚公爵小姐觉得更可怕的是，从父亲生病那时起（甚至就在她期待着发生什么事情，同他一道留下来的那时起），她内心一切沉睡着的、被人遗忘的个人希望与愿望，都苏醒了。多年没有想到的那些念头——不再惧怕她父亲的那种自由的生活，甚至关于爱情及家庭幸福的可能性——好像魔鬼的引诱一样，不断地出现在她的想象中。无论她怎样要从自己的心中赶走这些念头，却总有许多问题不断地出现在她的脑海里：现在，在这事以后，她要怎样安排她自己的生活。这是魔鬼的引诱，玛丽亚公爵小姐知道这个。她知道反对它的唯一武器就是祈祷，于是她试图祈祷。她做出了祈祷的姿势，望着圣像，读祈祷文，但她还是不能够祈祷下去。她觉得，现在她所注意的是另一个世界，是人世生活的、艰难的、自由的活动的世界，和那种精神的世界完全相反，在这种精神世界里她一直被幽禁到现在，而她最大的安慰只是祈祷。她不能祈祷，不能哭，她还得注意人世生活中的各种问题。

留在保古恰罗佛，显得很危险。从各方面传来了法军逼近的消息，并且在一个乡村里，离保古恰罗佛十五俚，有一个庄园被法国强盗抢劫了。

医生坚持一定要把公爵送远一点；贵族代表派了一个官员来看玛丽亚公爵小姐，劝她赶快离开；警察局长来到保古恰罗佛，坚持说些同样的意见，说法国人在四十俚之外，在各乡村里散布了法国人的传单，并且说，假使到十五日公爵小姐还不同公爵离开，他便丝毫不能负责。

公爵小姐决定了十五日动身。她要做好上路的准备，大家都来向她请示，她要发布命令，这些事使她忙了一整天。在十四日到十五日的夜间，她同平常一样，没有脱衣服，躺在公爵隔壁的房里。她醒了几次，听见他的呻吟、呓语、床发出的响声，以及齐杭和医生帮他翻身时的脚步声。她不止一次地在门边倾听，她觉得，他今天呓语的声音比平常高，翻身次数更多了。她睡不着，不止一次地走到门边，倾听着，想要进去，又不敢进去。虽然他没有说，但是玛丽亚公爵小姐看到并知道，替他担心的任何表情，会使他感到多么不愉快。她注意到，他是多么不满地避开她的偶尔不觉地向他注视的目光。她知道，夜里她不是在通常的时间走进去，会触怒他的。

但是她从来没有这样可怜过他，也没有这样怕失去他。她想起自己和他在一起的全部生活，并且在他的每句话里，每个行为里，发觉了他对她慈爱的表示。在这种回忆之间，偶尔有魔鬼的引诱闯入她的想象，就是想到，在他死后会有什么样的情形，她自由的新生活将要怎样安排。但是她厌恶地驱散这些想法。快到早晨的时候，他安静了，她也睡了。

她醒得很迟。在清醒时她所有的那种真诚的心，向她明白地指出了在父亲生病时最使她关心的东西。她醒了，听着门那边所发生的事情，并且听到了他的呻吟，她叹着气自语着，一切还是如旧。

“但是会发生什么事呢？我想要什么呢？我想要他死。”她怀着厌恶自己的心情叫起来。

她穿了衣服，洗了脸，念了祈祷文，然后走到台阶上。在台阶前面停了几辆没有套马的车，车上正在装东西。

早晨的天是暖和的、灰色的。玛丽亚公爵小姐停在台阶上，不断地为她自己心中的卑鄙而恐怖着，极力要在她去看父亲之前，使她自己的思想有条理。

医生从楼梯上下来，走到她面前。

“他今天好了一点，”他说，“我正在找您。也许有人懂得他说什么。他的头脑清楚些了。去吧，他叫您……”

听到这个消息，玛丽亚公爵小姐的心那么剧烈地跳动起来，因而她脸色发白了，她倚着门，免得跌倒。此刻，当玛丽亚公爵小姐心里充满着那种可怕的罪恶的诱惑的时候，她去见他，和他说话，出现在他的眼前，这是又苦恼、又愉快而可怕的事。

“去吧。”医生说。

玛丽亚公爵小姐进了父亲的房，走到他的床前。他高高地仰卧着，他的小小的、瘦骨嶙嶙的、布满疙疙瘩瘩的紫色血管的手放在被上，左眼对直凝视着，右眼斜视着，眉毛和嘴唇动也不动。他全身是那么消瘦矮小，显得那么可怜。他的脸似乎是干瘪或者消溶了，脸盘变小了。玛丽亚公爵小姐走上前吻他的手。他的左手那样地紧握着她的手，显然是他等待她已经很久了。他拉动着她的手，他的眉毛和嘴唇愤怒地颤动着。

她惊恐地望着他，极力猜测着他对她要求的是什么。当她换了一个地方，向前移动了一下，让他的左眼看到她面孔的时候，他安静了，他的眼有好几秒钟一直盯着她。后来他的嘴唇和舌头动了一下，发出了声音，于是他开始说话，羞怯而恳求地望着她，显然是怕她不懂他的意思。

玛丽亚公爵小姐集中了全部注意力，望着他。他费劲地转动着舌头，显得很好笑，玛丽亚公爵小姐看到后垂下了眼睛，并且费力地克制着要从她喉咙里冒出来的呜咽。他说了什么，把自己的话重复了好几遍。玛丽亚公爵小姐不能够了解这些话；但她极力猜测着他说的是什么，并且满怀着疑惑一再回想着他所说的话。

“咯咯——痛……痛……”他重复了几次。

无法了解这些话。医生以为自己猜出了他的话，于是重复着他的话，问道：“是问公爵小姐害怕吗？”他否认地摇头，又发出了同样的声音。

“是说心痛吗？”公爵小姐猜想着说。

他肯定地哼了一声，抓住她的手，开始把它放到自己胸前的不同的地方，似乎是在替她的手寻找适当的地方。

“总是想到你……想……”然后，他说得比先前更加清楚，意思更加明确，此刻他相信别人了解他的话了。

玛丽亚公爵小姐把自己的头贴在他的手上，极力掩饰自己的呜咽和眼泪。

他用手抚摩她的头发。

“我叫了你一整夜……”他说。

“若是我知道……”她含着泪说，“我不敢进来。”

他紧握了她的手。

“你没有睡吗？”

“没有，我没有睡。”玛丽亚公爵小姐摇着头说。她不自觉地模仿着父亲，此刻，像她父亲说话一样，极力用姿势来表达自己的意思，好像她也是费劲地转动着她的舌头。

“心爱的……”或者“亲爱的……”玛丽亚公爵小姐不能辨别；但是从他眼神上看来，一定是说了他从来没有说过的亲切慈爱的话。“为什么不来？”

“而我却希望，希望他死！”玛丽亚公爵小姐想。

他沉默了一会。

“谢谢你……女儿，亲爱的……一切，一切……原谅……谢谢……原谅……谢谢！……”接着泪水从他眼里流出来了。“叫安德柔沙。”他忽然说，他说出这个要求时，脸上显出孩子般的羞怯和怀疑的表情。

他似乎自己知道，他的要求是没有意义的。至少，玛丽亚公爵小姐似乎觉得是这样的。

“我收到了他的信。”玛丽亚公爵小姐回答。

他惊讶而羞怯地望着她。

“他在哪里？”

“他在军中，爸爸，在斯摩棱斯克。”

他闭上了眼，沉默了很久；后来似乎是解答自己的疑惑，证明他现在了解了并且想起了一切，他肯定地点了点头，并且睁开了眼睛。

“是的，”他清晰地低声地说，“俄国毁灭了！他们把俄国毁灭了！”

接着他又呜咽起来了，泪水从他的眼里流出来。玛丽亚公爵小姐再也忍不住了，也望着他的脸哭起来了。

他又闭上了眼。他的呜咽停止了。他用手向他的眼睛做着手势；齐杭了解他的意思，替他拭去了眼泪。

然后他睁开眼睛，说了什么，别人好久不能够了解，最后只有齐杭了解，重述出来。玛丽亚公爵小姐按照刚才他说话时的心情寻找他话中的意思。她时而以为他说到俄国，时而以为他说到安德来公爵，时而以为说到她和他的孙子，时而以为说到他自己的死。就因为这样，她不能猜中他的话。

“穿上你的白衣裳，我喜欢它。”他说。

玛丽亚公爵小姐明白了这话，她的呜咽声更高了。于是医生拉住她的手臂，把她从房里带到露台上，劝她安心并做好起程的准备。在玛丽亚公爵小姐从公爵的房里走出来以后，他又说到儿子，说到战争，说到皇帝，并且愤怒地皱起眉头，开始提高哑嗓音，接着他又第二次和最后一次中风了。

玛丽亚公爵小姐留在露台上。天气放晴了；太阳出来了，天热起来了。除了她自己对父亲的热爱，她不能够了解任何东西，也不能够想到任何东西和感觉到任何东西；这种爱她似乎觉得是她以前没有过的。她跑到花园里，啜泣着，沿着安德来公爵所种的新菩提树的道路，一直跑到池边。

“是的……我……我……我希望他死！是的，我希望赶快完结……我想要安宁……我会变成什么样子呢？他死了，我的安宁有什么意思呢？”玛丽亚小姐出声地低语着，快步地在花园里走着，双手压着胸口，胸口一起一伏地跳动着，嘴里发出了呜咽。

在花园里走了一圈，又回到屋前，她看见部锐昂小姐向她迎面走来（她要留在保古恰罗佛，不想离开这里），还有一个不认识的男子。这人是本县的贵族代表，亲自来找公爵小姐，以便向她说明必须立即离开。玛丽亚公爵小姐听了他的话却不明白；她带他进了屋，要请他吃饭，于是同他坐下。然后，她在贵族代表面前道了歉，走到老公爵的房门前。医生带着不安的脸色走出来，说她不能进去。

“走吧，公爵小姐，走吧，走吧！”

玛丽亚公爵小姐又走到花园里，走到池边的山下，坐在草地上，在这里没有人会看见她。她不知道在那里待了好长时间。一个妇女在小道上跑步的声音使她清醒了。她站起来，看见了她的女仆杜妮亚莎，她显然是跑来找她的。她似乎看到女主人的样子而大吃一惊，忽然停下了步。

“请，公爵小姐……公爵……”杜妮亚莎用喘息的声音说。

“马上就来，就来，”玛丽亚公爵小姐连忙地说，没有让杜妮亚莎把要说的话说完；并且她极力避免看到杜妮亚莎，向着屋里跑去。

“公爵小姐，上帝的意志实现了，您应该事事有准备。”在门口遇见她的贵族代表说。

“不要管我；这是不确实的。”她愤怒地向他叫着。

医生想要阻止她。她推开医生，跑到门边。“为什么这些面色惊慌的人要阻止我？我不需要任何人！他们在做什么？”她推开了门，在这间先前是幽暗的房间里的明亮日光使她吃惊了。房里有妇人们和她的保姆。她们都从床边让开，给她让路。他还是那样地躺在床上；但是他宁静的面孔上严厉的神色使玛丽亚公爵小姐在门口停住了。

“不，他没有死，这是不可能的！”玛丽亚公爵小姐自语着，走到他面前，压制着她心里的恐惧，把自己的嘴唇贴在他的腮上。但她立刻离开了他。她心中感到的对他的爱立刻完全消失了，变成了对于眼前事情的恐怖。“不，他不复存在了！他没有了，但是在这里，在他曾经待过的这个地方，有种陌生的敌意的东西，有一种可怕的、恐怖的、可憎的、神秘的东西！”于是，玛丽亚公爵小姐用双手捂住了脸，倒在扶着她的医生的手上。

妇女们当齐杭和医生的面洗了那曾经是公爵的东西，用头巾扎了他的头，以免他的张开的嘴变硬，用另外一根布条扎了他的叉开的腿。然后，他们替他穿上有勋章的制服，把干枯的瘦小的尸体放在桌子上。上帝晓得，是谁在什么时候想到了这么做的，但一切似乎是自然地进行的。快到夜里的时候，在棺材四周点了蜡烛，棺上铺了罩子，地板上散着杜松枝，在死人干枯的头下放了一张印刷的祈祷文。教堂执事坐在房角落里诵读诗篇。

好像是一群马在死马面前惊跳、拥挤、喷鼻一样，在客厅里，许多外面的人和自家的人挤在棺材四周——贵族代表、村长、农妇们，都惊惶地瞪着眼睛，画十字，鞠躬，并且吻老公爵的又冷又硬的手。

9

保古恰罗佛在安德来公爵移居之前，一向是不住地主的田庄，保古恰罗佛农民和童山农民的性格完全不同。他们在言语上、服装上、性格上都有差别。他们叫作草原上的人。在他们到童山去帮助收获、挖池、掘沟的时候，老公爵常常称赞他们工作上的忍耐性，却不喜欢他们的粗野性格。

安德来公爵最近在保古恰罗佛的居住，以及他的各种革新——盖医院、学校和减低免役税——并没有使他们的性情变得温和，却恰恰相反，使他们性格上的特点显得更加突出，即老公爵所说的粗野性格。在他们当中，总是散布着不明不白的传说，有时说要调他们全体去当哥萨克兵，有时说要他们改信新的宗教，有时说到某种沙皇文告，有时说到一七九七年沙皇巴夫尔·彼得罗维支的誓言（关于这件事，他们说那时已经准许了农民自由，但贵族把它取消了），有时说到彼得·费道罗维支[①]要在七年之内重做皇帝，那时候，一切都将自由而且简单，什么麻烦都不会有了。关于战争、拿破仑和他侵略的传说，在他们的心里，是和基督叛徒、世界末日、纯粹自由这些同样不明确的概念混合在一起的。

在保古恰罗佛的四周是皇家的和收免役税的地主的大村庄。住在这个地带的地主很少；家奴和识字的农奴也很少，而且在这个地带的农民生活中，比别处更显著、更剧烈的，是俄国农民生活的神秘的暗流，它的原因和意义是当时人士不了解的。[②]这种现象之一，是二十年前这个地方发生过的农民向某些温暖河流地区迁移的运动。成百的农民，保古恰罗佛的农民也在内，忽然开始卖掉他们的牛，带着家眷到东南某处去。好像鸟雀飞越大海一样，这些人带了妻子和小孩直奔东南某处，那地方是他们当中没有人到过的。他们一个一个地赎了身，或者逃跑，然后组成旅行队骑马或者步行到温暖河流那里去。许多人受了处罚，流放到西伯利亚，许多人因为饥寒在途中死去，许多人自动地回来了，于是这个迁移运动，正和它开始一样，没有明显的原因，便自行停止了。但是在这些人们当中，这个暗流不停地进行着，并且集聚着新的力量，准

① 毛注：彼得三世在他妻子叶卡切锐娜二世于一七六二年即位后被暗杀，农民常以为沙皇没有死。

② 毛注：拿破仑侵略的危险之一是他也许宣布解放农奴引起俄国农民的大骚动。在亚力山大二世解放农奴之前，托氏相信有农民暴动要求土地与自由的危险。一八六一年的解放令曾一时避免了危险，但托氏后来的著作表示他仍然深知俄国社会的不稳定的结构，预见一九一七年的革命，在一八八六年出版的《我们一定要做什么》里有明显的预料。

备同样奇怪地、意外地、同时又简单地、自然地、强有力地表现出来。这时，一八一二年，和这些人住得很近的人，可以看到，这些暗流将发生强有力的骚动，并且快要爆发了。

阿尔巴退支在老公爵死前不久来到保古恰罗佛，注意到农民之间发生了骚动，而且和童山区半径六十俚内所发生的事件不同，那一带农民都跑开了（让哥萨克兵破坏他们的乡村），而在草原区，在保古恰罗佛，据说，农民和法军有勾结，接受了在他们当中流传的文告，并且留在当地不走。他听到农民对他忠实的家奴说，几天之前去赶政府运输车的农民卡尔卜在地方上有很大的势力，他带了消息回来，说哥萨克兵破坏没有居民的乡村，但法军却不破坏乡村。他知道，另一个农民甚至昨天还从法军所占领的维斯洛乌号佛村带来一份法国将军发布的文告，文告里面向居民说，他们不会遭受任何损害，而且假若他们留下不走，则凡是从他们那里拿去的东西都将会照价赔偿。为了证明这一点，这个农民从维斯洛乌号佛村带来一张一百卢布的钞票（他不知道这是假的），这是他们预付给他的干草款。

最后，最重要的，阿尔巴退支知道，在他吩咐村长集中车辆，以便把公爵小姐的行李运出保古恰罗佛的当天早晨，出现了一个乡村集会，在会上决定了大家不走并且都等着。然而时间是迫不及待的。贵族代表在八月十五日公爵死的那一天，坚持要玛丽亚公爵小姐当天离开，因为情况是很危险了。他说，八月十六日以后，他就一概都不负责了。在公爵死的那天晚上，他就走了，但答应第二天来参加葬礼。但是第二天他不能来，因为他自己接到消息，说法军出其不意地向前推进，他刚刚及时地把自己的家眷和珍贵物品从田庄上送走。

村长德隆管理保古恰罗佛三十年了，老公爵叫他德隆卢施卡。

德隆属于那种身体上和精神上都很强健的农民，他们一到成年便长出胡须，就这样一直活到六七十岁，没有一根白发，不掉一颗牙齿，他们在六十岁时就像在三十岁时那样腰杆笔直，身体强壮。

德隆也像别人那样参加了向温暖河流的迁移，在他回来不久之后，就做了保古恰罗佛的村长和庄头，从那时候起，二十三年来他无可指摘地尽了自己的职责。农民怕他胜过怕主人。老公爵、小公爵、管家都尊重他，在说笑话时称他大臣。在他供职的整个期间，德隆没有一次喝醉酒或生过病；在许多夜不睡觉，干了无论什么辛苦的活以后，他从来没有显出过丝毫的疲倦；虽然他不识字，却从来没有忘记账款和他所卖出的许多辆大车的面粉的数量，以及保古恰罗佛村庄任何一亩田地上的一堆谷物。

阿尔巴退支离开被毁坏的童山来到这里以后，就在公爵葬礼的那天找来了这个德隆，命令他准备十二匹马拉公爵小姐的车，准备十八辆车运送必须撤出保古恰罗佛的东西。虽然农民是缴免役租的，阿尔巴退支以为，执行这个命令不会遇到困难，因为保古恰罗佛有二百三十家农户，并且农民生活都很富裕。但是村长德隆听到了命令却沉默地垂着眼睛。阿尔巴退支向他提出他所认识的农民，并且命令他向他们要车。

德隆回答说，这些农民的马都拉车去了。阿尔巴退支提出了别的农民。德隆说，这些农民也没有马：有的为公家搞运输去了，有的拉不动，有的没有饲料饿死了。照德隆说，不但没有马送行李，而且连拉乘坐的车的马都没有。

阿尔巴退支注意地望了望德隆，皱了皱眉头。如同德隆是模范村长和农民一样，阿尔巴退支二十年也没有白白地管理公爵的庄园，他也是模范管家。他极其灵敏地立即看出他所对付的农民的要求和本能，因此他是最好的管家。他看了看德隆，立刻明白了德隆的回答并不是表示德隆自己的想法，而是表示保古恰罗佛地方人们普遍的情绪，村长自己也有这种情绪。但是他也知道，发了财的、受村上仇视的德隆一定是在两个阵营——贵族和农民——之间动摇不定。他从他的目光中看出了这种动摇不定，因此，阿尔巴退支皱了皱眉头，走到德隆的面前。

“你，德隆卢施卡，听着！”他说，“你不要对我说废话。安德来·尼考拉伊支公爵大人亲自命令我，要所有的人都离开，不要和敌人留在一起，而且皇帝也有这样的命令。谁留下，谁便是背叛皇帝。听见了吗？”

“听见了。”德隆回答，没有抬起眼睛。

阿尔巴退支不满意这个回答。

“哎，德隆，这样结果是很坏的！”阿尔巴退支摇了摇头说。

“随便您！”德隆愁闷地说。

“哎，德隆，不要说了！”阿尔巴退支又说，从前襟里把手抽出来，做着庄重的手势，指着德隆脚下的地板，“我不但看透了你，并且看透了你脚下三阿尔申的地方。”他注视着德隆脚下的地板说。

德隆慌了一下，偷偷地瞥了瞥阿尔巴退支，又垂下了眼睛。

“你不要说这些无聊的话了，向他们说，要他们离开家到莫斯科去，在明天早晨把公爵小姐的行李车准备好，你自己不要去开会。听见了吗？”

德隆忽然跪下来了。

“雅考夫·阿尔巴退支，免我职吧！把我这里的钥匙拿去吧！看在基督的分上，免我职吧！”

“不要说了！”阿尔巴退支严厉地说，“我看透了你脚下三阿尔申的地方。”他重复说，他知道，他的养蜂的技能、懂得在什么时候播燕麦的知识以及他二十年来善于讨得老公爵欢心的手法，都早已使他获得了巫师的名声，能看见人脚下三阿尔申的本领便是巫师所有的。

德隆站起来想要说什么，但是阿尔巴退支打断了他的话。

“您心里想些什么？啊？……您现在想些什么？啊？”

“我对他们怎么办呢？”德隆说，“都疯狂了。我已经向他们说了……”

“我知道，您是向他们说了，”阿尔巴退支说，“他们喝过酒了吗？”他突然问。

“都发疯了，雅考夫·阿尔巴退支；他们又搬来了一桶。”

“那么你听我说，我去找警察局长，你去告诉他们，要他们不能这样，要准备车子。”

“明白了。”德隆回答。

雅考夫·阿尔巴退支不再坚持了。他管理农民已有很长时间，他知道，要农人服从的主要方法，就是不要向他们表示怀疑他们可以不顺从。雅考夫·阿尔巴退支听从了德隆，说“明白了”，对这句话觉得满意，虽然他不但怀疑：会不会有车，而且几乎相信，没有军队帮助，车辆是不会有的。

果然如此，直到傍晚的时候，车辆还未准备好。在乡村的酒店的附近又有了集会，集会决定了，把马都赶到树林里去，并且不把车子拿出来。阿尔巴退支没有向公爵小姐提起这件事，命人把他的行李从那些由童山来的车子上卸下来，把这些马套在公爵小姐的车子上。他自己找警察局长去了。

10

在父亲的葬礼以后，玛丽亚公爵小姐把自己锁闭在房间里，不让人去看她。女仆走到门口说，阿尔巴退支来问关于上路的事（这是在阿尔巴退支和德隆谈话以前的事）。玛丽亚公爵小姐从她所躺的沙发上坐起来，她隔着关闭的门说，她绝不到任何地方去了，并且要他们不要打搅她。

玛丽亚公爵小姐躺在房里，房间的窗子是向西的。她躺在沙发上，脸对着墙，用手指抚弄着皮垫子上的扣子，她只是看着这个垫子，心里不明确的想法集中在一件事上：她想到无可挽回的死亡，想到自己精神上的卑鄙，这是她一直不曾知道，而在父亲生病的时候才显露出来的。她想要祈祷却不敢祈祷，她不敢怀着此刻的这种心情去祈求上帝。她这样躺了很长时间。

太阳移到了房子的另一边，斜阳的光线，从敞开的窗子里照进房间，照着摩洛哥鞣皮垫子的一部分，玛丽亚公爵小姐正望着这个垫子。她的思绪突然中断了。她无意识地坐起来，理了理头发，站起身来，走到窗口，不由得深深地吸了一口冷空气，傍晚的天气是晴朗的，但刮起了风。

“是的，现在你能够惬意地欣赏暮色了！他不在了，没有人干涉你了。”她对自己说，颓丧地坐落到椅子上，把头伏在窗台上。

有人用亲切的低微的声音在花园里叫她，并且吻了她的头。她抬头看了一下。这人是部锐昂小姐，她穿着黑丧服，带着丧章。她轻轻地走到玛丽亚公爵小姐面前，叹了口气，吻了她，立刻又哭起来了。玛丽亚公爵小姐抬头看了看她。玛丽亚公爵小姐想起了以前和她的各种冲突，对她的嫉妒；还想起了他近来对部锐昂小姐改变了态度，他不愿意看见她，这就表示，玛丽亚公爵小姐心里对她的责备是多么不公平。“我，我希望他死，我还能责备谁呢！”她想。

玛丽亚公爵小姐清楚地想象着部锐昂小姐的处境，部锐昂小姐近来同她疏远了，但同时在生活上又依靠她，并且是住在她的家里。于是她可怜她了。她温顺的疑问地看了她一下，向她伸出了自己的手。部锐昂小姐立刻哭起来了，开始吻她的手，说到她的悲哀，并对她的悲哀表示同情。她说，她的唯一的安慰就是公爵小姐准许她分担这个悲哀。她说，所有以前的误会都应该在这巨大的悲哀前消除，说她觉得自己对大家的心是纯洁的，说他在天上知道她的爱和感激之情。公爵小姐听她说，却不明白她的话，只是不时看着她，听着她说而已。

“您的处境越加可怕了，亲爱的公爵小姐，”部锐昂小姐沉默了一会说，“我知道，您先前和现在都不能想到您自己，但我由于对您的爱，一定要这么做……阿尔巴退支到您这里来过吗？他和您谈到上路的事吗？”她问。

玛丽亚公爵小姐没有回答。她不了解，谁应该离开，到哪里去。

“难道现在还能够作个计划，想到别的吗？难道不是一样吗？”她想着，没有回答。

“您知道，chère Marie，〔亲爱的玛丽，〕”部锐昂小姐说，“您知道，我们处在危险中，我们被法国人包围了；现在走是危险的。假使我们走，看来我们定要被俘的，上帝晓得……”

玛丽亚公爵小姐望着她的同伴，不明白她所说的话。

“啊，但愿有谁知道，现在我觉得，反正，反正都是一样了，”她说，“当然，我是无论如何不愿离开他的……阿尔巴退支和我说过上路的事……告诉他，我什么都不能做，并且也不想要……”

“我和他说过了。他希望我们明天及时动身；但是我想，现在最好是留在这里，”部锐昂小姐说，“因为您会同意的，亲爱的玛丽，在路上，落到兵士或者暴动的农民手里，是可怕的。”部锐昂小姐从提袋中取出法国将军拉摩的文告（不是用俄国通常的纸印的），文告说，居民不要离开家门，法国当局会给他们应有的保护。她把文告递给公爵小姐。

“我认为，最好是去找这个将军，”部锐昂小姐说，“我相信，他们会向您表示应有的敬意。”

玛丽亚公爵小姐看了文告，无泪的哭泣使她的脸发抖了。

“您从谁那里接到的？”她问。

“大概他们看到我的名字，知道我是法国人。”部锐昂小姐红了脸说。

玛丽亚公爵小姐手里拿着文告，站起身离开窗子，面色苍白地走出了房，进了安德来公爵从前的书房。

“杜妮亚莎，把阿尔巴退支、德隆卢施卡或者别的人叫来！”玛丽亚公爵小姐说，“告诉阿玛利亚·卡尔洛芙娜，叫她不要到我这里来。”她听到部锐昂小姐的声音，加上这句话。“我们马上就走，马上就走！”玛丽亚公爵小姐说，想到自己会落到法军的手里，她觉得恐怖了。

“要是安德来公爵知道她要落到法军的手里，那就好了！她，尼考拉·安德来维支·保尔康斯基公爵的女儿，求拉摩将军先生保护她，受他的恩惠！”这个想法使她恐怖、使她发抖、使她脸红，并且使她感觉到她从来没有体验过的愤怒和自尊。一切痛苦的事情，尤其是会使她受到屈辱的事情，她都清楚地想象到了。“他们这些法国兵要住在这房子里，拉摩将军先生要占用安德来公爵的书房；他为了消遣而要翻阅并读他的书信和文件。M-lle Bourienne lui ferd les honneurs de 保古恰罗佛〔部锐昂小姐要向他尽保古恰罗佛的地主之谊〕。他们出于恩惠要给我一间房；兵士们要挖掉父亲的新坟，偷去他的十字架和星章；他们要向我谈起他们对俄国人的胜利，要虚伪地表示同情我的悲哀……”玛丽亚公爵小姐不是用她自己的想法来考虑，而是觉得她应该用她父亲和哥哥的想法为她自己考虑。对于她本人，无论是留在什么地方，无论是她发生了什么事件，反正都是一样的；但是她同时觉得她自己是亡父和安德来公爵的代表。她不觉地用他们的想法来考虑一切，用他们的感觉来观察一切。他们此刻要说、要做的，就是她觉得她一定要说、要做的。她走进安德来公爵的书房，极力体会着他的思想，考虑着她自己的地位。

生活上的各种要求，她认为已随同她父亲的死而消失了，此刻却带着不曾知道的新的力量，在玛丽亚公爵小姐的面前忽然出现了，并且控制了她。

她兴奋、脸红，在房里走来走去，时而派人去唤齐杭或德隆。杜妮亚莎、保姆和所有的女仆都不能够说，部锐昂小姐所说的话正确到什么程度。阿尔巴退支不在家，他到警察局去了。被找来的建筑师米哈伊·依发内支，睡眼蒙胧地来到玛丽亚公爵小姐的面前，什么也不能够告诉她。他带着十五年来对于老公爵的问题概不表示意见所惯有的那种完全同样的表示同意的微笑，回答玛丽亚公爵小姐的问题，因此从他的回答中不能得到任何确定的意见。被唤来的老侍仆齐杭，消瘦而憔悴的面孔上显露出无法消除的悲哀，他对于玛丽亚公爵小姐提出的所有问题只回答说：“就是了。”并且望着她，忍不住哭泣。

最后，村长德隆进了房，向公爵小姐低低地鞠躬之后，停在门口。

玛丽亚公爵小姐在房里走着，在他面前站住了。

“德隆卢施卡，”玛丽亚公爵小姐说，她把他作作可靠的朋友来看的，就是这个德隆卢施卡每年到维亚倚马去赶集，他每次都带来特别的姜饼，带着笑容递给她的。“德隆卢施卡，现在，在我们的不幸之后……”她开始说，不能再向下说，又沉默了。

“上帝在我们的头上。”他叹了口气说。

他们沉默了一会。

“德隆卢施卡，阿尔巴退支出去了，我没有人可找。他们说我不能走，是真的吗？”

“为什么你不能走？小姐，可以走的。”德隆说。

“他们向我说，因为有敌人，所以危险。好朋友，我什么事都不能办，什么都不了解，没有人在我这里。我想要在今天夜里，或者明天大清早一定走。”

德隆沉默着。他皱着眉看了看玛丽亚公爵小姐。

“没有马，”他说，“我和雅考夫·阿尔巴退支也说了。”

“为什么没有？”公爵小姐问。

“这都是上帝的惩罚，”德隆说，“多么好的马呀，被军队拿去了，多么好的马死了，就是这样的年头！说不上喂马了，我们自己也要饿死了！我们三天没有吃的了。什么也没有，完全破产了。”

玛丽亚公爵小姐注意地听着他向她所说的话。

“农人破产了吗？他们没有粮了吗？”她问。

“他们就要饿死了，”德隆说，“说不上车子了。”

“但是你为什么不说呢，德隆卢施卡？难道不能帮助他们吗？我要尽力去办……”

玛丽亚公爵小姐想到这件事，便觉得奇怪：现在，当她心里充满着这样的悲哀的时候，还能够看到富人和穷人的差别，而富人还能够不帮助穷人。她模糊地知道，并且听说，老爷有存粮，而且这些粮食是常常发给农民的。她还知道，她的哥哥和父亲不会拒绝帮助贫困的农民；她只怕，在她说到她想要把粮食分发给农民的时候说出错话。她对自己的忙忙碌碌觉得高兴，因此她可以问心无愧地忘记自己的悲哀。她开始向德隆卢施卡详细地询问农民的需要，询问老爷有什么东西在保古恰罗佛。

“我们还有老爷的、我哥哥的存粮吗？”她问。

“老爷的存粮还原封未动。”德隆骄傲地说，“我们的公爵没有命令出售。”

“把它发给农民，把他们所需要的一切都发给他们，我代表哥哥准许你的。”玛丽亚公爵小姐说。

德隆没有回答，只深深叹了口气。

“假若够他们分，你就把粮分给他们。全部分给他们。我代表哥哥命令你的，你告诉他们：我们的东西，就是他们的。我们舍得把一切东西都给他们。就这样告诉他们。”

当公爵小姐说话时，德隆注视着她。

“请你免我的职吧。小圣母，看在上帝的分上，叫人把我的钥匙拿去吧，”他说，“做了二十三年的事，没有做过错事，免我的职吧，看在上帝的分上。”

玛丽亚公爵小姐不明白，他向她所要求的是什么，为什么他请求免去他的职务。她回答他说，她从来没有怀疑过他的忠实，她准备为他、为农民去做任何事情。

11

一小时后，杜妮亚莎到公爵小姐面前来说，德隆来了，并且所有的农民都奉公爵小姐的命令，聚在谷仓前面，希望和女主人说话。

“但是我并没有叫他们来，”玛丽亚公爵小姐说，“我只向德隆施卢卡说，把存粮分给他们。”

“看在上帝的分上，亲爱的公爵小姐，叫人把他们赶走，不要去见他们。这全是一种圈套，”杜妮亚莎说，“雅考夫·阿尔巴退支来了，我们就走……请您不要……”

“什么圈套？”公爵小姐惊讶地问。

“我晓得是的，但是您听我说吧，看在上帝的分上！您去问保姆吧。他们说，不肯遵照您的命令离开。”

“你这话说得不对。我并没有命令他们离开……”玛丽亚公爵小姐说，“叫德隆卢施卡来。”

德隆来了，证实了杜妮亚莎的话：农民是奉公爵小姐的命令来的。

“但是我并没有叫他们来，”公爵小姐说，“你一定没有把我的话向他们说，我只是说，你把存粮发给他们。”

德隆没有回答，叹了口气。

“假若你下命令，他们就走。”他说。

“不，不，我去见他们。”玛丽亚公爵小姐说。

玛丽亚公爵小姐不顾杜妮亚莎和保姆的劝阻，走到台阶上去了。德隆、杜妮亚莎、保姆和米哈伊·依发内支跟着她。

“他们大概以为我要分给他们粮食，要他们留在这里，我本人要离开这里，让他们听任法国人摆布，”玛丽亚公爵小姐想。“我要保证他们在莫斯科乡下有月粮，有住处；我相信，安德来处在我的地位上，也许要做得更多。”她一面想着，一面在暮色中走到站立在仓门前草地上的人群那里。

人群挤紧着，开始移动了，并且迅速地脱了帽子。玛丽亚公爵小姐垂下眼睛，衣服的底边绊着她的脚，走到他们面前。那么多各种各样的、老老少少的眼睛向她注视着，还有那么多不同的面孔，因而玛丽亚公爵小姐没有看清任何一个面孔，她觉得必须立刻向他们大家说话，却不知怎样开口。但是想到她是父兄的代表，她便有了力量，于是大胆地开始说话了。

“我很高兴，你们来了，”玛丽亚公爵小姐开始说，没有抬起眼睛，觉得她的心迅速而剧烈地跳动着，“德隆卢施卡向我说，战争使你们都破产了。这是我们共同的不幸，我舍得一切，帮助你们。我本人要离开这里，因为这里危险……敌人靠近了……因为……我要给你们一切，我的朋友们，请你们带着一切，带着我们所有的粮食，你们不会挨饿的。假使有人说，我给你们粮食，是要你们留在这里，这是不对的。正是相反，我请你们带了你们所有的财物，到我们莫斯科乡下的田庄上去，在那里我要亲自问事，并且应许你们，你们不会挨饿吃苦的。要给你们房子和粮食的。”

公爵小姐停顿了一下。人群里只听到叹息声。

“我不是为我自己这么办的，”公爵小姐继续说，“我这么办，是代表我的过世的父亲，他是你们的好主人，并且是代表我的哥哥和他的儿子。”

她又停顿了一下。没有人打破她的沉默。

“我们的悲哀是共同的，我们要共同分担。我的一切，也是你们的。”她望着站在她面前的人说。

所有的眼睛都望着她，都带着同样的表情，这表情的意思是她不能了解的。这表情也许是好奇、忠顺、感激的，也许是惊悸、怀疑的，但是所有面孔上的表情都是一样的。

“我们很感谢您的盛意，但是要我们拿老爷的粮食，那是不行的。”后面的人说。

“为什么呢？”公爵小姐问。

没有人回答，于是玛丽亚公爵小姐环顾着人群，注意到现在她所遇见的眼睛都立刻垂下去了。

“为什么你们不想要呢？”她又问。

没有人回答。

这种沉默使玛丽亚公爵小姐感到难受；她力求抓住一个人的目光。

“您为什么不说？”公爵小姐向一个很老的人说，他拄着手杖，站在她面前，“假使你想到还需要什么，你就告诉我。我统统会办的。”她盯住他的目光说。

他似乎因此而生气了，垂下了头说：

“为什么我们要同意？我们不需要粮食。”

“为什么我们要抛弃一切呢？不同意，不同意……我们不同意。我们同情你，但我们不同意。你离开，一个人离开这里……”话声从人群中各方面发出来。

在这群人的所有面孔上，又有了同样的表情，现在这已经确实不是好奇与感激的表情，而是愤怒的坚决的表情了。

“但是你们一定是没有了解我，”玛丽亚公爵小姐苦笑地说，“为什么你们不愿意走？我保证给你们住的、吃的。可是在这里，敌人要蹂躏你们……”

但是她的声音被人们的声音压倒了。

“我们不同意。让敌人来吧！我们不要你的粮食。我们不同意！”

玛丽亚公爵小姐力求在人群里再盯住一个人的目光，但是没有一个人的目光对着她；显然他们的目光都避开她。她觉得稀奇、为难。

“你看，她说得多么漂亮，替她去做奴隶！毁了家，去做奴隶。不是吗？她说，我给你们粮食！”人群中发出了这些声音。

玛丽亚公爵小姐垂下了头，离开人群，走进屋里。她又命令德隆备好马匹明天上路，便回到自己房间里，独自沉思。

12

这天夜里，玛丽亚公爵小姐在自己房间里敞开的窗子前坐了很长时间，倾听着从村子里传来的农民的话声，但她此刻所想到的不是他们。她觉得，无论她怎样想到他们，她也不能了解他们。她所想的只有一件事情，她自己的悲哀，由于她对当前问题的关心而一度中断的悲哀，在她看来，已经成为过去的事了。她现在已经能够回忆，能够哭，能够祈祷了。

太阳落山，风也息了。夜是寂静而清凉的。在十一点钟以后，人声开始平息了，一只公鸡啼了，从菩提树那边开始升起了圆圆的月亮，升起了清凉的白色的带有露水的雾气，乡村里和家宅里是一片寂静。

不久前的情景——她父亲患病和在最后的时刻——一一呈现在她的心中。她此刻又忧郁又喜悦地沉陷在这些想象中，只恐惧地驱除着最后的一个想象——他的死，她觉得，她甚至在这个寂静而神秘的夜里，也不能在她的想象中想到这个。这些情景是那么明确而细致地呈现在她心中，以致她觉得，这些情景忽而是现在，忽而是过去，忽而是未来。

她又清楚地想起了那个时候：他第一次发病，别人抬着他的胳膊把他从童山的花园里扶进家里，他的无能为力的舌头转动着，他的白眉毛紧皱着，他不安地羞怯地望着她。

“那个时候，他就想向我说出他临死的那天向我所说的话，”她想，“他总是想着他向我所说的话。”于是她十分详细地想起了他中风之前在童山的那一夜，那时候玛丽亚公爵小姐就预感到不幸，违反他的意志和他留在一起。她没有睡，并且夜里踮着脚走下楼，走到花房的门前，她的父亲那天在里面过夜，她注意地听着他的声音。他用微弱而疲倦的声音和齐杭说话。他显然是想要谈话。“他为什么不叫我去呢？他为什么不许我代替齐杭呢？”玛丽亚公爵小姐在那时，在现在，都是这么想。“他现在是永远不会再把心里的事向人说出来了。那个时候，对他、对我都永远地一去不复返了，在那个时候，他本可以向我说出他所想说的一切，并且能够听出他的话、了解他的意思的是我，而不是齐杭。为什么我那时不进房呢？”她想，“也许那时候他便向我说了他临死那天所说的话。那时他和齐杭说话，还问到我两次。他想要看见我，我却站在那里，在门外边。他和齐杭说话是悲伤而痛苦的，齐杭不了解他的意思。我记得，他同他说到莉萨，把她当作活人，他竟忘记她已经死了，齐杭提醒他，说她不在了，他大叫道：'傻瓜！'他是痛苦的。我在门外听到，他躺在床上呻吟着，大声叫道：'我的上帝！'为什么我那时不进去？他会对我做出什么呢？我会损失什么呢？也许那时候他会得到安慰，他会向我说出那句话。"于是玛丽亚公爵小姐出声地说了他临死那天向她所说的那个亲爱的字眼："心——爱——的！"玛丽亚公爵小姐重复着这个字眼，并且流出了使她的心灵获得安慰的眼泪。她现在在自己面前看见了他的脸。这不是从她能够记得事情的时候起她所熟悉的，她一向远远地看见的那个面孔；而是她在最后一天，凑近他的嘴边，听他说话，第一次靠近地看见的，看到皱纹和细微之处的那个羞怯而无力的面孔。

"心爱的。"她重复着他的话。

"他说这话时，心里想的是什么？他现在想的是什么？"她忽然想到这个问题，在回答这个问题的时候，她看见了他在她的面前，他的脸上带着躺在棺材里的时候被白巾扎着的面孔上的那个表情。在她摸了他，并且相信这不是他，而是那种曾使她感到恐怖的神秘可憎的东西，现在又使她感到恐怖。她准备想到别的事情，她想要祈祷，但是一样也办不到。她把睁开的大眼睛望着月光和阴影，觉得随时都会看见他的死人面孔，并且觉得那笼罩在屋内屋外的寂静使她觉得拘束。

"杜妮亚莎！"她低声唤着，"杜妮亚莎！"她用粗野的声音大叫了一声，并且打破了寂静，向女仆人房里走去，迎着向她跑来的保姆和女仆们走去。

13

八月十七日，罗斯托夫和依利因偕同刚被法国人释放回来的拉夫如施卡和传令骠骑兵，离开他们的和保古恰罗佛相隔十五俚的驻扎地扬考佛，骑马闲游，试验依利因新买的马，并且打听村中有没有草秣。

保古恰罗佛这三天是在敌对的两军之间，因此俄军的后卫和法军的前卫都能够很容易来到那里，因此，罗斯托夫这个细心的骑兵连长，[①]希望在法军来到之前，用留在保古恰罗佛的粮秣。

罗斯托夫和依利因都怀着最快乐的心情。保古恰罗佛是这个带庄园的公爵田庄，他们希望在那里找到很多家奴和美丽的姑娘，在去的途中，他们有时向拉夫如施卡问到拿破仑，并且对他的话大笑，有时互相追赶，试验依利因的马。

罗斯托夫不知道也没有想到，他要去的村庄，正是和他的妹妹订过婚的安德来·保尔康斯基的田庄。

罗斯托夫和依利因最后一次在保古恰罗佛前面的斜坡上纵马追赶，罗斯托夫赶上了依利因，先进了保古恰罗佛村的街道。

“你领先了。”涨红了脸的依利因说。

“是呀，总是领先，在草地上和这里都领先。”罗斯托夫说，用手抚摩着他的发汗的顿河的马。

“我骑着法国马，大人，”拉夫如施卡在后面说，称他的拉车的驽马为法国马，“本来可以赶上前，但是不愿意叫人丢面子。”

他们慢步地走到谷仓前，有一大群农民站在那里。

有的农民脱了帽子，有的没有脱帽子，望着骑马的来人。两个高高的老农民，有皱纹的面孔和稀疏的胡须，从酒店里走出来，微笑着，蹒跚着，唱着不成调的歌，走到军官们面前。

“好汉们！”罗斯托夫发笑着说，“这里有干草吗？”

“简直一模一样……”依利因说。

“快……乐……的……伙……”一个农民带着幸福的笑容唱着。

有一个农民从人群里走出来，走到罗斯托夫面前。

① 罗斯托夫已因战功受勋并升为营长。见本卷第一部第十三章。

“你们是什么人？”他问。

“法国人，”依利因开玩笑地回答，“这就是拿破仑本人。”他指着拉夫如施卡说。

“我看你们是俄国人吧？”那个农民又问。

“你们这里的兵很多吗？”另一个矮小的农民走到他面前问。

“很多，很多，”罗斯托夫回答，“你们为什么聚在这里？”他又说，“是节期吗？”

“老人们聚会，是为了村上的事。”那个农民一面离开着他，一面回答。

这时候，在通主人屋子的路上，出现了两个妇人和一个戴白帽子的男人，向军官这里走来。

“穿红衣裳的是我的，不许动！”看见了毅然地向他跑来的杜妮亚莎，依利因说。

“她是我们的！”拉夫如施卡眨了眨眼睛，向依利因说。

“我的美人，需要什么？”依利因微笑着说。

“公爵小姐要我来问，你们是哪一团的？姓什么？”

“这是罗斯托夫伯爵，骑兵连长，我是您顺从的仆人。”

“伴……啊……伴！”一个醉酒的农民唱着，幸福地微笑着，望着和女孩说话的依利因。阿尔巴退支远远地脱了帽子，在杜妮亚莎之后走到罗斯托夫面前。

“我冒昧打搅大人，”他把手放在胸前，恭敬地说，对于年轻的军官却带着相当轻视的神色，“我的女主人，十五日逝世的上将尼考拉·安德来维支·保尔康斯基公爵的小姐，由于这些人愚昧无知，感到为难，”他指着农民们，“请您劳驾……可不可以请，”阿尔巴退支忧郁地微笑着说，“再向前走一点，因为不便于当着……”阿尔巴退支指着两个农民，他们紧跟在他身边，好像牛蝇跟在马的身边一样。

“啊！……阿尔巴退支……啊！雅考夫·阿尔巴退支！……好极

了！看在基督的分上！原谅我们吧。好极了！啊？”农民们愉快地微笑着向他说。

罗斯托夫看了看醉酒的农民，微笑了一下。

“或者这也许叫大人开心吗？”雅考夫·阿尔巴退支带着清醒的神色说，把那只没有放在胸前的手指着老农民们。

“不，并没有什么开心的地方，“罗斯托夫说，向前走着，“是怎么回事？”他问。

“我冒昧报告大人，这里粗野的农民不让女主人离开田庄，并且威胁说，要把马卸下来，所以，虽然早上就把东西搬好了，但是到现在女主人还不能走。”

“这是不行的！”罗斯托夫叫着。

“我有荣幸向您报告实情，”阿尔巴退支说。

罗斯托夫下了马，把马交给传令兵，和阿尔巴退支走进屋，向他问着详情。的确，昨天公爵小姐要把粮食分给农民，她向德隆和集会的农民们做了说明，把事情弄得那么糟，以致德隆终于交出了钥匙，和农民合在一起，阿尔巴退支找他时，他不见了，并且早上公爵小姐命令套马上路时，一大群农民走到谷仓前，并派人去说，他们不让公爵小姐离开村庄，又说有了命令，不许离开，并且他们要卸马。阿尔巴退支到他们面前劝告他们，但他们回答他说（卡尔卜说得顶多，德隆没有在人群中露面），他们不能让公爵小姐离开，又说是有了命令要如此；但是只要公爵小姐留下来，他们便照旧侍候她，事事顺从她。

当罗斯托夫和依利因在路上骑马奔驰的时候，玛丽亚公爵小姐不听阿尔巴退支、保姆和女仆们的劝阻，命令套马，想要上路；但是看见了骑马奔驰的骑兵，他们以为是法国人，车夫跑走了，妇女们在屋内啼哭了。

“父呀！亲老子呀！上帝派你来的。”当罗斯托夫穿过前厅时，许多人深受感动地说。

玛丽亚公爵小姐在别人领着罗斯托夫来到她的面前时，正茫然若失、无能为力地坐在客厅里。她不明白，他是谁，他是为什么来的，她自己会发生什么事情。看见了他那张俄国人的面孔，并且根据他的步态和第一句话，她认出了他是她自己阶级中的人，她用她的蓝色明亮的眼睛看了看他，并且开始用她的因为兴奋而结结巴巴的打颤的声音说话。罗斯托夫立刻把这一次会面当作一种奇遇。“一个没有保护的不胜悲伤的姑娘，独自遭受到农民的粗野暴行！多么奇怪的命运把我带到这里来了！”罗斯托夫想，听着她说，望着她。“她的面貌和表情显得多么温柔、高贵！”他想，听着她的羞涩的叙述。

她说到，这都是在她父亲的葬仪之后一天之内发生的，这时候，她的声音打颤了。她转过身去，后来又似乎恐怕罗斯托夫以为她的话是要引起他的怜惜，她便疑问而惊恐地看了看他。罗斯托夫的眼里含着泪。玛丽亚公爵小姐注意到这个，并且用她的明亮的目光感激地看了看罗斯托夫，这目光使人忘记了她面孔的丑陋。

“公爵小姐，我表达不出我是多么荣幸，我偶然来到这里，能够向您表示我愿意效劳。”罗斯托夫站起来说，“请上路吧，我向您保证，没有一个人敢使您不愉快，只要您允许我护送您。”于是他好像是人们向皇家妇女们鞠躬那样向她恭敬地鞠了躬，便向着门口走去。

罗斯托夫似乎是用他的恭敬的态度来表示，虽然他认为认识她是一件幸事，但是他并不想要为了自己接近她而利用她的不幸。

玛丽亚公爵小姐明白并且重视他的这种态度。

“我很感激您，”玛丽亚公爵小姐用法语向他说，“但是我希望，这一切只是误会，并且谁也不要对这件事负责。”玛丽亚公爵小姐忽然哭起来了。

“原谅我。”她说。

罗斯托夫皱了皱眉，又低低地鞠了一躬，便从大厅里走出去了。

14

“哎，怎样？漂亮吗？但是，老兄，我的红姑娘漂亮极了，她叫杜妮亚莎……”但是看了看罗斯托夫的面孔，依利因不作声了。他看出他的英雄和长官有了完全不同的心绪。

罗斯托夫愤怒地看了看依利因，并且没有回答他，便快步地向村庄走去。

“我要教训他们，收拾他们，这些浑蛋。”他自言自语地说。

阿尔巴退支踏着轻快的快步子，几乎是跑着，费力地赶上罗斯托夫。

“大人有什么决定吗？”他追上了他说。

罗斯托夫停下了步，握紧了拳头，忽然威胁地走到阿尔巴退支面前。

“决定？什么决定？老东西！”他向他叫着，“你是干什么的！啊？农民造反，你不能够管住他们吗？你自己是叛徒。我知道您，我要剥掉他们的皮……”好像要急于发泄自己的怒火，他撇下阿尔巴退支，迅速地向前走去。阿尔巴退支压下了遭受侮辱的不快的心情，用轻快的步子追赶着罗斯托夫，并继续向他表示自己的意见。他说农民们是顽固的，现在没有兵力去“反抗”他们便是轻率的举动，又说是否最好先派人去找军队。

“我要用武力教训他们……我要‘反抗’他们。”尼考拉无意义地说着，由于心中失去理性的兽性的怒火，由于要发泄这种怒火，他透不过气来了。

他没有想到要做什么，他不自觉地踏着迅速的、坚决的步伐向人群走去。他愈走近他们，阿尔巴退支愈觉得，他的不谨慎的行为不会产生好结果。人群中的农民们，望着他的迅速而坚定的步伐、坚决而阴沉的面孔，也产生了同样的感觉。

在骠骑兵来到村庄而罗斯托夫去见公爵小姐以后，人群中发生了混乱和纷争。有些农民开始说到来人是俄国人，他们也许会由于他们不让女主人走而动怒。德隆也是抱着这个意见；但他刚表示了这个意见，卡尔卜和许多别的农民就攻击这个前任村长了。

“你靠村社吃肥了多少年？”卡尔卜向他叫着，“你觉得反正一样！你要挖出钱罐走了，我们的房子毁不毁掉与你有什么关系？”

“有人说过，要守秩序，不让一个人离开，家里一粒粮食也不许带走——没有别的了！”另一个人叫着。

“轮到你的儿子当兵，你不用怕！你舍不得自己的儿子，”忽然一个矮小的老人迅速地说，攻击德隆，“却要我的凡卡去剃头当兵。哎，我们都要死了！”

“是的，我们都要死了！”

“我不是反对村社。”德隆说。

“不是反对村社，你的肚子养肥了！……”

两个高高的农民说了自己的意思。罗斯托夫刚刚偕同依利因、拉夫如施卡和阿尔巴退支走到人群那里，卡尔卜就把手指放在腰带上，微微地笑着走上前。反之，德隆走到人群的后边去了。人群靠得更紧了。

“哎，你们这里的村长是谁？”罗斯托夫叫着，快步地走到人群那里。

“村长吗？你有什么事？……”卡尔卜问。

但是他还没有来得及把话说完，他的帽子已经飞去，猛力的一击把他的头打歪了。

“摘下帽子，叛徒们！”罗斯托夫用愤怒的嗓音叫着，“村长在哪里？”他愤怒地叫着。

“叫村长，叫村长来……德隆·萨哈锐支[①]，叫您。”不知从什么地方传来了急速而顺从的声音，于是他们纷纷把帽子摘下来。

---

① 毛注：连着父名称呼，乃表示农民不是亲密地说话，而是要说得客气有礼貌。

“我们不敢乱动，我们遵守秩序。”卡尔卜说，后边的几个人也同时一齐说：

“正如同老人们所说的，你们发号施令的人太多了……”

“发议论吗？……暴动！……浑蛋！叛徒！”罗斯托夫一面扯着嗓子毫无意义地叫着，一面抓住卡尔卜的领子。“把他绑起来，绑起来！”他叫着，但是除了拉夫如施卡和阿尔巴退支外，没有人绑他。

拉夫如施卡终于跑到卡尔卜跟前，从后面抓住他的手臂。

“要叫山下我们的弟兄们来吗？”他叫着。

阿尔巴退支指名叫了两个农民来绑卡尔卜。农民顺从地从人群中走出来，开始解下自己的腰带。

“村长在哪里？”罗斯托夫叫着。

德隆皱着眉头，面色发白，从人群中走出来。

“你是村长？绑起来，拉夫如施卡，”罗斯托夫叫着，似乎这个命令不会遇到阻碍。

果然又有两个农民开始来绑德隆，而德隆似乎在帮他们忙，解下自己的腰带，递给他们。

“你们大家都听我说，”罗斯托夫向农民们说，“马上都回到自己家里去，免得让我听见你们的声音。”

“唉，我们没有做过一点损人的事。我们由于愚蠢只是做了一点无聊的事……我早就说过，这是不合规矩的。”传来大家互相指责的声音。

“哎，我向你们说过，”阿尔巴退支说，恢复了他的权利，“你们做得不好，弟兄们！”

“我们是愚蠢，雅考夫·阿尔巴退支。”许多人回答，然后人群立刻走开，朝村庄各处散去。

两个被绑着的农民被人带到主人的院子里。两个喝醉酒的农民跟着他们。

“哎，我要看看你！”其中有一个人对卡尔卜说。

“难道能同老爷们这么说话吗？你想的是什么？傻瓜，”另一个人肯定地说，“道地的傻瓜！”

两小时后，车子停在保古恰罗佛庄园的院子里。农民们迅速地把主人的行李搬出来放到车上，德隆照玛丽亚公爵小姐的意见，从锁住他的大柜里被放了出来，站在院子当中指挥农民。

“你不要把这个弄坏了，”农民中一个圆脸带笑的大汉子说，一边从女仆的手里接过一个匣子，“它也是很值钱的。你怎么可以那样扔？你把它放在绳子底下——它要磨坏的。我不喜欢这样。什么事都要做得适当，合乎规矩。要这样做，放在软席子底下，用草盖起来，这样做就对了。”

“啊，书，书，”另一个搬安德来公爵的书架的农民说，“你不要碰；重得很，孩子们，书很重。”

“是的，他们是在写书，不是在玩！”圆脸的高个儿农民意味深长地眨了眨眼，指指上面的辞典说。

罗斯托夫不愿勉强结识公爵小姐，没有回到她那里去，却留在村庄里，等她上路。等到玛丽亚公爵小姐的车子从家里出来了，罗斯托夫才上了马，送她到了保古恰罗佛十二俚外我军所在的路上。在扬考佛，在旅店里，他恭敬地和她道别，第一次大胆地吻了她的手。

“您这么说，多难为情，”他红着脸回答玛丽亚公爵小姐感谢他的搭救的话（她以为他的行为是搭救），“任何警官也能这样做的。假使我们只是要和农人打仗，我们也不会让敌人走了这么远。”他羞惭地说，力求改变话题，“我只感到荣幸，我有机会认识您。再见，公爵小姐，祝您快乐、安心，希望在更快乐的地方遇见您。假使您不想使我脸红，就请您不要道谢。”

但是公爵小姐，假使没有再用言语感谢他，却还是用她的面部的感激和亲切的表情感谢了他。她不能相信他所说的，她没有要感谢他的地方。恰恰相反，她觉得无疑的是，假使不是他，她准会死在暴民和法军的手里；而他为了搭救她，让自己去冒最显见、最可怕的危险；更无疑的是，他是心灵高尚的人，他能了解她的处境和悲哀。他的善良而正直的眼睛在她哭着向他说到她自己父亲去世时的情景时，也含着泪水，他的这对眼睛还留在她的想象里。

当玛丽亚公爵小姐同他道别之后，剩下她一个人的时候，她忽然觉得她的眼里含着泪，而且她心中不止一次出现了这样一个奇怪的问题——她是否爱他？

在到莫斯科去的其余的路程中，虽然公爵小姐的处境是不愉快的，和她同车的杜妮亚莎却屡次注意到公爵小姐把头伸到车窗外边，愉快而又忧悒地为什么事情微笑着。

“假使我爱上他，又怎样呢？”玛丽亚公爵小姐想。

她虽然羞于向自己承认，她先爱上了一个男人，这男人也许绝不会爱她，她却用这种想法安慰她自己，就是绝不会有人知道这件事，并且假使她不向任何人说，而终生爱着一个是她初次、也是最后一次所爱的人，那是不能怪她的。

有时她想起他的目光、他的同情、他的话，并且似乎觉得，幸福不是不可能的。就在这种时候，杜妮亚莎看见她微笑着向车窗外边看着。

“他是注定了要到保古恰罗佛来的，而且正是那个时候！”玛丽亚公爵小姐想，“并且是注定了他的妹妹要拒绝安德来公爵！”[①]于是玛丽亚公爵小姐把这一切看作天意。

玛丽亚公爵小姐留给罗斯托夫的印象，是很令他满意的。当他想到她的时候，他觉得愉快，当他的同伴们知道了他在保古恰罗佛的奇遇，取笑他，说他去寻草料，却碰见了一个俄国最富的闺女的时候，罗斯托夫发怒了。他发怒，正是因为这个想法——娶他所满意的、温顺的、

① 毛注：女子不可嫁给嫂嫂或姊丈的兄弟，如娜塔莎和安德来结婚，玛丽亚就不能和尼考拉结婚。

有巨大财产的玛丽亚公爵小姐——常常违反他的意志，出现在他头脑里。对他个人来说，尼考拉不能够希望娶到比玛丽亚公爵小姐更好的妻子了：娶她可以使伯爵夫人——他的母亲——幸福，并改善他父亲的境遇；尼考拉觉得，甚至还可以使玛丽亚公爵小姐幸福。

但是索尼亚呢？誓言呢？由于这个原因，别人拿保尔康斯卡雅公爵小姐对他取笑的时候，罗斯托夫发怒了。

15

库图索夫就任了指挥各军的统帅，想起了安德来公爵，并且下了命令给他，要他到总司令部里来。

安德来公爵在库图索夫初次阅兵的那一天，并且正在阅兵的时候，来到擦来佛·萨伊密锡。[①]安德来公爵在村上神甫的房子外边歇着，那里停着总司令的车子。他坐在门前的凳子上，等候殿下，现在都这么称呼库图索夫。在村庄那边的田野上时而传来了军乐声，时而传来了向新总司令呼喊“乌拉！”的许多欢呼声。在门外和安德来公爵相隔十步的地方，有两个侍从兵、一个信使和一个管家，趁公爵不在家的时候，在门外快乐一番。一个长着胡须的、脸色黝黑的、矮小的骠骑兵中校，来到门前，看了看安德来公爵，问道：“殿下住在这里吗？快要回来了吗？”

安德来公爵说，“他不是殿下司令部里的人，他是刚到的。”骠骑兵中校去问一个整洁的侍从兵，那个侍从兵带着总司令的侍从兵向军官们说话时所有的那种特别轻视的神态向他说：

“您找殿下吗？大概马上就要回来了。您有什么事？”

骠骑兵中校看到侍从兵的这种态度，在唇髭下边笑出了声，下了

① 毛注：这地方在格沙次克附近，库图索夫八月十一日离彼得堡，八月十七日到格沙次克。

马，把马交给传令兵，然后走到保尔康斯基面前，向他微微鞠躬。保尔康斯基在凳子上让出地方。骠骑兵中校坐在他的身边。

“您也是等候总司令吗？”骠骑兵中校说。“据说，他什么人都接见，谢谢上帝！和吃香肠的人[①]在一起才倒霉呢！叶尔莫洛夫并不是凭空想要做德国人。现在似乎俄国人可以说话了。鬼知道，他们做的是什么。总是撤退，——总是撤退。您参加过战事吗？”他问。

安德来公爵回答说：“我不但有荣幸参与退却，而且还在退却中损失了我的一切宝贵的东西；不要说田庄和我出生的家宅了……我的父亲，他是忧伤而死的。我是斯摩棱斯克省人。”

“啊？……您是保尔康斯基公爵吗？我很高兴和您认识，我是皆尼索夫中校，但发西卡这个名字，知道的人更多一些。”皆尼索夫说，和安德来公爵握着手，并且特别亲切地注意地望着保尔康斯基的脸。“是的，我听说过。”他同情地说，沉默了一会，又继续说：“这是西徐亚人的战争。这是十分好的，但是对于那些替别人受过的人是不好的。您是安德来·保尔康斯基公爵吗？”他摇着头，“很高兴，公爵，很高兴和您认识。”他又带着忧郁的笑容补充说，和他握手。

安德来公爵从娜塔莎关于她的第一个情人的叙谈中，已经知道皆尼索夫。这个回忆现在使他又甜又苦地感到一种痛苦的心情，这种心情是他近来好久没有感觉过的，但还是在他的心里。近来他有了那么多别的、那么深刻的印象，例如斯摩棱斯克的放弃，他到童山，新近的关于父亲逝世的消息——体验了那么多的事情，以致好久没有想起这些回忆，并且在想到的时候，也远不像从前那样有力地感动他。至于皆尼索夫，他觉得被保尔康斯基这个名字所引起的那种回忆，是遥远的诗意的过去，那时候，在饭后，在娜塔莎唱歌之后，他自己不知道是怎么回事，便向十五岁的女孩子求婚。想起那时候的情况和他对娜塔莎的爱

① 指德国人。——译者

情，他微笑了一下，但立刻又想到他现在热烈地专心地注意的事情。这是一个作战计划，是他在退却中在前哨服务时所做的。他曾经把这个计划献给巴克拉·德·托利，现在又想献给库图索夫。这个计划的根据，是法军的战线拉得太长，它主张，我们不要在前线做战阻止法军前进，或者是在前线边作战边推进，我们应该攻击法军的交通线。他开始向安德来公爵说明他的计划。

“他们可不能维持整条交通线。这是不可能的。我负责去切断他们；给我五百个人，我去切断他们，这是有把握的！只有一个办法——就是游击战。”

皆尼索夫站起来，打着手势向保尔康斯基说明他的计划。在他说明时，军中发出的混乱声、扩散开去的叫喊声和音乐声、唱歌声混合在一起，从阅兵的地方传来。从村庄附近传来了马蹄声和叫喊声。

“他来了，”站在门口的哥萨克兵叫着，“他来了！”

保尔康斯基和皆尼索夫走到门前，那里有一小群兵（一个荣誉卫队）。他们看见库图索夫骑着不高的棕色马从街上走来。一大群随从的将军跟在他背后。巴克拉几乎是和他并行着；一大群军官跟着他们，围着他们跑着，叫着“乌拉。”

副官们在他前面骑马跑进了院子。库图索夫不耐烦地催促着他的在他的重压之下溜蹄小跑的马，不断地点着头，把手举到禁卫骑兵所戴的、有红扁带子而无帽檐的白帽子旁边。他朝着荣誉卫队走去，他们是勇敢的掷弹兵，大部分是有勋章的，他们向他行礼，他沉默了大约一分钟，用司令官坚定的目光注意地看了看他们，便转身对着站在四周的将军们和军官们。他的脸上忽然显出微妙的表情；他迷惑不解地耸了耸肩膀。

“有这样的好汉们，却还是一退再退！”他说，“好吧，再会，将军。”他补充说，然后策动他的马从安德来公爵和皆尼索夫身边走过，进了大门。

“乌拉！乌拉！乌拉！”他后边的人叫喊着。

自从同安德来公爵分别以来，库图索夫又长胖了，皮肤松弛，全身是肉。但是他所熟悉的白眼珠、疤痕、体态和脸上的疲倦的表情依然如旧。他穿着陆军礼服（肩膀上搭着有窄皮条的鞭子），沉重地摆动着，坐在他的矫捷的马上摇晃着。

“嘘……嘘……嘘……”他进院子时，几乎听不到地发出吻哨声。他脸上显出了在紧张仪式之后预备休息的安闲神态。他从脚镫里抽出左脚，侧过全身，因为用力而皱了皱眉头，费劲地把脚抬到鞍上，用膝盖支着，哼了一声，副官和哥萨克兵们扶他下了马。

他定了定神，眯着眼睛环顾了一下，并且看了看安德来公爵，显然没有认出他是谁，便踏着蹒跚的脚步走上台阶。

“嘘……嘘……嘘……”他嘘着，又回头看了看安德来公爵。直到几秒钟之后库图索夫才把对安德来公爵面部的印象和他所想起来的安德来公爵的身份联系起来（这是老年人常有的事）。

“你好，公爵，你好，亲爱的，到这里来……”他环顾着，疲倦地说，沉重地走上在他脚下咯吱咯吱响着的台阶。他解开衣扣，坐到台阶的凳子上。

“哎，你父亲怎么样？”

“昨天才接到他去世的消息。”安德来公爵简短地说。

库图索夫睁大眼睛吃惊地看了看安德来公爵，然后摘下帽子，画了十字。“愿他升入天国！上帝的意志要来到我们大家的身上！”他整个胸部颤抖着，沉重地叹了口气，又沉默了一下。“我爱他，我尊敬他，我全心全意地同情你。”他抱住安德来公爵，把他紧搂在自己肥胖的胸前，好久没有放开他。在他放开他的时候，安德来公爵看见库图索夫柔软的嘴唇在打颤，他眼里含着泪。他叹了口气，用双手撑着凳子站起身来。

“来，到我这里来，我们谈谈。”他说。

但是这个时候，皆尼索夫在长官面前和在敌人面前一样不大胆怯，不管台阶上的副官们愤怒地低声阻挡他，在踏级上响着马刺，勇敢地走上台阶。库图索夫把手撑在凳子上，不满意地望着皆尼索夫。皆尼索夫通报了姓名，说他要向殿下报告一件对于祖国福利是很重要的事。库图索夫开始用疲倦的目光望着皆尼索夫，并且以厌烦的姿势举起双手，然后交叉地搁在肚子上，说，“为了祖国福利？是什么？说吧。”皆尼索夫脸红得像一个姑娘（在这张唇髭稠密的、苍老的、嗜酒的面孔上显出羞红，是很奇怪的），大胆地开始说明他的在斯摩棱斯克与维亚倚马之间切断敌人交通线的计划。[①]皆尼索夫在这个地区住过，很熟悉这里的地形。他的计划看来无疑是好的，特别由于他的话中充满着坚定的信念。库图索夫望着自己的脚，有时回顾邻近农舍的院子，似乎在预料那里的不愉快的事情。从他所望着的农舍里，确实，在皆尼索夫说话的时候，出来了一个将军，在腋下挟着一个公文夹。

“什么？”库图索夫在皆尼索夫报告时说，“已经准备了吗？”

“准备好了，殿下。”将军说。

库图索夫摇摇头，似乎是说：“一个人怎么来得及做这一切。”然后继续听皆尼索夫说话。

“我以俄国军官的身份保证，”皆尼索夫说，“我能破坏拿破仑的交通线。”

“基锐尔·安德来维支·皆尼索夫，那位军需官和你是什么关系？”库图索夫插言问。

“是我的叔父，殿下。”

“啊！我们是老朋友，”库图索夫愉快地说，“好，好，孩子，留在总司令部里，我们明天再谈。”他向皆尼索夫点了头，转过身，伸手

---

① 毛注：实际上建议游击战截断拿破仑交通线的是D·大维道夫，库图索夫同意以一百三十名哥萨克兵和骠骑兵打游击，但直到保罗既诺战争以后，才开始战斗。

接过考诺夫尼村递给他的公文。

“殿下要不要进屋呢？”值日的将军用不满意的声音说，“一定要审查这些计划，签署几件公文。”

从门里走出来一个副官，报告说房间里的一切都准备好了。但是库图索夫显然想要做完了事才到那个房间里去。他皱了皱眉……

“不，好孩子，叫人把小桌子搬到这里来，我在这里看。”他说。他又向着安德来公爵说，“你不要走。”

安德来公爵留在台阶上，听值日将军说话。

在报告的时候，安德来公爵听见门里妇人的低语声和妇人绸裙发出的窸窣声。他朝这个方向瞥了几次，看见门里有一个头扎淡紫色绸巾、身穿淡红色长裙的、肥胖的、面色红润的、美丽的妇人，她拿着一个碟子，显然是等候总司令进门。库图索夫的副官低声向安德来公爵说，这是神甫的妻子，居停女主人，她预备向殿下献盐和面包。[①]她的丈夫在教堂里拿着十字架迎接殿下，她在家里……“很漂亮。”副官带着笑容加上这一句。库图索夫听到这话，回头看了一下。库图索夫听值日将军的报告（报告的主要目的是批评擦来佛·萨伊密锡的阵地），正如同他听皆尼索夫说话一样，正如同他七年前听奥斯特理兹军事会议中的辩论一样。他听，显然只是因为他有耳朵，虽然有一只耳朵听觉不好，却不能不听。但显然是，值日将军所能向他说的，不但没有一点能够使他惊异或使他发生兴趣的地方，而且他早已知道了要向他说的一切。他听这一切只是因为不得不听，正如同不得不听歌唱的祈祷一样。皆尼索夫所说的一切是切实的、聪明的。值日将军所说的一切更切实、更聪明。但显然是，库图索夫轻视知识与智慧，他知道，决定事物的是别的东西——和智慧、知识无关的别种东西。安德来公爵留神地察看总司令脸上的表情，他所能看出的唯一的表情，是厌烦，是他很想知道门里边妇

① 毛注：献面包与盐给住新屋的人，是俄国风俗，实际上，是用饼和一碟砂糖作代替。

女低语的意义，是愿意遵守礼节。显然库图索夫轻视知识与智慧，甚至皆尼索夫所表现的爱国情绪；但他不是用智慧，不是用情绪，不是用知识（因为他并没有力求表现它们）去轻视它们，而是用别种东西去轻视它们。他用自己的年纪和生活的经验去轻视它们。库图索夫自己在听这个报告时所发的唯一指令，是关于俄军的抢劫。值日将军在报告的末尾，将一件公文递给殿下签字，这是指挥官们由于地主的要求，呈请赔偿被割的燕麦的公文。

库图索夫听完了这个报告，咂响嘴巴，摇了摇头。

“丢进炉子……丢到火里去！我向你就说这一次，好孩子，”他说，“这些公文都丢到火里去。让他们痛快地割麦、烧树去吧！我不下命令，也不准许做这种事，但是也不能赔偿。不这样不行。砍树碎屑飞[①]啊！”他看了看公文。他摇着头说，“哦，德国人精明！”

16

“现在都办完了，”库图索夫签署着最后一件公文说，他费力地站起来，又胖又白的颈项上的皱折舒展开了，带着愉快的面色向门口走去。

神甫的妻子面色通红，连忙拿起了碟子，虽然她准备了那么久，她却仍然没有来得及适时递上碟子。她低低地鞠着躬，把碟子递给库图索夫。

库图索夫的眼眯着；他微笑了一下，用手摸了一下她的下巴，说道：

“多么漂亮！谢谢，亲爱的。”

他从裤袋里掏出几个金币放在碟子里。

“哎，你过得好吗？”库图索夫说，向着为他预备的房间走去。

---

① 意思是做大事难顾细处。

神甫妻子那红润的面孔上显出了酒窝，她微笑着跟他走进房里。副官走到台阶上来找安德来公爵吃午饭。半小时后，又有人传安德来公爵去见库图索夫。库图索夫仍然解开着衣服的扣子，躺在椅子上。他手里拿着一本法文书，在安德来公爵进房时，他把小刀放在书里，将书合起。安德来公爵从封面上看见这本书是Madame de Genlis〔让理夫人〕的作品《Les chevaliers du Cygne》〔《白天鹅骑士》〕。

“坐下吧，就坐在这里，我们谈谈，”库图索夫说，“我伤心，很伤心。但是记住，好朋友，我算是你的父亲，另一个父亲……”

安德来公爵向库图索夫说了他所知道的关于父亲去世的一切，以及他经过童山时所看见的事情。

“到这个地步……把我们弄到这个地步！”库图索夫忽然用兴奋的声音说，显然是由于安德来公爵的谈话使他清晰地想到了俄国所处的境况，“等一会儿，等一会儿，”他脸带怒气地补充说，显然是不愿继续听这种使他坐立不安的谈话，说道，“我找你来，是要留你在我身边。”

“谢谢殿下，”安德来公爵回答，“但我恐怕，我不再适于做参谋工作了。”他带着被库图索夫看到的微笑说。

库图索夫疑问地望了他一下。

安德来公爵又说：“主要是我习惯了我的团，我爱军官们，我的部下似乎也爱我。我觉得离开了团很可惜。若是我竟敢辞谢追随左右，请相信……”

智慧的、仁慈的，同时是微微嘲讽的表情，出现在库图索夫的胖脸上。他打断了保尔康斯基的话。

“可惜，我需要你；但你是对的，你对。并不是我们这里没有人。这里的顾问总是很多的。但是没有人才。假使所有的顾问都像你一样在部队里服务，部队便不至于是这么样的了。我记得你在奥斯特理兹……我记得，记得，记得你拿一面旗子……”库图索夫说。因为这个回忆，一阵快乐的羞红泛上安德来公爵的脸。库图索夫拉了他的手，把面庞伸给他吻，安德来公爵又在老人的眼睛里看见了泪水。虽然安德来公爵知道库图索夫容易流泪，并且因为希望对于他的丧父表示同情，对他特别亲切怜惜，但安德来公爵觉得这个奥斯特理兹的回忆是愉快而又体面的。

“上帝保佑你，走你自己的道路吧。我知道，你的道路是光荣之道。”他沉默了一会，“我在部卡累斯特怀念你，我应该派人去找你的。”于是变换了话题，库图索夫开始说到土耳其战争与缔结的和约。库图索夫说，“是的，为了战争，为了和平，我受到责备……但是一切都适时来到了。Tout vient à point à celui qui sait attendre.〔对那善于等待的人，一切都要适时来到。〕那里的顾问并不比这里少……”他继续说，又回到那显然盘踞在他心中的“顾问”问题。“啊，顾问们，顾问们！”他说，“若是听了所有的顾问的话，我们在土耳其便不会签订和约，也不会结束战争。一切都要赶快，但愈要赶快，反而愈迟缓。假若卡明斯基不死，他便要失败。他用三万人猛攻要塞。占领要塞不难，要打胜仗就难了。因此我们不需要猛攻与攻击，却需要忍耐与时间。卡明斯基派兵去攻茹舒克，但我只需要它们——忍耐与时间——也是进攻，这种进攻比卡明斯基攻下的要塞更多，并且迫使土耳其人吃马肉。”他摇了摇头，“法国人也要如此！相信我的话，”库图索夫激动着，拍着自己的胸脯说，“我要使他们吃马肉！”他的眼睛里又含着泪。

“但是我们要不要打仗呢？”安德来公爵说。

“假使大家都要打，当然要打，这是没有办法的……你相信，好孩子，没有东西是比这两个战士——忍耐与时间——更加强大的，这两个战士是什么都办得到的，但是顾问们n’entendent pas de cette oreille, voilà le mal〔并不这么想，困难就在这里〕。有的人想打，有的人不想打。怎么办呢？”他问，显然是等候回答，“那么，你要我怎么办？”

他重复着，他的眼睛里闪耀着深思的、智慧的神情，“我要告诉你，怎么办，”因为安德来公爵还未回答，他说，“我要告诉你，怎么办，以及我要怎么办。Dans le doute, mon cher,〔在怀疑的时候，我亲爱的，〕”他停了一下，从容地说，“abstiens-toi.〔要克制你自己。〕”

“好，再会，好朋友；记着，我由衷地同情你的不幸，并且我对你来说不是殿下，不是公爵，不是总司令，却是一个父亲。假使需要什么，直接来找我。再会，好孩子。”他又抱他、吻他。安德来公爵还未出门，库图索夫便安心地叹了口气，又拿起没有看完的让理夫人的小说《Les chevaliers du Cygne》。

安德来公爵在他这次和库图索夫会面之后，回到了自己的团里，他对于大局，对于大局所托付的人，觉得很放心，不过他说不出来，怎么会有、为什么会有这种心情。他愈是明白这位老人没有任何个人的动机，愈是放心：一切应该怎样，就会怎样的。这位老人似乎只保留着动感情的习惯，并且只有一种镇静地考虑局势的能力，没有搜集事件与作出推论的智慧。“他不会有任何自己的主张。他不会去计划什么的，也不会去做什么的，”安德来公爵想，“但是他要听一切，要记得一切，要使一切各得其所，不会去阻挠任何有用的东西，不会许可任何有害的东西。他知道，有一种东西比他的意志更有力、更重要——这是事件的不可避免的趋向，他能看见这些事件，能了解这些事件的重要性，并且在了解这个重要性时，他能够不干预这些事件，能够放弃他的个人的意志，他的个人的意志是另有目的的。尤其是，”安德来公爵想，“有人相信他，因为他是俄国人，虽然他看让理夫人的小说，讲法文成语；因为他说‘把我们弄到这个地步！’时，他的声音打颤；因为他说他要‘使他们吃马肉’时，他啜泣。”

库图索夫被选择为总司令时的那种意见的一致和普遍的赞成，就是根据这种为大家或多或少隐隐体验到的感觉；这选择虽然违反朝廷意志。却是深得人心的。

17

在皇帝离开莫斯科后，莫斯科的生活日复一日，依然如旧，这种生活是那么寻常，以致我们难以记得最近的爱国热情和兴奋的日子，我们难以相信俄国果真是在危险之中，而英国俱乐部的会员同时又是祖国的儿子，他们准备为祖国去作任何牺牲。只有一件事令人想起皇帝在莫斯科时普遍的热烈的爱国情绪，就是要求出人出钱，这件事在作了保证之后，立刻便有了合法的官方的形式，并且成为非做不可的事了。

在敌人临近莫斯科时，莫斯科人民对于自己的处境的看法，不但没有显得更加严重，而且反之，显得更加轻浮了，这是看到迫近的巨大危险的人们一向所有的情形。在危险迫近时，总是有两种声音同样有力地在人的心里回响：一种声音很有理智地说着，要人想到危险的性质以及脱离危险的方法；另一种声音更有理智地说着，认为想到危险是太痛苦、太难受了，因为人不能够预见一切，不能够逃避事件的总的趋势，因此最好是在痛苦来临之前不想到痛苦的事，而想到愉快的事。人在孤独时，大都听信第一种声音，反之，在团体里，则听信第二种声音。现在莫斯科居民的情形也是这样。莫斯科的人好久没有像这一年这样愉快。

拉斯托卜卿的传单顶上边是图画，画的是一家酒店、一个酒保和莫斯科小市民卡尔普施卡·齐给润，**“他是民团，在酒店饮了过多的酒，听说拿破仑想要来到莫斯科，便发火，用最坏的话骂所有的法国人，他走出酒店，在鹰旗下向聚集的民众说话。”**——这个传单，正像发西利·勒福维支.普式金[①]最近的韵诗那样被人阅读，被人讨论。

在俱乐部里，在角落里的房间里，聚集了许多人在读这种传单，

---

① 毛注：他（1779—1830）是俄国伟大诗人A. S·普式金的叔父，著有不足道的抒情诗与教训诗。

有些人对卡尔普施卡那样嘲笑法国人觉得很满意，他说，**“法国人要被黄芽菜胀碎，被麦粥胀裂，被汤菜噎死，他们都是矮子，一个农妇能用一把草叉子抛起三个法国人。”**有些人不赞成这种语气，并且说，这些话是鄙俗而愚蠢的。他们说到拉斯托卜卿把法国人甚至所有的外国人都送出了莫斯科，其中还有拿破仑的间谍和奸细；但是他们说这话，主要是为了要在这种场合重述拉斯托卜卿在解走他们时所说的警语。外国人被装船送到尼示尼，拉斯托卜卿向他们说：“Rentrez en vous-même, entrez dans la barque et n'en faites pas une barque de Charon.〔你们不得和人交谈，下船吧！当心这只船不要成为你们到阴府的船。〕”他们说，所有的政府衙门都已经从莫斯科搬走了，并且在这里他们加上沈升的笑话，他说，单是为这一件事，莫斯科就应该感谢拿破仑。他们说，马摩诺夫的团要耗费他八十万卢布，说别素号夫在民团上所花费的钱更多，但是别素号夫的最好的举动，是他要自己穿上军装，骑马走在民团的前面，但是不收观众的费。

“您是绝不饶人的。”尤丽·德路别兹卡雅说，用戴着戒指的纤细手指集拢着并且捏紧着一束抽开的麻布。

尤丽准备第二天离开莫斯科，并举行告别晚会。

“别素号夫est ridicule〔是可笑的〕，但他是那么善良，那么好心肠。这样的caustique〔讥刺〕有什么乐趣吗？”

“罚钱！”穿民团制服的年轻人说，尤丽称他为mon chevalier〔我的骑士〕，他要同她一道到尼示尼去。

在尤丽的团体中，正如在莫斯科的许多团体中一样，大家决定只说俄语，谁违犯了，说法语，就交罚金给捐献委员会。

“又是一次对于法国语风的罚金，”在客厅里的一个俄国作家说，“‘有什么乐趣’不是俄国话。”

“您是绝不饶人的，”尤丽继续向那个民团军官说，没有注意作家的提议，“为了caustique我承认过错，”她说，“我付钱，但是为了向您说实话的乐趣，我准备再付钱，对于法国语风我是不负责的，”她向作家说，“我没有钱，没有时间，像高里村公爵那样，聘教师学俄语。哦，”尤丽说，“他来了。Quand on〔当他们〕……不，不，”她向民团军官说，“您不要抓我。他们说到太阳，便看见了阳光。”[①]女主人说，向彼挨尔亲切地微笑着。“我们刚刚说到您，”尤丽带着社交妇女特有的说谎的本领说，“我们说，您的团一定会比马摩诺夫的团好。”

“啊！不要向我说我的团了！”彼挨尔回答，吻着女主人的手，坐在她旁边，“我对它是那么生厌了！”

“您真是要去亲自指挥吗？”尤丽说，狡猾地嘲笑地和民团军官使着眼色。

民团军官当彼挨尔的面不再那么caustique〔讥刺〕了，在他的脸上，对于尤丽的笑容的意思，显出了迷惑。彼挨尔虽然是精神涣散的好心肠的人，但是他的个性立刻打破了当面嘲笑他的任何企图。

“不是，”彼挨尔一面带着笑声回答，一面看看自己高大肥胖的身体，“我太容易成为法国人的目标，并且我恐怕不能上马……”

在选作谈话对象的许多人之内，尤丽的团体谈到了罗斯托夫家。

“据说，他们的家境很不好，”尤丽说，“伯爵本人是那样不讲道理。拉素摩斯基家要买他的房子和莫斯科乡下的财产，这件事还拖延着。他要价太高了。”

“不然，似乎几天之内买卖就可以成交了，”有人这么说，“不过现在，在莫斯科人们买东西像发疯似的。”

“为什么？”尤丽说，“难道您以为，莫斯科会有危险吗？”

“为什么您要走呢？”

“我吗？这才奇怪。我走，因为……因为大家都走，并且因为我不是贞德，不是女骑士。”

---

① 这句话可以意译为：说到曹操，曹操就到。

“啊！啊！再给我几块麻布。”

“假使他会处理事情，他便能够偿清一切债务了。”民团军官继续说到罗斯托夫。

“他是厚道的老人，但他是很pauvre sire〔可怜的人〕，为什么他们住在这里这么久？他们早就想要下乡。似乎娜塔丽现在好了吧？”尤丽狡猾地微笑着问彼挨尔。

“他们在等候小儿子，”彼挨尔说，“他进了奥保林斯基的哥萨克队，要到别拉·策尔考夫去。团是在那里成立的。但现在他们又把他调到我的团里来了，每天都在等候他来到。伯爵早已想走了，但是伯爵夫人不等儿子到了，无论如何是不同意离开莫斯科的。”

“我前天在阿尔哈罗夫家看见他们。娜塔丽又漂亮又快活了。她唱了一个歌。有些人是多么轻易地淡忘一切啊！”

“淡忘什么？”彼挨尔不满地问。

尤丽微笑了一下。

“您知道，伯爵，像您这样的骑士只有Madame Souza〔苏萨夫人〕的小说里才有。”①

“什么骑士？为什么？”彼挨尔红着脸问。

“啊！不要说了，亲爱的伯爵，C’est la fable de tout Mos-cou. Je vous admire, ma parole d’honneur.〔这是全莫斯科的传说。我发誓，我佩服你。〕”

“罚钱，罚钱！”民团军官说。

“啊，好吧。不能说话，多么恼人！”

“Qu’est ce qui est la fable de tout Moscou?〔全莫斯科的传说是什么？〕”彼挨尔站起来发怒地问。

---

① 毛注：Adelaide Filleul Souza-Botelho（1761—1836）是早已被人遗忘的小说《Adele de Semange》的作者，她的作品曾在俄国风行，因为她是葡萄牙大使的妻子。

“不要说了，伯爵。您知道！”

“我什么也不知道。”彼挨尔说。

“我知道，您和娜塔丽是很友好的，因此……不，我一向是和韦婗比较友好的，Cette chère Véra.〔那个可爱的韦婗。〕”

“Non, madame，〔不是，夫人，〕”彼挨尔继续用不满意的语调说。“我并没有要自己扮演罗斯托娃的骑士的角色，我已经几乎一个月没有到他们家去了。但是我不明白这种做法……”

“Qui s’excuse, s’accuse，〔欲盖弥彰，〕”尤丽微笑着，得意地摇着剪开的麻布说，并且为了自己说话留有余地，她立刻改变了话题，“还有，我今天听说，不幸的玛丽亚·保尔康斯卡雅昨天到了莫斯科，您知道，她父亲死了吗？”

“当真！她在哪里？我很想看见她。”彼挨尔说。

“我昨天晚上和她在一起的。她今天或者明天早晨就要带侄儿到莫斯科乡下田庄上去。”

“她现在怎么样？”彼挨尔问。

“还好，她很伤心。但是您可知道，谁救了她的？这简直是一件风流韵事。尼考拉·罗斯托夫救了她。有人包围她，想弄死她，打伤了她的用人。他冲进去，救出了她……”

“又是一件风流韵事，”民团军官说，“简直可以说，这次大家逃跑，是要使老处女们都嫁人的。卡姬施是一个，保尔康斯卡雅公爵小姐又是一个。”

“您知道，我真以为她un petit peu amoureuse du jeune homme〔有一点儿爱上了这个年轻人〕。”

“罚钱！罚钱！罚钱！”

“但是用俄国话怎么说这句话呢？”

18

彼挨尔回到家里时，收到了两张当天送来的拉斯托卜卿的传单。

第一张上说，拉斯托卜卿伯爵禁止人民离开莫斯科的谣言，是不真实的，恰巧相反，拉斯托卜卿对贵族妇女和商人的家眷离开莫斯科觉得高兴。“恐怖愈少，传闻便愈少，”传单里说，“但是我要用我的生命来保证，那个坏蛋不会进莫斯科的。”这些话第一次明白地向彼挨尔说明，法国人要进莫斯科。第二张传单说，我们的总司令部在维亚倚马，说维特根示泰恩伯爵[①]战胜了法军，但是因为许多莫斯科居民愿意武装起来，因此为他们在军械库里预备了武器：刀剑、手枪、步枪，这些都可以由居民廉价购买。传单的语气不像以前齐给润的谈话那么好笑。彼挨尔考虑着这些传单。他一心一意所期待的那个可怕的暴风雨的阴云，在他的心里引起了不自觉的恐怖，显然这阴云是迫近了。

“服兵役，加入军队呢，还是等候着？”彼挨尔第一百次向自己提出这个问题。他拿起一副放在桌上的牌，开始玩“排心思”。

“假使这牌‘排心思’开得出，”他洗了牌，把牌拿在手里，眼向上望着，自言自语，“假使开得出，意思就是……什么意思？……”他还没有来得及说出是什么意思，门外边已经传来了顶大的公爵小姐的声音，问她可不可以进房。

“那么意思是，我应该加入军队，”彼挨尔向自己说完，“进来，进来。”他向公爵小姐这么说。

只有腰身长长的、面孔呆板的顶大的公爵小姐，继续住在彼挨尔家；两个年轻的都出嫁了。

“对不起，表弟，我来找您，”她用责备的、兴奋的声音说，“要

---

① 毛注：是后来继任库图索夫为总司令的人，他单独统率一个军团保护通往彼得堡的大道，在一八一二年七八月间打了胜仗，于士气颇有鼓励。

知道，我们总得要有一个办法！会发生什么样的事呢？大家都离开了莫斯科，人民造反了。为什么我们要留在这里？”

“恰好相反，一切似乎很顺利，我的表姐，”彼挨尔带着对她惯常所用的开玩笑的口气说，彼挨尔在担任她的恩人这一角色时，总觉得不舒服。

“是，顺利……很顺利！今天发尔发婭·依发诺芙娜向我说，我们的军队立了功。这确实是他们的光荣。人民都要造反了，不听话了；我的婢女，连她也变野了。这样下去，很快就要来打我们了。在街上不能走路了。顶要紧的，今天或明天法国人要到，我们为什么要等呢？我只要求一件事，我的表弟，”公爵小姐说，“叫人送我到彼得堡去吧，无论我会怎样，我不能在拿破仑的势力下过日子。”

“不要说了，我的表姐，您从哪里得来的消息？相反的……”

“我不对您的拿破仑屈服。别人可以随他们怎样……假使您不愿这么办……”

“但是我要办，我马上就吩咐。”

公爵小姐显然因为没有能够对谁发脾气而懊恼了。她低语着什么，坐到椅子上。

“但是他们把不正确的话告诉了您，”彼挨尔说，“城里面平平静静，没有一点儿危险。我刚才看到……”彼挨尔把传单递给公爵小姐，“伯爵写的，说他要用他的生命向我们保证，敌人不会进莫斯科的。”

“啊，这就是您的伯爵，”公爵小姐怨恨地说，“他是一个伪君子，一个坏人，他自己使人民起来造反的。他不是在这些愚蠢的传单里说过吗，无论他是谁，也要拉他的头发送他进牢（多么蠢），他说，谁抓住他，谁就有荣誉和光荣。这就是他的甜言蜜语。发尔发婭·依发诺芙娜向我说，暴民几乎把她杀死了，因为她说法语……”

“是这样的……你太关心一切了。”彼挨尔说，开始排列“排心思”。

虽然“排心思”开出了，彼挨尔却没有加入军队，[①]仍旧留在荒凉无人的莫斯科，仍旧不安、怀疑、惊恐地同时又高兴地等待着可怕的事情。

第二天傍晚，公爵小姐走了，彼挨尔的总管家来向他报告，说假使不卖出一处田庄，他的团所需要的军装费用便不能筹足。总管家大概地向彼挨尔说，这一个团的筹建一定会使他破产。彼挨尔听着总管家的话，费劲地掩饰着他的笑容。

“好，卖吧，”他说，“怎么办呢，我现在不能反悔！”

一切的事情，特别是他自己的事情，变得愈坏，彼挨尔愈是满意，他所期待的灾难是愈显然地迫近了。彼挨尔的熟人几乎都不在城里了。尤丽走了。玛丽亚公爵小姐走了。在最亲近的熟人中，只有罗斯托夫家还没有走；但是彼挨尔没有去看他们。

这天彼挨尔为了消遣，到福隆操佛村去看大气球，这是雷皮赫为了消灭敌人而制造的，一个试验的气球要在明天升空。这只气球还没有准备好；但是彼挨尔听说，那是奉皇帝的旨意而制造的。关于这只气球，皇帝曾向拉斯托卜卿伯爵写了如下的话：

“Aussitôt que Leppich sera prêt, composez lui un équipage pour sa nacelle d'hommes sûrs et intelligents et dépêchez un courrier au général Koutousoff pour l'en prévenir. Je l'ai instruit de la chose.

“Recommandez, je vous prie, à Leppich d'être bien attentif sur l'endroit où il descendra la première fois, pour ne pas se tromper et ne pas tomber dans les mains de l'ennemi. Il est indispensible qu'il combine ses mouvements avec le général-en-chef.〔雷皮赫一预备好，你就要为他的悬篮组织一队可靠伶俐的人，并派信使去通知库图索夫将军。我已向他提及此事。请提醒

---

① 毛注：托氏本人常以牌作“排心思”决疑，但与彼挨尔相同，如牌的结果不合意，即不遵从牌的决断，一九〇八年他的女儿玛丽向我说，托氏曾以“排心思”决定他是否要写完一篇论文，牌没有开出，但他站起来说：“我还是要写。”

雷皮赫注意他第一次下降的地方，免得发生错误，落入敌手。他的动作一定要和总司令配合。〕”

彼挨尔从福隆操佛村回家经过保洛特内广场时，看见洛不诺耶广场[①]四周有一群人，他停下来，下了车。他们是在鞭打一个被控告是犯间谍罪的法国厨子。鞭打刚刚停下，鞭打的人从柱子上放下一个可怜地呻吟着的、长着棕色胡须、穿着蓝袜子和绿衣服的胖子。另外一个瘦瘦的苍白的犯人也站在那里。从面貌上看来，他们俩是法国人。彼挨尔带着惊恐而痛苦的面色，就像那个瘦瘦的法国人的面色一样，挤到人群里去了。

“这是什么事？是谁？为什么？”他问。

但群众——官吏、小市民、店主、农人、穿外套和皮袄的妇女——他们的注意力那么热切地集中在洛不诺耶广场所发生的事件上，没有人回答他。那个胖子站立起来，皱了皱眉，耸了耸肩，显然是希望表示自己的坚强，没有望四周的人，开始穿外衣；但他的嘴唇忽然发抖了，于是他，对自己发着脾气，好像成年的急性的人哭的时候那样哭起来了。群众大声地说话，彼挨尔觉得，这是为了要压下他们心中的怜悯的情绪。

“某家公爵的厨子……”

“哎，先生，俄国的酱油在法国人看来是酸的……牙发酸，”站在彼挨尔旁边的一个满脸皱纹的官吏，在法国人哭的时候这么说。这个官吏向四周环顾了一下，显然是期待着别人赞赏他的笑话。有的人笑起来，有的人惊惶地继续看着打手，他正在脱第二个法国人的衣服。

彼挨尔的鼻子哼哧起来了，他皱了皱眉，迅速地转过身，回到车子那里，在他行走以及坐上车子的时候，他不断地向自己低语着什么。在途中，他颤抖了几次，并且那样地大声喊叫，使得车夫问他：

---

① 毛注：这是刑场，在莫斯科红场那里。但在一八一二年前移到别处去了。

“吩咐什么？”

“你向哪里赶？”彼挨尔叫着问车夫，他正要把车赶到卢毕安卡街。

“你吩咐赶到总司令那里。”车夫回答。

“傻瓜！笨家伙！”彼挨尔叫着骂他的车夫，这种情形是他很少有的，“我说回家，放快一点，笨蛋。”彼挨尔向自己说，“我今天一定要走。”

彼挨尔看到被打的法国人和洛不诺耶广场上围着的群众，便断然地决定了，他不能再留在莫斯科，他今天就要去加入军队，他似乎觉得，也许他告诉了车夫这件事情，也许车夫自己应该知道这件事。

到了家，彼挨尔命令他的无所不知、无所不能、全莫斯科闻名的车夫叶夫斯他非维支，说他当夜要到莫沙益司克的军队里去，要把他的坐骑送到那里去。这是当天办不妥的，因此，据叶夫斯他非维支的意见，彼挨尔应当把起程时间延迟到第二天，让替换的马有时间先上路。

二十四日，雨后天气又放晴了，这天饭后，彼挨尔离开了莫斯科。夜间在撇尔胡市考佛换马时，彼挨尔听说那天晚上发生了一次大会战。据说，在撇尔胡市考佛这里，大地因为炮声而震动了。没有人能够回答彼挨尔的这个问题，是谁胜了（这是二十四日涉发尔既诺会战）。天亮时，彼挨尔到了莫沙益司克。

莫沙益司克所有的房屋都住了军队，在彼挨尔遇见他的马夫和车夫的那个旅店里，没有空房间，都被军官住满了。

在莫沙益司克以及在它的外边，到处都有军队驻扎着或者在开拔。到处可以看见哥萨克兵、步兵、骑兵、粮车、弹药箱、大炮。彼挨尔急于赶快前进，他离莫斯科愈远，愈陷入兵海，他愈被他的焦急不安以及从未体验过的新的快乐情绪所支配。这种情绪类似他在斯洛保大宫当皇帝驾临时所体验的那种情绪，即是必需有所作为、有所牺牲的情绪。他现在体验到一种愉快的情绪，他觉得，组成人类幸福的东西，生活享受，财富，甚至生命本身，都是废物，把它抛弃，是愉快的，和别的东西比较起来……和别的什么比较，彼挨尔既不明白，也没有力求向自己说明，为了谁、为了什么，他觉得牺牲一切是特别愉快的事。他没有考虑到，为什么他想要牺牲，但是牺牲本身给了他一种新的快乐情绪。

19

涉发尔既诺多角堡前的会战是在二十四日，二十五日双方都一枪没打，二十六日发生了保罗既诺会战。

为什么并如何由一方挑动另一方就接受了涉发尔既诺和保罗既诺的会战？为什么会发生保罗既诺会战？这对于法军和俄军来说，都没有丝毫的意义。对于俄国人来说，最直接的结果是，并且应该是——我们的莫斯科临近毁灭（这是我们所最怕的事），而对于法国人来说，是他们临近全军覆没（这也是他们所最怕的事）。这个结果在当时是很明白的，可是拿破仑还是发起了会战，而库图索夫也接受了这个会战。

假使统帅们是受理智控制的话，那么在拿破仑看来，这一定是很明白的，就是，他前进两千俚，发动会战，可能会损失四分之一的军队，可能会招致必然的毁灭；在库图索夫看来，这也一定是同样的明白，就是接受会战也有损失四分之一军队的危险，他一定会丧失莫斯科。在库图索夫看来，这是算术一般的明显，正如同下棋一样明显，就是假使我的棋少了一只，并且我要拼棋的话，我一定要失败，因此不应该拼棋。

在对手有十六只棋，我有十四只棋的时候，我比敌人弱八分之一；在我又拼去十三只棋的时候，则敌人的力量便是我的力量三倍了。

在保罗既诺会战之前，我们的兵力和法军相比大概是五比六；但在会战以后，是一比二；即是在会战前是十万比十二万，在会战后是五万比十万。但是精明而有经验的库图索夫接受了会战。拿破仑别人称他为天才的统帅，发动了会战，损失了四分之一的兵力，把战线拉得更长了。假使说，他想占领了莫斯科就结束战争，像前次在占领了维也纳以后那样，则有许多事实证明同这点相反。拿破仑的历史家说，他从斯摩棱斯克出发时，就想要停留下来，他知道战线延长的危险，并且知道，占领莫斯科并不能结束战争，因为他在斯摩棱斯克看到了留给他的俄国城市是什么样子，并且关于他希望举行谈判的一再声明，没有得到任何回答。

在发动和接受保罗既诺会战时，库图索夫和拿破仑的行动是被动的、无意义的。后来的历史家，为了附和既成事实，狡猾地造出统帅的远见与天才的证据，而指挥官在历史的一切被动工具中，是最奴性的、最被动的人物。

古人留给了我们一些史诗的典范，在这些史诗中，历史的全部要点都集中在英雄人物的身上，因而我们还不能习惯这个思想，就是在我们的人民的时代，这种历史是没有意义的。

对于另一个问题：保罗既诺和以前的涉发尔既诺会战是怎样发生的？也有同样的极其确定、众所周知、然而完全虚伪的概念。所有的历史家都像下面这样地记述事实：

他们说！俄军在退出斯摩棱斯克时，曾经寻找最有利的阵地以便进行大会战，他们说，这个阵地在保罗既诺找到了。

他们说，俄军在（斯摩棱斯克与莫斯科之间）的大道左边，与大道几乎成直角，自保罗既诺到乌齐擦，就在发生了会战的这个地方，事前在这个阵地上设了防。

他们说，在这个阵地之前，为了侦察敌人，在涉发尔既诺山冈上建立了设防的前哨。他们说，二十四日，拿破仑攻击前哨，并且占领了它，二十六日，他攻击保罗既诺平原阵地上的全部俄军。

历史里这么说，而这一切是完全错误的，无论是谁，若是想要研究事实的真相，都会很容易相信这一点的。

俄军并没有找到最好的阵地；而且相反，在退却时俄军经过许多比保罗既诺更好的阵地。他们没有在其中任何一个阵地上停留；因为库图索夫不愿占领不是他所选择的阵地，因为人民对会战的要求表现得还不够强烈，因为米洛拉道维支还没有领民团赶到，还有其他无数的理由。事实是这样的，以前的那些阵地更坚固些，而保罗既诺的阵地（是进行会战的地方）不但不坚固，而且较之俄罗斯帝国的别的任何可以用针在地图上随便显示出来的地方，并不是更好的阵地。

俄军不但没有在左边与大路成直角的保罗既诺平原阵地（是发生会战的地方）设防，而且在一八一二年八月二十五日以前，从来没有想到战事会发生在这个地方。对于这一点的证明，第一是，不但在二十五日这地方还没有工事，而且二十五日所开始的工事在二十六日还未完成。第二是，涉发尔既诺多角堡的阵地可作为证明，涉发尔既诺多角堡在发生会战的那个阵地之前，并没有任何意义。为什么要把这个多角堡的工事筑得比其他一切据点更坚固？为什么要在二十四日，直到深夜，用尽了一切力量，损失了六千人来保卫它呢？哥萨克兵的斥候足够作侦察敌人之用。第三，发生会战的阵地是没有预料到的，而涉发尔既诺多角堡不是这个阵地的前哨，它的证据是，巴克拉·德·托利和巴格拉齐翁在二十五日之前还确信涉发尔既诺多角堡是阵地的左翼，而库图索夫在战后匆促写成的报告中也认为，涉发尔既诺多角堡是阵地的左翼。很迟以后，在空闲时编造保罗既诺会战报告的时候，才虚构出这个荒谬而奇怪的说法（大概是为理应万无一失的总司令的错误辩护），说涉发尔既诺多角堡是前哨（而这只是左翼的设防的据点），说保罗既诺会战是我们在预先选定的设防的阵地上进行的，而这个会战却是发生在完全没有预料到、而且几乎没有设防的地方。

事实显然是这样的：阵地是选择在考洛恰河上，这条河不是成直角而是成锐角地横截大道，因此左翼是在涉发尔既诺，右翼靠近诺佛耶村，中心是在保罗既诺，在考洛恰河与福益那河的汇流处。

任何观看保罗既诺平原而没有考虑到这个会战实际上是怎么进行的

人，都会觉得，大军显而易见会选择这个在考洛恰河掩护之下的阵地，以阻止敌人沿斯摩棱斯克大道向莫斯科推进。

二十四日拿破仑到了发卢耶佛，没有看见（历史上这么说）从乌齐擦到保罗既诺的俄军阵地（他看不见这个阵地，因为它并不存在），没有看见俄军的前哨，而在追赶俄军后卫时，在涉发尔既诺多角堡碰到了俄军阵地的左翼，并且出乎俄军意外，军队渡过了考洛恰河。俄军来不及进行大会战，便把左翼退出了他们所要守的阵地，占领未曾预料的和没有设防的新阵地。拿破仑渡到大道的左边考洛恰河的对岸，把整个未来的会战从右边移到左边（从俄军方面来看），把它移到乌齐擦、塞妙诺夫斯克和保罗既诺之间的原野上（这个地方并不比俄国其他地点更宜于作为阵地），并且在这个地带发生了二十六日的整个会战。假定的会战与实际的会战的计划草图[①]如下：（见附图）

假使拿破仑不在二十四日晚间骑马到考洛恰河去，不是当晚下令立即攻击多角堡，而是第二天早上开始攻击，则没有人会怀疑涉发尔既诺多角堡是俄军阵地的左翼，则会战便会如我们所期望的那样发生。在这种情况之下，我们大概能够更坚决地保卫我们的左翼涉发尔既诺多角堡；我们会在中部和右翼攻击拿破仑，而二十四日大会战会发生在那个设防的和预料的阵地上。但是因为，对于我们左翼的攻击，发生在晚间我方后卫退却以后，即在紧随格锐德涅发会战之后，又因为俄国指挥官不愿意，或来不及在二十四日晚间开始大会战，所以保罗既诺会战中最初而最重要的战斗在二十四日已经失败了，并显然导致二十六日的会战的失败。

---

① 毛注：这个草图是托氏在一八六七年夏天作的，他曾就地研究了战场两天，然后下笔，他的依据一部分是俄国和法国的地图计划和历史记述，一部分是他自己的经验，一部分是拉道日斯基的回忆录，托氏曾从高坡上观看战前的阵地，注意到它的弱点，并且像彼挨尔一样，亲自看见了战争，自拿破仑至托氏开始服兵役的四十年，俄军所用的毛瑟枪、滑膛炮、前装炮，并未改变，战争的一般情形也没有改变。

保罗既诺

0 1 2 俚
北
法军假
马诺耶
莫斯科河
诺佛耶
俄军假
别素保佛
萨哈锐诺
斯摩梭斯克
到莫斯科大道
德福尔
塔塔锐诺佛
蓝福
那定
河
高而该
保罗既诺
克尼亚依考佛
卜萨来佛
法军实
考
俄军实际
拉叶夫斯基多角堡
陈地
洛
塞妙诺夫斯克
定陈地
阿列克生卡
到莫斯科旧路
际陈
陈地
谷
发庐耶佛
涉发尔既诺
涉发尔既诺多角堡
河
乌齐擦
地
道罗尼诺
斯摩拨斯克

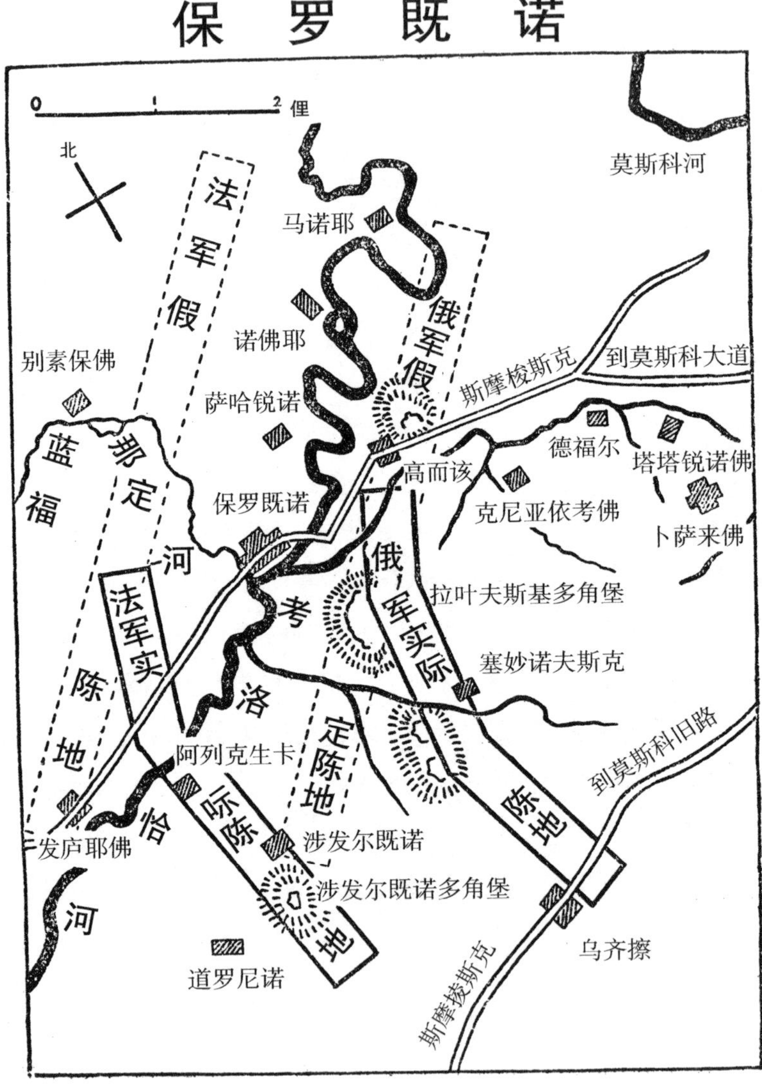

涉发尔既诺多角堡失陷后，在二十五日早晨，我们发现我军的左翼没有阵地，不得不缩回我方左翼，并且走到哪里就在哪里急忙设防。

此外，八月二十六日，俄军只是在薄弱的未完成的工事的掩护之下；这个阵地的不利之处还因为以下的原因扩大了，就是，俄国指挥官没有充分认识到既成的事实（左翼阵地的失守以及整个未来战场自右向左的移动），保持着他们的从诺佛耶村到乌齐擦村的拉长的阵地，因此不得不在会战的时候把军队从右翼调到左翼。俄军就是这样在整个会战期间抵抗攻击我方左翼的全部法军，而我们的兵力只有法军的一半。（波尼亚托夫斯基对乌齐擦村的攻击以及乌法罗夫对法军右翼的攻击，是和会战的进行不相关的单独战斗。）

因此，保罗既诺会战完全不是像历史家们所叙述的那样（他们极力掩饰我们军事领袖的错误，因此有损于俄国军队和人民的光荣）进行的。保罗既诺会战不是在比敌方稍弱的俄国军队所选择的设防阵地上进行的，而是由于涉发尔既诺多角堡的失陷，人数只有法军一半的俄军在暴露的而几乎没有工事的地方进行的；即是在这种情形之下进行的：不但战斗了十小时和战役进行得不分胜负是不可思议的，而且要在三小时之内全军不完全溃散、不逃跑，也是不可思议的。

20

二十五日早晨彼挨尔离开莫沙益司克。彼挨尔在城外很高很陡的山坡上下了车，步行着，山道经过山右边的教堂，教堂里面正在祷告并且敲钟。在他后边，有一个骑兵团正在下山，团的前面有唱歌的兵。迎面上山的是运送昨天战斗中的伤兵的车队。赶车的农民一面叫着，一面用鞭子抽打着马，不断地从这一边跑到那一边。车子在铺石块的陡斜的山坡上颠簸着，每辆车上坐着或者躺着三四个伤兵。伤兵包扎着破布，面色苍白，咬紧嘴唇，皱着眉，抓住车上横木，在车里颠簸着，互相撞碰着。他们几乎都怀着孩子般的天真的好奇心，望着彼挨尔的白帽子和绿礼服。

彼挨尔的车夫愤怒地向伤兵车喊叫，要伤兵车靠一边走。唱歌的下山的骑兵团赶上了彼挨尔的车子，堵塞了道路。彼挨尔停下来，挤在山间开辟的道路的旁边。阳光还没有从山坡那边照到道路的低洼处，那里还是寒冷而潮湿的；在彼挨尔头的上方，是八月早晨的晴空，教堂的钟声愉快地敲响着。一辆伤兵车紧靠着彼挨尔停在路边。一个穿草鞋的、气喘吁吁的车夫跑到自己的车子那里，把一块石头垫在没有铁箍的后轮下，开始整理站着的马身上的尻带。

一个年老的、包扎了一只胳膊的伤兵，跟在车子后边走着，用他的那只完好的手抓住车子，回头看了看彼挨尔。

“喂，老乡，把我们撂在这里是不是？还是送到莫斯科去？”他问。

彼挨尔是那样地沉思着，没有听到这个问题。他时而望望和伤兵车辆迎面走过的骑兵团，时而望望他身边的运输车，车上坐着两个伤兵，躺着一个伤兵。有一个坐在车上的兵大概是腮部受了伤。他整个的头都用破布包扎着，他的一个腮肿得有小孩的头那么大。他的嘴和鼻子歪在一边。这个兵望着教堂，画了十字。另外一个是金发的、年轻的新兵，面色白得好像瘦脸上完全没有血一样，他善意地、笑容不变地望着彼挨尔。第三个兵脸向下趴着，彼挨尔看不见他的脸。唱歌的骑兵正从这辆车子旁边经过。

他们唱着兵士跳舞的歌：

啊，没有了……灵敏的头脑……
住在外国的地方……

山上响着铿锵的钟声，好像是应和他们，却表现出另一种愉快的气氛。炎热的阳光，照射在对面山坡的顶上，又表现着另外一种愉快的气氛。但是在山坡下，在伤兵的车子那里，在彼挨尔身旁的喘气的马那里，是潮湿的、阴暗的、凄惨的状况。

那个肿腮的兵愤怒地望着唱歌的骑兵。

“啊，漂亮哥儿们！”他责骂地说。

“今天不但是兵，我还看见了农民！农民们，他们也得去，”站在车子后边的兵带着忧郁的笑容，向彼挨尔说，“今天他们没有分别……他们想要全体人民攻击他们，一句话——莫斯科。他们想要干到底了。”

虽然兵士的话说得不清楚，彼挨尔却明白了他想要说的一切，并且赞成地点了点头。

道路畅通了，彼挨尔下了山，坐车向前走。

彼挨尔向前走着，望着路的两边，寻找着熟悉的面孔，但是到处只看到各兵种的军人的陌生面孔，他们都同样地惊异地望着他的白帽子和绿礼服。

走了大约四俚，他遇见了第一个熟人，并且高兴地和他打招呼。这个熟人是军中的一位高级医官。他坐在篷车里向彼挨尔迎面而来，在他身边坐着一个年轻医生，他认出了彼挨尔，叫坐在驾驭台上代替车夫的哥萨克兵停下车子。

“伯爵！阁下，您怎么到这里来了？”医生问。

“啊！我想看看……”

“是的，有东西看……”

彼挨尔下了车，停下步和医生说话，向他说明了自己的要参加会战的心愿。

医生劝他直接去见殿下。

“啊，在会战的时候，您不要去别人不知道、看不见的地方，”他和年轻的同事互相看了一眼说，“殿下总认识您的，并且会客气地接待您。朋友，就这么办吧。”医生说。

医生显得疲倦、着急。

“您这么想……我还想问您一声，阵地究竟在哪里？”彼埃尔问。

“阵地吗？”医生说，“这个我不知道。您到塔塔锐诺佛去，那里有许多人在掘土，到那里的小山上去，从那里可以看见。”医生说。

“从那里可以看到吗？……假使您要……”

但是医生打断他的话，向自己的车子走去。

“我是可以送您去的，但是凭上帝——您瞧，”医生指着喉咙说，“我要赶到军团长那里去。我们的情形怎么样呢？……您知道，伯爵，明天要有会战；十万大军当中料想至少要有两万伤兵；我们的担架、病床、助手、医生，不够六千人用的。有一万辆运输车，但是还需要别的东西；我们要尽力去做。”

许多活泼的、健康的、年轻的和年老的人愉快地、惊异地望着他的帽子当中有两万人注定了要伤亡（也许就是他所看见的这许多人）——这种奇怪的想法使彼埃尔吃惊了。

“他们也许明天要死，为什么他们除了死之外还想到别的东西呢？”忽然，由于某种隐秘的联想，他清楚地想起了莫沙益司克的山坡、伤兵车、钟声、太阳的斜辉、骑兵的歌声。

“骑兵去作战，遇见伤兵，无时无刻不想到那等待着他们的事情，但是他们走过伤兵面前，并且向他们眨眼。这些人当中有两万人注定了要死，他们却诧异我的帽子！奇怪！”彼埃尔想，而塔塔锐诺佛继续前进着。

在路左边一个地主房屋的前面，有许多马车和辎重车、许多侍从兵和哨兵。殿下就住在这里。但是在彼埃尔到这里的时候，他出去了，而且司令部里几乎一个人也没有。大家都做祈祷去了。彼埃尔向着高尔该前进。

上了山，到了村庄的小街，彼埃尔第一次看见民团里的农民，他们穿着白衬衫，帽子上有十字架，他们大声地谈着，笑着，兴奋着，流着汗在路右边长满青草的大山丘上干活。

他们当中有的用锹在掘土，有的用独轮车沿着板条运送泥土，有的站着什么也不做。

两个军官站在山丘上指挥他们。看到这些农民显然对自己新兵所干的军事任务觉得满意。彼挨尔又想起了莫沙益司克的伤兵，他了解了那个说“他们想要全体人民攻击他们”的兵士所要表达的意思。这些在战场上干活的有胡须的农民，他们的怪异笨重的靴子，他们的淌汗的颈子，有的人解开了衬衣的斜领，露出晒黑的锁骨——这情景，比较彼挨尔先前所见所闻的一切更强烈地使他感觉到此时的严肃性与重要性。

21

彼挨尔下了车，经过在筑工事的民团身边，上了土丘，从那里，如医生向他所说的，可以看见战场。

大约是上午十一时。太阳有点偏彼挨尔的左后方，并且透过清洁的、稀薄的空气，明亮地照耀着展开在他面前的、好像高地上的圆剧场一样的大全景。

斯摩棱斯克大道，通过丘前下边五百步外的白色教堂的村庄（这是保罗既诺），蜿蜒在这个圆剧场的左上方，并将它划分开来。道路经过村旁的桥梁，并且经过山坡和高冈，渐渐向上延伸，曲折地通到大约六俚之外可以看见的发卢耶佛村（此刻拿破仑在这里）。在发卢耶佛的那边，道路隐没在地平线上黄色的树林中。在远处这个桦树林和枞树林，道路右边的考洛恰僧院的十字架和钟楼在阳光下熠熠闪亮。在这全部蓝色远景上，在树林和道路的左边和右边，在许多地方可以看到冒烟的营火，以及模糊不清的敌我双方的军队。在右边，顺着考洛恰河与莫斯科河，是起伏的丘谷地带。在这些山谷之间，可以看见远远的别素保佛村和萨哈锐诺村。左边的地形较为平坦，是麦田，可以看见一座冒烟的烧毁的村庄，这是塞妙诺夫斯克村。

彼挨尔所见的左右的一切是那样地模糊不清，以致原野左边和右边的景色都没有使他的愿望得到充分的满足。没有一处是他所期望看见的战场；只有田地、草地、军队、树林、营火的烟、村庄、山丘、河流，彼挨尔无论怎样观察，也不能在这个有生命的地面上找到阵地，甚至也不能分别我们的军队和敌人的军队。

“应该问问知道的人，”他想着，转向一个军官，这个军官好奇地望着他的不像是军人的庞大身体。

“请问，”彼挨尔向这个军官说，“前面是什么村庄？”

“布尔既诺是吗？”军官说，问他的同伴。

“保罗既诺。”另一个回答，纠正他的话。

军官显然愿意找机会说话，走到彼挨尔面前来了。

“那里是我们的人吗？”彼挨尔问。

“是的，再远一点便是法国人了。”军官说，“他们就在那里，看得见的。”

“哪里？哪里？”彼挨尔问。

“肉眼看得见。就在那里！”军官用手指指河那边左方看得见的烟，他的脸上显出了彼挨尔在他所遇见的许多人的脸上看到过的那种严厉的严肃的表情。

“啊！那是法国人！那边呢？……”彼挨尔指着左边的山丘，那里附近的军队可以看见。

“那是我们的人。”

“啊，我们的人！那边呢？……”彼挨尔指指远处村庄附近有一棵大树的山丘，这个村庄在山谷中，那里也冒着营火的烟，并且有发黑的东西。

“那（指涉发尔既诺多角堡）是他的，”军官说，“昨天是我们的，但现在是他的了。”

“那么我们的阵地怎样呢？”

“阵地？”军官流露着满意的笑容说，“我能向您讲清楚，因为是我筑起了几乎我们全部的工事。那个地方，您看见吗？我们的中心在保罗既诺，就在那个地方。”他指着前面有白色教堂的村庄，“那里是考洛恰河的渡口。在那里，您看，那里有许多干草堆的低洼地，那里有一座桥。那是我们的中心。我们的右翼就在那里，”他直指着右方，在山谷的远处，“那里是莫斯科河，我们在那里筑了三个很坚固的多角堡。左翼……”军官在这时停顿了一下，“您知道，这个很难向您说明……昨天我们的左翼在那里，在涉发尔既诺，在那里，您看，有橡树的地方；但是现在我们撤回了左翼，现在，在那里，那里，您看见村庄和烟吗？——那是塞妙诺夫斯克，就在那里，”他指指拉叶夫斯基山丘，“但是会战不一定在那里。他把军队调到这里来了，这是欺骗，他大概要从莫斯科河右边绕过来。但是，无论是在什么地方，明天要损失许多人！”军官说。

一个年老的军曹，在军官说话时走到他身边，沉默地等候他的长官把话说完；但在这里，他显然不满意军官的话，打断了他的话。

“应该派人去取堡篮①了。”他严厉地说。

军官似乎不好意思了，似乎他明白了，他可以想到明天损失多少人，但是不应该说这话。

“好，再派第三连去。”军官急忙地说。

“但您是谁？是不是医生？”

“不是。我随便来的。”彼挨尔回答。然后彼挨尔又经过民团那里，下山去了。

“啊，这些该死的！”跟在他身后的军官说，他捂着鼻子，从筑工事的人的身边跑过去。

---

① 实土于中以建筑野堡的泥篓。

“他们来了……抬着她……来了……她来了……马上就要到了……”忽然传来这些话声；于是军官、兵士和民团们顺着大路向前跑去。

教会的行列从保罗既诺向山上移动着。在尘土飞扬的道上，走在最前边的是脱了帽子的、倒背着枪的、整齐的步兵。在步兵的后边，响起了教会的歌声。

兵士和民团没戴帽子，超越了彼挨尔，跑去迎接上山的人。

“他们抬了圣母！我们的女保卫者……依比利亚[①]圣母！”有人叫着。

“斯摩棱斯克的圣母。”另一个人纠正他的话。

在村庄里的和在炮台上干活的民团都抛了锹，跑去迎接教会的行列。一个步兵营在满是灰尘的道路上走着，在步兵营的后边，是穿法衣的神甫们、一个戴头巾的老人、教会执事们和唱歌的人。在他们的后边，兵士们和军官们抬着一个黑脸的有金属边饰的大圣像。这是从斯摩棱斯克搬出来的圣像，一直带在军中的。在圣像的前边、后边和四周，是一大群光着头的民团，有的走着，有的跑着，有的在地上跪拜。

上了山，圣像停住了；用麻布带子抬圣像的人们换了班，教会执事重又点起香炉，祈祷开始了。炎热的阳光当头照着；清凉的微风吹动着头上未戴帽子的头发和装饰圣像的缎带；歌声在晴朗的天空微弱地传开。一大群军官、兵士和民团，都光着头，围绕了圣像。官阶高的在神甫和执事后面空出的地方。一个秃顶的将军，颈子上挂着圣·乔治勋章，他正站在神甫的背后，没有画十字（显然是德国人），忍耐地等候祈祷的结束，他认为应当听完祈祷，而这大概是为了唤起俄国人民爱国心的。另一个将军英武地站立着，一面用手在胸前颤动地画十字，一面环顾着他的四周。站在农民当中的彼挨尔，在这些高级人员之中，认出了几个熟人；但是他没有望他们；他的全部注意力被这群兵士和民团们脸上严肃的表情吸引住了，他们同样热切地望着圣像。疲倦的副执事们

① 毛注：圣母的圣像的名称。

刚刚开始习惯地懒懒地唱（他们唱第二十次了）：“神母啊，从灾难中救出你的仆人吧。”神甫和执事便唱：“我们都奔向你的面前，把你当作不可犯的壁垒，当作庇护。”在所有人的面孔上又出现了那种认识目前严重性的表情，这表情是他在莫沙益司克山脚下所看见的许多面孔上、他早晨偶然遇见的许多许多面孔上看见过的；他们的头越垂越低了，他们的头发被风吹拂着；叹气和在胸前画十字的声音也听得见了。

围绕圣像的人群忽然散开，并且挤着彼挨尔了。有人向着圣像走来，从别人连忙让路看来，他大概是很重要的人。

这人是视察过阵地的库图索夫。他正要回塔塔锐诺佛，走到了祈祷的地方。彼挨尔立刻从那特别的与众不同的身躯上认出了库图索夫。

库图索夫的高大肥胖的身上穿着长外套，驼着脊背，光着白发的头，胖脸上显出他的一只瞎了的眼睛的白眼球，他踏着急促的摇摆的步子走进人群，站在神甫的背后。他用熟悉的姿势画了十字，弯腰把手触到地上，深深地叹了口气，然后垂着白发的头。在库图索夫背后是别尼格生和随从。虽然总司令的在场引起了全部高级官员的注意，但民团和兵士们却继续祈祷着，没有望他。

祈祷完毕时，库图索夫走到圣像前面沉重地跪下来，在地上叩头，因为体重与衰老，他试了好久还不能站起来。他的白发的头因为用力而颤动着。最后他站了起来，并且用小孩般天真地伸出的嘴唇吻了圣像，又弯了一下腰，把手碰到地上。将军们照他的样子做了；然后是军官们，在他们之后，兵士和民团喘息着，踏践着，互相拥挤着，推撞着，面色兴奋地跪拜着。

22

彼挨尔因为身边人们的挤压而踉跟地走着，向四周环顾着。

“伯爵，彼得·基锐累支！您怎么到这里来了？”有一个声音说。

彼挨尔回头看了一下。

保理斯·德路别兹考一只手掸着膝盖（大概是在向圣像下跪时弄脏的），微笑着走到彼挨尔面前。保理斯穿得很华丽，带着一点儿雄赳赳的样子。他穿了长外套，像库图索夫那样把马鞭搭在肩上。

库图索夫这时候走进了村庄，在最近的一座屋子的阴影下边的凳子上坐了下来，这凳子是一个哥萨克兵跑去端来的，由另外一个哥萨克兵连忙铺上一条毯子。一大群衣着华丽的随从围绕着总司令。

人群跟在圣像的后边，走得更远了。彼挨尔站住了，和保理斯交谈着，离库图索夫大约三十步。

彼挨尔说明了他要参加会战和观看阵地的心意。

"您应当这样办，"保理斯说，"Je vous ferai les honneurs du camp.〔我要招待你看野营。〕您在别尼格生伯爵那里，可以把一切看得极其清楚。我是他的随从，您知道。我要替您向他说。假使您想要视察阵地，您就同我们一道走；我们马上就要到左翼去。然后我们回来，请您在我这里过夜，我们玩牌。您当然认识德米特锐·塞尔格奇吧？他就在那里。"他指着高尔该村中的第三座房子。

"但是，我想要看看右翼，听说，右翼很强，"彼挨尔说，"我想要从莫斯科河走过全部阵地。"

"好，晚一点这是可以的，但主要的——是左翼……"

"是，是。但哪里是保尔康斯基公爵的团呢？您能不能指给我看？"彼挨尔问。

"安德来·尼考拉伊维支吗？我们要走过他那里的。我带您到他那里去。"

"左翼的情形怎样呢？"彼挨尔问。

"向您说实话吧，entre nous，〔要守秘密的，〕我们的左翼大晓得是什么样子，"保理斯信赖地压低声音说，"别尼格生伯爵完全没有打算这样的。他主张在那个山丘上设防，全不是这样……但……"保理斯耸了耸肩，“殿下不愿意，或者是别人劝他的。要知道……”保理斯没有说完，因为这时候库图索夫的副官卡依萨罗夫走到了彼挨尔的面前。“啊，巴依西·塞尔格奇，”保理斯带着大大方方的笑容向卡依萨罗夫说。“我正在努力向伯爵说明阵地。奇怪，怎么殿下能够那样准确地预料到法国人的计划！”

“您是说左翼吗？”卡依萨罗夫问。

“是，是，正是。我们的左翼现在是很强、很强。”

虽然库图索夫裁减了总司令部里所有的冗员，保理斯在库图索夫人事调整之后，还能够留在总司令部里。保理斯和别尼格生伯爵有了亲密的关系。别尼格生伯爵和保理斯所跟随过的所有的人一样，认为年轻的德路别兹考是无价之宝。

在最高指挥部方面，有两个俨然划分的派别：一个是库图索夫派，一个是参谋总长别尼格生派。保理斯属于后一派，可是没有人能够像他那样一方面对库图索夫表示卑躬屈膝的敬意，而另一方面又使人觉得这个老人无用，而一切的事都是别尼格生主持的。现在到了会战的关键时刻，它要决定是库图索夫下台让位给别尼格生，或是即使库图索夫打了胜仗，也要使人觉得一切是别尼格生做的。无论怎样，为了明天的战事一定要发许多重大的奖赏，并且有新的人被提拔。因此，保理斯整天都感到极度的兴奋。

在卡依萨罗夫之后，还有别的熟人走到彼挨尔面前，他来不及回答他们向他纷纷提出的关于莫斯科的问题，来不及听他们向他所说的话。所有的面孔上都表现了兴奋和不安。但是彼挨尔觉得，一部分人的面孔上所表现的兴奋的原因，大都是个人成败的问题；他没有忘记另一部分人的面孔上所表现的另一种兴奋表情，那不是关于个人问题，而是关于大家的生死问题。

库图索夫看见了彼挨尔的身躯和聚集在他身边的人群。

“叫他到我这里来。”库图索夫说。

副官传达了殿下的意思，于是彼挨尔向着凳子走去。但是在他之前已经有了一个民团军官走到库图索夫的面前。这人是道洛号夫。

“这个人怎么到这里的？”彼挨尔问。

“这个人是个大浑蛋，无处不钻！”他们回答彼挨尔，“您知道，他曾经被贬职。现在他又要出头了。他提出了一些计划，有一天夜里他爬进了敌人的哨兵线……他是好汉！……”

彼挨尔脱了帽子，在库图索夫面前恭敬地鞠了一躬。

“我认为，假使我向殿下说了出来，您也许把我赶走的，或者您也许说您已经知道了我要报告的事情，那时候，就不会免我的职了……”道洛号夫说。

“是的，是的。”

“假使我是对的，我就为祖国做有益的事，我准备为它而死。”

“就是……就是……”

“并且假使殿下需要不怕死的人，就请记着我……也许我对殿下是有用的。”

“是的……是的……”库图索夫重复说，笑着渐渐眯起的一只眼睛望望彼挨尔。

这时候，保理斯以宫廷人物般的灵巧的举止，和彼挨尔并排着走近总司令，并且用最自然的态度，好像继续已开始的谈话，低声地向彼挨尔说：

“民团穿了清洁的白衬衫，准备为国捐躯。多么英勇啊，伯爵！”

保理斯向彼挨尔说这话，显然是要殿下听到。他知道库图索夫会听到这话，果然殿下向他说：

“你说到民团什么？”他问保理斯。

“殿下，他们穿白衬衫，准备明天为国捐躯。”

“啊！……奇特的，无比的人民，”库图索夫说，然后闭上了眼，摇了摇头，“无比的人民！”他叹了口气，重复地说。

“您想要闻火药味吗？”他向彼挨尔说，“是的，是愉快的气味。我有荣幸敬慕您的夫人。她好吗？我的住处可以供您使用。”

库图索夫开始心不在焉地环顾着，似乎忘记了他想要说的或者要做的一切，这是老年人常有的情形。

然后，显然是想起了他要找的人，他把他的副官的弟弟安德来·塞尔格奇·卡依萨罗夫叫到面前来了。

“怎样，怎样，马林的诗句怎样，诗句怎样，怎样？他写到盖拉考夫：‘你在军中做教师……’[①]您念，您念。”库图索夫说，显然是要笑。

卡依萨罗夫背诵了……库图索夫微笑着，随着诗的韵律而不住地点头。

彼挨尔离开库图索夫时，道洛号夫走到他面前，抓住他的手。

“我很高兴在这里遇见您，伯爵，”他特别坚决地、严肃地、大声地向他说，一点儿也不管旁人在场。“明天，天晓得，我们当中谁还能活在世上，今天，我很高兴有机会向您说，对于我们之间的误会，我觉得很遗憾，并且希望您不要对我有什么恶感。请您原谅我。”

彼挨尔微笑着，望着道洛号夫，不知道要对他说什么。道洛号夫眼里含着泪，搂抱了并且吻了彼挨尔。

保理斯向他的将军说了什么，于是别尼格生伯爵转向彼挨尔，邀他一同到前线去。

“您会觉得这是有趣的。”他说。

“是的，很有趣。”彼挨尔说。

---

① 毛注：S.N·马林是亚力山大一世的侍从武官，以歪诗及娱乐诗著名。G.V·盖拉考夫是上尉，军事学校的教官，是许多劣等爱国诗的作者，他是嘲笑的对象。马林关于他所写的诗是预言体的：

“您将长此作诗词，
把读者们折磨死，
你在军中做教师——
做个上尉一辈子。”

半小时后，库图索夫到塔塔锐诺佛去了。别尼格生带着随从和彼挨尔到前线去了。

23

别尼格生从高尔该下来，沿着大路到了桥上，这桥就是军官从山丘上指给彼挨尔看的，说它是我们阵地的中心，在桥边的岸上躺着许多堆新割的散发出清香的草秸。他们过了桥走到保罗既诺村，从那里向左转，经过许多军队和大炮，走上一个高丘，丘上有民团在掘土。这是一个多角堡，还没有名字，后来叫作拉叶夫斯基多角堡，或者叫山丘炮台。

彼挨尔没有特别注意这个多角堡。他不知道，这个地方要比保罗既诺原野上所有的地方对他更有纪念的意义。后来他们经过山谷，到了塞妙诺夫斯克村，兵士们正在这里拖走农舍与仓房的最后的木料。后来他们下山又上山，穿过被毁坏的、好像被冰雹压倒的黑麦田，沿着炮兵在田地上新筑的道路，走到当时还在掘挖的突角堡。[①]

别尼格生停在突角堡上，开始望着前面的涉发尔既诺多角堡（昨天还是我们的），在它上边可以看见几个骑马的人。军官们说，是拿破仑，或者是牟拉在那里。大家注意地望着这一小群骑马的人。彼挨尔也望着那里，极力猜测着这些几乎看不见的人当中谁是拿破仑。最后，那些骑马的人下山不见了。

别尼格生向着一个走到他面前的将军说话，开始向他说明我军的整个形势。彼挨尔听着别尼格生的话，极力想理解他的话，以便了解当前的会战的要点，但是他苦恼地感觉到，他的理解力在这件事上是不够的。他什么也不懂。别尼格生停止了说话，并且注意到彼挨尔在谛听，忽然向他说：

① 托氏自注：一种工事。

“我想，你觉得没有趣吧？”

“啊，不然，很有趣。”彼挨尔一点也不真实地回答。

他们从突角堡沿着道路向左边走，道路穿过低矮稠密的桦树林。在这个树林的当中，在他们的前面，有一只棕色的白腿的兔子跳上了路，它被大群的马踏响的蹄声惊骇得那么慌乱，在他们前面的路上跑了很久，引起大家的注意与笑声，并且直到几个人向它叫喊的时候，它才跳到路边，藏到草丛里去了。他们在树林中走了大约两俚，到了一个空地上，那里驻扎了担任左翼防卫的屠契考夫军团的部队。

这里，在极左翼，别尼格生激愤地说了很多话，并且下了在彼挨尔看来是军事上很重要的命令。在屠契考夫军队阵地的前边有一个高地。这个高地没有军队驻扎。别尼格生大声批评这个错误，说让这个控制全区的高地无人防守，而把军队驻在下边，是发疯了。有几个将军表示了同样的意见。特别是有一个将军，带着军人的脾气说，这是把他们放在那里等死。别尼格生用自己的名义下了命令把军队调到高地上去了。

左翼上的这个命令，使彼挨尔更加怀疑自己对军事的理解力。彼挨尔听到别尼格生和将军们批评山下的军队阵地，完全明白了他们的意思，并且确定了同样的意见；但是正因此他不能了解，那个把军队放在山下的人，怎么能够犯下这样明显而重大的错误。

彼挨尔不知道，这些军队不是像别尼格生所想的那样驻扎在这里是为了保卫阵地，而是留在隐蔽处作埋伏的，即是为了不被注意而忽然袭击前进的敌人。别尼格生不明白这个意思，没有报告总司令，就凭自己的臆断把军队调到前面去了。

24

安德来公爵在八月二十五日晴朗的黄昏时候，用双手托着头躺在克尼亚倚考佛的破仓屋里，这个地方在他的团的阵地的边缘。从破墙的隙缝里，他望着篱笆旁边一排砍去了下层枝柯的三十年的桦树，望着有燕麦垛子的田，望着灌木，在灌木旁边可以看见营火的烟——这是兵士的炉灶。

安德来公爵虽然觉得他的生活是狭窄的、难过的、于人无用的，他却和七年前在奥斯特理兹一样，在会战的前夜感觉到自己的心情是兴奋的、愤慨的。

他接到并且发出明天会战的命令。他没有别的事要做了。但是他的想法，那些最简单、最明确、因此是最可怕的想法使他不得安宁。他知道，明天的会战，是他所参加的许多会战中最可怕的会战；他平生第一次清楚地、几乎是确实地、简单地、可怕地想到了死的可能性。它是和世事无关的，也不管它对别人有什么影响，而只是和他本人、和他的心灵有关。在这个想象的高处，一切从前使他苦恼的、使他心神不定的东西，都忽然被寒冷的白色的光线照亮了，没有阴影，没有背景，没有轮廓的区别。他觉得整个的生活就像幻灯一样，他透过玻璃，在人为的光线里对它看了很久。现在没有玻璃，在明亮的白天光线里，他忽然看见了那些拙劣地涂成的画。“是的，是的，这就是那些使我兴奋、使我欢喜、使我苦恼的假形象。”他自语着，在他的想象中回忆着他的生活幻灯中的主要画图，现在他在寒冷的白色的日光里——在关于死亡的明确概念的白光里——看着这些画图。“它们就是那些粗劣地涂出的形象，它们从前好像是美丽的神秘的东西。光荣，社会福利，对女子的爱情，祖国——这些画图在我看来是多么伟大，它们好像是充满了多么深奥的意义啊！而这一切在早晨的白色的寒光里是这么简单、无色、粗糙，这个早晨我觉得是为我而亮的。”他的生活中三个主要的烦恼，特别地吸引他的注意：他对一个女子的爱情、他父亲的死，以及占领俄国一半的法军侵略。“爱情！……这个小姑娘，我觉得她充满了神秘力量。我确是爱过她的！我关于爱情、关于和她在一起的幸福，做过诗意的计划！啊，可爱的年轻人！”他怨恨地出声地说，“哦！我相信一种理想的爱情，它要在我全年的离别中保持她对我忠实！好像寓言中温柔的鸽子，她应当在我的离别中消瘦了。这一切是简单得多……这一切是非常简单，丑恶！

“父亲在童山建设，以为那就是他的地方、他的土地、他的空气、他的农民；但是拿破仑来了，不知道有他这个人，把他好像路旁的草芥一样赶跑了，并且他的童山和他的全部生活都被破坏了。玛丽亚公爵小姐还说，这是天降的试验。他已经没有了，将来也不会有的，为什么要有试验呢？他永远不会再有了！他没有了！这个试验是为谁的呢？祖国，莫斯科的毁灭！明天有人杀死我——甚至不是法国人，而是自己的人，好像昨天一个兵在我耳边放枪一样；法国人要来了，要把我整个身体抬起来抛进坑里去，免得我在他们面前发出臭气；并且将要形成许多新的生活情况，它们在别人看来还是那样惯常，但我不会知道它们了，我不存在了。”

他注视着一排在太阳光下闪耀着的、黄叶和绿叶静止不动的、白色表皮的桦树。“死，让他们明天杀死我，让我不复存在……让这一切存在，却让我不存在。”他清楚地想象到这种生活里没有他这个人。这些有朝阳面和背阴面的桦树，这些卷曲的云，营火的烟，四周的一切，在他看来，都变形了，好像成了可怕的骇人的东西。一阵凉气掠过他的脊背。他迅速地站起来，走出仓屋，来回走动着。

他回来之后，从仓屋的后边传来了人声。

“谁在那里？”安德来公爵叫着。

红鼻子上尉齐摩亨做过道洛号夫的连长，现在因为军官缺乏，做了营长，他胆怯地走进仓屋。一个副官和团部会计跟在他背后。

安德来公爵连忙站起来，听军官向他报告职务上的事情，向他们发了几道命令，并且正要让他们走，这时候从仓屋后边传来了熟识的模糊的话声。

“Que diable!〔该死！〕”一个人说，这个人在什么东西上被绊了一下。

安德来公爵从仓屋里看出去，看见向他走来的彼挨尔，他碰在一根横柱子上，几乎要跌倒。安德来公爵通常不愿意看见自己团体中的人，特别是彼挨尔，因为他使他想起最后一次他在莫斯科的痛苦的时刻。

“啊，哎哟！”他说，“什么风吹来的？这是我料想不到的！”

当他说这话的时候，他的眼睛里和他的面色上出现了比冷淡更厉害的表情——怀有敌意的表情，彼挨尔立刻便注意到了。他怀着最兴奋的心情走到仓屋那里，但是看到安德来公爵脸上的表情，他觉得拘束而不自在了。

“我来……不过……您，知道……我来……我觉得有兴趣。”彼挨尔说，他在这天已经无意义地重复了许多次：“有兴趣。”“我想看看会战。”

“是，是，但是共济会的会友们关于战争说些什么呢？怎样防止战争呢？”安德来公爵嘲笑地说，“莫斯科怎样？我家里的人怎样？他们最后到了莫斯科吗？”他严肃地问。

“到了。尤丽·德路别兹卡雅向我说的。我去看他们，没有看见。他们到莫斯科乡下田庄上去了。”

25

军官们想要告辞，但是安德来公爵似乎不愿单独地和他的朋友待在一起，要他们坐一会儿，喝点茶。凳子和茶都送来了。军官们惊异地望着彼挨尔肥胖高大的身躯，听他说到莫斯科，说到他曾经去看过的我军阵地。安德来公爵沉默着，他的脸色是那么不愉快，使得彼挨尔向好心的营长齐摩亨所说的话，比向保尔康斯基所说的话还要多。

“那么你明白全部的军队的部置了吗？”安德来公爵插言问。

“是的，这话是什么意思？”彼挨尔说，“我不是军人，不能说我完全明白，但是仍然明白一般的部置。”

“Eh bien, vous êtes plus avancé que qui cela soit.〔哦，你比任何人都知道得多。〕”安德来公爵说。

“啊！”彼挨尔从眼镜上边望着安德来公爵，迷惑地说。“那么您对于任命库图索夫有什么意见呢？”他问。

“我对于这个任命很高兴，这就是我所知道的一切。”安德来公爵说。

“那么，您说，您对于巴克拉·德·托利是什么意见呢？在莫斯科，天晓得，人们说他些什么。您对他是怎么看法的？”

“问他们吧。”安德来公爵指着军官们说。

彼挨尔带着谦逊的疑问的笑容望着齐摩亨，大家都不由自主地带着这种笑容望着他。

“大人，殿下来了，我们看到了光明[①]，”齐摩亨胆怯地、不停地望着他的团长说。

“为什么是这样的？”彼挨尔问。

“就单拿柴火和食料来说，让我告诉您吧。我们退出斯文促安的时候，不敢碰一根枯枝、一根草秸或是别的什么。我们走开了，他[②]却得到了是不是，大人？”他转向他的公爵说。“但是你也不敢拿。在我们团里有两个军官因为这种事受到审判。但是在殿下指挥的时候，这种事情就很简单了。我们看到了光明……”

“他究竟为什么要禁止呢？”

齐摩亨局促不安地环顾着，不知道怎样回答这个问题和说些什么。彼挨尔以同样的问题问安德来公爵。

“为了不破坏我们留给敌人的乡村，”安德来公爵怨恨、嘲讽地说，“这是有道理的：我们不能允许抢劫乡村，使兵士惯于抢掠。在斯

① 毛注：殿下的前一音节的意思是“光明”。这是原文的文字游戏。

② 毛注：俄国人总是以“他”指敌人。

摩棱斯克他同样正确地判断了法国人能够包抄我们，他们的力量比我们强。但是他不明白，”安德来公爵忽然用细声细气的、好像是脱口而出的声音说，“但是他不明白，我们在那里是第一次为俄国土地而战斗；兵士们有我从来没有看见过的那么高昂的士气；我们一连两天抵挡了法国人；而且这个胜利使我们的兵力增强了十倍。他却命令退却，我们所有的努力和损失都白费了。他没有想做叛变的事，他努力把一切事情做得尽可能的好，他考虑了一切；但是对此他是不适宜的。现在他不适宜的正是因为他很透彻地、很准确地考虑了一切，像每个德国人所应有的那样。我怎么向你说……好吧，你父亲有一个德国用人，是个很好的用人，并且比你能更好地满足他的一切需要，那么就让他侍候下去吧；但是假使你父亲病得要死了，你辞退这个用人，并且用你自己的一双不习惯的、不灵活的手去侍候你的父亲，却比一双灵巧的然而是外国人的手更使你父亲得到安慰。我们对于巴克拉就是这样做的。当俄罗斯是健康的时候，一个外国人，而且是一个出色的大臣，可以侍候他，但是当他一旦有危险时，就需要自家的人了。但是你们的俱乐部把他当作国贼！诽谤他是个国贼，只是由于后来对自己的谎话感到惭愧，忽然把国贼当作英雄或者天才，这就更不公平了。他是个正直而又很精明的德国人……”

“但是据说，他是一个能干的统帅。”彼挨尔说。

“我不懂，能干的统帅是什么意思。”安德来公爵嘲笑地说。

“能干的统帅，”彼挨尔说，“就是他能预见一切的偶然事件……料到敌人的计划。”

“但这是不可能的。”安德来公爵说，好像说到早已解决的问题一样。

彼挨尔诧异地望望他。

“但是，”他说，“你知道，有人说，战争像下棋一样。”

“是的，”安德来公爵说，“不过有个小小的差别，在下棋的时候，你对于每一步要想好久就可以想好久，你不受时间的限制；还有一个差别，就是马总比卒强，两个卒总比一个卒强，但是战争中一个营有时比一个师强，但有时却比一个连弱。军队相对的力量没有人能够知道。相信我，”他说，“假使有什么事要靠参谋处来安排，则我愿意留在参谋处进行这种安排，但是我并不这样，却有荣幸在这里服役，在团里，和这些先生们在一起，我认为明天的战争确实要依靠我们，而不是依靠他们……胜利从来不曾依靠、将来也不会依靠阵地、武器，甚至人数；尤其是不依靠阵地。”

“那么是依靠什么呢？”

“依靠我心里的，他心里的，”他指着齐摩亨说，“每个兵士心里的感情。”

安德来公爵看了看齐摩亨，他惊异而迷惑地望着自己的长官。和他先前审慎的沉默相反，安德来公爵现在显得兴奋了。他显然忍不住地要说出他偶然想到的那些想法。

“谁毅然地决心要打胜仗，谁便打胜仗。为什么我们在奥斯特理兹打了败仗？我们的损失和法军几乎相等，但是我们很早便向我们自己说，我们要打败仗，我们果然打败了。但是我们说这话，是因为我们在那里打仗是没有意义的，我们只是想要赶快离开战场。‘我们败了，我们跑吧！’于是我们跑了。假使我们到晚不说这话，天晓得会发生什么事。但是明天我们不说这话。你说：我们的阵地，左翼弱，右翼拉得太长，”他继续说，“这都是废话，并没有这回事。但是明天我们要面临什么样的事情呢？上万万的极其多种多样的偶然事件，它们要在顷刻之间取决于我们或者他们要逃跑还是不逃跑，取决于这个人被杀或是那个人被杀；但现在所做的一切只是儿戏。问题在这里，那些同你一道视察阵地的人，不但于事无补，而且碍事。他们只关心他们自己的小利益。”

“竟在这样的时候？”彼挨尔责备地说。

“在这样的时候，”安德来公爵重复说，“他们觉得，这只是陷害敌手并领受更多勋章和绶带的时候。我觉得，明天的事情是：十万俄军和十万法军交战，而要点是在这里，就是，这二十万人打仗，谁最战斗勇猛，最不惜牺牲自己，便是谁得胜。你愿意的话，我就向你说，无论会发生什么样的事情，无论上层的人会发生什么样的混乱，明天我们要打胜仗。明天，无论会发生什么样的事情，我们要打胜仗！”

“大人，这是真的，千真万确的，”齐摩亨说，“现在谁都不怕死！您相信，我营里的兵不要喝伏特加酒了，他们说，现在不是这种日子。”

大家都沉默着。

军官们站起来了。安德来公爵跟他们走出仓屋，向副官发出最后的命令。军官们走了以后，彼挨尔走到安德来公爵面前，刚刚想要开口说话，便从离仓屋不远的大路上传来了三匹马的蹄声，安德来公爵朝着这个方向看了一眼，认出了福尔操根、克劳塞维兹[①]和一个跟随的哥萨克兵。他们走得很近，继续谈着话，彼挨尔和安德来无意地听了下面的话：

“Der Krieg muss in Raum verlegt werden. Der Ansicht kann ich nicht genug Preis geben.〔战争必须扩大范围。我不能过分称赞这种观点。〕”一个人说。

“Oh！ja,〔啊！是的，〕”另一个人说，“der Zweck ist nur den Feind zu schwächen, so kann man gewiss nicht den Verlust der Privat Personen in Achtung nehmen.〔唯一的目的是要削弱敌人，当然我们不能考虑个人的损失。〕”

“Oh, ja.〔啊，是的。〕”第一个人的声音同意地说。

---

① 毛注：克劳塞维兹（Karl Von Clausewitz 1780—1831）为普鲁士将军，名军事学家及战史家，著有《战争论》及关于拿破仑战争的书籍。一八一二年他在俄军中服务，为卜富尔的副官。

"是的，im Ruam verlegen.〔扩大范围。〕"安德来公爵当他们走过去时，愤怒地嗅嗅鼻子说。"Im Raum〔在那个范围内〕有我的父亲、儿子和妹妹住在童山。这在他是反正一样的。这就是我向你说过的——这些德国先生们明天不会打胜仗，只是尽他们的力量在捣乱，因为在德国人的头脑里，只有不值一只空蛋壳的理论，但是在他们心里，却没有明天唯一所需要的东西，就是齐摩亨心里所有的东西。他们把全欧洲给了他并且来教我们。好教师！"他的声音又尖锐起来。

"因此您以为，明天的会战要得胜吗？"彼挨尔问。

"是的，是的，"安德来公爵漫不经心地说，"假使我有权，我只要做一件事，"他又开始说，"我不要抓俘虏。何必要俘虏呢？这是骑士精神。法国人毁了我的家，要来毁莫斯科了，他们侮辱了我，并且每秒钟都在侮辱我。他们是我的敌人。我认为他们都是罪犯。齐摩亨和全军都是这么想。应该杀死他们！假使他们是我的敌人，就不能是我的友人，不管他们在提尔西特说了什么话。"

"是的，是的，"彼挨尔说，把明亮的眼睛望着安德来公爵，"我完全，完全同意您！"

在莫沙益司克山上出现的、使彼挨尔一整天都感到烦恼的那个问题，现在他觉得，是十分明白的并且彻底解决了。现在他了解了这个战争和当前会战的全部意义和重要性。他在这天所看见的一切，他一眼看见的那些面孔上的严肃、庄严的表情，对他显出了新的意义。他了解了那种爱国主义的潜热，像物理学上所说的潜热（latente），这种潜热是他所看见的这些人们都有的，这向他说明了，为什么这些人镇定地并且似乎是无忧无虑地准备为国捐躯。

"不抓俘虏，"安德来公爵继续说，"单是抓俘虏这一件事就会改变整个战争，减少战争的残酷性。我们简直是在战争中做儿戏，我们用宽大和类似的东西做儿戏，这是很丑恶的。这种宽大和恻隐心，就好像是一位小姐在她看见宰小牛而昏厥的时候的那种宽大和恻隐心；她是那样仁慈，不能看见流血，但她倒上酱油吃这个小牛肉的时候却很有胃口。有人向我说到战争规则、骑士精神、休战旗和怜悯不幸的人，等等。这都是废话。我在一八〇五年看见了骑士精神和休战旗；他们欺骗了我们，我们欺骗了他们。他们抢劫别人的房子，发行假钞票，但最坏的是他们杀死我的小孩们，杀死我的父亲，他们还说什么战争规则，还说什么对敌人宽大。不抓俘虏，去杀，去死！谁像我一样经历过同样的痛苦，想到这个……”

安德来公爵觉得，他们是否要像占领斯摩棱斯克那样占领莫斯科，对于他都是无关重要的，他忽然因为在喉咙中发生的意外的痉挛而停止了讲话。他沉默着来回走了几趟，但是他的眼睛火热地发光，当他又开始说话时，他的嘴唇发抖了。

“假若在战争中没有这样一种的宽大，那么我们就要在值得去冒死的时候，像现在这样的时候，才去打仗。那时候也不会因为巴弗尔·依发尼支得罪了米哈伊·依发尼支便有战争了。假如战争是像现在这样的，那才是战争。在这样的时候，军队的决心是大不相同的。在这样的时候，拿破仑领率的所有韦斯特腓利亚人和黑森人都不会跟他来到俄国，我们也不会不知道为什么便到奥国、到普鲁士去打仗了。战争不是一种礼貌，而是生活中的最丑恶的事，我们应该懂得这一点，不要在战争中做儿戏。我们应该严肃地郑重地承认这个可怕的必要性。整个的问题就是：去除虚伪，战争就是战争，不是儿戏。可是现在，战争是懒惰的轻率的人们所爱好的消遣……军职是最有荣誉的。但什么是战争，什么是战争胜利所必需的东西，什么是军人的性格？战争的目的是杀人；战争的手段是间谍，叛国和对叛国的鼓励，人民的破产，为了军队的给养而强夺或偷窃人民，所谓军事策略的欺诈与说谎。军人阶级的性格是没有自由，即是纪律、懒惰、无知、残忍、放荡、酗酒。虽然如此，军人却是最高的阶级，受到大家的尊敬。所有的皇帝，除了中国皇帝，都穿军服，并且杀人最多的，获得最大的酬报……他们明天要碰在一起互相屠杀、杀死、打伤上万的人，然后为了杀死很多人（并且数目还要夸大）做感恩的祈祷，并且宣布胜利，以为杀人愈多，功绩愈大。上帝在天上怎样看他们做，怎样听他们说呢？”安德来公爵用尖锐的刺耳的声音说，“啊，我的好朋友，近来我觉得活着是痛苦。我知道，我懂得太多。人不适宜去尝试认识善恶的果子……”他加上这句，“好，没有多久了！”

“但是你要睡了，我也到睡的时候了。回高尔该去吧。”安德来公爵忽然说。

“啊！不！”彼挨尔回答，用他的惊恐而同情的眼睛望着安德来公爵。

“回去吧，回去吧，在会战之前，一定要睡得好，”安德来公爵又说。他迅速地走到彼挨尔面前，搂抱他、吻了他，“再会，走吧，”他叫着，“我们会不会再见面……”然后他连忙转身，进了仓屋。

天已经黑了，彼挨尔不能辨别安德来公爵脸上的神情是愤怒还是亲切。

彼挨尔沉默着站了一会，考虑着，是跟他进屋还是回去。“不，他不需要我进去！”彼挨尔内心里这么肯定着，“我知道，这是我们最后一次的会面。”他深深地叹了口气，回高尔该去了。

安德来公爵回到仓屋里，躺在毯子上，却睡不着。

他闭上了眼。一连串一连串的形象接连地来到。他对一个形象愉快地想了很久。他清楚地想起了彼得堡的一个晚上。娜塔莎带着活泼而兴奋的面色向他说，她在上一个夏季寻找菌子，在大树林中迷了路。她不连贯地向他叙述这个树林多么深，叙述她自己的心情，以及她和她所遇到的养蜂人的谈话，并且时时打断她自己的叙述说：“不，我不会说，我没有说对；不，您不明白，”虽然安德来公爵安慰她，说他明白，并且他确实明白了她想要说的一切，但是娜塔莎并不满意她自己的话，她觉得，她的话没有表达出她在那一天所体验到的、并且她想要表达出来的、那个热烈的诗意的心情。“他是那么可爱的老人，树林中是那么黑暗……他是那么的仁慈……不，我不会说……”她红着脸，兴奋着说。安德来公爵现在微笑了一下，这笑容就是他那个时候一面望着她的眼睛一面流露出的那个幸福的笑容。“我了解她，”安德来公爵想，“不但是了解，而且这正是那种精神力量，那种诚实，那种心地坦白，这正是她的似乎被她的身躯所束缚的心，这正是我所爱的那颗心……我那么热烈地、那么幸福地爱过……”他忽然想到，他的爱情是怎样结束的。“他不需要这类东西。他没有看到也没有了解这些东西。他认为她是一个美丽的朝气蓬勃的姑娘，他不愿把他的命运和这姑娘结合在一起。而我呢？……他到现在还是活着，而且觉得很愉快！”

安德来公爵，仿佛有谁烫了他一下，跳了起来，又开始在仓屋前来回走着。

26

八月二十五日，在保罗既诺会战的前夜，法国皇宫总监德·波赛先生从巴黎和法不维挨上校从玛德里，来到发卢耶佛行营见拿破仑皇帝。

德·波赛先生换了朝服，命人把他从巴黎带来给皇帝的箱子抬在前面，走进拿破仑营帐的前室，在那里忙着开箱，和围绕着他的拿破仑副官们交谈着。

法不维挨没有进帐，留在门口和相识的将军们谈话。

拿破仑皇帝就要装束完毕了，还没有走出卧室他就哼哼鼻子，清清喉咙，时而把肥胖的后背、时而把肥胖的有毛的前胸掉转过来对着他的听差，让他们替他刷刷身子。另一个听差用一个手指捺住瓶口，把香水洒在皇帝的保养得很好的身体上，他脸上的神情好像是说，只有他一个人知道香水应该洒多少，洒在哪里。拿破仑的短头发是湿的，垂在额前。但是他的脸，虽然又黄又肿，却显出身体很舒适。“Allez ferme, allez toujours,〔用点劲刷，刷，〕”他耸着肩，清着喉咙，向着在替他刷身体的听差说。一个副官走进卧室，向皇帝报告在昨天的战斗中抓了多少俘虏，他说过所要说的话，便站在门边，等候奉旨退出。拿破仑皱着眉，倖倖地看了看副官。

“Point de prisonniers,〔没有抓到俘虏，〕”他重复着副官的话。“Il se font démolir. Tant pis pour l'armée russe,〔他们硬要我们歼灭他们。俄国军队是要更加倒霉了，〕”他说，“Allez toujours, Allez ferme.〔刷，用力刷。〕”他说，曲着背，伸出他的肥肩膀。

“C'est bien! Faites entrer m-r de Beausset, ainsi que Fabvier.〔好！让德·波赛先生进来，也让法不维挨进来。〕”他点了点头向副官说。

“Oui, Sire.〔是，陛下。〕”于是副官出了帐门。

两个听差迅速地替陛下穿上衣服，于是他穿着禁卫军的蓝制服，踏着坚定的迅速的步伐走进接待室。

波赛这时候忙着把他从皇后那里带来的礼物放在两张椅子上，椅子正对皇帝的门口。但是皇帝是那么意外迅速地穿好了衣服走了出来，以致他来不及部置好这个意外的礼物。

拿破仑立刻注意到他们做的是什么，猜中了他们还没有部置好。他不愿使他们失去为他部置意外礼物的乐趣。他装作没有看见波赛先生，把法不维挨叫到他的面前。拿破仑严厉地皱着眉，沉默着，听法不维挨说到他的在欧洲另一端的萨拉曼卡作战的军队的勇敢与精忠，他们只有一个想法，就是要对得起他们的皇帝，只有一个恐惧，就是怕使他不高兴。那个会战的结果是可悲的。①拿破仑在法不维挨报告时说了讽刺的话，似乎他没有料到，他不在场事情就不对头了。

“我一定要在莫斯科得到弥补，”拿破仑说，“A tantôt,〔再见。〕”他加上一句，并且唤来了德·波赛，德·波赛此刻已经部置好

① 毛注：一八一二年新历七月十二日威灵吞打败马尔芒于此。

了意外礼物，在椅子上放上东西，用布遮盖起来。

德·波赛按照只有部蓬皇朝的老臣才会的法国宫廷礼节，深鞠一躬，然后走上前，递上一个信封。

拿破仑愉快地向他说话，捏他的耳朵。

“您赶来了！我很高兴，巴黎方面说些什么呢？”他说，忽然他先前严厉的表情变得极其和蔼了。

“Sire, tout Paris regrette votre absence.〔陛下，全巴黎都挂念您。〕”德·波赛恰当地回答。

虽然拿破仑知道波赛应该说这句话或者类似的话，虽然他在神志清醒的时候知道这是假话，他听到德·波赛的这句话却感到愉快。他又赏光地捏他的耳朵。

“Je suis fâché de vous avoir fait faire tant de chemin.〔我很抱歉，使你走了这么远。〕”他说。

“Sire! Je ne m’attendais pas a moins qu’à vous trouver aux portes de Moscou.〔陛下！我希望最少要在莫斯科城门口遇见你。〕”波赛说。

拿破仑微笑了一下，精神涣散地抬起头，向右看了一下。副官拿着金鼻烟壶，慢慢地走过来递给他。拿破仑接过了它。

“是的，您的运气好，”他说，把打开的烟壶凑近自己的鼻子，“您喜欢旅行，三天以内，您就看到莫斯科了。您当然没有打算看见亚细亚的首都。您做一次愉快的旅行吧。”

波赛鞠了一躬，感谢皇帝注意到他对旅行的兴趣（而他直到此刻才知道自己有这种兴趣）。

“啊！这是什么？”拿破仑说，注意到所有的朝臣都望着用布遮着的东西。

波赛具有朝臣的灵巧的行动，他面对皇帝，侧着身子退了两步，同时拉去遮布，说道：

“皇后送陛下的礼物。”

这是热拉尔用鲜明的颜色所画的拿破仑和奥国皇帝的女儿所生的男孩的画像，由于某种原因，这个孩子被人称为罗马王。

画里的这个极其俊秀的鬈发的男孩，他的目光好像谢克斯丁的圣母像中的基督，他在玩球。球代表地球，另一只手中的棒代表权杖。

虽然一点也不明白，这个画家画了所谓罗马王用棒敲地球，是要表现什么，但这个譬喻显然对于拿破仑，如同对于所有的在巴黎看过这画的人一样，是很明白的，而且是使他极其满意的。

“Roi de Rome，〔罗马王，〕”他说，用优美的手势指着画像，“Admirable！〔好极了！〕“他具有意大利人所特有的随意改变面部表情的本领，他走到画像前，做出沉思的亲爱的样子。他觉得，他现在所说所做的，便是历史。他觉得，他现在所能做的最好的事，就是为了和他的伟大做个对照，他要表现出最简单的父爱，而他的儿子正是由于他的伟大，才用地球做游戏的。他的眼睛模糊了，他向前移动了一下，回头寻找椅子（一只椅子放到他的身子下边去了），并且对着画像坐下来。由于他的一个手势，大家踮着脚走出去，让这个伟人独自表现他的情绪。

坐了一会，他自己也不知道为什么，摸了画像上粗糙的明亮处，然后，他站起来，又唤来了波赛和值日官。他命令把画像放在营帐前，以便驻扎在帐外的老禁卫军有荣幸看见他们所崇拜的皇帝的儿子和继承人罗马王。

如他所料，在他和受到光荣的波赛先生吃早饭时，帐前传来了跑来看画像的老禁卫军军官与兵士的热烈的呼喊声。

“Vive l’empereur！Vive le Roi de Rome！Vive l’empereur！〔皇帝万岁！罗马王万岁！皇帝万岁！〕”传来了狂喜的声音。

早饭后，拿破仑当波赛的面，口授他的给军队的命令。

“Courte et energique！〔简短而有力！〕”拿破仑亲自读了一遍写成并没有修改的文告后，这么说。命令如下：

“战士们！这就是你们那么期望的会战。胜利要依靠你们。胜利是我们所必需的；胜利会使我们得到一切我们所需要的东西，舒服的住宅，以及可以迅速地回返祖国。你们的行动要像你们在奥斯特理兹、弗利德兰、维切不斯克和斯摩棱斯克的行动一样。让最远的后代骄傲地想到你们今天的胜利。让他们说到你们每个人：他参加过莫斯科前的大战。”

“De la Moskowa!〔莫斯科前！〕”拿破仑重述，并且邀了爱好旅行的波赛先生同他骑马出游，他走出帐外，走到上了鞍子的马前。

“Votre Majesté a trop de bonté.〔陛下太仁慈了。〕”波赛由于应邀作陪，对皇帝这么说。其实他想要睡觉，他不会骑马，而且怕骑马。

但是拿破仑向旅行家点了点头，波赛不得不出游了。当拿破仑出帐时，他儿子画像前面禁卫军的叫声更加热烈了。拿破仑皱了皱眉。

“把他拿下来，”他说，用优美的尊严的手势指着画像，“他把战场上的事还看得太早。”

波赛闭上了眼，垂下了头，深深地叹了口气，借此表示他能够欣赏并且了解皇帝的话。

27

照拿破仑的历史家说，八月二十五日全天，拿破仑骑在马上视察阵地，考虑他的元帅们向他提出的计划，并亲自向他的将军们发布命令。

俄军在考洛恰河原有的阵线被突破，这个阵线的一部分，即俄军的左翼，因为二十四日涉发尔既诺多角堡的被占领移转到后方去了。这部分阵线是未设防的，没有河流的掩护，而在它前面的是更加暴露的平坦的土地。任何军人和非军人都会显然看出法国人一定要攻击这一段阵线。对于这一点似乎无需很多的考虑，无需皇帝和他的元帅们的操心和劳神，而且根本不需那种特别高强的本领，即所谓天才，人们是那样地爱把拿破仑说成是天才。可是后来记述这事件的历史家们，当时围绕拿破仑的人们以及他自己，另有一种看法。

拿破仑骑马在田野上走着，深思熟虑地注视地形，赞同地或怀疑地向自己点头，没有向他四周的将军们说到这个对他的决定起指导作用的、深思熟虑的线索，只把最后的结论用命令的形式发给他们。听了所谓爱克牟尔公爵大富的包围俄军左翼的提议，拿破仑说，无需这么做，却没有说明为什么无需这么做。对于考姆班将军要领他的一个师穿过树林的提议（他应该攻击突角堡），拿破仑表示同意，虽然所谓厄尔升根公爵，即奈伊大胆地说，在树林里的行动是危险的，而且会扰乱师的队形。

看了涉发尔既诺多角堡对面的地形，拿破仑沉默地思索了一会，指了几个地方，要在明天之前在这些地方部置两个炮兵连攻击俄军的工事，又指了旁边的几处地方，要在那里安置野炮。

下了这些及其他命令，他便回到自己的营帐里，根据他的口授写下了会战的命令。

法国历史家们热烈地说到这种作战命令，别的历史家们带着深深的敬意说到这种命令。命令如下：

“夜间在爱克牟尔公爵驻扎的平原上所部置的两个新的炮兵阵地，在黎明时向对方敌人的两个炮兵阵地开火。

“同时第一军团的炮兵司令柏内提将军，统率考姆班师的三十尊大炮及德赛师与弗利安师的全部榴弹炮，向前推进，开火猛轰敌人的炮兵阵地。参加攻击的有：

二四尊禁卫军炮兵的大炮
三〇尊考姆班师的大炮
和　八尊弗利安师及德赛师的大炮
总共　六二尊大炮

“第三军团的炮兵司令富晒将军，统率第三军团及第八军团全部榴弹炮，共十六尊，在攻击敌方左翼工事的炮兵阵地的两翼，参加攻击的共有四十尊大炮。

“索尔必埃将军应随时准备：一接到命令，即领率禁卫军炮兵的全部榴弹炮向前推进，攻击敌人任何方面的工事。

“在炮击时间，波尼亚托夫斯基公爵向树林中的村庄推进，包围敌方阵地。

“考姆班将军穿过森林，占领第一个工事。

“在如此进入战斗后，将按敌方行动而发布命令。

“左翼的炮击，在听到右翼炮声时，立即开始。莫朗师及副王[①]师的狙击兵，看到右翼的攻击开始，即猛烈开火。

“副王占领村庄，[②]并从三座桥上过河，和莫朗师及热拉尔师向同一高地推进，该二师在他的率领之下，向多角堡推进，并与其他部队连成一线。

“一定要好好地办到这一切，（le tout se fera avec ordre et méthode,）尽可能保留预备队。

“一八一二年九月六日[③]于御营，在莫沙益司克附近。”

假使我们敢研究拿破仑的军事部置而对他的天才没有宗教性的恐惧，则这个作战部署是极不明确而且混乱的。它可以归纳为四点，——四个命令。其中没有一个是办到的，或者是可以办到的。

部署中第一项是：**在拿破仑选定的地点上所部置的各炮队，连同与它们排成一列的柏内提及富晒的大炮，总共一〇二尊，开火攻击俄军的突角堡及多角堡。**这是不能办到的，因为从拿破仑指定的地方，炮弹打不到俄军的工事，这一百零二尊大炮是白开炮了，直到最近的指挥官，

① 毛注：副王是指牟拉，拿破仑曾封他那不勒王。

② 托氏自注：指保罗既诺。

③ 毛注：照俄国旧历是八月二十五日。

违反拿破仑命令，命令他们前进。

第二项命令是：**波尼亚托夫斯基向树林中的村庄推进，包围俄军左翼**。这是不能办到的，而且也没有办到，因为波尼亚托夫斯基向树林的村庄推进时，在那里遇见了阻挡他道路的屠契可夫，他不能也没有包围俄军阵地。

第三项命令是：**考姆班将军向森林推进，占领第一个工事**。考姆班师没有占领第一个工事，却被击退，因为出树林时，该师必须在霰弹火力下整理队形，这一点拿破仑没有料到。

第四项：**副王占领村庄**（保罗既诺），**并且由三座桥上过河，和莫朗师及弗利安师向同一高地推进**（却没有说到他们何时向何处推进），**该两师在他的率领之下，向多角堡推进，并和其他部队连成一线**。

就我们所能理解的看来——不是根据这句无意义的话，而是根据副王为了执行所奉到的命令而作的试图——他应当从左边穿过保罗既诺向多角堡推进，莫朗师和弗利安师应同时自前线推进。

这一点，和命令中的其他各点，都没办到，而且不能办到。副王穿过了保罗既诺，在考洛恰河被击退，不能再向前进；莫朗师和弗利安师没有攻下多角堡，却被击退，并且多角堡在交战结束时被骑兵占领了（这大概是拿破仑没有预料到也没有听见过的事情）。所以作战部署的各项命令没一点是办到的，而且不能办到。但在作战部署中说到，照这样进入战斗后，将按敌方行动而发布命令，因此可以认为，交战时一切必要的命令都是拿破仑发的；但这并没有办到，而且不能办到，因为在会战的全部时间，拿破仑离战场很远，战事进行是他不能知道的（这是后来所证明的），而他在会战时所发的命令没有一项是可以执行的。

28

许多历史家说，法军没有取得保罗既诺会战的胜利，是因为拿破仑得了伤风，假使他没有伤风，则他的战前及战时的命令会更加显出他的天才，俄国便会毁灭，et la face du monde eutétè changée.〔而世界的面貌也许业已改变了。〕有些历史家认为俄国的形成是由于一个人——彼得大帝——的意志；而法国从共和国变为帝国，法军来到俄国，是由于一个人——拿破仑——的意志；在这种历史家看来，这种结论——即是，俄国还是强国，是因为拿破仑在八月二十四日得了重伤风——似乎是不可避免的、合理的。

假使是拿破仑的意志决定了保罗既诺会战打不打，假使是他的意志决定了下这种或别种命令，则显然，那影响他的意志实现的伤风，可以算作俄国获救的原因，因而在那八月二十四日忘记了把不透水的皮靴送给拿破仑的听差，便是俄国的救主了。按照这种思路，这个结论是无可怀疑的，是和福尔泰说笑话（他自己也不知道是对什么说的）时所作的结论同样的无可怀疑，他说巴托罗牟的屠杀是由于查理九世的胃里不舒服。但是有些人不承认俄国的形成是由于彼得一世一个人的意志，不承认法国帝制的成立和对俄战争的开始是由于拿破仑一个人的意志，对于这种人，此种理论不但不足信、不合理，而且是违反整个的人类现实。他们对于“什么是历史事件的原因”这个问题，有另外一个回答，就是，人世的事态是天定的，它的出现取决于参与事件的人们的意志，而拿破仑对于事态的影响只是外在的、虚假的。

虽然这个假定乍看起来似乎是奇怪的：就是查理九世所发出的巴托罗牟的屠杀命令，并不是由于他的意志，只是他自己觉得，这是他下命令做的；保罗既诺八万人的屠杀不是由于拿破仑的意志（虽然他下命令开始并进行会战），只是他自己觉得，是他下命令做的，——虽然这个假定似乎是奇怪的，但是人类的尊严向我说，我们当中任何一个人，即使不是比伟大的拿破仑更伟大的人，也不是比他更渺小的人，它命令我们接受这个问题的这种解答，而历史的研究充分地证实这个假定。

在保罗既诺会战中，拿破仑既没有向任何人开枪，也没有杀死任何人。这一切都是兵士们做的。因此不是他杀死了那些人。在保罗既诺会战中，法国兵去杀俄国兵，不是由于拿破仑的命令，而是由于他们自己的愿望。全军——法国人、意大利人、德国人、波兰人——饥饿、褴褛，并且因为行军而疲惫不堪，看见了阻止他们到莫斯科去的军队，便觉得：le vin est tiré et qu'il faut le boire.〔酒已倒出，一定要饮。意即：一不做，二不休。〕假使拿破仑现在阻止他们和俄军作战，他们会把他杀死而去和俄军作战，因为这是不可避免的。

他们听到了拿破仑的命令，它作为对于他们残废和死亡的安慰，提到他们的后代所说的话："他们参加过莫斯科附近的战役，"这时，他们呼喊：Vive l'empereur！〔皇帝万岁！〕正如他们看到了那个用棍子戳地球的小孩子的画像，他们呼喊Vive l'empereur！〔皇帝万岁！〕正如他们听到任何废话时就大声呼喊"皇帝万岁！"他们除了呼喊"皇帝万岁！"去打仗和为了作为胜利者在莫斯科获得食物与休息之外，便没有更多的什么事情可做了。因此，他们屠杀自己的同类，这并不是由于拿破仑的命令。

指挥会战进行的并不是拿破仑，因为在他的作战部署中没有一项是办到的，并且在会战期间，他并不知道他面前所发生的事情。因此，这些人用什么方式互相屠杀，不是拿破仑的意志所能决定的，而是与他无关的，是参加大战的几十万人的意志决定的。只有拿破仑以为这一切是他的意志决定的。因此拿破仑是否得了伤风的问题，对于历史来说并不比最下级辎重兵的伤风问题有更大的意义。

有些作者说到，因为拿破仑伤风，所以他在会战时的作战部署和命令不如以前的好，这种说法是完全不正确的，因此八月二十六日拿破仑的伤风更是没有意义的。

前面所录的作战部署一点也不比他从前所有的打胜仗的部署糟，甚至更好。在会战时的假定的命令也不比以前的坏，而是和往常的完全一样。但这些作战命令和指示似乎比以前的要糟，只是因为保罗既诺会战是拿破仑没有打胜的第一个会战。所有的最好的最周密的作战部署和命令往往显得是很糟的，当根据它们而进行的会战失败时，每个有学问的军人都用严肃的态度批评它们；最糟的作战部署和命令往往显得是很好的，当依照命令而进行的会战得胜时，严肃的作者们便用整卷的著作证明这些很糟的命令的价值。

威以罗特在奥斯特理兹战役中所做出的作战部署，是此类文集中的完美的典范，但是还有人批评它，批评它的完美，批评它太详细。

拿破仑在保罗既诺会战中，执行了他的权力代表者的任务，这任务在其他会战中执行得同样的好，甚至更好。他没有做出任何有害于会战的事情；他听从最合理的意见；他没有发生混乱，没有自相矛盾，没有惊慌，没有从战场逃跑，却用他的非常灵敏的头脑和战争的经验，镇静地、适当地完成了他的似乎是指挥者的任务。

29

拿破仑在第二次仔细视察前线之后回来时说：

“棋摆好了，棋局明天要开始了。”

他吩咐给他五味酒，召见波赛，开始同他谈到巴黎，谈到他打算在Masion de l’impératrice〔皇后宫中〕要做的一些变动，使他的御宫总监对他竟能记住宫中的一切琐事感到惊讶。

他对琐事很感兴趣，嘲笑波赛对于旅行的爱好，并且随便地谈着，就像一个有名望、有把握、有本领的外科医生在卷起袖子，系上胸围，而病人被抬上手术台的时候说话那样。“整个的事情我都了如指掌了，在我的心里是清楚明确的。在我要办事的时候，我要把事情办得没有一个人能和我相比，但是现在我能开玩笑，我愈开玩笑，愈觉得安心，您也就应当愈有信心，愈觉得安心，愈对我的天才感到惊讶。”

拿破仑喝完了第二杯五味酒，便去休息，他觉得明天还有重大的事情等待着他。

他是那样地关心着他所面临的事情，以致他不能睡觉，虽然是因为夜晚的潮气而伤风加重，他却在夜里三点钟的时候，大声地打着喷嚏，走进一间大帐篷。他问俄军是否后退了。有人报告他说，敌人的火光还是在原来的地方。他赞同地点了点头。

值班副官进了营帐。拿破仑问他：

“Eh bien, Rapp, croyez vous, que nous ferons de bonnes affaires aujourd'hui? 〔哦，拉卜，你觉得我们今天的事情会很好吗？〕”

“Sans aucun doute, Sire! 〔毫无疑问的，陛下！〕”拉卜回答。

拿破仑向他看了看。

“Vous rappelez-vous, Sire, ce que vous m'avez fait l'honneur de dire à Smolensk? 〔陛下还记得在斯摩棱斯克向我所说的话吗？〕”拉卜说，“le Vin est tiré, il faut le boire.〔酒已倒出，一定要饮。〕”

拿破仑皱了皱眉，把头靠在手上，沉默地坐了好久。

“Cette pauvre armée! 〔这个可怜的军队！〕”他忽然地说，“elle a bien diminuée depuis Smolensk. La fortune est une franche courtisane, Rapp, je le disais toujours, et je commence à l'éprouver. Mais la garde, Rapp, la garde est intacte? 〔在斯摩棱斯克战斗以后，人数大大减少了。命运只是个荡妇，拉卜；我一向这么说，现在我开始体验到这个。但是禁卫军，拉卜，禁卫军是完整的吗？〕”他疑问地说。

“Oui, Sire.〔是的，陛下。〕”拉卜回答。

拿破仑取了一粒药片，放在口里，看了看表。他不想睡觉，但是距离早晨还早着呢，可是要消磨时光，又没有任何要下的命令，因为一切的命令都已经发出，现在正在执行了。

“A-t-on distribué les biscuits et le riz aux régiments de la garde?〔他们把饼干和米发给禁卫军各团了吗?〕”拿破仑严厉地问。

“Oui, Sire.〔是的，陛下。〕”

“Mais le riz?〔米呢?〕”

拉卜回答说，他已经传下了皇帝发米的命令，但是拿破仑不满地摇头，似乎是他不相信他的命令是执行了。一个侍仆拿了五味酒来。拿破仑吩咐他再给拉卜拿一杯来，沉默地从自己杯中喝了一口。

“我没有了味觉，没有了嗅觉，”他嗅着酒杯说，“这个伤风真讨厌。他们谈到药品。药品不能医好伤风，有什么用呢?考尔维萨尔[①]给了我这些药片，但它们一点帮助也没有。医生们能医治什么呢?什么病也不能医治。Notre corps est une machine à vivre. Il est organisé pour cela, c'est sa nature; laissezy la vie à son aise, qu'elle s'y défende elle même: elle fera plus que si vous la paralysiez en l'encombrant de remèdes. Notre corps est comme une montre parfaite qui doit aller un certain temps; l'horloger n'a pas la faculté de l'ouvrir, il ne peut la manier qu'à tâtons et les yeux bandés. Notre corps est une machine à vivre, voilà tout.〔我们的身体是生活的机器。身体是为生活而组织的，这是身体的本性；让生命在这个机器中不要受到打搅，让生命保卫它自己：生命比你用药品摧残身体时，能够更起作用。我们的身体好像一个完善的钟表，应该走一定的时间；钟表匠不能把它打开，他只能瞎弄它，闭着眼睛去处理它。是的，我们的身体是生活的机器，如此而已。〕”似乎已经走上了下定义的途径，他意外地下了一个新的定义，拿破仑喜欢定义，définitions.〔定义。〕

① 毛注：考尔维萨尔（Baron J. N. de Corvisart-Desmarets 1755—1821），法国名医，拿破仑的御医。

“拉卜！你知道吗！什么是战争的艺术？”他问，“这艺术便是在一定时间内比敌人强。voilà tout.〔如此而已。〕”

拉卜什么也没有回答。

“Demain nous allons avoiraffaire à Koutouzoff!〔明天我们要对付库图索夫了！〕”拿破仑说，“我们就会明白的！你记得，他在不劳诺指挥军队，他在三个星期内，没有骑过一次马去视察工事。我们就会看到的！”

他看了看表。才四点钟，他不想睡。五味酒喝完了，还是没有事情可做。他站起身来，来回走着，穿上暖和的外套，戴了帽子，走出营帐。夜间黑暗而又潮湿；几乎察觉不出的水珠从上面落下来。附近法国禁卫军里的营火并不明亮，远处俄军阵地里的营火在烟气中发光。处处都很寂静，可以清晰地听到法军已经开始推进去占领阵地的沙沙声和脚步声。

拿破仑在帐前徘徊，观看火光，谛听蹄声，当他走过一个高大卫兵的身边时，在他面前站住了，这个卫兵戴着毛茸茸的帽子站在他帐前守卫，看见皇帝便挺直身体，好像一根黑柱子一样。

“你是哪一年入伍的？”他问，表现出他和兵士们说话的时候一向所有的那种做作的、粗鲁而又和蔼的威风。

卫兵回答了他。

“Ah! un des vieux!〔啊！是一个老兵！〕团里领到了米吗？”

“领到了，陛下。”

拿破仑点了点头，从他身边走开了。

五时半，拿破仑骑马到涉发尔既诺村去。

快要天亮了，天空明朗了，只有一片乌云横在东方。遗弃的营火在早晨的微弱光线中快要烧完了。

右边传来了一声深沉的、孤零零的炮声，它划破空中，在一片寂静中渐渐沉寂了。过了几分钟。传来了第二、第三声炮声，空气震动了；

在靠近右边的地方传来隆隆的第四、第五声炮声。

最初的一阵炮声还没有消失，别的炮声又响了起来，于是越来越多的炮声互相夹杂着混合在一起。

拿破仑和随从们到了涉发尔既诺多角堡，下了马。棋局开始了。

30

彼挨尔从安德来公爵那里回到高尔该村之后，命令马夫把马匹准备好并要在一清早叫醒他。他说完之后，便立刻在板墙后面的角落里，在保理斯让给他的地方睡着了。

在彼挨尔第二天早晨完全清醒之前，屋里已经没有人了。玻璃在小窗子上震动着。马夫站在他旁边推他。

“大人，大人，大人……”马夫不断地叫他，推着他的肩膀，但没有望着彼挨尔，显然觉得没有叫醒他的希望了。

“怎么？开始了吗？时间到了吗？”彼挨尔醒来说。

“听听炮声吧，”当马夫的退伍兵说，“所有的先生们都走了，殿下自己早已走了。”

彼挨尔赶快穿上衣服，跑到台阶上。外面是明亮的、清凉的、有露水的、愉快的。太阳刚刚从遮掩它的云彩后边升起来，被云彩挡掉一半的阳光，经过对面街道的屋顶，照在有露水的大道尘土上、屋子的墙上、仓库的窗子上和屋子前面彼挨尔的马上。在外面听到了更清晰的炮轰声。有一个副官和一个哥萨克兵在街上跑过去。

“时候到了，伯爵，时候到了！”副官叫着。

彼挨尔吩咐牵着马跟在他后边，从街上走到山丘上，他昨天就是在这山丘上观看战场的。这个山丘上有一群军人，而且可以听到参谋们说的法语声，可以看见库图索夫戴着红边白帽子的白头和他缩在两肩之间的白发后脑勺。库图索夫用望远镜在望前面的大道。

彼挨尔顺着梯级向山丘上走着，看了看前面，对美丽的景色赞赏得出神了。这还是他昨天在山丘上所欣赏的全景；但是现在这一片地方被军队和硝烟湮没了，明亮的太阳从彼挨尔的左后方升起，斜射的光线透过清洁的早晨的空气，在这幅全景上投下了带有金黄和淡红色彩的光线和阴暗的长影子。在全景边沿的遥远的树林，好像是由黄绿色的宝石雕成的，在地平线上显出树顶的蜿蜒的线条，斯摩棱斯克大道在发卢耶佛村后边穿过树林，大道上全是军队。附近是金黄的田野和苍翠的小树丛。前边，左边，右边，处处是军队。这一切是生动、壮观、料想不到的；但是给彼挨尔印象最深的是战场本身的景色，即保罗既诺村和考洛恰河两岸的洼地。

在考洛恰河上，在保罗既诺村和河的两岸，尤其是左岸，在沼泽的两岸之间，在福益那河流入考洛恰河的地方，弥漫着一层雾，雾化开了，消散着，在太阳升起时变得透明，并且把雾中可见的一切幻术般地涂上色彩，画出线条。硝烟和雾混合着，在雾里和烟里，到处都有早晨太阳的反光，有的是水面上的，有的是露水上的，有的是拥挤在岸边和保罗既诺村中的兵士们的刺刀上的。透过这层雾，可以看见一座白色教堂、保罗既诺村的一些屋顶、某个地方的密集的军队、某个地方的绿色弹药箱和大炮。这一切都在运动，或者似乎在运动，因为雾与烟在这整个地区飘浮着。正如同在保罗既诺村附近被雾笼罩着的低凹的地方一样，在它外边，在上空，特别是在全线的左边，在树林中，在草原上，在低凹处，在高地的顶上，自动地不断地冒起硝烟，有时是单独的，有时几处同时冒起，有时很淡，有时很浓，这些硝烟冒起、散开、缭绕、混合，出现在这整个的地区。

说来奇怪，这些硝烟和射击声组成了美景的主要部分。

“扑哧！”忽然出现了一团圆圆的、浓浓的、从淡紫色变为灰色和乳白色的烟，接着砰的一声又传来了那个烟团的声音。

“扑哧，扑哧！”又冒起两个烟团，互相碰撞着、混合着；接着砰砰的声音证实了眼睛所看见的东西。

彼挨尔回头看着第一个烟团，他刚才看见它是一个圆圆的、浓浓的烟团，现在，在它那个地方已经有了许多烟团，飘向一边，扑哧……（停一下）扑哧，扑哧，——又出现了三个烟团，又出现了四个烟团，并且在每一个烟团之后，间隔同样的时间砰——砰——砰地发出了清晰的、清脆的、响亮的声音。这些烟团似乎是忽而在跑动，忽而停止不动，而树林、原野和发亮的刺刀似乎是从烟团旁飞过。在原野和小树丛的左边，不断地出现那些巨大的烟团，它们都带着庄严的回声；更近一点，在凹处的树林里，冒出小小的来不及变成球形的枪弹烟，并且同样地发出了小小的回声。特拉嘿——嗒——嗒——嗒嘿，毛瑟枪声频繁地响着，但和炮声比较起来，却显得凌乱而又微弱。

彼挨尔想要亲自到那有烟团、有刺刀闪光、有运动和有这些声音的地方去。他回头看了看库图索夫和他的随从，以便比较自己的和别人的印象。他们都和他一样，并且他觉得，都怀着同样的心情在看前面的战场。在所有的面孔上现在都显出了那种情绪的潜热（chaleur latente），这是彼挨尔昨天注意到并且在他和安德来公爵谈话后十分了解的。

“去吧，好朋友，去吧。基督与你同在。”库图索夫聚精会神地盯住战场，向站在身边的将军说。

这个将军听到了命令，便从彼挨尔身边走过，下山丘去了。

“到十字路口！”这个将军冷淡而严厉地回答了一个参谋人员，这人问他到哪里去。

“我也要去，我也要去。”彼挨尔想，朝着将军的方向走去。

将军骑上哥萨克兵牵给他的马。彼挨尔走到他牵马的马夫面前。问过哪一匹最驯顺，彼挨尔便上了马，抓住马鬃，把脚尖向外，用脚跟夹住马腹，并且觉得他的眼镜要掉了，却不能放开马鬃和马缰，在将军的后边奔驰着，引起小丘上边向他望着的参谋们的微笑。

31

被彼挨尔骑马追赶的将军下了山，急遽地向左一转，于是彼挨尔看不见了这个将军的踪影，骑马冲进他前面走着的步兵行列里去了。他试图从步兵当中走出来，忽而向前，忽而向左，忽而向右；但处处是兵，他们都有同样的焦虑的面孔，忙于某种看不见的但显然是重要的事情。他们都用同样不满的疑问的眼光望着这个戴白帽子的胖子，不知道为什么这个胖子险些儿让他的马踏到了他们。

“为什么骑马到营的当中来呢！”一个兵向他叫着说。另一个兵用枪托打他的马，彼挨尔紧贴着鞍桥，简直不能驾驭他的受惊的马，跑到兵士前面的空地上去了。

在他前面是一座桥，桥边有别的兵士们在射击。彼挨尔到了他们那里。他并不知道，他是骑马向着考洛恰河上的桥头驰去，这桥在高尔该村与保罗既诺村之间，在会战的初步战斗中已受到占领了保罗既诺的法军的攻击。彼挨尔看到前面是一座桥，看到桥的两边、草场上和他昨天看见的草捆之间，有兵士们在烟气中做着什么；虽然这地方的枪声不停，他却没有想到，这地方就是战场。他没有听到各方面嗖嗖响着的枪弹声和头上飞过的炮弹声，没有看见河那边的敌人，虽然有许多人倒在离他不远的地方，他却好久没有看到死伤的人。他脸上一直带着笑容环顾着他的四周。

“这个人为什么在前线骑马？”又有人向他叫着。

“向左，靠右边。”有些人向他喊叫。

彼挨尔向右走，无意地遇到一个他所认识的拉叶夫斯基将军的副官。这个副官愤怒地看了看彼挨尔，显然已经预备向他喊叫了，但是认出了他，便向他点了点头。

“您怎么到这里来了？”他问过以后，又向前跑去。

彼挨尔觉得自己不应该在这个地方，并且无事可做，他恐怕再妨碍别人，于是跟着副官向前跑。

“这里发生了什么事？我能跟您一道去吗？”他问。

“一会儿，一会儿。”副官回答，跑到站在草地上的胖上校面前，对他说了什么话，然后又向彼挨尔说话。

“您为什么到这里来，伯爵？”他微笑着向他说。“还是好奇吗？”

“是的，是的。”彼挨尔说。

但副官掉转了马，向前走了。

“这里还好，”副官说，“但在巴格拉齐翁的左翼那里，打得非常激烈。”

“当真吗？”彼挨尔问，“那是什么地方？”

“那么，跟我到山丘上去吧，从我们那里可以看见。在我们的炮兵阵地那里还不吃紧，”副官说，“怎么样，您去吗？”

“好！我同您去。”彼挨尔说，向四周环顾着寻找他的马夫。

直到此刻，彼挨尔才第一次看见蹒跚地步行着的和用担架抬着的伤兵。就在这个放着喷香的草捆的、他昨天骑马经过的草地上，有一个掉了帽子的兵士不动地横躺在草捆当中，头笨拙地向后仰着。“他们为什么不把他抬走呢？”彼挨尔正要开始说，但是看见了副官的严厉的面孔也向这边回头看了一下，他不作声了。

彼挨尔没有找到自己的马夫，和副官一起顺山坳到拉叶夫斯基的山冈上去。彼挨尔的马落在副官后边，身子有节奏地颠簸着。

“您似乎不习惯骑马吧，伯爵？”副官问。

“不，没有什么。但是马颠得很厉害。”彼挨尔困惑地说。

“哎……马伤了，”副官说，“前边右腿，膝盖上边。一定是子弹打伤的。恭贺您，伯爵，”他说，“受了le baptême du feu〔炮火的洗礼〕。”

他们在烟里经过了炮兵后边的第六军团，走进一个小树林，炮兵向前移动了，发出了震耳的炮声，正在打炮。树林里清凉、安静，有秋天的气息。彼挨尔和副官下了马，步行上山。

“将军在这里吗？”走上了山冈，副官问。

“刚才还在这里，从这边走的。”有一个人指着右边回答他。

副官看了看彼挨尔，似乎不知道现在要和他做什么。

“您放心吧，”彼挨尔说，“我到山冈上去，行吗？”

“行，去吧，在那里可以看到一切，而且不那么危险。我会来找您的。”

彼挨尔到炮兵阵地去了，副官继续前进。他们没有再见面，好久以后，彼挨尔才知道，这个副官在这一天打断了一只胳膊。

彼挨尔所上的山冈就是那个著名的地方（后来，俄军称它为山冈的炮台，或拉叶夫斯基的多角堡，法军称它为la grande redoute, la fatale redoute, la redoute du centre,〔大多角堡，致命的多角堡，中央多角堡〕），在它的四周死伤了几万人，并且它被法军认作全部阵地的最重要的地点。

这个多角堡是在一个山冈上，三边掘了战壕。在壕沟里摆了十尊大炮，在土垒的缝里炮击着。

两边的炮位和这个山冈排成一线，这些炮也不断地在射击。在炮后不远的地方是步兵。上这个山冈时，彼挨尔没有想到，这个掘成许多小壕沟的地方，有几门大炮在射击的地方，是会战中最重要的地方。

反之，彼挨尔觉得这个地方（正因为他在这里）是战场中一处最不重要的地方。

到了山冈上，彼挨尔坐在环绕炮位的壕沟的一端，带着不自觉的快乐的笑容，望着他身边所发生的事情。有时彼挨尔带着同样的笑容站立起来，在炮位中徘徊着，极力不妨碍兵士们，兵士们在上炮弹、拖炮，拿着炮弹箱和炮弹不断地从他身边走过。这个炮台上的大炮不断地连续发射，炮声震耳，硝烟弥漫在整个炮台的四周。

和步兵掩护队中所感觉的恐怖恰好相反，这里，在炮兵阵地中，有一小群忙于任务的人，他们和其他的人被一道壕沟隔开着，在这里，大家共同感到一种兴奋的心情，好像是在家里一样。

戴白帽子的彼挨尔的非军人的身躯的出现，起初使这些人感觉不快。从他身边走过的兵士们，惊讶地甚至恐怖地斜视着他的身子。一个高级的炮兵军官，是一个长腿、麻脸的高个大汉，似乎是为了视察边端的大炮的准备工作，走到彼挨尔面前，并且好奇地看了看他。

一个圆脸的少年军官，还完全是一个小孩子，显然是刚从中等武备学校毕业的，他极热心地指挥着交付给他的两门炮，严厉地向彼挨尔说话。

“先生，请您让开吧，”他说，“您不能够待在这里。”

兵士们望着彼挨尔，不赞成地摇头。但是后来大家相信这个戴白帽子的人不会做什么不好的事，他或者安静地坐在土垒的斜坡上，或者带着羞怯的微笑恭敬地避让兵士们，在炮火之下，在炮兵阵地中那么沉静地走动着，好像是在林荫大道上走路一样，这时候，他们对他的恶意的、怀疑的心情，开始逐渐变为亲切的、玩笑的同情，类似兵士们对于军队中他们的狗、鸡、羊等动物所有的心情。这些兵士们立刻在他们心中允许彼挨尔加入他们的家庭，把他作为自己的人，并且给他一个诨名，称他为“我们的绅士”，并且他们自己互相好意地拿他取笑。

离彼挨尔两步远的地方，一颗炮弹掀起了泥土。他从衣服上拍去炮弹溅上的泥土，微笑着回顾了一下。

“您怎么不怕的，绅士，当真吗？”一个红脸的、宽肩的兵向彼挨尔说，露出坚固的白牙齿。

“你怕吗？”彼挨尔问。

“那当然啰！”兵士回答，“要晓得炮弹是不留情的！它落下来，肠子就打出来了。不能不怕。”他笑着说。

有几个兵带着快乐的、和蔼的面色站在彼挨尔身边。他们似乎没有料到他说话是和大家一样的，这个发现使他们高兴了。

“这是我们兵士的事情。但是绅士这样，这是奇怪的。这才像一个绅士！”

“回到各人自己的地方去！”年轻的军官向围绕在彼挨尔身边的兵士们喊叫。这个年轻的军官显然是第一次或第二次在执行职务，因此他对于兵士和长官都特别谨严而有规矩。

枪弹和炮弹的轰击，在整个田野上更加激烈了，特别是在左边，在巴格拉齐翁的突角堡那里，但是在彼挨尔所在的地方，由于硝烟弥漫，几乎一点东西也看不见。此外，他的注意力全部集中于观看炮兵阵地中兵士们的家庭般的（与其他的人全部隔开的）团体。由于战场上的景象而产生的、他那最初的不自觉的快乐的兴奋心情，现在被别种情绪代替了，特别是在他看到那个孤独地躺在草场上的兵士以后。他此刻坐在壕沟的斜坡上，注视着在他四周的人。

快到十点钟的时候，已经大约有二十人从炮兵阵地中被抬走了；两尊炮被打坏了，落在炮兵阵地中的炮弹愈来愈密了，枪弹到处嗖嗖地飞着。但在炮兵阵地中的人似乎没有注意到这个；从各方面发出愉快的谈话声和笑话声。

“炸弹！”一个兵士向着嗖嗖地飞来的榴弹说。

“不要落在这里！”第二个人看到榴弹飞了过去落在掩护的步兵阵地中，带着哈哈的笑声加上一句，“落到步兵里去！”

“怎么啦，向朋友行礼吗？”另外一个兵嘲笑那个看到一颗飞过的炮弹而蹲下来的农民。

有几个兵士在土垒旁边观看前面所发生的事情。

“他们撤了前哨，啊，他们退回去了。”他们指着土垒那边说。

“照顾你们自己的事情吧，”年老的军曹向他们叫着，“他们向后撤退，因为后边还有任务。”军曹抓住一个兵士的肩头，用膝盖撞他。

他们发出了笑声。

“到第五门炮那里去，推呀！”从一边发出了人们的喊叫声。

“大家一齐来，一道推，要像拉纤那样一齐用力。”拖炮的人发出愉快的叫声。

“哎，差一点儿把我们绅士的帽子打落了，”红脸的诙谐家露出牙齿取笑彼挨尔说。“唉，笨家伙，”他谴责地对着打在炮轮和人腿上的一颗炮弹说。

“咦，你们是狐狸！”另一个人取笑那个弯腰爬进炮兵阵地来抬伤兵的民团们说。

“哎，粥没有味吗？哎，你们这些乌鸦，害怕了！”他们向那些在断腿伤兵前面迟疑着的民团们说。

“啊……啊，亲爱的，”他们模拟着农民们，“他们一点也不喜欢它！”

彼挨尔注意到，在每颗炮弹落下之后。在每次损失之后，大家的愤慨心情就越来越强烈。

好像是从迫近的暴风雨的云中发出来的一样，在所有这些人的脸上，愈益明亮地、愈益频繁地显现出潜藏着的愤怒的神情，似乎要反抗目前所发生的事件。

彼挨尔没有看前面的战场，也没有想要知道那里所发生的事情：他专心地注意着愈益炽烈的火，这种火，他觉得也同样地在他自己的心中燃烧着。

十点钟的时候，炮兵阵地前灌木丛中和卡明卡河边的步兵，退却了。从炮兵阵地中可以看到，他们用毛瑟枪抬着伤兵，从炮兵阵地的旁边向后跑。有一个将军带了随从来到山冈上，和上校说了话，向彼挨尔愤怒地看了一眼，命令站在炮兵后边的掩护步兵躺下来，以免暴露目标，他又下山去了。然后在步兵行列中，在炮兵的右边，传来了鼓声和命令声，从炮兵阵地里可以看见步兵行列怎样向前推进。

彼挨尔从土垒上看出去。有一个人特别引起他的注意。这人是一个军官，面色苍白，显得很年轻，他的佩刀向下垂着，他一面向后倒退着，一面不安地回顾着。

步兵行列在烟里不见了，却可以听到他们冗长的叫声和稠密的枪声。几分钟后，成群的伤兵和担架夫从那里回来了。炮弹愈益频繁地落在炮兵阵地里。有几个人倒在地上没有被抬走。在大炮的附近，兵士们更忙碌地、更兴奋地活动着。没有人再注意彼挨尔了。有两次，有人愤怒地向他喊叫，说他挡路。那个高级军官皱着眉，急促地迈着大步，从这个炮位向那个炮位走着。年轻的军官面色更红，更努力地指挥着兵士们。兵士们传递炮弹，转动炮弹，装上炮弹，并且紧张而又漂亮地做他们的工作。他们一步一跳，好像是脚下有弹簧一样。

暴风雨的阴云迫近了，在所有人的面孔上都明显地显现出内心燃烧着彼挨尔所注意到的那种怒火的表情。他站在那个高级军官的旁边。年轻的军官把手举到帽边敬礼，向那个高级军官面前跑去。

“报告上校先生，炮弹只有八发了，还要继续放吗？”他问。

“霰弹！”高级军官喊叫着，从土垒上看出去，没有回答他。

忽然发生了一件事：年轻的军官哼了一声，弯了腰坐到地上，好像中弹的飞鸟一样。在彼挨尔的眼睛里，一切变得奇怪、不可理解、而且茫然了。

炮弹一个一个嗖嗖地响着，打在胸墙上，打在一个兵的身上，打在一尊炮上。彼挨尔先前没有听到这些声音，现在只听到这些声音了。在炮兵阵地的右边，彼挨尔觉得那些叫着“乌拉”的兵士们不是在向前跑，而是在向后跑。

一颗炮弹正落在这个土垒的边缘，打脱了泥土，彼挨尔正站在土垒的附近，在他眼前闪过一个黑色的圆球，同时钻进什么东西里去了。进炮兵阵地的民团们又跑回去了。

“都用霰弹！”军官叫着。

军曹跑到高级军官的面前，用恐惧的低语说，“炮弹没有了（好像在吃饭的时候，司膳向主人说，所要的酒没有了一样）。”

“浑蛋们，他们干什么的！”军曹叫着，转向彼挨尔。高级军官的脸发红淌汗了，眯起的眼睛发着光，“跑到后备队里去拿炮弹箱来！”他向部下的兵士叫着，眼睛愤怒地避开彼挨尔。

“我去。”彼挨尔说。

军官没有回答他，大步地向另一边走去。

“不要放……等一下！”他叫着。

奉命去拿炮弹的兵撞上了彼挨尔。

“哎，绅士，这里不是你待的地方。”他说过，便向山下跑去。

彼挨尔在兵士的后边跑着，绕过年轻军官所坐的地方。

一个、两个、三个炮弹从他头上飞过，打在他前面、旁边和后面。彼挨尔向下跑。“我到哪里去呢？”他忽然想起来，但是已经跑到绿色弹药车附近了。他犹豫不决地站住了，是向后退呢，还是向前走呢。忽然，可怕的炮声把他震得向后坐在地上。同时，一道大火光使他睁不开眼，同时出现了响亮的震耳的轰隆声、爆裂声和嗖嗖声。

彼挨尔恢复了知觉，双手支着身子，坐在地上。他身边的弹药车不在了；只有绿色的烧毁的木板和碎片凌乱地散在焦草上，有一匹马拖着折断的车杠，从他身边跑过去，另一匹马，和彼挨尔一样地躺在地上，发出尖锐冗长的叫声。

32

彼挨尔被吓得神志不清了，他跳了起来，跑回到炮兵阵地，好像是脱离了包围他的恐怖而跑到唯一的避难所一样。

彼挨尔走进战壕时，发觉炮台上没有炮声了，但是有人在那里做着什么。彼挨尔来不及认清这些人是什么人。他看见那个高级军官上校背对着他侧卧在土垒上，好像是向下在观察什么；他又看见一个他所看见过的兵士，这个兵士在一群抓住他手臂的人当中向前挣扎着，叫着：“弟兄们！”他还看见了别的奇怪的事情。

但是他来不及弄明白这个上校已被打死，喊“弟兄们！”的那个兵是一个俘虏，在他的眼前另外一个兵被刺刀戳进了脊背。他刚跑进战壕，便有一个瘦瘦的、黄脸的、淌汗的穿蓝军服的人，手执长刀，叫喊着向他奔来。彼挨尔本能地防御着这个袭击，因为他们还没有彼此看清楚便冲在一起了，彼挨尔伸手抓住这个人（他是一个法国军官），一手抓住他的肩膀，一手抓住他的喉咙。这个军官放下了刀，抓住彼挨尔的领子。

他们两个人都把惊惶的眼睛望着互相感到陌生的脸，望了几秒钟，两人都对于他们所做的事和要做的事感到迷惑。“我是他的俘虏呢，还是他是我的俘虏呢？”各人都这么想。但是显然法国军官更加觉得自己是俘虏，因为彼挨尔被不觉的恐惧所激怒，一双更有力的手把他的喉咙越掐越紧了。这个法国人要想说什么，忽然一颗炮弹正在他头上很低地、声音可怕地飞了过去，彼挨尔似乎觉得这个法国军官的头被打下来了：他那么迅速地把头闪了一下。

彼挨尔也低下了头，垂下了手。不再想到谁是谁的俘虏，那个法国人跑回炮兵阵地去了，彼挨尔向山下跑，颠踬在死尸和伤兵的身上，他似乎觉得他们在抓他的腿。他还没有跑下山，便迎面出现了一队奔跑的密集的俄国兵，他们跌绊着，颠踬着，喊叫着，愉快而勇猛地向炮台上跑去。（这就是叶尔莫洛夫所自夸的攻击，他说，只有他的勇敢和幸运才能够立这个功，据说在这个攻击中，他把衣袋里的几个圣·乔治勋章扔在土丘上，准备赏给有功的人。）

占领炮台的法军逃跑了。我们的军队喊着“乌拉”，把法军追赶到炮台的外边，追得很远，以致难以叫回他们。

俘虏从炮台上被带下来了，其中有一个受伤的法国将军，他被军官们围住了。一群群的俄国伤兵，有些是彼挨尔认识的，有些是他不认识的，还有一群群的法国伤兵，都带着痛苦的难看的面色，有的走着，有的爬着，有的用担架抬着离开炮台。彼挨尔又走到山冈上，在那里待了一个多小时，在那个接待他的家庭团体中，他一个人也找不到了。许多他不认识的人死在那里。但有几个人是他认识的。年轻的军官在土垒的边缘仍旧缩成一团，坐在血泊里。红脸的兵士还在痉挛着，但是没有人把他抬走。

彼挨尔跑下了山。

“是的，现在他们要停止了，现在他们要害怕自己所做的事情了！”彼挨尔想，漫无目的地向着一群离开战场的担架兵走去。

但是被烟遮蔽的太阳还很高，在塞妙诺夫斯克村的前面，特别是左面，似乎还有东西在烟里沸腾着，枪炮声不但没有减弱，而且拼命地在增强着，好像一个人竭尽全力在拼命叫喊。

33

保罗既诺会战中主要的战斗，发生在保罗既诺村与巴格拉齐翁的突角堡之间一千沙绳[①]的地方。（在这个区域外，一边是俄国的乌发罗夫骑兵在做中午的佯攻，另一边，在乌齐擦村那边，是波尼亚托夫斯基与屠契考夫的交战；但是和战场中部所发生的会战比较起来，这是两场单独的小规模战斗。）在保罗既诺与突角堡之间的田野上，在森林的旁边，在开阔的、可以从两端看见的地面上，发生了会战中主要的战斗，它的方式是最简单、最直接的。

会战是由双方数百门大炮的炮战开始的。

后来，当整个田野上硝烟弥漫的时候，法国方面的右边，有德赛

① 约合二千一百三十四公尺，七千英尺。

和考姆班的两个师在硝烟中向突角堡推进，左边有副王的部队进攻保罗既诺。

这些突角堡距离涉发尔既诺多角堡（拿破仑驻扎在这里）有一俚，但是保罗既诺与那里的直线距离有两俚以上，因此拿破仑不能看到那里所发生的事情，尤其是因为烟和雾混在一起，遮蔽了整个地区。德赛师的兵士进攻突角堡，一直到他们下到他们和突角堡之间的山谷中的时候，才可以看见。他们刚到山谷里，突角堡上枪弹和炮弹的烟是那么浓密，以致遮蔽了山谷那边整个山坡。在硝烟中闪着黑色的东西，大概是人，偶尔闪着刺刀的反光。但他们是在行动，还是站在那里，他们是俄国人，还是法国人，从涉发尔既诺多角堡这里是看不出的。

太阳明亮地升起了，斜光直射在拿破仑的脸上，他用手掌遮着太阳，望着突角堡。烟在突角堡的前面扩散着，有时似乎是烟在动，有时似乎是兵士在动。有时可以在枪炮声中听到人的喊叫声，但是不能够知道他们在那里做什么。

拿破仑立在山冈上，用望远镜看着，在望远镜的小圆圈里他看见了烟和人，有时看见他自己的人，有时看见俄国人，但是当他再用肉眼去看时，他不知道，他所看见的东西到哪里去了。

他下了山冈，在冈前来回地走着。

他偶尔停住，倾听着枪炮声，注视着战场。

不但从下边他站立着的地方，不但从他的将军们现在站立着的山冈上，都不能够看出这个地方所发生的事情，而且在突角堡上也不能够看出来。突角堡上此刻忽而同时、忽而轮流地出现了死的、伤的、活的、受惊的和疯狂的俄国兵和法国兵。在一连几小时内，在不断的枪炮声中，在这个地方有时出现俄国人，有时出现法国人，有时是步兵，有时是骑兵；他们出现、倒下，互相射击、冲撞、呼喊着往回跑，不知道要互相干些什么。

拿破仑派出的副官和他的元帅们的传令官，不断地从战场上骑马跑到拿破仑面前来，报告战事的进展；但是这一切的报告都是虚假的：因为在会战激烈的情况下，不能够说，在一定的时间内发生了什么事情；因为许多副官没有跑到会战的现场，而是报告他们听别人所说的话；又因为副官们骑马跑了二三俚路，到拿破仑面前的时候，情形已经改变，而他所带来的消息，已经过时了。例如一个副官从副王那里骑马跑来，带来了消息，说保罗既诺已被占领，考洛恰河上的桥已经在法军手中。这个副官问拿破仑是否命令军队过河。拿破仑命令在河那边整队并等候命令；但是不仅拿破仑在下这个命令的时候，而且甚至在这个副官刚刚离开保罗既诺村的时候，这座桥已经在彼挨尔于会战开始时所参与的那个小战斗中，被俄军夺回并烧毁了。

一个面色苍白惊惶的副官，从突角堡骑马跑来，向拿破仑报告说，进攻已被打退，考姆班受伤，大富阵亡了，然而在副官说法军被击退的时候，突角堡被另一部分的法国军队占领了，大富还活着，只是受了点轻伤。拿破仑根据这种不可避免的虚假的报告下命令，这些命令有的在他发出之前已经执行，有的不能够执行，因而没有执行。

离战场较近的元帅们、将军们，和拿破仑一样，没有参与实际的会战，只是偶尔骑马来到阵地上，他们不请示拿破仑便做了调遣，发出命令：向何处射击，从何处射击，骑兵向何处跑，步兵向何处跑。甚至他们的命令，正和拿破仑的命令一样，只是很小一部分被部下执行。所发生的大部分事情，和他们的命令正相反。被命令前进的兵士，从霰弹的射程里跑回来了；被命令留守原地的兵士，看到俄军意外地向他们面前跑来，便忽然地有时向回跑，有时向前冲；骑兵未奉命令便追赶逃跑的俄军。两个骑兵团便是这样地跑过塞妙诺夫斯克的山谷，刚刚上了山，又掉转头，用全力往回跑。步兵也是同样地行动，有时他们跑去的地方完全不是他们奉命要去的地方。全部的命令，向何处以及何时移动大炮，何时派遣步兵射击，何时派骑兵追赶俄国步兵，这一切的命令都是由和部队最接近的现场指挥官们发出的，他们并不请示奈伊、大富和牟拉，更不问拿破仑了。他们不怕因为不执行命令或因为自己发命令而受处罚，因为在会战中，事情关系到人所最宝贵的东西——个人的生命，有时似乎是，安全就是向后跑，有时就是向前跑；而在会战最激烈的时候，这些人是按照当时的心情而行动的。事实上，这些向前和向后的运动，并没有改善或者改变兵士的境况。他们互相猛冲和骑马冲闯的行动，几乎没有造成伤害，而出现伤害、死亡和残废，却是横飞旷野的炮弹和枪弹造成的，他们便是在这个旷野上撞来闯去的。这些人刚刚走出炮弹、枪弹横飞的地方，站在后边的指挥官便立刻整编他们，恢复纪律，并用这种纪律的威力又把他们带回火线上，在火线上他们又（在死亡恐怖的威力之下）失去纪律，随着群众的心情的偶然冲动而撞来闯去。

34

拿破仑的将军们、大富、奈伊和牟拉，离火线最近，有时甚至骑马走上火线，他们几次地把队形整齐的大量的军队带上火线。但是和以前所有的会战中一向必然发生的情况恰好相反，他们没有得到所期待的敌人逃跑的消息，而整齐的军队变为凌乱的惊惶的人群，从那里跑回来了。他们又把兵士们排成队形，但是人数却更少了。中午，牟拉派他的副官去向拿破仑要求增援。

拿破仑坐在山冈下饮五味酒，这时候牟拉的副官骑马跑来，他保证说，假使陛下再拨一个师，俄军就要崩溃了。

“增援吗？”拿破仑严厉地、惊异地说，望着这个披着长长黑发的（像牟拉的头发一样）英俊的青年副官，好像是不明白他的话。“增援！”拿破仑想，“他们手里有一半的军队攻击薄弱的没有工事的俄军侧翼，此刻他们怎么会要求增援呢？”

“Dites au roi de Naples，〔告诉那不勒王，〕”拿破仑严厉地说，

"qu'il n'est pas midi et que je ne vois pas encore clair sur mon échiquier. Allez…〔说现在还未到中午，我还没有看清我的棋盘。去吧……〕"

披着长发的英俊的副官，手里一直拿着帽子，深深地叹了口气，又向厮杀的地方骑马跑去。

拿破仑站起来，召来考兰库尔和柏提挨，开始和他们谈论与会战无关的事情。

在这个使拿破仑开始感到有趣的谈话的当中，柏提挨的眼睛向着一个将军和随从看去，这个将军骑着汗马向山冈上跑来。这人是白利阿尔。[①]他下了马，快步地走到皇帝面前，勇敢地大声地开始说明必须增援他们。他宣誓说，假使皇帝再增加一个师，俄军就要崩溃了。

拿破仑耸了耸肩膀，没有回答，继续来回走着。白利阿尔开始大声地、兴奋地和他身边的随从将军们谈话。

"你很性急，白利阿尔，"拿破仑说，又走到刚才来到的将军面前，"在激战中容易出错。您去看一下，再到我这里来。"

白利阿尔还没有走出视线，又有一个从战场上派来的人从另外一边骑马跑来了。

"Eh bien, qu'est ce qu'il y a?〔哦，有什么事？〕"拿破仑带着因为不断的打搅而发怒的语气说。

"Sire, le prince,〔陛下，亲王，〕……"副官开始说。

"要求增援吗？"拿破仑带着发火的姿势问。

副官肯定地点了点头，并且开始报告；但皇帝转过身去，走了两步，停下步，又走回来，叫了柏提挨，"我们应该派后备队了。"他说，轻轻地摊开双手。

"你看，派谁到那里去呢？"他问柏提挨，问这个oison que j'ai fait aigle，〔被我变为鹰的鹅，〕他后来这么称他。

---

① 毛注：A. D·白利阿尔（1769—1832），法国将军，在帝国和共和各战争中有功。

“陛下，派克拉巴来德师，”柏提挨说，他心里记得所有的师、团、营。

拿破仑同意地点了点头。

副官骑马跑到克拉巴来德师去了。几分钟后，驻扎在山冈后边的少年禁卫军离开了原来的地方。拿破仑沉默地望着这个方向。

“不行，”他忽然向柏提挨说，“我不能派克拉巴来德师去。派弗利安师去。”他说。

虽然派弗利安师代替克拉巴来德师去，并没有任何好处，甚至此刻不派克拉巴来德师而派弗利安师显然有不便，会误事，但是命令却严格地执行了。拿破仑没有知道，他对于他的军队，是在扮演用药品碍事的医生的角色，他所扮演的角色是他理解得那么正确、但遭到别人非难的角色。

弗利安师和别的师一样，在战场上的硝烟里不见了。副官们从各方面继续跑来，好像是商量好了，大家都说同样的话。他们都要求增援，都说俄军还坚守着阵地，并且发出un feu d’enfer〔猛烈的炮火〕，法军便在这个炮火中渐渐消失了。

拿破仑坐在折椅上沉思着。

爱旅行的、从早晨饿到现在的德·波赛先生，走到皇帝的面前，大胆地恭敬地请陛下用早餐。

“我希望现在就能庆祝陛下胜利。”他说。

拿破仑沉默着，否定地摇摇头。德·波赛先生以为，这个否定，是对于胜利而不是对于早餐的，他竟敢轻佻而又恭敬地说，在能够用早餐的时候，世界上是没有理由能够不让人用早餐的。

“Allez vous〔你走开吧〕……”拿破仑忽然闷闷地说，把身子转过去了。

一种抱歉、懊悔、狂喜、幸福的笑容，出现在波赛先生的脸上，他慢慢地走到别的将军们那里去了。

拿破仑体验着那么一种难受的心情，好像一个总是幸运的赌博者所体验到的那种心情：这人胡乱地押钱，总是赢，忽然正在他考虑自己的赌博的运气时，他觉得，愈考虑他的赌博的输赢，他愈是输定了。

兵士们是同样的，将军们是同样的，准备是同样的，作战命令是同样的，proclamation courte et énergique〔简短有力的宣言〕是同样的，他自己也是同样的，他知道这一点；他知道，他现在甚至比从前经验丰富得多、本领大得多，甚至敌人也是和在奥斯特理兹、和在弗利德兰的时候同样的；但是他的手臂可怕地挥动时却似乎中了魔似的没有力量了。

从前所有的那些一定会取得胜利的方法：炮兵集中一点，以后备队的攻击突破阵线，des hommes de fer〔铁人〕骑兵的进攻，所有的这些方法都用到了，可是，不但没有取得胜利，而且从各方面传来同样的消息，说到将军们的死伤、增援的必要、击破俄军不可能和军队的混乱。

从前，在两三道命令、两三句话以后，元帅们和副官们便带着喜气洋洋的面孔，骑马跑来报告战利品——成队的俘虏，des faisceaux de drapeaux et d'aigles ennemis，〔成捆的敌方军旗和鹰旗，〕大炮，辎重，而牟拉也只要求让骑兵去截夺行李车。在洛提，在马任哥，在阿尔考拉，在耶拿，在奥斯特理兹，在发格拉姆等处都是如此的。[①]但是现在，他的军队发生了奇怪的事情。

虽然有占领突角堡的消息，拿破仑却知道，这不像，完全不像从前所有的会战中的情形。他知道，他所感觉到的那种心情，也是他四周有经验的人们所感觉到的。所有的面孔是愁闷的，所有的眼睛彼此避开着。只有波赛一个人不能了解目前所发生的事件的意义。拿破仑有长年的作战经验，他很知道，在八小时的一切努力之后，攻击的方面没有获得会战的胜利，意味着什么。他知道，这是失败的会战，现

① 毛注：拿破仑于一八〇〇年在洛提及马任哥打败奥军，一七九六年在阿尔考拉打败奥军，一八〇六年在耶拿打败普军及萨克逊军，一八〇九年在发格拉姆打败奥军。

在，最小的偶然事件，在这个会战胜败未决的紧要关头，都可以消灭他和他的军队。

他考虑着这整个的奇怪的对俄战争，在这个战争中没有获得一次会战的胜利，在这个战争中，两个月来没有俘获一面军旗、一尊炮、一个军团，他望着他周围的人的面孔上隐隐的忧愁的神色，听着报告说俄军还在战斗——这时候一种可怕的感觉，类似在噩梦中所体验到的那种感觉，支配着他，他想起了一切可以毁灭他的、不幸的偶然事件。俄军可能猛攻他的左翼，可能突破他的中央，他自己可能被一颗流弹打死。这一切都是可能的。在以前的会战中，他只想到胜利的机会，现在他想起了无数的不幸的机会，并且期待着这一切。是的，这好像是做梦一样，一个人梦见了一个恶汉在攻击他，这个人在梦里挥动手臂，使出可怕的力量反击这个恶汉，他知道，这个力量该当毁灭这个恶汉，却又觉得他的手臂软弱无力，好像破布一样落下来，并且那对于不可避免的毁灭而有的恐怖，攫住了这个无能为力的人的心。

俄军攻击法军左翼的消息，在拿破仑心中引起了这种恐怖。他沉默地坐在冈下的折椅上，垂着头，把臂肘放在膝盖上。柏提挨走到他面前，提议视察前线，以便明确战事的情况如何。

“什么？你说什么？”拿破仑说，“好，叫人替我牵马来。”

他上了马，到塞妙诺夫斯克去了。

在拿破仑骑马经过的整个阵地上，在缓缓飘散的硝烟中，有单独的或者成堆的人和马躺在血泊里。在这么小的一块地方死了这么多人，这样可怕的情形，是拿破仑和他的任何一个将军们从来没有看见过的。十小时连续不停的震耳的炮声，对这个景象赋予了一种特别的意义（好像音乐对于活动画片一样）。拿破仑上了塞妙诺夫斯克的高地，在硝烟中看见成行的、穿军服的人，军服的颜色是他所看不惯的。这些人是俄军。

俄军密集地站在塞妙诺夫斯克高地和山冈的后面，他们的炮在自己的战线上不停地放着，冒着烟。这已经不是一个会战。这是继续屠杀的混乱场面，对于俄军和法军都没有任何好处。拿破仑驻了马，又沉入冥想中，柏提挨把他从这种冥想中唤醒；他不能够制止他面前和他四周所发生的、算作是他所领导、他所决定的事情，由于它没有成功，他第一次觉得这种事情是不必要的、可怕的。

有一个将军走到拿破仑面前，竟敢提议要老禁卫军加入战争。站在拿破仑旁边的柰伊和柏提挨互相看了一眼，对这个将军无意义的提议轻蔑地微笑一下。

拿破仑垂下了头，沉默了很久。

“A huit cent lieux de France je ne ferai pas démolir ma garde!〔和法国相隔八百“里约”[①]，我不愿毁灭我的禁卫军！〕”他说，然后掉转马头，回涉发尔既诺去了。

35

库图索夫垂下了白发的头，困乏地弯着沉重的身躯，坐在铺了毯子的凳子上，就是坐在彼挨尔早晨看见他的那个地方。他没有发出任何命令，只是同意或不同意别人向他所报告的事。

“是的，是的，做这个，”他回答各种建议，“是的，是的，去，好孩子，去看一看，”他向身边的这个人或那个人说；或者说，“不，不要，最好是等一下。”他听别人念带给他的报告，并且在部下要求下令时发布命令；但是他听报告时，似乎对他们向他所说的话中的意义并不感兴趣，而是报告者的面部表情和说话语气中别的含义使他感到兴趣。由于多年的战争经验，他知道，并由于老年的智慧，他了解领导几十万人与死亡争斗，不是一个人所能办到的事；并且他知道，决定会战

① 合三二〇〇俄里或二〇〇〇英里。

命运的不是总司令的命令，不是军队驻扎的地方，不是大炮和杀人的数目，而是那种不可捉摸的力量，这种力量叫士气。于是他注视着这种力量，在他的权力范围之内，领导这种力量。

库图索夫脸上的一般表情，是全神贯注的、紧张而又镇静的，他强打着精神支撑着他老弱、疲乏的身子。

上午十一时，有人向他送来了这个消息，说法军占领的突角堡又被夺回来了，但巴格拉齐翁公爵受了伤。库图索夫叹了口气，摇摇头。

“到彼得·依发诺维支公爵[①]那里去详细地打听一下，是怎么回事，”他向一个副官说过，又向站在他背后的孚泰姆堡亲王[②]说，“阁下愿意指挥第一军吗？”

亲王刚刚走了以后，在他还不至于到达塞妙诺夫斯克的时候，他的副官便回来向殿下说，亲王要求增加军队。

库图索夫皱了皱眉，下令让道黑图罗夫指挥第一军，并且请亲王回到他面前来，照他话说，在这个重要的时候，没有亲王，他便不能应付局势。在传来了牟拉被俘的消息[③]而参谋人员向他庆祝时，他微笑了一下。

“等一下，诸位，”他说，“会战是胜利了，俘虏牟拉并不是什么了不得的事。最好还是等一等再高兴吧。”

但是他却派副官去向军队报告这个消息。

在歇尔必宁从左翼骑马跑来报告法军占领突角堡和塞妙诺夫斯克的消息时，库图索夫根据战场上的声音和歇尔必宁的脸色，看出这些消息是不好的，他站起身来，好像是要伸伸腿，他抓住歇尔必宁的手臂，把他领到旁边。

“你去，好孩子，”他向叶尔莫洛夫说，“看看，有什么办不到的

① 是巴格拉齐翁的名字。

② 毛注：孚泰姆堡（Alexander Frederick of Wurtemoberg 1771—1833）是玛丽亚·费道罗芙娜皇后之弟，于一八〇〇年入俄军服务。

③ 毛注：被俘的是保那米将军，并非牟拉。

事。”

库图索夫在高尔该村，在俄军队地的中心。拿破仑所指挥的对我左翼的进攻，被击退了几次。法军在中央没有超过保罗既诺。乌发罗夫的骑兵在左翼赶跑了法军。

三点钟之前，法军的进攻停止了。在所有的从战场上回来的人的脸上，在身边各人的脸上，库图索夫看见了紧张至极的表情。他对这天的胜利比他期望的要好感到满意。但老人的体力不够了。有几次他的头垂得很低，像要掉下来，并且他打盹了。有人叫他吃饭。

侍从武官长福尔操根在吃饭的时候来到库图索夫面前，他就是那个走过安德来公爵身边说战争应该 im Raum verlegen〔扩大范围〕而被巴格拉齐翁觉得讨厌的人。福尔操根是从巴克拉那里来报告左翼的战况的。聪明的巴克拉·德·托利看见成群的伤兵向回跑，看见混乱的后卫，分析了全部情形，断定会战是失败了，并且派他宠爱的人来向总司令报告这个消息。

库图索夫费力地嚼着烤鸡，用眯着的愉快的眼睛看了看福尔操根。

福尔操根漫不经心地伸着腿，嘴上带着半轻视的笑容，走到库图索夫面前，他的手仅仅举到帽檐边。

福尔操根对殿下作出有几分做作的满不在乎的样子，目的要表示，他这个有高深教养的军人，让俄国人把这个老而无用的人当作偶像，而他自己却知道他是在应付什么样的人。“Der alte Herr，〔这位老先生，〕（他的德国人团体这么称呼库图索夫）macht sich ganz bequem.〔自己倒舒服。〕”福尔操根想，严厉地看了看库图索夫面前的碟子，他按照巴克拉对他的吩咐和他自己所看见的、所了解的，开始向这位老先生报告左翼的战况。

“我们阵地的所有据点都落到了敌人的手里，我们不能打退他们，因为军队没有了；他们逃跑，不能阻止他们。”他报告说。

库图索夫停止了嚼咬，似乎不了解他所说的话，惊异地注视福尔操根。福尔操根看见了des alten Herrn〔这位老先生的〕兴奋的脸色，微笑着说：

“我认为对殿下隐瞒我所看见的事是不对的……军队完全陷入混乱了……”

“您看见的？……您看见的？……”库图索夫皱着眉叫着说，迅速地站起来，向福尔操根面前走去。“您怎……您怎敢！……”他用颤抖的双手做出威胁的姿势，一面呛噎着，一面叫着说，“您怎敢**向我**说这话，阁下。您一点也不知道。替我告诉巴克拉将军，说他的消息是不确实的，我总司令，对于实际的战况比他知道得更清楚。”

福尔操根想要有所答辩，但是库图索夫打断了他的话。

“敌人在左翼被打退，在右翼也打败了。假使您没有看清楚，那么阁下就不要说您所不知道的事情。请您到巴克拉将军那里去，告诉他，我明天一定要攻击敌人。”库图索夫严厉地说。

大家都沉默着，只听见喘气的老将军的沉重呼吸。

“处处打退了敌人，因此我感谢上帝和我们的勇敢的军队。敌人打败了，我们明天要把敌人赶出神圣的俄国领土。”库图索夫说，画着十字，忽然他因为涌出的眼泪而呜咽了。

福尔操根耸了耸肩膀，歪了歪嘴唇，沉默地走开，诧异着über diese Eingenommenheit des alten Herrn〔这位老先生的自负的愚蠢〕。

“啊，我的英雄，他来了。”库图索夫向一个胖胖的、英俊的、黑发的将军说，这个将军正骑着马向山冈上走来。

这人是拉叶夫斯基，他整天都在保罗既诺战场的最重要的地方。

拉叶夫斯基报告说，军队还坚强地守着他们各处的阵地，法军不敢再进犯了。

听了这话库图索夫说：“Vous ne pensez donc pas comme les autres que nous sommes obligés de nous retirer?〔你不和别人一样以为我们应当退却吗？〕”

"Au oontraire, votre altesse, dans les affaires indécises c'est toujours le plus opiniâtre qui reste victorieux, 〔恰好相反，殿下，在胜负未定的时候，总是最顽强的人取得胜利，〕"拉叶夫斯基回答，"Et mon opinion〔我的意思〕……"

"卡依萨罗夫！"库图索夫叫他的副官，"坐下来，写明天的命令。你，"他向另一个副官说，"到前线上去说，我们明天要进攻。"

在库图索夫和拉叶夫斯基谈话并授写命令的时候，福尔操根从巴克拉那里回来说，巴克拉·德·托利将军希望获得总司令这个命令的明文。

库图索夫没有望福尔操根，命令副官写这个命令，这是前任总司令为了逃避个人的责任，费尽心机希望获得的。

一种不能解释的神秘的联系，维持着全军的同一情绪，即是所谓军心，并且照库图索夫的话说，它是战争的主要神经，库图索夫的明天作战的命令，就是由于这种联系同时到达了军队的每个角落里。

命令传到这个联系的最后一环已经远非原来的话，远非原来的命令了。甚至军队各个角落里互相传送的话，没有一点和库图索夫所说的话相同；但是他的话里的意思传到了各处，因为库图索大所说的话，不是深思熟虑后讲出来的，而是凭感情讲出来的，这种感情是在总令司的心中，也在每一个俄国人的心中。

听说我们明天要攻击敌人，从最高指挥部那里证实了他们想要相信的事，疲倦的动摇的人们便得到了安慰，获得了鼓励。

36

安德来公爵的团是在后备队里，后备队在强烈的炮火之下，驻扎在塞妙诺夫斯克的后边，直到一点钟以后还没有作战。两点钟以前，这个已经损失二百多人的团，向前推进到被残踏的燕麦田里，在塞妙诺夫斯克和山冈炮台之间的那个地段上。这天在这个山冈上死了几千人，并且在两点钟以前，敌人的数百门大炮集中火力猛轰这个山冈。

没有离开这个地方，也没有射出一颗子弹，这一团在这里又损失了三分之一的人。从前面，特别是从右边，大炮在聚集不散的硝烟中猛轰着，从遮盖前面整个地区的神秘的硝烟中，不断地飞出嗞嗞的迅速的炮弹和嗖嗖的迟缓的霰弹。有时似乎让他们休息，在一刻钟之内，所有的炮弹和霰弹都从他们的头上飞过，有时在一分钟之内，打死团里好几个人，他们不停地忙着拖死尸，抬伤兵。

随同每次新的轰击，活命的机会对于那些未死的人来说，是越来越少了。团分为营纵队，都相隔三百步远，虽然如此，全团的人都受到同一情绪的影响。全团的人都是同样地沉默、愁闷。在行列之间偶尔听到谈话声，但这些话声，在每次都有中弹的和招唤“担架”的声音的时候，又寂静了。团里的人大部分时间，是奉长官的命令坐在地上。有的摘下帽子，将帽子的褶子小心地放开又折起；有的用手掌揉碎了干土，擦着刺刀；有的揉着皮带，拉子弹带的扣子，有的将裹腿小心地理平，重新裹上，又穿上鞋子。有的用田里的草土盖小屋子，或者用麦田里的麦秸编小篮子。大家似乎专心地注意着这些事。在有人受伤和死亡时，在担架走过时，在我军后退时，在大队敌军可以在烟气中看得见时，没有人对于这些事情加以注意。在炮兵、骑兵前进，我方的步兵运动可以看见时，从各方面传来称赞的声音。但是大部分的注意力，是集中在完全和会战毫无关系的闲事上。似乎这些在精神上疲惫不堪的人们的脑筋，从这些日常普通的事情上获得了调剂。一个炮兵连从团的前面走过。有一辆炮弹车的挽马的马蹄绊了挽具。

“哎，那匹挽马！……把腿放出来！……它要跌的……哎，他们没有看见！……”全团的行列中都发出这样的叫声。

另一个时候大家的注意力集中到一只尾巴牢牢竖起的棕色小狗上，这只狗天晓得从哪里来的，它心神不定地快步地在各行列的前面跑着，忽然因为一颗炮弹落在附近，叫了一声，夹了尾巴跑开了。全团的人发出了笑声和叫声。但是人们这种开心的时间很短，而他们在不断的死亡的恐怖下，已经没有食物，没有任务，守了八个多小时，他们的苍白的愁闷的面孔显得越来越苍白、越来越愁闷了。

安德来公爵正和全团的人一样，面孔愁闷苍白，在燕麦田边的草地上，从这边田界到那边田界，来回地走着，双手抄在背后，头低垂着。他没有事情要做，也不需要下命令。一切都在自动地进行着。他们把死尸从前面拖开，抬走伤兵，行列靠拢了。若是有兵士跑到后边去，他们也立刻赶快跑回来。起初，安德来公爵认为他有责任鼓起兵士的精神，做他们的榜样，他在行列间来回地走动着；但后来，他相信既不需要也没有地方要教导他们。他的全部心思，正如同每个兵士一样，只是不自觉地集中在不要自己去考虑他们的处境的恐怖情形上的。他在草地上来回走着，拖着他的脚，擦响着草，注意着盖在靴子上的尘土；有时他跨着大步，力求踏着收割人留在草地上的足迹，有时他数着自己的步子，计算着，他从这边田界到那边田界要走多少次才是一俚，有时他摘下长在田界上的苦艾的花，把花揉在手掌里，嗅着强烈的又香又苦的气味。他昨天的全部想法没有留下一点痕迹。他什么也不想。他用他的疲倦的耳朵谛听着依然如旧的声音，辨别着炮弹的横飞声和爆炸声，注视着第一营兵士们的看惯了的面孔，并且等待着。“它来了……它又落在我们这里！”他想，听到硝烟弥漫的地方传来了炮弹的呲呲声。“一个，两个，又是一个打中了……”他停下步，看了看行列。“不是，飞过去了。可是这一个打中了。”他又开始散步，极力迈着大步子，以便在十六步内走到那边田界。

又响起了呲呲声和撞击声！在他五步之外，一颗炮弹掀起了干土，便不见了。一阵不自觉的冷气掠过他的脊背。他又看了看各行列。大概打中了很多人；一大群的人聚集在第二营那边。

“副官先生，”他喊，“告诉他们不要挤在一起。”

副官执行了命令，走到安德来公爵面前。从另一边一个营长骑马来了。

“当心！”一个兵士发出惊惶的叫声，然后好像一只嗖嗖地急飞落地的鸟一样，距离安德来公爵两步远的地方，在营长的马边，一颗霰弹低声地钻进土里去了。马，不问是否应该表示恐怖，最先喷了喷鼻子，用后蹄站立了一下，几乎把少校甩到地上，然后跑到一边去了。马的恐怖传给了人。

“卧倒！”副官喊叫着，伏倒在地上。

安德来公爵迟疑不决地站着。一颗霰弹，好像一个陀螺，在他和卧倒的副官之间，在麦田和草地交界处，在苦艾的旁边，冒烟打转。

“难道这是死亡吗？”安德来公爵想，用他的全新的羡慕的目光望着青草、苦艾和打转的黑球所冒出的烟缕。“我不能死，我不想死，我爱生命，爱这草、土地、空气……”他这么想着，同时想到别人在看他。

“可羞，军官先生！”他向副官说，“什么样的……”他没有说完。就在这个时候传来了爆炸声和好像被打碎的窗框碎片的嗞嗞声，飘来了令人窒息的硝烟味，于是安德来公爵踉跄了一下，举起一只手，跌倒了。

几个军官跑到他跟前来了。从他腹部的右边流出来的鲜血把草地染红了一大片。

唤来的几个民团带了担架站在军官们的后边。安德来公爵胸脯向下卧倒着，脸贴着草，困难地喘息着，呼吸着。

“干吗站着，来！”

几个农民走上去，抓住他的肩和腿抬了起来，但是他可怜地呻吟着，农民们互相看了一眼，又把他放下了。

“抬起来，放上去，不要紧！”有人在叫。

他们又抬起他的肩，把他放在担架上。

“啊，我的上帝，我的上帝，这是怎么一回事？……肚子！这就完啦！啊！我的上帝！”这是军官们当中发出的声音。

“子弹紧贴着我的耳朵旁边飞过去了。”副官说。

农民们把担架扛上了肩，迅速地沿着他们踏成的小路抬到包扎所去了。

“合上步子……哎！……农民们！”一个军官叫着，按着步伐不齐的、使担架颤动的农民们的肩膀。

“合上步子呀，怎么，郝费道尔，郝费道尔。”前面的农民说。

“这样就对了。”后边的农民合上了脚步，高兴地说。

“大人？啊？公爵？”跑来的齐摩亨看了看担架，用颤抖的声音说。

安德来公爵的头深深地陷在担架里，他睁开眼睛，在担架上看了看说话的人，又把眼睑合上了。

民团把安德来公爵抬到树林里，辎重车和包扎所都在这里。包扎所是三个支在桦树林边的卷起帐篷边的帐篷搭成的。在桦树林中有辎重车和马匹。马在吃燕麦，麻雀飞来啄食落下的谷粒。老鸦闻到血腥味，不耐烦地聒噪着，在桦树间飞来飞去。在帐篷四周两俄亩多[①]的地面上，躺着、坐着、站着身穿各种服装的流血的人。在伤兵的四周，站着许多面色沮丧、然而又显得关心的担架兵，维持秩序的军官要把他们从这里赶走，但无法做到。兵士们不听军官的话，靠着担架站立着，聚精会神地望着他们面前所发生的事，好像试图了解这种情景的难解的意义。从帐篷里时而传出大声的愤怒的啼哭，时而传出可怜的呻吟。时而助理医生跑出来取水，或者指定应该抬进去的人。伤兵们在帐篷外依次等候，叹息着，呻吟着，哭泣着，叫喊着，诅咒着，要求喝伏特加酒。有的讲胡话。担架兵们在尚未包扎的伤兵当中走过去，把团长安德来公爵抬到一个帐篷的旁边等待吩咐。安德来公爵睁开眼睛，好久不能够明白他身

① 约合两公顷以上，或三十多市亩。

边所发生的事。他想起了草地、苦艾、麦田、黑的滚动的球和他对于生命的热烈的爱。离他两步之外，站立着一个裹着头的、高大英俊的、头发乌黑的军曹，他倚着树枝大声地说话，引起大家对他的注意。他头上和腿上受了枪弹伤。在他四周聚集了一群伤兵和担架兵，他们出神地听着他说话。

“我们把他从那里踢开了，所以他抛弃了一切，我们把国王也抓住了，”这个兵叫着，一双黑眼睛闪着光亮，环顾着他的四周，“若是后备兵按时赶到，弟兄们，他便什么也没有了，因为我老实告诉你……”

安德来公爵和说话者四周所有的人一样，也用发亮的眼睛望着他，并且感觉到一种安慰的心情。“但是，现在不是反正一样了吗？”他想，“那里会有什么，这里有什么呢？为什么我舍不得抛弃我的生命呢？在这个生命里有点东西我过去不曾了解，现在也不了解。”

37

有一个医生，身上系着有血迹的胸围，小手上染着血迹，在一只手的拇指和小指间夹着一支雪茄烟（免得碰脏），走出帐篷。这个医生抬起头，从伤兵们头上向旁边望着。他显然是想要休息一会儿。他的头左右地转了一会，叹了口气，垂下了眼睛。

“好，立刻看。”他回答一个助手的话，这个助手向他指指安德来公爵，于是他命令把安德来公爵抬进帐篷。

在候诊的伤兵之间发出了低语声。

“似乎在来世也只有绅士们应该活命。”有一个人说。

他们把安德来公爵抬了进去，放在刚刚清出的台子上，一个助手在台子上刷洗着什么。安德来公爵不能清楚地辨别帐篷内的东西。各处发出的可怜的呻吟，他大腿上、肚子上和脊背上的剧痛，分散了他的注意。他所看见的四周的一切，似乎在他脑子里汇成了一个共同的印象——一些赤裸裸的血迹斑斑的人的印象，这些人体似乎塞满了整个的低低的帐篷，正如同几个星期之前，在炎热的八月天，也是同样这些人挤满了斯摩棱斯克大道上污秽的池塘。是的，这就是那些同样的身体，那些同样的 chair à canon〔炮灰〕，这个情景在那时候，就已经引起了他的恐怖，好像是对现在的预兆一样。

帐篷里有三张台子。两张已被占用，他们把安德来公爵放在第三张台子上。他们把他在这里单独地放了好一会，他不觉地看到另外两张台子上所发生的事。在靠近的一张台子上坐着一个鞑靼人，从抛在一旁的军服上看来，大概是哥萨克兵。四个兵抓住他。戴眼镜的医生在他棕色的肌肉发达的背上割着什么。

“唔，唔唔……”这个鞑靼人似乎在哼，忽然他抬起大颧骨的塌鼻子的黑面孔，露出白牙齿，开始挣扎、抽搐，用尖锐、冗长、响亮的叫声呼喊着。在另一张台子的旁边聚集了许多人，台子上有一个胖大的人仰面平躺着，他的头向后仰着（鬈曲的头发，头发的色泽，头的形状，是安德来公爵极其熟悉的），几个助手捺住他的胸脯，把他按住。一只白皙的肥胖的大腿不停地、迅速地抽搐着，剧烈地颤抖着。这个人痉挛地啼哭着、呜咽着。两个医生——一个面色苍白并且发抖，——都沉默地在这个人的另一只血红的大腿上做着什么。戴眼镜的医生处理了鞑靼人，在他身上披了一件军大衣，拭着手，走到安德来公爵这里来了。

他看了看安德来公爵的脸，迅速地转过身。

“脱衣裳！等什么？”他愤怒地向助手们说。

当助手匆忙地卷起了袖子，解开他的衣扣，脱下他的衣服时，安德来公爵想起了最早的遥远的童年。医生对着伤处低下了头，摸了摸，深深地叹了口气。然后他向人做了个手势。于是腹部的剧痛使安德来公爵失去了知觉。当他神志恢复时，他的大腿的碎骨已经取出，碎肉已经割去，伤处已经裹扎好了。有人在他的脸上洒着水。安德来公爵刚睁开眼，医生便低了头，沉默地吻了他的嘴唇，便急忙地走开了。

在受了痛苦以后，安德来公爵感觉到好久没有感觉到的幸福。他生活中所有的最好的、最幸福的时候——尤其是最遥远的童年，那时候有人为他脱衣，把他放到床上，那时候保姆向他哼催眠曲，那时候，他把头藏在枕头里，他在纯粹的生活意识中感觉到自己是幸福的——似乎都不是过去的事情，而仿佛现在的事情一样，出现在他的想象里。

医生们在那个受伤者旁边忙着，那人的头发的式样似乎是安德来公爵所熟悉的。他们正把他扶起来，安慰着他。

“让我看看……哼哼哼！哼！哼哼哼！”他发出了惊恐的、极其痛苦的、被啜泣所打断的呻吟。

安德来公爵听着这个呻吟，想要流泪了。或者因为他要没有光荣地死去，或者他舍不得离开生活，或者因为一去不复返的童年记忆，或者因为他痛苦，因为别人痛苦，因为这个人在他面前那么可怜地呻吟着，他想要流出小孩似的、善良的、几乎是高兴的眼泪。

他们给受伤的人看了看靴子里那条鲜血淋淋的截下的腿。

“哦！哦哦哦！”他哭得像妇女一样。

站在他旁边的遮住他的面孔的医生走开了。

“我的上帝！这是怎么回事？他为什么在这里？”安德来公爵自语着。

安德来公爵认出了那个不幸的、啼哭的、软弱无力的，刚刚截掉腿的人是阿那托尔·库拉根。他们扶着阿那托尔，给他一杯水喝，他的打颤的浮肿的嘴唇却凑不上杯子边。阿那托尔悲伤地哭泣着。“是的，就是他；是的，这个人由于某种原因和我有密切的痛苦的关系，”安德来公爵想，还不能清楚地了解他面前的事情，“这个人和我的童年、和我的生活有什么关系呢？”他问自己，却找不出回答。忽然，安德来公爵想起了他的童年的纯洁的亲爱的世界中的一个意外的新的回忆。他想起了娜塔莎，像他在一八一〇年的跳舞会中初次看见的那样，她的细细的颈子和瘦瘦的手臂，她的惊惶的、幸福的、准备表示狂喜的面孔；于是他对她的爱恋与深情比以前更生动、更有力地在他的心里苏醒了。他现在想起了他和这个人之间的关系，这个人的红肿的眼睛含着泪水，模糊不清地望着他。安德来公爵想起了一切，于是对于这个人的激动的怜悯与爱，充满了他的幸福的心。

安德来公爵再也克制不住自己了，他为同伴们、为自己、为他们的和自己的错误，流出了深情的亲爱的眼泪。

“同情，对于兄弟们的爱，对于爱我们的人的爱，对于恨我们的人的爱，对于仇人的爱，是的，上帝在世界上所宣传的，玛丽亚公爵小姐所教我的，我没有了解的那种爱；就因此我爱惜生命，这就是留着给我的，假如我还活着。但现在已经太迟了。我知道！”

38

遍地死伤的战场上的可怕景象，头脑的沉重，二十个熟悉的将军的死伤消息，从前有力的手臂现在变得软弱无力的感觉，在拿破仑的心中发生了意外的影响。他寻常爱看死伤，借此试验自己的精神的力量（他这么想）。在这一天，战场上的可怕景象胜过了他的精神的力量，而他认为这种精神就是他的美德和伟大。他匆忙地离开战场，回到涉发尔既诺山冈。他坐在折椅上，面色发黄、浮肿、愁闷，眼睛无光，鼻子发红，声音沙哑，不自觉地听着炮声，没有抬起眼睛。他怀着痛苦的忧闷的心情，等候这个战斗的结束，他认为自己和这个战斗有关，但是他不能停止这个战斗。一种个人的人类的情绪，在短时间内，胜过了他信奉了那么长久的、人为的生活幻想。他在自己身上感受到他在战场所看见的那种痛苦与死亡。头脑和胸脯的沉重，使他也想到他的痛苦与死亡的可能。他在这时候不想要莫斯科，不想要胜利，不想要光荣了。（他还需要什么光荣！）他现在所希望的唯一的事是休息、安静与自由。但是他在塞妙诺夫斯克高地的时候，炮兵指挥官向他提议调几连炮兵到那个高地上去，以便加强火力攻击拥挤在克尼亚倚考佛的俄军。拿破仑同意了，并且下命令向他报告这些炮兵连所发生的效力。

一个副官来报告说，二百门大炮奉皇帝之命轰击了俄军，但俄军仍然屹立不动。

“我们的炮火把他们整行地轰倒，但是他们仍然不动。”副官说。

“Ils en veulent encore！〔他们还想要受轰击！〕……”拿破仑声音沙哑地说。

“Sire？〔陛下？〕”未听清楚的副官问。

“Ils en veulent encore，〔他们还想要受轰击，〕”拿破仑皱了皱眉，用哑声音说，“donnez leur-en.〔轰他们。〕”

他所想要做的事情，没有他的命令就已经在执行了；而他下命令，只是因为他以为，他们等待他下命令。他又回转到先前的那种人为的幻想的伟大世界中，于是他（好像一匹马，推着磨盘绕着打转，以为它是替自己在做什么，）又驯服地执行着那种残忍的、悲哀的、痛苦的、非人性的、对他却是注定了的任务。

不但是在这一个钟点，在这一天，这个人的智慧和良知是模糊不清的，这个人对于当前发生的事件，要比所有其他参与这个事件的人，负更多的责任；而且直到他生命结束，他从来没有了解过真、善、美，或者他的行为的意义，他的行为太违反善与真，太不近人情，以致他不能了解它们的意义。他不能否认他的为半个世界所称赞的行为，因此他必得否认真、善和一切合乎人性的事情。

不但在这一天，当他骑马走过散布着已死的和残废的人（他以为这是由于他的意志而有的）的战场时，他望着这些人，计算着多少俄国人抵一个法国人，他欺骗自己，找出高兴的理由，就是，五个俄国人抵一个法国人。不但在这一天他写信到巴黎，说le champ de bataille a été superbe〔战场是极美的〕，因为在战场上有五万具尸体；而且在圣·爱仑那岛上，在孤独的宁静中，他说，他有意献出他的余年来叙述他所做的伟大事业，他写着：

“对俄战争应该是现代最著名的战争：这个战争是有良好的意义与实际利益的，是为了大家安宁与安全的，它是纯粹和平的、保守的。

“这个战争是为了伟大的事业的，为了危险的结束，为了安全的开始。新的眼界，新的工作正展开着，完全是为了大家的福利与富足。欧洲的制度已经有了基础；它只剩下组织的问题了。

“待我对这些伟大问题感到满意，待处处有了太平，我也要有我的国会和我的神圣同盟。这是他们从我这里窃去的思想。在伟大君主们的这次聚会中，我们要像家人般地讨论我们的利益，向各国人民报告账目，好像管账的对于主人那样。

“这样，欧洲确实很快就要只有一个民族，并且任何人，在任何地方旅行，总是觉得自己是在共同的祖国里。我还要求所有的河流对大家开放通航，海为大家所共有，常备大军减得只做各国君王的卫队。

“待我回到法国，回到伟大、强盛、华丽、太平、光荣的祖国的怀抱里，我就要宣布它的国界是不可变更的；所有未来的战争纯粹是防御的；所有新的扩张，是反民族主义的；我要率同我的儿子治理国事；我的独裁要宣告结束，而开始宪法的统治……

“巴黎将为世界的首都，法国人将为各国所羡慕……

“然后，在我儿子的王业学习期间，在我的余暇和老年，我与皇后在一起，像真正的乡村夫妇一样，骑着我们自己的马，从容地巡游帝国的每一角落，接受控诉，纠正不平，在各处进行公共建筑与福利事业。”

他被天意注定了执行这个悲惨的、不自由的、人类刽子手的任务，他使他自己相信，他行为的目的是各国人民的福利，他能操纵千千万万人的命运，并且能够借他的权力而造成福利！

关于对俄战争，他还写着：

“在越过维斯拉河的四十万人之中，有一半是奥地利人、普鲁士人、萨克逊人、波兰人、巴发利阿人、孚泰姆堡人、美克楞堡人、西班牙人、意大利人和那不勒人。皇军，严格地说，有三分之一是荷兰人、比利时人、来因区的居民、彼爱蒙特人、瑞士人、日内瓦人、托斯康人、罗马人、第三十二军区[①]的人、不来门人、汉堡人，等等；其中不过十四万人是说法语的。征俄战事所损失的法国人不过五万：俄军自维尔那退到莫斯科，在各次会战中损失的人等于法军的四倍多；莫斯科的大火使俄国损失了十万人，他们死于森林中的寒冷和饥饿；最后，自莫斯科退到奥代尔时，俄军也由于恶劣天气受损失；到维尔那时，俄军不过五万人，在卡利锡时，已不足一万八千人。

他自己以为，对俄战争是由于他的意志而发生的，而所发生的事件的恐怖并不惊动他的心灵。他大胆地负起事件的全部责任，他模糊不清的智慧拿这种事实作辩护，就是在几十万死亡的人中，法国人比黑森人和巴发利阿人死得少。

39

几万死人穿着各种制服，姿势各不相同，躺在田野与草地上，这些地方，属于大卫道夫家，属于皇家农奴。在这些田野与草地上，数百年来，保罗既诺、高尔该、涉发尔既诺和塞妙诺夫斯克各村的农民同时收割过庄稼，放过牛。在包扎所，在那一俄亩多的地方，草和土都浸透了血。各种部队的成群的伤兵和未伤的兵，面色惊惶地一方面回到莫沙益司克，另一方面回到发卢耶佛。别的疲惫而饥饿的人群在长官领导下向前进。还有别的部队守着阵地并继续射击。

在早晨的阳光里有刺刀反光和烟气的整个田野，先前是那么景色美丽，现在散发着潮气和硝烟的雾气，发出奇异的酸涩的硝烟味和血腥

① 毛注：大富的师，主要地是从汉堡不来门区征集的。

味。乌云密聚，细雨开始落在死尸上，落在伤兵身上，落在惊惶的、疲倦的和怀疑的兵士身上。它似乎是说："够了，够了，人们呀；停下吧……想一想吧。你们在干什么？"

双方疲惫的、没有食物、没有休息的人们，开始同样怀疑到：他们是否应该还要互相射击；并且在所有的面孔上可以看出犹豫不决的神情，在每个人的心中同样产生了这个问题："为了什么，为了谁，我要杀人并被杀？您想要杀谁您就杀谁，您想要做什么您就做什么，但我再也不想干了！"傍晚的时候，这种想法在每个人的心中酝酿成熟了。这些人在任何时候，都会对于他们所做的事感到恐怖，都会放弃一切，跑到任何地方去。

虽然在会战将近结束时，人们对他们的行为感觉到十分恐怖，虽然他们愿意停止，却有一种不可解的神秘的力量继续操纵着他们；在火药与血腥气味中流汗的、只剩三分之一的炮兵们，虽然因为疲倦而颠踬着、喘息着，但仍然送炮弹、上炮弹、瞄准，并放置导火线。炮弹仍然迅速而残忍地从两方面飞出，炸碎人体。那件可怕的事情还继续进行着。它不是遵照人的意志，而是遵照指导人类与世界的上帝的意志在进行的。

任何人看见了俄军混乱的后方，便要说，只要法军再做一点小小的努力，俄军就要被消灭了；任何人看见了法军的后方，便要说，只要俄军再做一点小小的努力，法军就要被消灭了。但法军与俄军都没有做这个努力，而会战的火焰慢慢地燃尽了。

俄军没有做这样的努力，因为不是他们攻击法国人。在会战开始时，他们只是守在莫斯科大道上，阻挡着大道，在会战结束时，他们还是守在那里，和开始的时候一样。但是即使俄军的目的是赶走法军，他们也不能做这最后的努力，因为全部俄军已被击溃，没有一部分军队不曾受到会战的损失，而守在阵地上的俄军，损失了全军的一半。

法军记得他们所有的过去的十五年来的胜利，相信拿破仑的常胜无敌，明白他们已经占领了战场的一部分，他们只损失了四分之一的人，他们还有两万完好无损的禁卫军，法军很容易做这样的努力。法军攻击俄军，目的在把俄军赶出阵地，法军应该做这一次努力，因为在俄军还像会战之前那样阻挡着莫斯科大道的时候，法军的目的并未达到，他们的一切的努力和损失都是白费了。但是法军没有作这样的努力。有几个历史家说，拿破仑只要出动了他的完好无损的老禁卫军，就可以赢得这个会战。说假使拿破仑出动了他的禁卫军便会发生什么事，正如同说假使秋天变为春天会发生什么事情一样。这是不可能的。拿破仑没有出动他的禁卫军，不是因为他不想要这么做，乃是不能这么做。所有的法国的将军、军官和兵士都知道这是办不到的，因为低落的士气不允许这样做。

不只是拿破仑一个人体验到那种噩梦般的心情，觉得他的手臂的可怕的挥动变得软弱无力，而且所有的将军，所有的法军中参战以及未参战的兵士，根据所有以前会战的经验（就是在十分之一这样的努力之后，敌人便要逃跑），都感觉到同样的对于敌人的恐怖情绪。这个敌人损失了一半的人，在会战结束时，还像在开始时一样，威胁地守着阵地。而进攻的法军的士气却耗尽了。不是那种夺取杆头布块（即所谓军旗）与夺得敌军先前所守的和现在所守的地方的胜利，而是那种精神胜利，即是使敌人相信对方的精神优势与自己的无能为力的胜利，被俄军在保罗既诺获得了。法国侵略军，好像一只在急奔中受了致命伤的发狂的野兽，感觉到自己的灭亡；但是它不能够停止，正如同削弱了一半力量的俄军不能让开。在所发生的冲撞之后，法军还是能够到达莫斯科；但是在莫斯科，法军由于在保罗既诺所受的致命伤而流血不止，即使俄军方面不做出新的努力，也是要灭亡的。保罗既诺会战的直接效果是拿破仑在莫斯科无故逃跑，沿着斯摩棱斯克旧道的退却，五十万侵略军的覆灭，拿破仑的法兰西的崩溃，在保罗既诺，士气较高的敌人的手第一次压制了拿破仑的法兰西。

第三部

1

运动的绝对连续，是人的头脑不能理解的。只有在研究任何运动中任意选出的若干单位时，人才能够了解这种运动的规律。但是同时，由于把连续的运动任意划分为不连续的单位，便产生了人类的大部分的错误。

我们知道一种所谓古人的诡辩，说是阿基利斯永远赶不上走在他前面的乌龟，尽管阿基利斯走的有乌龟走的十倍快。在阿基利斯走过了他与乌龟之间的距离的时候，乌龟又在他前面走过了这个距离的十分之一；阿基利斯走过了这个十分之一，乌龟又走过了百分之一，如此以至无穷。这个问题是古人不能解决的。这个结论的无理（即阿基利斯永远赶不上乌龟），只是由于武断地承认运动的不连续的单位，而阿基利斯与乌龟的运动都是连续的。

采用越来越小的运动单位，我们只是接近问题的解答，却永远得不到问题的解答。只有承认了无穷小的数量以及由此而产生的十分之一的级数，并且得到了这种几何级数的总和，我们才能得到问题的解答。

数学的一个新部门，获得了研究无穷小的数量的技术，在别的更复杂的运动问题方面，现在能够解决那些似乎不可解决的问题。

这个新的、古人所不知道的数学部门，在研究运动问题时，承认无穷小的数量，即是在这种数量之下，恢复了运动的主要条件（绝对连续），这个新的数学部门因此改正了那种不可避免的错误，这种错误，是人类的脑子研究不连续的运动单位而不研究连续的运动单位时，不能不犯的。

在寻找历史运动的规律时，发生了完全相同的错误。人类的运动，起源于无限数量的人类任意的意志，它是连续的。

发现这种连续运动的规律，是历史的目标。但是为了发现人类全部意志总和的连续运动的规律，人类脑子承认武断的不连续的单位。历史的第一种方法，是采用任意选择的一串的连续的事件，把它和别的事件划开，加以孤立的研究；然而任何事件是没有并且不能有“开始”的，而每一个事件总是连续地从另一个事件里产生的。第二种方法是研究皇帝、统帅的个人行为，作为许多个人的意志的总和；其实个人意志的总和从来不曾表现在个别历史人物的活动中。

历史科学，在它本身的进展中，继续采取越来越小的研究单位，并企图借此而接近真理。但是历史所用的单位无论多么小，我们觉得，假定与其他事件无关的单位，假定任何现象的“开始”，假定一切的个人意志表现在个别历史人物的行动中，这些假定本身都是谬误的。

任何历史结论，不用评论界做出丝毫的努力，便化为尘土，不留痕迹，只是因为评论界选择或大或小的不连续的单位作为研究的对象：评论界向来有权利这么办，因为任何历史单位总是武断的。

只有承认了无穷小的研究单位——历史的微分，即是人们的个人的意向，并且获得了计算积分的技术，即是获得了这些无穷小的数量的总和，我们才能希望发现历史的规律。

十九世纪起初的十五年，在欧洲出现了几百万人的非常运动。人们放弃了自己的素常的职务，从欧洲的这边向那边急进、抢劫、互相屠杀、得胜、失望，整个的生活常轨在数年之间改变了，并且出现了一种剧烈的运动，这个运动起初是蓬勃地前进的，但后来又衰弱下来了。这个运动的原因是什么，这个运动是依照什么定律的？人类的头脑出现了这么个问题。

历史家们回答这个问题时，向我们提出巴黎城内某一座房屋里数十人的言行，用“革命”这个名词称谓这些言行；后来又把拿破仑的以及他的赞成者与反对者的详细传记写给我们，叙述这些人当中某些人对于别人的影响，并且说，这就是发生这个运动的原因，这就是它的规律。

但是人类的理性不但不相信这种解释，而且公然地说这种解释的方法是不可靠的，因为在这种解释里，把微弱现象当作了强大现象的原因。人们个别意志的总和，造成了革命和拿破仑；只是这种意志的总和，在先容忍了他们，后来又毁灭了他们。

“但是每次在征服的时候，总有征服者；每次在国家发生变革时，总有大人物。”历史这么说。确实，每次在征服者出现时，总有战争，人类的理性这么回答，但是这并不证明征服者就是战争的原因，并不证明在一个人的私人行为中可以找出战争的规律。每次当我看表，看见指针走到“十”的时候，我听到附近的教堂开始敲钟；但是我不能因为每次指针在“十”的时候就开始敲钟，便有权利下结论说，指针的地位是钟声的原因。

每当我看见火车头的运动时，我听到汽笛的叫声，看见汽门的打开和轮子的转动；但我没有权利因此而下结论说，汽笛声和轮子转动是机器运动的原因。

农人说，暮春刮冷风，因为橡树发芽，并且确实每年春天橡树出芽时要刮冷风。虽然我不明白橡树发芽时吹冷风的原因，但是我不能同意农民所说的，刮冷风的原因是橡树发芽，只是因为风力是不受树发芽影响的。我只看见这些现象的同时发生，这是一切生活现象中所常有的事，并且我知道，我观察表的指针、汽门和蒸汽机轮子、橡树发芽，无论是多么久，多么仔细，我还是不明白钟声、蒸汽机运动和春风的原因。为了这个，我必须完全改变我的观点，研究蒸汽运动、钟声和刮风的规律。历史也应该同样地去做。并且这种尝试已经有人做过。

为了研究历史规律，我们应当完全改变研究的对象，放弃皇帝、大臣和将军们，而研究那些支配群众的、同样的、无穷小的因素。没有人能说，人类用这种方法在发现历史规律方面能有多大的成就；但是显然只有用这种方法才有发现历史规律的可能；显然在这方面所做的人的脑力，较之历史家们在描写各个皇帝、将帅、大臣们的事迹方面以及他们在评论这些事迹方面所作的努力，还不及百万分之一。

2

欧洲十二种语言的军队侵入俄国。俄国军队和人民避免交战，退到斯摩棱斯克，又从斯摩棱斯克退到保罗既诺。法军以不断增大的急冲力向莫斯科、向他们运动的目标推进。法军的急冲力在愈接近目标时愈大，正如同坠落的物体的速率，在愈接近地面时愈大。后边是一千俚的饥饿的敌人的国土，前面距离目标还隔数十俚。拿破仑军队中每个士兵感觉到这一点，这个侵略只凭它自己的急冲力向前推进。

俄军在撤退时，越来越强烈地燃起了对于敌人的仇恨心：俄军向后退时，队伍集中并且加强了。在保罗既诺发生了冲突。双方的军队都没有溃败，但俄军在交战后，那样必然地立刻后退了，正如同一个球，撞上了另一个以更大的冲力向它撞来的球，必然要倒退一样；同样地，急冲的侵略的球（虽然在相撞中失去了全部的力量）必然还要向前滚若干距离。

俄军退到莫斯科后边一百二十俚，法军到达了莫斯科，在那里驻扎下来了。在此后五个星期之内没有任何一次会战。法军没有移动。好像一只受了致命伤的野兽，流着血，舐着伤处，他们在莫斯科驻扎了五个星期，什么事情也未做，然后，忽然没有任何新的原因，他们又向回跑：直奔卡卢加大道，并且在胜利之后（因为他们又占领了马洛—雅罗斯拉维次的战场），没有做任何一次的严重的会战，更快地向回跑到斯摩棱斯克，跑过斯摩棱斯克，路过柏来西那，跑过维尔那，跑得更远。

在八月二十六日的晚间，库图索夫和全部俄军都相信保罗既诺会战是打胜了。库图索夫这样地呈报了皇帝。库图索夫下令准备作新的战斗，以便击溃敌军，这不是因为他想要欺骗谁，而是因为他知道敌人打败了，正如同每个参与会战的人都知道这个。

但在当天晚上和次日，损失空前惨重的报告，损失一半军队的报告，一个一个地传来了，而新的会战看来则是体力上不允许的。

在报告没有集齐，伤兵没有运走，弹药没有补充，死亡没有计算，填补空缺的新军官没有任命，兵士没有吃饭睡觉的时候，要进行会战是不可能的。同时在会战以后，在次日早晨，法军顺着运动的急冲力，已经自动地向俄军推进，这个急冲力现在增大了，好像是与距离的平方成反比。库图索夫想要在第二天攻击，全军想要这样。但是要做攻击，单是希望做这件事是不够的，一定要有做这件事的可能，而这种可能是没有的。他们不能不后退一天的行军路程，后来同样地不能不后退第二天第三天的行军路程，最后在九月一日，军队快到莫斯科时，虽然是军队的士气提高了，但环境的力量却要求这些军队退过莫斯科。于是军队又后退了最后的一天的行军路程，把莫斯科让给了敌人。

有些人惯于想到，统帅们是这样地制订战争与会战的计划，好像我们当中任何一个人，坐在自己书房里，对着地图，想象着他在某某会战中要怎样怎样部署；对于这些人出现了这种问题，就是：为什么库图索夫在退却中不做这个那个，为什么他不在到达菲利之前占据阵地，为什么他放弃了莫斯科之后不立刻退到卡卢加大道上去，等等。惯于这么想的人，是忘记了或者不知道，那些不可避免的条件，在向来产生任何总司令的行动时的那些条件。统帅的行动和我们自己所设想的行动，没有一点是相同的，我们自由地坐在书房里，根据已知的双方军队数量，在已知的地点，在地图上研究某某战争，并且从某一已知的时间开始我们的考虑。总司令永远不会处在任何事件的“开始”的条件里，我们却总是在“开始”的条件里研究事件。总司令总是处在接连变动的事件的当中，因此他永远不能在任何时候考虑当前事件的全部意义。事件是不可察觉地，一刹那一刹那地、自动地形成着，并且在继续不断地形成事件的每一刹那，总司令是在阴谋、忧虑、依赖、权力、计划、会议、威胁、欺骗的最复杂活动中，而且经常地必须回答无数的、向他提出的、常常互相矛盾的问题。

有学问的军事家向我们严肃地说，库图索夫在到达菲利之前早该把军队调到卡卢加大道上去，甚至有人向他提出过这个计划。但是在总司令面前，特别是在困难的时候，不是只有一个计划，而总是同时有几十个计划。这些根据战略与战术的计划当中的每一个计划，是和别的计划相冲突的。总司令的任务似乎只是要从这些计划中选出一个。但是就连这一点他也办不到。事件和时间是不等人的。假定，有人在二十八日向他提议，向卡卢加大道移动，但在这时候，米洛拉道维支的一个副官骑马跑来请示，是与法军交战，还是退却。他一定要当时立刻发出命令。退却的命令使我们不能转到卡卢加大道上去。在副官走了之后，军需总监来请示，要把粮食运到哪里去，医院总长来请示，要把伤兵送到哪里去；从彼得堡来的信使，带来了皇帝的文书，认为莫斯科是不能放弃的；总司令的敌手，即是要颠覆他的人（这种人总不是一个，而是好多个），提出新计划，与向卡卢加大道转进的计划正好相反；总司令自己却需要睡眠与饮食；未获勋章的可敬的将军发出怨言，居民要求保护；派出视察地形的军官回来了，带来的消息，和在他之前派出的军官所说的话完全相反；而间谍、俘虏和进行侦察的将军，各不相同地叙述敌军的情况。人们惯于不了解或者忘记了任何总司令的行动的这些不可避免的条件，向我们举出，譬如，军队在菲利的情况，并且认为，总司令能够在九月一日完全自由地决定放弃或者保卫莫斯科的问题；而当时俄军距离莫斯科五俚，这个问题是不会有的。这个问题是什么时候决定的？是在德锐萨，在斯摩棱斯克，最明显的，二十四日在涉发尔既诺，二十六日在保罗既诺，在从保罗既诺退到菲利的每天、每时、每分钟内决定的。

3

库图索夫派去视察阵地的叶尔莫洛夫回来向他说，在莫斯科前的阵地上作战是不可能的，并且必须退却。库图索夫无言地望着他。

“把手伸出来，”库图索夫说，并且把他的手翻转过来，给他切脉，又说，“你不好过了，孩子。想想看，你在说什么。”库图索夫还不明白可以不会战而退到莫斯科那边去。

库图索夫在道罗高米洛夫门外六俚的波克隆尼山下了车，坐在路旁的凳子上。一大群将军们聚集在他四周。从莫斯科来的拉斯托卜卿伯爵参加在他们一起。这个赫赫的团体，分成几个小组，各自谈论着阵地的利弊、军队的情况、提出的计划、莫斯科的局势和一般的军事问题。大家都觉得，虽然他们不是被召来开会的，虽然这不叫作军事会议，但这却是一个军事会议。所有的谈话都是关于一般的军事问题。即使有人说出或打听个人的新闻，也是低声地说几句，并且立刻又回到一般的军事问题上来了：在所有这些人当中，没有笑话，没有笑声，甚至没有笑容。大家显然在努力思索随机应变的办法。谈话的各小组，都极力使自己靠近着总司令（他的凳子成了这些小组的中心），并且要说得让总司令能听到他们的话。总司令听着，并且有时问一问他们在他旁边所说的话，但是他自己没有参与谈话，没有表示任何意见。他往往听了任何小组的谈话之后，便带着失望的神情把头掉开，似乎觉得他们所谈的话完全不是他希望知道的。有些人说到选择的阵地，所批评的，与其说是阵地本身，毋宁说是选择阵地的人的智力。又有些人证明，错误是早就有了的，应该在两天之前打仗。还有些人说到萨拉曼卡的战斗，一个刚刚来到的法国人克罗萨尔，他穿了西班牙制服，正在向他们叙述这个战斗（这个法国人和一个在俄军中服役的德国亲王在讨论萨拉高萨的围攻，[①]预料着同样地保卫莫斯科的可能）。在第四个小团体里，拉斯托卜卿伯爵说到，他和莫斯科的守卫队决意死在首都的城下，但他仍然不能不感到遗憾的，是他没有知道实际情形，假使他事先知道的话，情形便不同了……第五个小团体，显示他们战略意见的精深，说到军队所应该采取的方向。第六个小团体说些完全无意义的话。库图索夫的脸色越来越显得焦虑而愁闷了。在所有的这些谈论中，库图索夫只看见一点：保卫莫斯科，简直是没有一点可能性了，就是说，这是那样地不可能，假使任何发疯的总司令下令发动会战，便会引起混乱，而会战仍然不会发生的；会战不会发生，因为所有高级指挥官，不但承认这个阵地是不能守的，并且在他们的谈话中，他们只讨论到在这个阵地必然放弃后所要发生的事。指挥官们怎么能够把军队率领到他们认为不能守的战场上去呢？下级指挥官，甚至士兵（他们也讨论）也认为这个阵地是不能守的，因此他们不能抱着必败的态度去打仗的。假使别尼格生坚持要保卫这个阵地，而别人还在讨论它，则这个问题的本身已经没有任何意义，它只是争论与阴谋的借口而已。库图索夫明白这一点。

别尼格生选择了阵地，热烈地表现他的俄国人的爱国心（库图索夫听到他的话不能不皱眉），他主张保卫莫斯科。库图索夫就像看见阳光一样显明地看出了别尼格生的目的：假如保卫战失败了，则归罪于不战而率领军队退到麻雀山的库图索夫；假如成功，则归功于他自己；假如遭受拒绝，则洗脱自己放弃莫斯科的罪过。但是这个阴谋的问题现在不能引起老人的注意。只有一个可怕的问题使他注意。对于这个问题他听不到任何人的回答。他觉得现在这个问题只是："果真是我让拿破仑来到莫斯科的吗？并且我什么时候做了这件事的？这是什么时候决定的？果真是昨天我下命令给卜拉托夫退却，或者是前天晚上我打盹的时候，

① 毛注：西班牙人在一八〇八年六月至八月保卫萨拉高萨甚为得手。在十二月中又保卫了一个月。法军入城后，还得逐屋争夺，在一个月的拼命抵抗之后，城市才被占领。

命令别尼格生发布命令的吗？或者是更早？……但是什么时候、什么时候决定了这个可怕的问题？莫斯科一定要放弃。军队一定要后退，并且一定要下这个命令。”他觉得，下这个可怕的命令，正如同放弃军队的指挥权一样。不但他爱好权力，惯于使用权力（别人对卜罗索罗夫斯基公爵的尊敬曾使库图索夫气愤，库图索夫在土耳其时做过他的部下），而且他还相信他是注定了来拯救俄国的，就是因为这个缘故，他被选为总司令，那种选择是违反皇帝意志但是合乎人民的意志的。他相信，只有他一个人能够在困难的环境中做军队的统帅，在全世界只有他一个人能够无所畏惧地知道自己是常胜的拿破仑的敌手；于是一想到他所要下的命令，他便恐惧了。但是一定要有所决定的，一定要打断他身边的谈话，这种谈话开始显得太随便了。

他把高级的将军们叫到他面前来了。

“Ma tête fut-elle bonne ou mauvaise, n'a qu'à s'aider d'elle-même.〔我的头脑，无论它是好是坏，它只依靠它自己。〕”他说了之后，离开凳子站起来，然后骑马到了菲利，他的马车停在那里。

4

下午两点钟的时候，在农民安德来·萨佛斯千雅诺夫的最好的宽敞的农舍里，举行军事会议。农民大家庭中的男女和小孩都拥挤在过道后边的房里。只有安德来的孙女玛媜莎，六岁的女孩，留在大房间的火炉上，殿下抚爱她，在喝茶的时候，给了她一块糖。玛媜莎从火炉上边，羞怯地、喜悦地望着将军们的面孔、制服和十字勋章，他们先后地走进房，坐在角落里圣像下面的宽凳上。玛媜莎在内心里把库图索夫当作祖父，这位祖父离开别人，单独坐在火炉后边的暗角落里。他身子深陷在折椅里，不停地清着喉咙，理着衣领，虽然领扣是解开了，却似乎还在擦他的颈子。进房的人先后走到总司令面前：他和一些人握手，他向一些人点头。副官卡依萨罗夫想要拉开库图索夫对面的窗帘，但是库图索夫向他愤怒地挥手，卡依萨罗夫明白了殿下不愿让别人看见他的脸。

在农家的枞木桌子上放了地图、计划、铅笔、纸张，桌子四周聚集了那么多人，使得侍从兵又拿来一条板凳放在桌边。刚到的叶尔莫洛夫、卡依萨罗夫和托尔坐在这条凳子上。在圣像下边，巴克拉·德·托利坐在最前面，他颈子上挂了圣·乔治勋章，面色苍白带有病容，高额连着光头。他发烧了两天，此刻他还在发抖、疼痛。乌发罗夫和他并排坐着，低声地向巴克拉说话（因为大家都在说话），并且迅速地做着手势。矮小的圆脸的道黑图罗夫抬起眉毛，把手臂搭在肚子上，注意地听着。在另一边坐着奥斯忒曼·托尔斯泰伯爵，他的手托着他的宽大的头，他有勇敢的面貌和明亮的眼睛，他似乎沉浸在自己的思想中。拉叶夫斯基带着不耐烦的表情，以习惯的动作把鬓角上的黑发向前扭着，有时望着库图索夫，有时望着门。考诺夫尼村坚决、漂亮而善良的脸上露出亲切而狡猾的笑容。他的视线遇到了玛婭莎的视线，他向小女孩眨着眼睛，引得她微笑。

都在等候别尼格生，他以重新视察阵地为借口，在吃完他的可口的午饭。他们从四点钟等候他到了六点钟，在这全部时间之内，都没有进行讨论，只是低声地进行不相干的谈话。

直到别尼格生走进农舍时，库图索夫才从角落里出来，向桌子跟前移动了一下，但是相隔那么远，正好让他的脸不被桌上的烛光照亮。

别尼格生在一开会的时候就提出这个问题："不战而放弃俄国的神圣古都呢，还是保卫它？"接着是长时间的全体的沉默。大家的脸都颦蹙着，在寂静中只听到库图索夫愤怒的叹息声和低咳声。所有的眼睛都望着他。玛婭莎也望着"祖父"。她最靠近他，看到他的脸颦蹙着，他似乎就要哭了。但是这种情况的时间很短。

"俄国的神圣古都！"他忽然地说，用愤怒的声音重述别尼格生的话，借此表示这句话里的虚伪的含意。"让我告诉您，阁下，这个问题对于俄国人是没有意义的（他把沉重的身体向前倾斜着）。这种问题用不着提出来，这种问题没有意义。我请诸位到这里来讨论的，是军事问题。问题是：‘拯救俄国要靠军队。进行会战而冒损失军队与莫斯科的危险，或者不进行会战而放弃莫斯科城，哪一个较为有利呢？’就是对于这种问题，我希望知道你们的意见。”他又向后靠着椅子的背。

讨论开始了。别尼格生还不认为他的计谋是失败了。他承认了巴克拉和别人的意见，不能在菲利做防御性的会战，但是他具有俄国人的爱国心和他对于莫斯科的爱，他提议在夜间把军队从右翼调到左翼，在第二天攻击法军的右翼。意见分歧了，并且发生了赞成与反对这个意见的争论。叶尔莫洛夫、道黑图罗夫和拉叶夫斯基赞同别尼格生的意见。这些将军们或者觉得在放弃都城之前必须做出牺牲，或者被别的个人的考虑所影响，都似乎不了解，目前的会议不能改变事件的必然趋势，而莫斯科现在已经放弃了。其余的将军们，明白这一点，丢开了莫斯科问题，谈论着军队在退却时应该采取的方向。

玛婇莎眼睛不动地望着她面前所发生的事情，对于这个会议的意义，另有一种看法。她觉得，这件事情只是“祖父”与“长袍”（她这么称呼别尼格生）之间的个人斗争。她看见了，他们互相谈话时都发脾气，她在自己心里，是站在祖父这一边。在谈话的当中，她注意到祖父向别尼格生投去的迅速而聪明的目光，后来她又高兴地看见祖父向长袍说了什么，使他坐下来了，别尼格生忽然脸红了，愤怒地在房中来回走着。这些话那样地影响了别尼格生，这些话是库图索夫用镇静的低低的声音对于别尼格生提议的利弊所表示的意见，他的提议是要在夜间把军队从右翼调到左翼去攻击法军的右翼。

“诸位，”库图索夫说，“我不能赞同伯爵的计划。在和敌人相隔很近的距离之内调动军队，总是危险的，战史证明了这个看法。例如……”库图索夫似乎在思索，寻找例子，并且用明亮的单纯的目光望着别尼格生，“好吧，就拿佛利德兰会战[1]来说吧，这个会战我觉得伯爵记得很清楚……没有完全胜利，只是因为我们的军队在敌人的太近的距离之内重行部署……”

接着是暂时的沉默，但大家都觉得很久。

讨论又开始了，但是常常中断，他们都觉得没有什么要说的话了。

在某一次的中断时，库图索夫深深地叹了口气，似乎准备说话。大家都看了看他。

“Eh bien, messieurs! Je vois que c'est moi qui payerai ies pots cassés,〔那么，诸位，我看要由我来负失败的责任了，〕”他说。他慢慢地站起身来，走到桌前，“诸位，我听过了你们的意见。有的人不会同意我的。但是我，”他停了一下，“凭皇帝和祖国委托给我的权柄，我下令退却。”

然后将军们带着送葬后大家分散时的那种严肃而沉默的谨慎态度，分散了。

有几个将军，低声地向总司令说了什么，他们的嗓音和他们在会议上说话时的嗓音完全不同。

玛妞莎背对外，小心地从板床上爬下来，她的光脚碰着了火炉的台脚，然后她在将军们的腿间绊着，溜出门去了。她家里等她吃饭已经好久了。

遣散了将军们之后，库图索夫坐了很久，把他的臂肘搭在桌上，老是想着那个可怕的问题：“到底是什么时候，什么时候决定了要放弃莫斯科的？那个决定问题的事情是在什么时候做的？谁负这个责任？”

“这个，我没有料到这个，”他向着在夜间很迟的时候进房来的副官施奈得说，“我没有料到这个！我没有想到这个！”

“您应当休息了，殿下。”施奈得说。

---

① 毛注：一八〇七年，别尼格生指挥的俄普联军，在佛利德兰被拿破仑打得大败。

“但是不行！要让他们吃马肉，像土耳其人吃的一样！”库图索夫没有回答他的话，一面大声地说着，一面用胖拳头捶着桌子，“他们也要吃马肉，只要……”

5

同时，在比军队不战而退更为重要的事件中，即是在莫斯科的放弃与焚烧这个事件中，拉斯托卜卿的行动和库图索夫恰好相反；我们似乎觉得拉斯托卜卿是这个事件的领导人。

在保罗既诺会战之后，这个事件——莫斯科的放弃与焚烧——是和军队不战而退过莫斯科同样地不可避免。

每一个俄国人，不根据结论而根据我们心中所有的、和我们祖先心中有过的那种感觉，都能够预言所要发生的事。

从斯摩棱斯克开始，在俄国土地上所有的城市与乡村里，没有拉斯托卜卿伯爵的参加和他的传单，也发生了在莫斯科所发生的那种事情。人民无忧无虑地等候着敌人，不乱，不骚动，不撕裂任何人的身体，却安然地等候着他们自己的命运，觉得他们能够在最困难的时候，找到他们应做的事。敌人一到，有钱的人便丢弃了他们的财产跑走了；贫穷的人留下来了，并且焚烧了、毁坏了留下来的东西。

俄国人的心里过去和现在都觉得，这件事将要如此，并且将要永远如此。在一八一二年，俄国的莫斯科的社交界有了这个感觉，有了莫斯科将被占领的预感。那些早在七月及八月初便离开莫斯科的人，表示他们料到了这件事。有些人带了他们能带走的东西，丢下房屋和一半的财产便跑走了，他们这么做，是因为那种潜存的（latent）爱国心，而表现这种爱国心的不是言语，不是为拯救祖国而让自己的儿子去死，不是此类不自然的行为；而是不易察觉地、简单地、有机地表现出来的，因而总是产生最有力的效果的。

他们听人说：“逃避危险是耻辱；只有懦夫才逃出莫斯科。”拉斯托卜卿在他的传单中提醒他们，说离开莫斯科是可耻的。他们羞于接受懦夫的称呼，羞于离开，但他们仍然离开了，他们知道应该如此。他们为什么离开呢？我们不能够假定说，拉斯托卜卿用了拿破仑在占领区所做的恐怖行为吓唬他们。有钱的有知识的人首先离开，他们很知道，维也纳和柏林还是完整的，那里的居民，在拿破仑占领时期，仍然和有魅力的法国人在一起愉快地度过时光，当时的俄国男子，特别是女子，是那么爱法国人。

他们离开，因为俄国人不可能有这样的问题：在莫斯科受法国人的统治是好还是坏。受法国人统治，是不可能的；这是最坏不过的事情。他们甚至在保罗既诺会战之前便离开了，在保罗既诺会战之后，他们走得更快了，他们不管守城的呼吁，不管莫斯科卫戍司令想要抬着依比利亚圣母像去打仗的宣言，不管那些要消灭法军的气球，不管拉斯托卜卿在传单中所写的一切无聊的话。他们知道，军队应该打仗，假如他们不能打仗，那么用小姐们和家奴们到三山去和拿破仑打仗也是不行的，并且他们应该离开，虽然是舍不得丢下财产任人毁坏。他们离开，并且没有想到这个偌大富庶的都城被居民抛弃，被火焚烧的重大意义（被居民丢下来的木头房屋的大城市必然要被焚烧的）；他们各人为自己而离开，同时正因他们离开，才完成了那个伟大的事件，这事件永远是俄国人民的最大的光荣。那个太太模糊地觉得自己不是拿破仑的奴隶，恐怕拉斯托卜卿的命令阻拦她，在六月里便带了她的黑奴和女小丑，离开莫斯科，到萨拉托夫田庄上去了，她简单地真正地做了那件拯救俄国的伟大事情。拉斯托卜卿伯爵却时而辱骂那些离开的人；时而迁出政府机关；时而把毫无用处的武器发给醉汉；时而抬出圣像；时而禁止奥古斯丁神甫搬走圣骨与神龛；时而攫取莫斯科的全部私人车轮；时而用一百三十六辆大车运走雷皮赫所做的气球；时而暗示他有意焚烧莫斯科；时而说到他怎样烧掉了自己的房子；时而向法国人发宣言，严厉地指责他们毁坏了他的孤儿院；时而他把莫斯科大火的荣誉归他自己，时而又不接受；时而命令人民捕捉所有的间谍送给他；时而因此责备人民；时而从莫斯科送走所有的法国人；时而又要留下奥柏·涉尔美夫人（她是莫斯科全体法国人的中心人物），却并无特殊罪名，便命令逮捕并放逐年老的可敬的邮政总监克流恰罗夫；时而把人民聚集在三山和法国人打仗；时而为了离开这些人，把一个人让他们杀死，他自己从后门溜走；时而说他要与莫斯科共存亡；时而在手册里写法文诗，歌颂自己参与了这个事件[①]——这个人不了解所发生的事件的意义，只是想要自己做出一点事来使人震惊，做出一点爱国的英勇的事迹，并且好像小孩子一样，以莫斯科的放弃与焚烧这种伟大而不可免的事件做儿戏，极力要用他的小手，时而鼓励，时而阻挡那股把他卷走的人民的洪流。

6

爱仑随同行宫从维尔那回到彼得堡之后，处境很是困难。

在彼得堡，爱仑享受着一个要人的特别保护，这个要人在政府中做一份最高的差事。在维尔那，她和一位年轻的外国亲王很亲密。当她回到彼得堡时，亲王和要人都在彼得堡；两个人都要求保持对她的权利，于是爱仑遇到了她的事业中的新问题：保持自己和双方的亲密关系，而不得罪任何一方。

在别的女子似乎是困难的甚至不可能的事情，从来没有使别素号娃伯爵夫人费过心，她显然不是白白地享受了最聪明的妇女这种名誉。假使她要掩饰自己的行为，用狡猾的方法脱离困难的处境，她便是承认自

---

① 原注：Je suis né Tartare. 我生为鞑靼。
Je voulus être Romain. 愿做罗马人。
Les Français m'appelèrent barbare, 法人说我野蛮，
Les Russes—George Dandin. 俄人称我绕枝·当丹。
毛氏按：当丹是莫利哀有名剧本中主要人物。

己的过错，破坏自己的事业了；但是恰好相反，爱仑像一个真正的能够为所欲为的伟人，立刻认为自己的立场是对的，她由衷地相信这是对的，并且认为所有其他的人都是不对的。

在年轻的外国人竟敢第一次责备她的时候，她骄傲地抬起她的美丽的头，向他转过半个身子，坚决地说：

“Voilà l’égoisme et la cruauté des hommes！ Je ne m’attendais pas à autre chose. La femme se sacrifie pour vous, elle souffre, et voilà se récompense. Quel droit avez vous, monseigneur, de me demander compte de mes amitiés, de mes affections？ C’est un homme qui a été plus qu’un père pour moi.〔这就是男人们的自私和残忍！我不期望别的了。一个女人为你牺牲；她受痛苦，而这就是她所受到的报答。阁下有什么权利要求我说明我的情爱和友情？这个人待我比父亲待我还好。〕”

亲王要想说什么。爱仑打断他的话。“Eh bien, oui，〔那么，是的，〕”她说，“peut-être qu’il a pour moi d’autres senti-ments que ceux d’un père, mais ce n’est pas une raison pour que je lui ferme ma porte. Je ne suis pas un homme pour être ingrate. Sachez, monseigneur, pour tout, ce qui a rapport à mes sentiments intimes, je ne rends compte qu’à Dieu et a ma conscience.〔也许他对我还有父亲的情感以外的东西；但这不是我给他吃闭门羹的理由。我不是一个忘恩负义的人。阁下要知道，关于我内心情感的一切，我只向上帝和我的良心负责。〕”她说完了，把手放在隆起的美丽的胸前，看着天。

“Mais écoutez moi, au nom de Dieu.〔但您听我说，看在上帝的分上。〕”

“Epousez moi, et je serai votre esclave.〔娶我吧，我要做您的奴隶。〕”

“Mais c’est impossible.〔但这是不可能的。〕”

“Vous ne daignez pas descendre jusqu’à moi, vous〔您对我不肯屈就，

您〕……”爱仑说，哭起来了。

亲王开始安慰她；爱仑却含泪地说（似乎是不能自主了），没有东西可以阻碍她结婚，说前例是有的（当时例子很少，但她举出了拿破仑和别的要人），说她从来不是自己丈夫的妻子，说她是个牺牲品。

“但是法律，宗教……”亲王说，已经让步了。

“法律，宗教……假使它们不能做这件事，为什么要发明了它们？”爱仑说。

亲王诧异了，他自己从来没有想到过这么简单的理由，于是他去请教耶稣会的会友，他和会友们有密切的关系。

几天以后，在爱仑的石岛别墅里所举行的一次有迷惑力的贺宴中，有人给她介绍了一个年纪很大、发白如雪、黑眼发光、有迷惑力的m-r de Jobert, un jésuite à robe courte〔饶柏先生，一个穿短衣的耶稣会会员〕，他在花园里的灯光和音乐声中，和爱仑长时间地谈到对上帝、对基督、对圣母慈心的爱，谈到唯一的真正天主教在今生和来生所给予的安慰。爱仑受了感动，有好几次，他和饶柏先生的眼里都含着泪，并且声音打颤。在跳舞时，舞伴来请爱仑，打断了她和她的未来的directeur de conscience〔良心指导人〕的谈话；但是在第二天晚间，饶柏先生独自来看爱仑，从此以后便常常来看她。

有一天他带伯爵夫人到天主教堂去，她被领到讲坛前跪下来。年长的迷人的法国人把双手放在她的头上，照她自己后来说，她当时觉得，类似一阵清风吹进她的心灵。他们向她说明，这是la grâce〔天恩〕。

后来，有人把à robe longue〔穿长衣的〕神甫领到她面前。他听了她的忏悔，并且赦免了她的罪过。第二天，有人送给她一个盒子，里面装着圣饼，放在她家里给她享用。几天之后，爱仑自己满意地知道，她现在入了真正的天主教，日内教皇本人也要知道她，并且送给她某种文件。

这时候在她周围所发生的和她自己所发生的一切事件，那许多聪明人用那种愉快而美妙的方式对她所表示的注意，她现在所具有的鸽子般的纯洁（这时候她只穿有白缎带的白衣服）——这一切都使她满意；但是她并不因为这种满意而有片刻的时光忘记她的目的。正如同在狡猾欺诈的勾当里，总是笨人使聪明的人上当，爱仑明白，这一切言语和一切麻烦的主要目的，是先使她皈依天主教，然后替天主教的教会索取她的金钱，（有人向她做了这个暗示）因此她在出钱之前，坚持先替自己办妥各种手续，使自己脱离丈夫。她觉得，任何一种宗教事务只是在满足人类愿望的时候，维持一定的仪式。她怀着这个目的，在一次她和赦罪的神甫谈话时，坚持要求他回答这个问题，她的婚姻关系对她有多么大的约束。

他们坐在客厅的窗边。天色已暗。窗外飘来阵阵花香。爱仑穿着胸前和肩头都透明的白裙。神甫身子保养得很好，胖胖的脸上刮得很干净，嘴唇闭着看起来使人愉快，一双白手温顺地合放在膝上，他坐得靠爱仑很近，嘴唇显出微微的笑容，悄悄地赞赏着爱仑的美丽，他偶尔望望她的脸，对讨论的问题表示他自己的意见。爱仑不安地微笑着，望着他的鬈发和刮光的、发黑的、饱满的脸颊，时时期待着转换新的话题。神甫虽然明显地迷恋于交谈者的美丽，但仍贯注于施展处理这件事的本领。

良心指导者的推论过程如下：您不了解您所做的事情的意义，您向他发过忠于婚姻关系的誓言，从他那方面，不相信婚姻的宗教意义便结婚，他是犯了罪。这个婚姻没有它应有的双方意义。虽然如此，但是您的誓言约束着您。您违背了它。您违背它做了些什么？péché véniel〔可赦的罪〕还是péché mortel〔死罪〕？是 péché véniel〔可赦的罪〕，因为您做出这种行为并没有恶意。假使你现在重新结婚，目的是要有小孩，那么您的罪是可赦的。但是这个问题又分为两方面：第一……

“但是我以为，”感到厌烦的爱仑带着迷人的笑容忽然说，“我信了真正的宗教，我无法忍受虚假的宗教对我的束缚了。”

这话使良心指导者吃惊了，问题好像哥仑布的鸡蛋那样简单地向他提出来。他对自己学生的出乎意外的成绩感到满意，但他不能放弃他用自己的智慧和劳动所得到的理论。

“Entendons-nous, comtesse.〔让我们互相了解吧，伯爵夫人。〕”他微笑着说，开始反驳他的教女的理论。

7

爱仑明白，从宗教的观点来看，这件事是很简单、很容易的，但她的指导者们却发生了困难，只是因为他们担心当局对于这件事会有怎么个看法。

因此爱仑决定了，应该在社交界里对这件事有所准备。她引起了年老的要人的嫉妒，同样向他说了她对第一个求爱者说过的话，就是提出这样一个问题：他要得到她，唯一的办法是娶她。年老的要人起初和第一个年轻人一样，被她那脱离亲夫而改嫁的建议吓了一跳；但是爱仑的不可动摇的信念感动了他，她相信这像处女结婚那样简单而自然。假若爱仑本人显得有丝毫动摇、羞耻或掩饰的形迹，则她的事情无疑是要失败的；但是她不但没有这种掩饰和羞耻的形迹，而且相反，她简单地、好意地、天真地向她的亲密朋友们（这就是全彼得堡的社交界）说，亲王和要人都向她求婚，她两方面都爱，却担心两方面都要得罪。

在彼得堡立刻散布了一种传言，不是说爱仑想要脱离她的丈夫（假使要传出这个消息，便有很多人反对这种非法的意向了），只说那不幸的、漂亮的爱仑无法决定她要嫁给两人当中的哪一个。问题已经不是这个婚事有多少可能性，只是嫁哪一方更好，以及朝廷怎样看待这个问题。确实是有几个顽固的人不能了解这个问题的意义，而认为这么一来就会破坏婚姻的神圣性；但是这种人很少，并且他们沉默着，而大部分人是感到有趣的，是爱仑的幸福问题，以及嫁哪一个人较好的问题。他们不说到脱离亲夫而结婚的好坏，因为这个问题，照他们说，在“比你我更聪明的人”看来，是已经解决了，而且要怀疑这个解决的正确性，便是冒着暴露自己的愚笨和不能在社交界活动的危险。

只有这个夏天到彼得堡来看儿子的玛丽亚·德米特锐叶芙娜·阿郝罗谢摩娃竟敢坦率地表示了不同于一般舆论的意见。玛丽亚·德米特锐叶芙娜在跳舞会中遇见了爱仑，在大厅当中叫她站住，在大家的静默中粗声地向她说：

“有人要脱离亲夫去嫁人了。你也许以为是你发明了这件新奇的事吗？亲爱的，她们已经占先了。这种事早已就有了。在所有的妓院里都做这样的事情，”玛丽亚·德米特锐叶芙娜一面说着这些话，一面带着习惯的威胁的姿势，卷起她的宽袖子，严厉地环顾着，穿过舞厅。

他们虽然怕玛丽亚·德米特锐叶芙娜，但是在彼得堡，他们却把她当作小丑，因此对她所说的话，他们只注意到她的那个粗字眼，低声地互相重复这个字眼，以为她话里全部的意味就包括在这个字眼里。

发西利公爵近来常常忘记了他所说的话，把同样的话重复到一百次，在他偶然遇见他的女儿时，他总是说：

“Héléne, j'ai un mot à vous dire,〔爱仑，我有一句话向你说,〕”他把女儿领到旁边，向下拉着她的手说，“J'ai eu vent de certains projets relatifs à…Vous savez. Eh bien, ma chère enfant, vous savez que mon coeur de père se rejouit de vous savoir…Vous avez tant souffert…mais, chère enfant…ne consultez que votre coeur. C'est tout ce que je vous dis.〔我听说到某种计划，关于……你知道。那么，我亲爱的孩子，你知道，你父亲的心里很欢喜，你是……你受了这么多痛苦……但是我的孩子，照你自己的心意行事吧。我要向你说的全在这里了。〕”然后他掩饰着自己的总是一样的情感，把他的腮贴着女儿的腮，然后走开。

俾利平没有失去他的聪明过人的声誉，并且是爱仑的没有利害关系的朋友，是出色的妇女们一向所有的那种男朋友——是一个绝不会变为情人的男朋友。俾利平有一天在petit comité〔一个亲密的小团体里〕向他的朋友爱仑表示了他对这整个问题的看法。

"Ecoutez, Bilibine，〔你听着，俾利平，〕（爱仑对于这类朋友，例如俾利平，总是称姓），"她用戴戒指的白手摸他的衣服袖子。"Dites moi comme vous diriez à une soeur, que dois-je faire? Lequel des deux?〔你告诉我，就像告诉你的妹妹一样，我应该怎么办呢？两个人当中选哪一个呢？〕"

俾利平皱起眉头，嘴唇微笑地沉思了一下。

"Vous ne me prenez pas en 出其不意，vous savez〔你问的我料到了，你知道，〕"他说。"Comme véritable ami j'ai pensé et repensé à votre affairee. Voyez vous, Si vous épousez le prince，〔作为真正的朋友，我反复考虑了你的事情。你知道，假使你嫁给亲王，〕"这个年轻人屈起了一只手指，"Vous perdez pour toujours la chance d'épouser l'autre, et puis vous mécontentez la cour.（Comme vous savez, il y a une espèce de parenté.）Mais si vous épousez le vieux comte, vous faites le bonheur de ses derniers jours, et puis comme veuve du grand…le prince ne fait plus de mésalliance en vous épousant〔你便永远失去了嫁另一个人的机会，并且还要引起朝廷的不快（要知道，他们有点亲戚关系）。但是假使你要嫁那老伯爵，你便会使他的晚年幸福，后来做了伟人的……寡妇，亲王再娶你，也不会是门第不当的婚姻〕……"接着俾利平舒展了脸上的皱纹。

"Voilà un véritable ami!〔这才是一个真正的朋友！〕"笑容满面的爱仑说，又用手摸俾利平的袖子。"Mais c'est que j'aime l'un et l'autre, je ne voudrais pas leur faire de chagrin. Je donnerais. ma vie pour leur bonheur à tous deux.〔但是我两个人都爱；我不愿使他们痛苦。我要为了他们俩的幸福而贡献我的生命。〕"她说。

俾利平耸了耸肩膀，表示对于这种困难连他也无能为力了。

俾利平想，"Une maitresse-femme! Voilà ce qui s'appelle poser

carrément la question. Elle voudrait épouser tous les trois à la fois.〔好一个老练的女人！这才叫作露骨地提出问题。她希望同时嫁三个男人。〕”

“但是您告诉我，您的丈夫对于这件事怎么看法呢？”他说，因为自己声名已经确立，不怕这种单纯的问题会损坏他的名誉。“他会同意吗？”

“Ah！Il m'aime tant！〔啊！他是那样爱我！〕”爱仑说，由于某种原因，她觉得彼挨尔也爱她。“Il fera tout pour moi.〔他无论什么事都会替我办的。〕”

俾利平皱起眉头，表示要说的 mot〔警语〕。

“Même le divorce？〔甚至于离婚呢？〕”他说。

爱仑笑起来了。

有些人竟敢怀疑这件提出的婚事是否合法，其中有爱仑的母亲、库拉基娜公爵夫人。她不断地因为嫉妒自己的女儿而苦恼，而现在嫉妒的对象是公爵夫人的心里最为关切的人，她想到这件事便不能安心了。她请教俄国的神甫，一个有亲夫的女子离婚再结婚，这件事有多大的可能性，神甫向她说，这件事是不可能的，并且使她高兴的是，神甫向她说到了《福音书》，在《福音书》里（神甫觉得）断然地不承认妇女能够脱离亲夫再去嫁人。

公爵夫人用了这些在她看来是不可置辩的理论作武器，为了单独会见女儿，大清早便坐车到女儿家去了。

爱仑听到母亲的反对，温顺而嘲讽地微笑了一下。

“要知道，《福音书》上明白地说了：‘谁娶离婚的妇女……”老公爵夫人说。

“Ah maman, ne dites pas de bétises. Vous ne comprenez rien. Dans ma position j'ai des devoirs.〔啊，妈妈，不要说废话。你什么也不懂。在我的地位上，我有我的责任。〕”爱仑说，把谈话从俄语转为法语，她总是觉得，用俄语不能把她的事情说明白。

“但是，我亲爱的……”

“Ah, maman, comment est-ce que vous ne comprenez pas que le saint père, qui a le droit de donner des dispenses〔啊，妈妈，怎么你不知道圣父有权特赦〕……”

这时候，住在爱仑家的一个女陪伴来通报：有一位大人在大厅里想要会她。

“Non, dites-lui que je ne veux pas le voir, que je suis furieuse contre lui, parce qu'il m'a manqué parole.〔不，去告诉他，说我不愿会他，我对他生气了，因为他食言了。〕”

“Comtesse, à tout péché miséricorde.〔伯爵夫人，一切罪过都可饶恕。〕”一个长脸、长鼻子、金发的年轻人走了进来说。

老公爵夫人恭敬地立起身来，并且行了屈膝礼。进来的年轻人没有向她注意。公爵夫人向女儿点了点头，向着门摇摆走去。

“不错，她是对的。”老公爵夫人想，她的所有的信念都在那个大人出现的时候消失了。“她是对的；但是在我们的一去不复返的少年时代，我们怎么不知道这一点呢？这件事是这么简单。”老公爵夫人坐上车子时这么想。

在八月初，爱仑的事情完全确定了，她写了一封信给她的丈夫（她以为他很爱她），告诉他她要嫁NN的意向，说她信仰了唯一的真正的宗教，并且要求他去办理离婚所必需的一切手续，关于这些手续送信的人会告诉他的。

“Sur ce je prie Dieu, mon ami, de vous avoir sous sa sainte et puissante garde. Votre amie Hélène.〔因此我祈求上帝让你，我的朋友，受到他的神圣的有力的保护。你的朋友爱仑。〕”

这封信送到了彼挨尔的家里的时候，他正在保罗既诺战场上。

8

在保罗既诺会战结束时，彼挨尔第二次从拉叶夫斯基的炮台跑开，和一群兵士们经过山谷向克尼亚倚考佛走去，他走到包扎所，看到了血，听见了叫声和呻吟，然后他混杂在兵士当中，赶快地向前走。

彼挨尔现在一心一意所希望的一件事，就是赶快地摆脱他这天所经历的这些可怕的印象，返回到寻常的生活环境里，安静地睡在房中他自己的床上。他觉得，只有在寻常的生活环境中，他才能够了解他自己和他所看见所感觉的一切。但这种寻常的生活环境是哪里也没有的。

虽然炮弹和枪弹不在他所走的这条路上响着，但是各方面还有战场上所有的同样情形。还有同样痛苦的、疲倦的以及有时异常漠不关心的面孔，还有同样的血、同样的兵士的军大衣、同样的遥远的然而仍然引起恐怖的射击声；此外还有臭气与灰尘。

在莫沙益司克大道上走了大约三俚路，彼挨尔在路边上坐下了。

黑暗降临大地，炮声沉寂了。彼挨尔撑着臂肘，躺了好久，望着在黑暗中从他身边走过的影子。他不断地觉得，炮弹带着可怕的嗞嗞声落在他的头上；他颤抖着，坐起来了。他不知道他在这里待了好久。半夜的时候，有三个兵拖来些木柴，坐在他旁边，开始生火。

兵士们对彼挨尔侧视了一下，生着了火，把小锅放在火上，把饼干揉碎放进锅里，还放了脂油。食物和脂油的令人愉快的气味和烟气混合在一起。彼挨尔坐起来，叹了口气。三个兵吃着，彼此交谈着，没有注意彼挨尔。

“你是干什么的？”一个兵士忽然问彼挨尔，显然这个问题里含着彼挨尔所想的意思，就是：假使你想吃，我们给你，可是要告诉我们，你是不是正经人？

“我？我？……”彼挨尔说，觉得必须尽可能降低自己的社会地位，以便更接近兵士们，更被他们了解。“我实在是一个民团军官，但是我的队伍不在这里；我来参战的，与我的队伍走散了。”

“你看！”一个兵士说。

另一个兵士摇摇头。

“那么，假使你愿意，就吃点杂烩汤吧！”第一个兵说，舐完了木勺子，然后递给彼挨尔。

彼挨尔在火边坐下，开始吃杂烩汤，就是锅里的那种食物，他觉得在他所吃过的食物中这是最有味的。当他对着锅弯下腰，贪馋地一大勺一大勺地舀起来吃喝时，他的脸被火光照亮了，兵士们沉默地望着他。

“你要到哪里去？你说！”他们当中的一个人又问。

“我要到莫沙益司克去。”

“那么，你是一位绅士吗？”

“是的。”

“叫什么？”

“彼得·基锐洛维支。”

“好，彼得·基锐洛维支，跟我们走吧，我们领你去。”

在一片黑暗中，兵士们和彼挨尔一同向莫沙益司克走去。

当他们快要走到莫沙益司克并且开始攀登斜陡的、城边的山坡时，已经到了鸡叫的时候了。彼挨尔和兵士们一同走着，完全忘记了他的旅店是在山下边，他已经走过了。假使不是在半山中遇到了他的马夫，他就不会想起这一点（他是那样心神恍惚），马夫是到城里找他而此刻返回旅舍去的。马夫从他的在黑暗中发白的帽子上认出了他。

“大人，”他说，“我们已经觉得无望了。您为什么步行呢？您到哪里去，请问？”

“啊，是的。”彼挨尔说。

兵士们站住了。

“那么，找到你的队伍了吗？”其中一个人问。

“那么，再会！彼得·基锐洛维支，是叫这个吗？”别的声音说，“再会！彼得·基锐洛维支！”

“再会。”彼挨尔说过，便和马夫向旅舍走去。

“应该给他们！”彼挨尔摸着衣袋想着，“不要，用不着。”某种声音向他说。

旅舍没有空房间：都住了客人。彼挨尔走到院里，把头蒙了起来躺在自己的车里。

9

彼挨尔的头刚落枕，他便睡意沉沉了；但是忽然，几乎就像在现实中那么清晰地听到砰砰砰砰的射击声，听到呻吟、喊叫、炮弹的爆炸，闻到血与火药气味，并且感觉到恐怖与怕死的情绪。他惊骇地睁开眼睛，从大衣下边抬起头。院里一切是静悄悄的。只有一个侍从兵走进大门，和旅店主人谈着话，在泥淖中踏溅着。在彼挨尔的头上，在黑暗的厢房松木板下，鸽子因为他坐起时的动作而拍翅膀。全院充满了安静的、彼挨尔在那时候觉得是可喜的强烈的旅店气味，草秸、粪料和焦油的气味。在两边黑色的厢房之间可以看见澄清有星的天空。

“感谢上帝，不再有这种事了，”彼挨尔又蒙了头想，“恐怖本身是多么可怕啊，我对恐怖屈服，这是多么可耻！而他们……他们自始至终是坚定的，沉着的……”他想。照彼挨尔的意思，他们是兵，是炮台上的兵，给他东西吃的兵，向圣像祈祷的兵。他们——这些奇怪的、他一向不认识的人，他们在他的想象中，和所有其他的人清楚地截然地分开了。

“做一个兵，只做一个兵！”彼挨尔睡意沉沉地想着，“全心全意地去过这种共同生活，去体验那使他们成为他们那样的东西。但是怎样丢开这一切多余的、恶魔般的、外来的负担呢？有一个时候我能够如此。我能够如愿地从父亲面前跑开。在我同道洛号夫决斗之后，还可以被遣送去当兵。”

在彼挨尔的想象中，出现了英国俱乐部里的宴会，他曾在宴会中要求道洛号夫决斗。又出现了在托尔饶克的恩人。接着彼挨尔又想起了支会的庄严的聚餐。这个聚餐是在英国俱乐部里举行的。他所认识的那个亲密的尊贵的人坐在桌子的一端。是他！他是恩人。“他不是死了吗？”彼挨尔想，“是的，死了；但是我不知道，他是活着。他死了，我多么惋惜，他又活了，我多么高兴！”在桌子的一边坐着阿那托尔、道洛号夫、聂斯维次基、皆尼索夫及其他类似的人（在梦中，在彼挨尔的心中，这一类人是和他称为“他们”的那一类人同样明确），而这些人，阿那托尔、道洛号夫，大声地喊叫、歌唱；但是在他们的叫声中可以听到不停地在说话的恩人的声音，他的话声是和战场上的声音同样地有意义而不间断，但是他的话声是愉快的、给人安慰的。彼挨尔不了解他的恩人所说的话，但是他知道（这种想象在他的睡梦中是同样明显的），恩人说到善，说到他可以成为“他们”那样的人。他们具有朴实、善良、态度坚决的面孔，从四面八方围绕着恩人。他们虽然善良，他们却没有望着彼挨尔，不认识彼挨尔。彼挨尔想要引起他们的注意，想要说话。他站了起来，但是就在这时候他的腿觉得发冷并且露了出来。

他觉得难为情，于是他用一只手遮着腿，军大衣确实从他腿上滑下来了。彼挨尔拉着大衣，把眼睛睁开了一下，看到同样的厢房、柱子、院子，但此刻这一切在发蓝发亮，显现出露水和霜的闪光。

“天亮了，”彼挨尔想，“但是这不是我所需要的。我需要的是听到并且了解恩人的话。”他又蒙上大衣，但是支会的餐厅和恩人都不在了。只有用语言所明白地表现出来的想法，这些想法是别人告诉他的，或是彼挨尔自己心里产生出来的。

虽然这些想法是当天的印象所引起的，彼挨尔后来想起这些想法，却相信是他身外的什么人向他说的。他似乎觉得，他在清醒的时候，从来没有能够这样想过，从来没有这样表现过他的思想。

“战争是人类的自由对于上帝法则的最困难的服从，”这个声音说，“单纯就是对上帝的顺从，你不能离开上帝。他们是单纯的。他们不说，却行动。说出的话是银的，未说出的话是金的。人在怕死的时候，不能够有任何东西。而不怕死的人，一切都属于他。假使没有痛苦，人便不知道自己的限度，不知道他自己了。最难的事（彼挨尔在梦中继续想着或者听着），是能够在自己的心中把一切事物的意义结合在一起。结合一切吗？”彼挨尔向自己说，“不是，不是结合。不能结合思想，而是套上这一切的思想，这就是我所需要的！是的，必须套上，必须套上！”彼挨尔带着内心的喜悦向自己说，觉得正是这些话，而且只有这些话，表达了他所要表达的意思，并且解决了那个使他苦恼的问题。

“是的，必须套马，是套马的时候了。”

“应该套马了，是套马的时候了，大人！大人，”有声音重复说，“应该套马了，是套马的时候了……”

这是来唤醒他的马夫的声音。太阳直射在彼挨尔的脸上。他瞥了一下旅店的污秽的院子，院中的井边有兵士们在饮瘦马，车子正从院里赶出大门。彼挨尔不高兴地翻过身去，闭了眼睛，又在车垫上赶快躺下去了。“不，我不想要这个，不想要看见、不想要了解这个，我想要了解在梦中向我显现的东西。还要一秒钟，我就会了解一切了。但是我要怎么办呢？套上，但是怎么套上一切呢？”彼挨尔恐怖地觉得，他在梦中所见的所想的一切东西的意义都被破坏了。

马夫、车夫和旅店主人向彼挨尔说，有一个军官带来消息，说法军快要到莫沙益司克了，我军正在撤退。

彼挨尔起来了，吩咐套上车子跟着他，他步行穿过了城。

军队开走了，留下了大约一万伤兵。这些伤兵出现在院子里、在窗子里，并且在街上拥挤着。在街上运送伤兵的车辆旁边，可以听到喊叫、咒骂和打击声。彼挨尔把他的跟上来的车子让一个相识的受伤的将军坐上，同他一起到了莫斯科。在路上彼挨尔听到他内弟和安德来公爵的死讯。

10

彼挨尔在八月三十日回到莫斯科。他几乎就在城门口遇见了拉斯托卜卿伯爵的一个副官。

“我们到处找您，”那个副官说，“伯爵一定要见您。他请您立刻到他那里去，有很重要的事。”

彼挨尔没有回家，叫了一辆车去见守城总司令。

拉斯托卜卿伯爵这天早晨刚从索考尔尼基他的城郊别墅进城。伯爵家里的前室和接待室里满是官员，他们是被他找来的，或者是来请示的。发西尔齐考夫和卜拉托夫已经见过伯爵，向他说明保卫莫斯科是不可能的，莫斯科要放弃的。这种消息虽然隐瞒着市民，但是官吏们，各衙门的长官，知道莫斯科要陷入敌手，正如同拉斯托卜卿伯爵自己所知道的一样；但是他们大家为了逃避自己的责任，都来问守城总司令，他们要怎样处理他们的各衙门。

彼挨尔进接待室时，军中派来的信使正走出伯爵的房。

信使对于向他提出的许多问题失望地挥了挥手，便穿过了大厅。

彼挨尔在接待室等候着，他的疲倦的眼睛望着室内各种各样的、年老的、年轻的、文的、武的、重要的和不重要的官员们。大家都显得不满、不安。彼挨尔走到一群官员那里，其中有一人是他的相识。他们和彼挨尔打了招呼之后，又继续谈话。

“把他们送走了再带回来，不会有害的；但是在这样的情况下，对什么事情都是不能负责的。”

“瞧吧，他写的。”另一个人说，指着他手中拿着的印刷的文件。

“这是另一回事。对于民众这是必要的。”第一个人说。

“这是什么？”彼挨尔问。

“是新传单。”

彼挨尔拿到手里，开始阅读：

“公爵殿下，为了和向他开来的各部队赶快会师，已经过了莫沙益司克，并且驻扎在巩固的阵地上，敌人不会在这里忽然向他进攻的。这里有四十八门大炮和许多炮弹送给了他，殿下说，他要保卫莫斯科直到最后一滴血，甚至准备作巷战。弟兄们，法庭已经关闭了，你们不要焦虑，我们一定要维持秩序，我们要用自己的法庭处置恶徒们！到了必要的时候，我需要城市和乡村的好汉们。我要在一两日之前大声疾呼，但是现在无需如此，我就沉默着。斧头有用，矛枪也不坏，三齿叉最好：法国人并不比一束麦秸还重。明天饭后，我要抬依比利亚圣母像到叶卡切锐娜医院去看伤兵。我们要在那里举行圣水的祝福式：他们会迅速地复原；我现在仍健康；我的一只眼得过病，但现在两只眼都能看见了。”

“但是军人们向我说，”彼挨尔说，“城里千万不能作战，而且阵地……”

“就是了，我们正在说这件事。”第一个官员说。

“这是什么意思：我的一只眼得过病，现在两只眼都能看见了？”彼挨尔说。

“伯爵有了麦粒肿，”副官微笑着说，“我告诉他说，有人来问他生什么病，他很不安。真的吗，伯爵？”副官忽然带着笑容向彼挨尔说，“我们听说，您有家庭纠纷，听说伯爵夫人，您的妻子……”

“我没有听说什么，”彼挨尔漠不关心地说，“但是您听到了什么？”

“啊，您知道，他们常常虚构。我只说我听到的。”

“您听到什么？”

副官带了同样的笑容说：“听说伯爵夫人，您的妻子，准备出国。也许是无稽……”

“可能的，”彼挨尔漫不经心地望着四周的人说，“这人是谁？”他问，指着一个矮小的年老的人，这人穿了清洁的蓝色的农民外衣，有雪白的大胡子和眉毛，有红润的脸庞。

“他吗？他是一个商人，就是酒店老板韦来夏根。您也许听到了关于那个宣言的故事。”

“啊，这就是韦来夏根！”彼挨尔说，望着老商人坚定而沉静的面孔，想看出他的奸贼的表情。

“这不是他本人。这是写宣言的人的父亲，”副官说，“那个年轻人下了牢，他似乎要倒霉了。”

一个佩星章的老人和一个颈上挂十字勋章的官员德国人，走到说话的人面前。

“您知道，”副官说，“这是一件复杂的案子。这个宣言是大约两个月前出现的。有人报告了伯爵。他下令调查。加夫锐洛·依发尼支查出了，这个宣言整整经过六十三人的手。他去问这个人：您从谁手里弄到的？‘从某某人那里弄到的。’他又去问那个人：您从谁手里弄到的？这样一直追问到韦来夏根……一个学识浅薄的商人，您知道，做生意的公子哥儿，”副官微笑着说，“他们问他：你从谁那里弄到的？主要的是，我们知道他从谁那里弄来的。他并不是从别人那里弄到的，他是从邮政局长那里弄到的。但他们当中显然有了默契。他说：不是从别人那里弄到的，是我自己写的。他们吓唬他，盘问他，他总说是他自己写的。他们这样报告了伯爵。伯爵命令传他。‘你的宣言从谁那里弄来的？’‘我自己写的。’好，你知道伯爵！”副官带着骄傲的快乐的微笑说，“他非常生气了，你想想看，这样大胆、说谎和顽固！……”

“啊！伯爵需要他指出克流恰罗夫，我晓得！”彼挨尔说。

“完全不是，”副官恐怖地说，“克流恰罗夫就是没有这件事，罪也够了，那是他被放逐的原因。但问题是，伯爵很愤慨。‘你自己怎么能够写这个宣言？’伯爵这么问。他从桌上拿起《汉堡日报》说，‘瞧吧。你不是写，是翻译，并且译得很坏，因为你这个傻瓜，连法文也不知道。’您是什么想法呢？他说，‘不，我不看报纸，是我自己做的。’‘假使如此，你便是奸贼了，我要把你交付审判，把你绞死。你说，你从谁那里弄到的？’‘我不看报纸，是我自己写的。’案子便是这样搁着。伯爵传来了他的父亲：他还是那么说。因此把他审判了。并且似乎是判了做苦役。他父亲现在来为他求情。但他是一个恶少！您知道，这样的商人儿子，花花公子，风流鬼。他在什么地方听了几次讲演，便以为鬼也不敢惹他了。他就是这样的少年！他父亲在石桥开一家酒店，在他的酒店里，您知道，有一个万能上帝大画像，他一手拿了一个王笏，一手拿了一个球；他把这个画像带回家摆了好几天，并且做了这样的事！他找了个坏蛋画像师……”

11

在这个新的故事的当中，有人来叫彼挨尔去见守城总司令。

彼挨尔进了拉斯托卜卿伯爵的办公室。他进房时，拉斯托卜卿皱着眉，用手在擦额头和眼睛。一个矮矮的人在说什么，彼挨尔一进门，他便不作声，走出去了。

“啊！您好，伟大的战士，”那人刚出去，拉斯托卜卿便说，“我们听说了您的 prouesses〔勇敢〕！但不是为了这件事。Mon cher, entre nous,〔我的好朋友，要守秘密，〕您是共济会会员吗？”拉斯托卜卿伯爵带着严厉的态度说，似乎这是什么不对的事，但是他有饶恕的意思。彼挨尔沉默着，——“Mon cher, je suis bien informé，〔我的好朋友，我知道很清楚，〕但是我知道，有许多许多共济会会员，他们以拯救人类为名而想要毁灭俄国，我希望您不是这种人。”

“是的，我是共济会会员。”彼挨尔回答。

“您知道吧，我的好朋友。我想，您不是不知道，斯撇然斯基和马格尼兹基被放逐到该放逐的地方去了；对克流恰罗夫先生是这样办的，对于别的以建立所罗门神庙为借口，而力求毁坏祖国的神庙的人也是这样办的。您会明白的，这有许多理由，并且假使不是因为此地的邮政局长是一个有害人物，我是不能放逐他的。现在我听说，您派自己的车子送他出城，甚至您接管他的文件。我喜欢您，对您并无坏意，您比我年轻一半，我好像父亲一般地劝您和这类人断绝关系，并且您自己赶快离开这里。”

“但是伯爵，克流恰罗夫的罪是什么？”彼挨尔问。

“这是我应当知道的事，不是您该问我的事。”拉斯托卜卿叫起来了。

“假使他被控告了散布拿破仑的宣言，可是这并没有证明。”彼挨尔说，没有望着拉斯托卜卿，“而韦来夏根……”

“Ncus y voilà，〔问题就在这里了，〕”拉斯托卜卿忽然皱了皱眉，打断彼挨尔的话，比先前更加高声地大叫着，“韦来夏根是卖国贼，是叛徒，他要受到应得的处罚，”拉斯托卜卿带着人们在想起遭受侮辱时的那种怒火说，“但是我找您来，不是要您讨论我的事情，而是要向您劝告，或者命令，假使您愿意的话。请您断绝您和克流恰罗夫这类人的关系，并且离开这里。不管是谁有荒谬的言行，我都要制止的。”大概他明白过来了，他是在申斥并无任何过失的别素号夫，于是，他和善地拉了彼挨尔的手，补充说：“Nous Sommes à la veille d'un désastre public, et je n'ai pas le temps de dire des gentillesses à tous ceux qui ont affaire à moi.〔我们是在大难的前夜，我没有工夫对那些和我商量公事的人说文雅的话。〕我的头有时候发晕！Eh bien, mon cher, qu'est-ce que vous faites, vous personnellement?〔那么，我的好朋友，你个人打算做什么呢？〕”

“Mais rien.〔并没有什么。〕”彼挨尔回答，仍然没有抬起眼睛，没有改变他的沉思的表情。

伯爵皱了皱眉。

“Un conseil d'ami, mon cher. Décampez et au plutôt, c'est tout ce que je vous dis. A bon entendeur salut!〔进一个友谊的劝告，我的好朋友。赶快走吧，这就是我要向你说的。会听话的人有福气！〕再会，我的好朋友。啊，还有，”他在门口向他叫着，“伯爵夫人落到 des saints pères de la Société de Jésus〔耶稣会神甫们的〕圈套里，是真的吗？”

彼挨尔没有回答，皱着眉头，从来没有那样生气过，离开了拉斯托卜卿的房间。

他到家时，天色已经晚了。这天晚上有八个不同身份的人来看他。有某一委员会的秘书、他营里的上校、他的管家、管家和其他有所请求的人。他们都要和彼挨尔商量些要他解决的问题。彼挨尔什么也不明白，对这类事情也不感兴趣，对于所有的问题，他只因为要摆脱这些人才回答。最后，剩下他一个人，他拆开妻子的来信并看了起来。

“他们——炮台上的兵士们，安德来公爵被打死了……老人……单纯就是对于上帝的顺从。应当受苦……一切的意义……应该套上……妻子要去嫁人……应该忘记并且了解……”他走到床前，没有脱衣服，倒在床上，立刻就睡着了。

第二天早晨他醒来时，管家来报告说，拉斯托卜卿伯爵特地派一个警官来打听，别素号夫伯爵已经走了还是正要走。

十来个身份不同的人要和彼挨尔商量事情，正在客厅里等候。彼挨尔连忙穿上衣服，没有去接见等候他的人，却朝后边的台阶走去，从那里出了门。

从那时起，直到莫斯科不再受到破坏为止，别素号夫家里的人尽管在努力寻找，却没有一个人再看见彼挨尔，也不知道他在哪里。

12

罗斯托夫一家直到九月一日，即敌人进入莫斯科城的前一天还留在城内。

在彼恰加入了奥保林斯基的哥萨克团，以及他到了这个团编队的地方别拉·策尔考夫以后，伯爵夫人感觉到害怕了。她的两个儿子都在打仗，两人都是从她的羽翼下逃出去的，今天或许明天，有一个人，也许两人一道，像她的某一个熟人的三个儿子那样被人杀死，这种想法在这个夏天第一次极其明确地出现在她头脑里。她试图把尼考拉叫回到她自己面前来，想要亲自到彼恰那里去，替他在彼得堡找一个职务，但这都是不可能的。彼恰是不能回来的，除非是同他的团一道回来，或者是调到另一个现役的团，那才可以回来一下。尼考拉在军中的某个地方，他在最近的一封信里详细地报告了他和玛丽亚公爵小姐的相遇，以后没有再给家里寄过信。伯爵夫人夜间睡不着觉，而且一睡着便梦见她那被杀死的儿子们。经过多次商量和谈话之后，伯爵终于想出使伯爵夫人安心的方法。他把彼恰从奥保林斯基的团调到别素号夫的团，后者在莫斯科附近编队。虽然彼恰还是在服兵役，但是由于这种调动，伯爵夫人却得到了安慰，她至少可以看见一个儿子仍在她的羽翼之下，于是她希望为她的彼恰做这样的安排：就是不再让他离开，总想把他调到他绝不会参加会战的地方去服役。只有尼考拉一个人还在危险的地方时，伯爵夫人似乎觉得她爱长子超过了爱其他的儿女，她甚至为了这件事责怪她自己；但是现在，她的幼子，那个顽皮的、不用功读书的、在家里总是破坏东西的、人人讨厌的彼恰，那个塌鼻子的、有一双快乐的黑眼睛的、皮肤是娇嫩的、腮上有刚刚出现的毫毛的彼恰，到了那里，在那些成年的、可怕的、残忍的男子之间，在那些为了什么而作战并且对作战感到乐趣的男子之间——这时候，母亲觉得她最爱他，远远超过她爱其他的儿女了。所盼望的彼恰要回莫斯科的时期愈近，伯爵夫人愈是不安。她已经觉得，她绝不会等到这个幸福的时候。不但是索尼亚的在场，而且心爱的娜塔莎的在场，甚至丈夫的在场，也会引起伯爵夫人发怒。她想：“我要他们有什么用，我什么人也不需要，只要彼恰！”

八月末，罗斯托夫家收到尼考拉的第二封信。他是从福罗涅示省写来的，他被派到那里去采购马匹。这封信并没有安慰伯爵夫人。她知道只有一个儿子脱离了危险，便更加挂念彼恰了。

虽然在八月二十日，几乎罗斯托夫家所有的朋友们都离开了莫斯科，虽然大家劝伯爵夫人赶快离开，但是她要等到她的宝贝，她的心爱的彼恰回来了，她才肯再听取离开的话。八月二十八日，彼恰到了家。母亲迎接儿子时的非常深切的慈爱，并没有使十六岁的军官感到高兴。虽然母亲不让他知道她自己的意向——现在不让他从她的羽翼下离开，彼恰却明白她的意思，并且本能地害怕同母亲在一起会变得心肠柔软，变得女人气十足（他自己这么想），他对待母亲很冷淡，逃避她，当他在莫斯科的时候，他只同娜塔莎在一起，对于她，他总是具有一种特别的几乎是爱恋的姐弟之情。

由于伯爵向来粗心大意，在八月二十八日还没有一点儿动身的准备，他们等待车辆从锐阿桑田庄及莫斯科乡下进城来运送全部的家具，车辆直到三十日才到。

从二十八日至三十一日，全莫斯科都显出忙碌与骚动。每天从道罗高米洛夫门运进来成千的保罗既诺会战中的伤兵，散在莫斯科各处，成千的车辆，运送市民和财物，出别的城门。虽然有拉斯托卜卿的传单，或者与传单无关，或者正因为传单，最矛盾的最奇怪的消息仍然在城里传播着。有的说，禁止任何人离城；有的人恰好相反地说，教堂里所有的圣像都抬走了，大家都要被强迫送走；有的说，在保罗既诺会战以后又有了会战，法军大败；有的人恰好相反地说，全部的俄军被消灭了；有人说，莫斯科的民团，在神甫的率领之下，要开到三山去；有人偷偷说到禁止奥古斯丁[1]离城，说到国贼被捕，说到农民作乱并抢劫离城的人，等等。但是这只是传说，而事实上那些离城的人和那些未离城的人（虽然决定放弃莫斯科的菲利会议还未举行），他们虽然没有说出，却都觉得莫斯科是一定要放弃的，并且应该赶快自己逃走，救出自己的财物。大家觉得，一切都必定会忽然爆裂，发生变化，但到九月一日，什么都没有改变。好像一个犯人被押解去行刑，他知道他马上就要送命，却仍然环顾着他的四周，扶正他头上歪戴着的帽子；同样地，莫斯科不自觉地继续过着寻常的生活，虽然它知道它的灭亡的时间迫近了，那时候，人民所惯于顺从的生活条件都要破坏了。

在这三天之内，在莫斯科失陷前，罗斯托夫全家为了各种的事情忙碌着。家长伊利亚·安德来伊支伯爵在城里不停地走动着，从各方面收集流言，在家里发出关于准备离城的一般轻率而急促的命令。

伯爵夫人照料着收拾东西，她对一切的事都不满意，跟随着不断地逃避她的彼恰，嫉妒他老是和娜塔莎在一起。只有索尼亚一个人在处理实际的事情：收拾东西。但是近来索尼亚总是特别地闷闷不乐和沉默寡言。尼考拉在他的信里提到玛丽亚公爵小姐，这封信引起伯爵夫人当索尼亚的面发出高兴的议论，说玛丽亚公爵小姐和尼考拉的相会是出于天意。

伯爵夫人说："在保尔康斯基和娜塔莎订婚以后，我从来没有高兴过，但我总是希望，并且我预感到，尼考林卡要娶公爵小姐。这是多么好的事情！"

索尼亚觉得，这是真话，改善罗斯托夫家的境遇的唯一可能的办法，是娶富家小姐，而公爵小姐是很好的配偶。但是这件事使她觉得很痛苦。虽然是悲伤，或者也许正因为悲伤，她负起了指示收拾及包装物品的全部的困难的工作，她整天地忙着。伯爵和伯爵夫人需要吩咐什么

---

① 毛注：A.V·维诺格拉德斯基（1766—1818），莫斯科主教，教名奥古斯丁。

事的时候，便来找她。反之，彼恰和娜塔莎不但不帮助父母，而且通常在家里使所有的人感到讨厌，妨碍所有的人。家里几乎成天听到他们的跑动、喊叫和无故的大笑声。他们发笑、高兴，完全不是因为有什么发笑的原因，而是因为他们心里觉得高兴、快乐，因此不管有了什么事，都是他们高兴和发笑的原因。彼恰快乐，因为他离家时是个孩子，而回家时（大家都这么向他说）已是一个漂亮的青年人了；他快乐，因为他是在家里，因为他是从别拉·策尔考夫回来的，在那里他最近没有机会参加会战，因为他来到了莫斯科，在这里几天之内，便要发生战事；而主要的，他快乐是因为娜塔莎快乐，而他总是受娜塔莎的心情的影响。娜塔莎快乐，因为她愁闷得太久了，现在没有东西使她想起她的愁闷的原因，并且因为她康复了。她快乐，还因为有人赞扬她（别人的赞扬好像车轮的滑润油，为了使她的机械完全自由地转动着，这是不可少的），彼恰赞扬她。主要的，他们快乐因为战争在莫斯科附近，因为要在城门口打仗，因为要发给武器，因为大家逃避，跑到别处去，总之，因为发生了非常的事件，这种事件是令人、特别是令年轻人感到兴奋的。

13

八月三十一日，星期六，罗斯托夫家的一切都似乎是乱七八糟的。门都敞开着，家具都抬出去或者移动了，镜子和画像都取下来了。各房间里摆着箱子，散乱着草秸、包扎的纸和绳子。农民和家奴抬出家具，在镶木地板上踏着沉重的脚步。院里挤满了农民的车辆，有些已经装满了东西，绑了绳子，有些还是空的。

许多家奴和带车子来的农民互相呼叫着，他们的话声和脚步声在院里和屋里响着。伯爵一早就出去了。伯爵夫人因为这种忙乱和闹声感到头痛，躺在新的起居室里，头上扎了浸醋的绷带。彼恰不在家，他到朋友家去了，他打算和这个朋友从民团里调入作战的军队里去。索尼亚在大厅里照管包装玻璃器皿和瓷器。娜塔莎坐在自己零乱的房间里地板上，坐在散乱的衣服、缎带和肩巾的当中，不动地望着地板，手里拿着一件旧舞衣（样子已经旧了），就是她第一次在彼得堡的跳舞会里所穿的那一件。

娜塔莎觉得惭愧，因为别人都是那么忙，她却在家里什么事也不做；早晨她有好几次打算做点事情；但是她没有心做这种事情；她若是不拿出全副的精神，用出一切的力量，她便不能够并且不知道做任何事情。在包装瓷器时，她在索尼亚身边站了一会，想要帮忙，但是马上又抛弃了这个念头，到自己房里收拾自己的东西去了。起初，她把衣服和缎带散给女仆们，觉得愉快，但是后来，要包装剩余的东西的时候，她又觉得没趣了。

“杜妮亚莎，你装一下，亲爱的！行吗？行吗？”

当杜妮亚莎高兴地答应了为她做这一切事情的时候，娜塔莎坐在地板上，手里拿着一件旧舞衣，沉思着根本不是她现在应该想到的事情。隔壁女仆房间里女仆们的话声和她们走到后边台阶时的迅速脚步声，把娜塔莎从沉思中唤醒了。娜塔莎站起来，从窗口向外看。街上停了一长列的伤兵车。

女仆、听差、女管家、保姆、厨子、车夫、副车夫、厨役站在大门口看伤兵。

娜塔莎在头发上披了一块白头巾，双手捏住头巾的两角，走到街上去了。

从前的女管家，年老的马富婝·库绮米妮施娜，离开站在大门口的人群，走到一辆有席篷的车前，和躺在车上的一个年轻的面色苍白的军官谈话。娜塔莎向前走了几步，羞怯地站住，仍然捏着头巾，听着女管家说话。

“那么，您在莫斯科什么人都不认识吗？”马富娅·库绮米妮施娜说，“您在房子里可以舒服一点……就是在我们家也行。东家要走了。”

“我不晓得答应不答应呢，”军官用他的微弱的声音说，“长官在那里……您去问一下。”他指着一个肥胖的少校，少校随着街上车辆的行列向回走。

娜塔莎用她的惊惶的眼睛看了看受伤的军官的脸，立刻迎着少校走去。

“伤兵可以住在我们家吗？”她问。

少校微笑着，把手举到帽边敬礼。

“您说哪一个，小姐？”他眯着眼微笑着说。

娜塔莎镇静地重复了自己的问题，虽然她还捏着头巾的一角，她的脸和整个的态度却是那么严肃，以致少校停住了微笑，想了一下，似乎是在考虑这件事有多大的可能性，然后肯定地回答了她。

“嗯，可以，当然可以。”他说。

娜塔莎轻轻地点了点头，快步地回到马富娅·库绮米妮施娜面前，她还站在军官旁边，怀着怜悯的同情心和他在说话。

“可以，他说，可以！”娜塔莎低声地说。

那个军官的车子进了罗斯托夫家的院子，于是几十辆运送伤兵的车子，由于城里居民的邀请，进了厨子街各家的院子，停在各家房子的门口。娜塔莎显然对这种不同寻常地对待陌生人的做法感到高兴。她和马富娅·库绮米妮施娜都极力把伤兵尽量请到她们的院子里去。

“应该去报告您父亲。”马富娅·库绮米妮施娜说。

“不要紧，不要紧，没有关系！我们可以搬到客厅里住一天。我们可以让一半的房子给他们住。”

“小姐，您想得好！就是在厢房里，男下房里，女下房里，也应当问一下。”

"好，我去问。"

娜塔莎跑进屋，踮着脚走进起居室的半开的门，室内散发着醋和好夫曼[①]药水的气味。

"您在睡觉吗？妈妈？"

"啊，睡得多么好哟！"刚刚睡着的伯爵夫人醒过来说。

"妈妈，亲爱的，"娜塔莎说，跪在母亲的面前，把自己的脸靠近着母亲的脸，"对不起，饶恕我，我再不这样了，我把您弄醒了。马富娅·库绮米妮施娜叫我来说，她们领来了几个受伤的军官。您允许吗？他们没有地方去，我知道，您会允许……"她一口气迅速地说。

"什么样的军官？把谁领进来了？我不明白。"伯爵夫人说。

娜塔莎笑起来了，伯爵夫人也无力地微笑着。

"我知道您会允许的……我就这样去向她们说了。"

于是娜塔莎吻了母亲，站起来，向门口走去。

她在大厅里遇见了带着坏消息回家的父亲。

"我们留得太久了！"伯爵不觉地懊恼地说，"俱乐部关门了，警察要走了。"

"爸爸，我邀了伤兵来家里住，不要紧吗？"娜塔莎说。"当然不要紧，"伯爵没有心绪地说，"问题不在这里。现在我求你们不要忙着琐碎的事情，去帮忙包装东西，离开这里，明天离开……"接着伯爵向仆役长和仆役们发出同样的命令。

吃饭时，彼恰回家报告他的消息。

他说，今天民众在克里姆林宫领得了武器，虽然拉斯托卜卿的传单上说，他要在事前两天发出号召，但是实际上他已经下了命令，要所有的民众明天都带着武器到三山去，那里将要发生大战。

伯爵夫人当他说话时，畏怯地恐怖地望着儿子的愉快而兴奋的面

---

① 毛注：俄国通用的一种药水，成分是硫黄二，酒精三。

孔。她知道，假使她说出话来，求彼恰不去参加这个会战（她知道他对于目前这个会战是很高兴），他便要提到男子气、光荣、祖国——那些没有意义的、男人们的、顽固的、不能反对的话，并且事情还会弄糟，因此，她希望这样地安排，就是在这个会战之前离开，并且把彼恰带在身边，作为防御人和保护人，她没有向彼恰说什么，但是她在饭后把伯爵叫到身边，含着泪恳求他赶快把她送走，假若可能，就在当夜。以前她表示完全不怕，现在她带着女性的不自觉的爱情的狡猾，说假使当夜不走，她就会骇死的。她现在并不是虚假地惧怕一切。

14

邵斯夫人出去看过了她的女儿，说起她在宓亚斯尼次基街酒店里所见的情形，更增加了伯爵夫人的恐惧。她从那条街回家时，因为酒店门前有一批在闹事的醉汉，不能通过。她雇了一辆车子，绕路走小街回家，车夫向她说，民众在酒店破开了酒桶，这是奉命做的。

饭后，罗斯托夫的全家热切地急忙地收拾东西，作离城的准备。老伯爵忽然地问事了，饭后不停地从院里到屋里走来走去，向忙乱的仆人们发出无意义的喊叫，使他们更加忙乱。彼恰在院里指挥。索尼亚在伯爵的自相矛盾的命令之下，不知道做什么才好，完全茫然不知所措。仆人们喊叫着，争吵着，喧闹地在房间里和院子里跑动着。娜塔莎也忽然带着她所惯有的对一切事情的热心着手做事了。起初，她对包装工作的干涉，受到别人的怀疑。大家都等着她闹出笑话，都不愿听她的话；但是她固执而热心地要别人听从她；他们不听她的话，她发怒了，她几乎要哭了；她终于获得了别人对她的信任。她的最费力的而因此获得威信的第一件功劳，是地毯的装箱。伯爵的家里有贵重的Gobelins〔哥布兰花毯〕和波斯地毯。娜塔莎开始工作时，大厅里有两只打开的箱子：一只几乎装满了瓷器，另一只满是地毯。瓷器还有许多放在桌上，他们还在从收藏室里向这里搬。应该开始装第三只箱子了，于是仆人们去拿箱子。

“索尼亚，等一下，我们要统统装进去。”娜塔莎说。

“不行，小姐，已经试过了。”司膳说。

“不要，请你等一下。”

于是娜塔莎开始从箱子里取出包在纸里的盘子和碟子。

“碟子应该放在毯子里。”她说。

“我们还有许多毯子，三只箱子装得下就好了。”司膳说。

“但是请你等一下。”于是娜塔莎开始迅速而敏捷地整理东西。她指基辅盘子说，“这是不要的。”她指萨克逊碟子说，“这是要的，包在毯子里。”

“歇手吧，娜塔莎；你歇歇吧，我们来装。”索尼亚指责地说。

“哎，小姐！”仆役长说。

但是娜塔莎没有听别人的话。她把所有的东西取出来，又迅速地开始重装，她决定：坏的本国的毯子和多余的器皿根本无需带走。一切都取出之后，他们开始重装。确实，那些贱的不值得带走的东西几乎全取出来了，所有值钱的东西装进了两只箱子。只有装毯子的一只箱盖关不严。还可以取出几件东西，但是娜塔莎要坚持自己的意见。她装了又装，向下捺，叫司膳和彼恰捺箱盖，她自己也出了极大的力。彼恰是被她吸引来帮忙装箱的。

“得了，娜塔莎，”索尼亚说，“我知道你对，但是只要把上面的一件取出来。”

“我不要，”娜塔莎叫着说，一手拢住汗脸上的乱发，一手捺毯子，“捺吧，彼恰，捺！发西理齐，用力捺！”她叫着。

毯子捺紧了，箱盖关上了。娜塔莎拍着手高兴得叫起来，并且泪从她的眼里涌出来了。但是这只有一刹那的时间。立刻她又着手做别的事情，并且大家都完全信任她了。别人向伯爵说娜塔丽·依利尼施娜改变他的命令的时候，伯爵并不发怒，而仆人们也到娜塔莎面前来问：车子是否要绑绳子，车子是否装够了？由于娜塔莎的指挥，事情进行很顺利：不需要的东西丢下了，而最贵重的东西极其紧凑地装了箱。

虽然所有的人都很忙碌，但是到了夜里很晚的时候还不能把所有的东西装完。伯爵夫人睡了，伯爵把行期延到早晨，也去睡了。

索尼亚和娜塔莎没有脱衣服，睡在起居室里。

这天夜里又有一个受伤的人用车子送到厨子街，站在门口的马富娅·库绮米妮施娜把他引入罗斯托夫家。这个受伤的人，在马富娅·库绮米妮施娜看来，是一个很重要的人，他所躺的那辆篷车全部蒙了帷布，并且把车篷放下来。驾驶台上边有一个可敬的老侍仆和车夫并坐着。后边的车上有一个医生和两个兵。

“请到我们家来，请进来。东家要走了，屋子全空了。”老太婆向老仆人说。

“好吧，”仆人叹着气说，“我们大概赶不到家了！我们自己有房子在莫斯科，但是很远，家里没有人住。”

“请您赏光进来，我们主人家里什么都有，请进吧，”马富娅·库绮米妮施娜说，“怎么，很不好吗？”她又说。

侍仆摇了摇手。

“我们大概赶不到家了！一定要问问医生。”

于是老侍仆下了车，走到后边的车子那里。

“好。”医生说。

仆人又走到篷车那里，向车子里看了一下，摇摇头，叫车夫赶进院子里去，他停在马富娅·库绮米妮施娜身边。

“主耶稣基督！”她说。

马富娅·库绮米妮施娜提议把受伤的人抬进屋。

“主人不会说什么的……”她说。

但是他们必须避免上楼梯，因此便把受伤的人抬进厢房，放在邵斯夫人原先的房间里。这个受伤的人是安德来·保尔康斯基公爵。

15

莫斯科的末日到了。是一个明朗爽快的秋天，是星期日。和寻常的星期日一样，各教堂敲响了祈祷的钟声。似乎还没有人能够明白那等待着莫斯科的事情。

只有两个社会现象说明当时莫斯科的情况：一是乌合之众，即是穷人的阶层，另一是物价。广大的工人、家奴和农民群众，夹杂着官吏、神学校学生、绅士，这天一清早就到三山去了。这群人在三山等候拉斯托卜卿，却没有等到他，并且相信莫斯科要失守，便散在莫斯科城厢各处的酒店和饮食店里了。这天的物价也表明了局势。武器、黄金、车辆和马匹的价格不断地上涨，纸币和城市日用品的价格不断地下跌，因此这天中午有了这样的事情，就是贵重的物品，如呢绒，由车夫以对半分的代价运走，而一匹农家的马要值五百卢布；家具、镜子和铜器无代价地送人。

在罗斯托夫家的肃静的古老的屋子里，日常生活秩序的破坏，并不很明显。关于家奴，只是夜里在许多家奴当中，失去了三个人；但是没有东西被窃；至于物品的价值，从乡里田庄上叫来的三十辆车子是很大的财富，引起许多人的羡慕，并且有人向罗斯托夫家说，愿出高价收买。不但有人愿出高价收买这批车子，而且在晚上和九月一日的清晨，受伤的军官们派来了许多侍役兵和仆人们来到罗斯托夫家的院子里，还有许多住在罗斯托夫家和别家的受伤的人勉强地走来，央求罗斯托夫家的仆人设法用车子带他们离开莫斯科。仆役头目听到这些请求，虽然同情受伤的人，却断然地拒绝他们，说他连提也不敢向伯爵提起这件事。这些留下的伤兵虽然是很可怜，但显然是，若是让出一辆车子，便没有理由不让出第二辆，便要让出所有的车子——甚至还要让出自己的马车。三十辆车子不能拯救全体受伤的人，在大难之中，人不能不想到自己和自己的家庭，仆役头目替主人这么设想。

九月一日早晨，伊利亚·安德来伊支伯爵醒来，偷偷地出了卧房，免得惊醒早晨才睡着的伯爵夫人，他穿了淡紫色绸宽服走到台阶上。绑好的车了停在院了里。马车停在台阶的旁边。仆役头目站在门口，同一个老侍役兵和一个年轻的、面色苍白的、吊着手臂的军官在谈话。仆役头目看见了伯爵，向军官和侍役兵做了一个意味深长的严厉的手势，要他们走开。

“那么，都准备好了吗，发西理齐？”伯爵说，摸着自己的秃顶，善意地望着军官和老侍役兵，并且向他们点头（伯爵欢喜生人）。

“马上就套马了，大人。”

“啊，好极了，伯爵夫人一醒，我们就走，谢天谢地！”他又向军官说，“您要什么，先生？住在我家吗？”

军官靠近了一点。他的苍白的脸忽然变为赤红。

“伯爵，赏个光吧，准我……看在上帝的分上……让我搭坐您的车吧。我随身的什么都没有……我在行李车上也是一样……”

军官还没有说完，另一个侍役兵也来为他的主人向伯爵做同样的请求。

“嗯！行，行，行，”伯爵连忙地说，“我很，很乐意。发西理齐，你吩咐一下，清出一两辆车子来……那么……那有什么关系……需要怎办就怎办……”伯爵用含糊不清的言语发出了命令。

但是同时军官的热烈的感激的神情，已经确证了他的命令。伯爵向四面环顾了一下。在院里、门口和厢房的窗口，都可以看见受伤的人和侍役兵。他们都望着伯爵并且向台阶走来。

“请大人到画廊上去一下，那里的图画要怎么办呢？”仆役头目说。

伯爵和他一同进了屋，重申了自己的命令，不要拒绝那些要求搭车的伤兵。

“哦，那有什么关系，还可以拿下一点东西。”他又用低微的神秘的声音说，似乎怕谁听到他的话。

伯爵夫人九点钟醒来，她的旧婢女马特饶娜·齐摩非耶芙娜，现在为伯爵夫人担任类似宪兵队长的职务，她来报告旧主人，说邵斯夫人很伤心，说小姐们的夏衣不能丢在这里。由于伯爵夫人探问邵斯夫人为什么伤心，才弄明白了，她的箱子被人从车上拿下来了，所有的车子都卸空了，贵重的东西搬下来了，都装了伤兵，这些伤兵是伯爵由于他的直率而命令装运的。伯爵夫人派人把丈夫叫到她面前来了。

“这是怎么一回事，亲爱的，我听说，东西又拿下来了？”

“你晓得，亲爱的，我正要告诉你这件事……亲爱的伯爵夫人，有一个军官来向我请求，给他们几辆车子运伤兵。我们的东西都是用钱买得到的；但是他们留下来，会有什么情形呢？你想想看……他们就在我们的院子里，我们自己要他们进来的，还有军官们在这里……你知道，我以为，实在，亲爱的，啊，亲爱的，让他们上车走吧……着急有什么用呢？……”伯爵羞怯地说了这些话，像他在谈到金钱问题的时候一向所说的那样。

伯爵夫人听惯了这种语调，这是在做损害儿女利益的事情之前每次必说的，例如建筑画廊、花房、组织家庭戏剧或音乐队等事；她也习惯了，总是认为反对这种羞怯语调所说的话是她的责任。

她做出屈服而哭泣的样子，向丈夫说：

“伯爵，你听，你弄到了我们家里什么东西也不能添置，现在你又想断送我们的——孩子们的全部财产了。你自己说过，我们家里的东西值十万卢布。亲爱的，我不同意，不同意。你可真随便！伤兵的事有政府。他们晓得。你看，对门洛普亨家三天以前把东西都搬清了。人家是这样做的。只有我们是傻瓜。你不可怜我，也该可怜孩子们。”

伯爵摆着手，没有说话，从房间里走出去了。

“爸爸，您为什么要这样？”跟他走进母亲房里的娜塔莎说。

“没有什么！这关你什么事？”伯爵愤怒地说。

“不，我听到了，”娜塔莎说，“为什么妈妈不愿？”

“这关你什么事？”伯爵大叫着。

娜塔莎走到窗前沉思着。

“爸爸，别尔格到我们家来了。”她望着窗子外边说。

16

罗斯托夫家的女婿别尔格已经做了上校，颈上挂了夫拉济米尔和安娜勋章，仍旧担任着舒适而愉快的职务——第二军团参谋部第一处副处长的参谋室副主任。

他在九月一日从军中来到莫斯科。

他在莫斯科并没有事要做；但是他看到，大家都请假从军中到莫斯科去做点什么事情。他认为自己也需要为了家庭和家属的事情请假。

别尔格乘了一辆整洁的由两匹光滑的淡黄的马拉着的旅行车，好像一个公爵的车子那样，来到丈人的家里。他注意地看了院中的车辆，上了台阶，取出干净的手帕打了一个结。

别尔格踏着匆促的、着急的步子，从前室跑进客厅，抱了伯爵，吻了娜塔莎和索尼亚的手，并且连忙地问妈妈的身体可好。

“现在身体怎样吗？啊，告诉我们吧，”伯爵说，“军队怎样？退却呢，或者还有会战？”

别尔格说，“爸爸，只有创造世界的上帝能够决定祖国的命运。军队里英雄主义的精神很是旺盛，现在听说，长官们在开会。将来如何不得而知。但是我可以简单地告诉您，爸爸，这种英雄主义的精神，真正的俄军的自古以来的英勇，他们在，”他又更正说，“它在二十六日的战事中显示或者表现了它没有适当的话能形容……爸爸，我向您说（他那样地捶他自己的胸口，好像一个在他面前说话的将军所常做的一样，不过捶迟了一点儿，因为应该在说“俄军”时捶他的胸口），我老实向您说，我们当长官的，不但没有强迫兵士们前进或者做这一类的事，而且我们难以阻止那些，那些……对啦，古人英勇事迹般的功勋，”他迅速地说，“巴克拉·德·托利将军在兵士前面，处处冒他自己的性命的危险，我能向您保证。我们的军团驻扎在山坡上。您可以想想看！”

于是别尔格说出了他在这个时候所听到的各种传闻中所能记得的一切。娜塔莎没有移开她那使别尔格感到不安的目光，向他望着，好像是要在他的脸上找出某个问题的回答。

“总之，俄国战士所表现的这种英勇是无法想象，无法加以充分称赞的！”别尔格说，看了看娜塔莎，似乎希望笼络她，向她微笑着，回报她的固执的注视……“‘俄国不在莫斯科，它是在俄国子孙们的心中！’是吗，爸爸？”别尔格说。

这时候，伯爵夫人带了疲倦而不满的神色从起居室里走来。别尔格赶快跳起来，吻伯爵夫人的手，向她问安，并且站在她旁边，把头向两边摇着[①]表示同情。

“是的，妈妈，我老实向您说，这是每个俄国人艰难、沉痛的时候。但是为什么这样不安呢？您还来得及离开……”

“我不明白，仆人们在做什么，”伯爵夫人向丈夫说，“他们刚才向我说，什么都没有准备好。应该有人去照料一下的。这时候要怀念米清卡了。这事没有个完！”

伯爵想要说什么，但是显然，他忍住了。他站起身来，离开椅子，向门口走去。

别尔格这时好像是要打喷嚏，取出手帕，望着结子，沉思了一下，愁闷地、意味深长地摇着头。

---

① 毛注：俄国人通常把头向两边慢慢转动着表示挂念、忧虑或疑惧。

“爸爸，我要向您提出一个大要求。”他说。

“嗯？……”伯爵站住了，说。

“我刚才走过尤苏波夫家，”别尔格带着笑声说，“管家我认识，他跑出来问我要买什么。您知道，我因为好奇便进去了，里面有一个小衣橱和梳妆台。您知道，韦如施卡是多么想要这东西，我们曾经为这事争执过（别尔格说到小衣橱和梳妆台时，不觉地对于自己的部置家庭的本领显出高兴的语气）。这样好看的东西！向外拉，有英国式的暗抽屉，您知道吗？韦饶其卡早就想要了。因此我想给她一个意外礼物。我看见您家院子里有这么多用人。请您给我一个用人，我要好好地赏他……”

伯爵皱了皱眉，咳了一声。

“您去求伯爵夫人吧，我不管。”

“假使困难，就算了吧，”别尔格说，“我只是为了韦如施卡的缘故才想要如此的。”

“啊，你们这些该死的！该死的！该死的！”老伯爵叫着说，“我的头发昏了。”于是他从房里走出去了。

伯爵夫人哭起来了。

“是的，是的，妈妈，是很艰难的时候！”别尔格说。

娜塔莎跟父亲一阵走出去，似乎费劲地在考虑什么，她最初跟着他走，后来跑下楼去了。

彼恰站在台阶上，在分发武器给要离开莫斯科的仆人们。装妥的车子仍旧停在院子里。其中有两辆解了绳子，一个军官由一个侍役兵扶着向其中的一辆车上在爬。

“你知道为什么？”彼恰问娜塔莎。

娜塔莎明白，彼恰的意思是父亲为什么和母亲争吵。她没有回答。

“因为爸爸要把所有的车子都给伤兵，”彼恰说，“发西理齐向我说的。我觉得……”

"我觉得，"娜塔莎忽然几乎叫起来，把发怒的脸向彼恰，"我觉得，这是那样的卑鄙，那样的丑恶，那样的……我不知道。难道我们是什么德国人吗？……"她的喉咙因为痉挛的啜泣而发抖，她怕削弱并白白发作了她的怒气，她回转身，顺着楼梯一直冲去。

别尔格坐在伯爵夫人旁边，恭敬地以亲戚的态度安慰着她。伯爵拿着烟斗在房里来回走动，此刻，娜塔莎带着因为发怒而显得难看的脸，好像风暴一样，闯进房来，快步地走到了母亲面前。

"这是卑鄙！这是丑恶！"她喊叫着，"这不会是您吩咐下去的。"

别尔格和伯爵夫人迷惑地惊恐地望着她。伯爵站在窗口听着。

"妈妈，这是不行的，您看看院子里吧！"她喊叫着说，"他们要留下来！……"

"你有什么事？他们是谁？你要什么？"

"就是受伤的！这样不行，妈妈，这太不像话了……不行，妈妈，亲爱的，这样是不对的，请您饶恕，亲爱的……妈妈，我们要带走的东西，这在我们算得什么，您只要看看院子里……妈妈！……这是不可能的！……"

伯爵站在窗边，没有转过脸来，听着娜塔莎说话。忽然，他嗅了嗅鼻子，把他的脸凑近窗子。

伯爵夫人看了看女儿，看见她的为了母亲而感到羞耻的面色，看见她的激动，明白了丈夫现在为什么不回头看她，并且带着茫然若失的神情向四周看了一下。

"唉，您要怎办，就怎办吧！难道我妨碍谁了吗？"她说，并不立刻让步。

"妈妈，亲爱的，饶恕我。"

但是伯爵夫人推开女儿，走到伯爵面前去了。

"亲爱的，你应该怎样就怎样吩咐吧……我并不知道这件事……"

她说，内疚地垂着眼睛。

“蛋……蛋在教训鸡……”伯爵带着快乐的眼泪低声说，并且搂抱着妻子，她高兴地把羞惭的脸藏在他的胸前。

“爸爸，妈妈！我能去料理吗？行吗？”娜塔莎问，“我们还是可以带走最需要的东西……”娜塔莎说。

伯爵向她肯定地点了点头，娜塔莎踏着她在捉迷藏游戏的那种快步子，从大厅跑到前室，由楼梯上跑进院子。

仆人们聚集在娜塔莎四周，不相信她所传的这个奇怪的命令，直到伯爵自己代表妻子证实了这个命令，他们才相信，就是所有的大车都让给伤兵，箱子都卸下来送进储藏室。仆人们明白了这个命令，高兴地忙碌地负起了新任务。仆人们现在不但不觉得奇怪，而且反之，觉得非这样不可了；正如同在一刻钟之前，不但没有人觉得丢下伤兵运走行李是奇怪，而且觉得非那样不可。

全家的人，似乎在弥补他们没有早点做的过失，都忙碌地在做这件安置伤兵的新工作。伤兵们从他们的房间里爬出去，带着高兴的苍白的面孔围绕着车子。邻家的屋里也传到了有车的消息，于是有许多伤兵从别家走进了罗斯托夫家的院子。伤兵当中有许多人要求不要卸下东西，就让他们坐在东西上边。但是卸东西的工作一旦开始就不能停止。全部留下来或是留下一半，反正是一样了。院子里放着许多没有抬走的装瓷器、铜器、图画、镜子的箱子，这些都是昨天夜里那样小心地装上车的；大家继续寻找并且找到了卸下这样那样和接连地腾出车辆的可能。

“还可以带四个人，”管家说着，“我把我的车子让给他们，不然，他们怎么办呢？”

“把我装衣橱的车腾出来吧，”伯爵夫人说，“杜妮亚莎和我坐一辆车。”

装衣橱的车也腾了出来，送到隔壁第三家去装伤兵。全家的人和仆役都很愉快、都很活跃。娜塔莎感到欢天喜地的、幸福的、活泼的心情，这是她好久没有过的事了。

“把这个绑在哪里呢？”仆人说，把一只箱子放在马车后边的座位上，“应当至少还留下一辆车子。”

“它是装什么的？”娜塔莎问。

“是伯爵的书。”

“留下来，发西理齐去卸。不需要这个。”

半篷车里坐满了人；他们不知道彼得·依利支要坐在哪里。

“他坐在驾驶台上。你坐驾驶台上好吗，彼恰？”娜塔莎说。

索尼亚也不停地忙着，但是她忙碌的目的和娜塔莎的目的相反。她在收藏那些应当留下的东西，遵照伯爵夫人的意思在登记它们，她并且极力要尽量地随身多带。

17

两点钟前，罗斯托夫家的四辆装了东西、套了马匹的轿车停在大门口。载伤兵的大车一辆一辆地离开院子。

载安德来公爵的那辆篷车走过台阶时，引起索尼亚的注意。她同女仆在门口的高大的轿车里为伯爵夫人在部置座位。

“这是谁的篷车？”索尼亚把头伸到轿车窗外问。

“小姐，您不知道吗？”女仆回答，“受伤的公爵，他在我们家里过夜的，他也同我们一道走。”

“这人是谁？姓什么？”“就是我们从前的姑爷。保尔康斯基公爵！”女仆叹着气说。“他们说，他快要死了。”

索尼亚跳下车子，跑到伯爵夫人面前。伯爵夫人已经穿好了旅行服装，戴了帽子，披了披肩，疲倦地在客厅里来回走着，等候家里人来，以便关上门，做起程前的祈祷。娜塔莎不在房里。

索尼亚说：“妈妈，安德来公爵在这里，伤重得要死了。他就要和我们一道走。”

伯爵夫人惊恐地睁开眼睛，抓了索尼亚的手臂，回头看了一下。

“娜塔莎呢？”她低声问。

这个消息在最初的片刻对索尼亚和伯爵夫人只起了这样的一种作用。她们了解她们的娜塔莎，她们担心娜塔莎知道了这个消息会发生什么事情，这个担心使她们压下了对于她们俩所欢喜的人的一切同情。

“娜塔莎还不知道，但他要和我们一道走。”索尼亚说。

“你说他要死了吗？”

索尼亚点了点头。

伯爵夫人抱了索尼亚，哭起来了。

“上帝的旨意是玄妙莫测的！”她想，觉得在此刻所发生的一切之中，开始出现了人们从前没有看见过的万能的手。

“嗬，妈妈，一切都准备好了。您有了什么事？……”跑进房的娜塔莎面色兴奋地问。

“没有什么，”伯爵夫人说，“准备好了，我们就上路吧。”

伯爵夫人低头看她的提袋，以便掩饰她的难受的面孔。索尼亚搂抱娜塔莎，吻她。

娜塔莎疑问地看了看她。

“你有什么事？发生了什么？”

“没有什么……没有……”

“对我很不好的事情吗？……什么事？”机敏的娜塔莎问。

索尼亚叹了口气，没有回答。伯爵、彼恰、邵斯夫人、马富娅·库绮米妮施娜和发西理齐走进客厅，关上门，大家坐下来，然后沉默着，谁也不看谁，坐了几秒钟。

伯爵最先立起身来，大声叹了口气，开始对着圣像画十字。大家照样地做了。然后伯爵开始搂抱要留在莫斯科的马富娅·库绮米妮施娜和发西理齐，并且当他们抓他的手吻他的肩膀的时候，他轻轻地拍他们的背，说些不清楚的、亲切的、安慰的话。伯爵夫人走进小祈祷室，索尼亚发现她跪在零乱地挂在墙上的一些圣像前（最贵重的和家庭传统有关的圣像都随身带走）。

上路的仆人们，在台阶上和院子里和留下的人在道别，他们手拿着彼恰发给他们的短刀、长剑，他们的裤脚塞在靴筒里，系紧了皮带和腰带。

在起程时总是这样的，许多东西忘记了，许多东西放错了位置；两个仆人站在打开的车门和踏板的两边，等候了很久，准备扶伯爵夫人上车，这时候，女仆们带了垫子和包袱从屋里跑到轿车、篷车、半篷车的前面，又跑回去。

“他们总是要忘记一切的东西！”伯爵夫人说，“你晓得，我不能这样坐着的。”

于是杜妮亚莎咬紧牙齿，不作回答，脸上带着不平的表情，冲进车子，重新部置座位。

“嗬，这些用人！”伯爵摇着头说。

老车夫叶非姆，是伯爵夫人唯一放心的车夫，他高高地坐在驾驶台上，看也不看背后所发生的事情。他凭三十年的经验，知道他们还不会马上向他说“上帝保佑”，并且说了这句话，他们还要叫他停两次，派人去取忘记的东西，甚至在这以后还要叫他停一次，然后伯爵夫人才从车窗里向他伸出头，求他凭基督的保佑，下坡时要格外当心。他知道这一点，因此比他的马更有耐心地（尤其是那左边栗色的马——鹰儿，它踏着蹄子，嚼着衔口铁）等候着所要发生的事。最后大家坐定了；踏板收起了，折入车内，车门砰地关上了，派了人去取小匣子，伯爵夫人伸出头来，说了应说的话。然后叶非姆慢慢地摘下帽子，开始画十字。马夫和所有的仆人都同样地做着。

“上帝保佑！”叶非姆戴上帽子说，“走！”马夫催了马。右边的辕马在轭内曳动了，高弹簧发出响声了，车厢震动了。跟班的跳上走动的车子的驾驶台。车子从院内驶上不平的街道时颠动了一下，别的车子也同样地颠动了一下，于是一连串的车子都上了街。轿车、篷车、半篷车里的人都向着对面的教堂画十字。留在莫斯科的仆人们跟在两边送行。

娜塔莎此刻坐在车子里伯爵夫人的身边，望着被遗弃的、惊慌的莫斯科的城墙慢慢地从她身边移动过去，她很少感觉到像她现在所感觉的这样的高兴。她偶尔从车窗里伸出头去，望着后面，又望着前面一长列的伤兵车辆。几乎在最前面，她可以看到安德来公爵的关闭的车篷。她不知道里面是谁，她每次看车辆的行列时，便寻找这辆篷车。她知道这辆车是在最前面。

在库德锐诺区，从尼基兹卡亚街，从卜来斯尼亚街，从波德诺文斯卡亚街走出几列和罗斯托夫家的车列相同的车辆，经过萨道发亚街时，马车和行李车已经成了两个行列了。

绕过苏哈来夫水塔时，娜塔莎好奇地迅速地注视着乘车的和步行的人，她忽然高兴地惊异地叫起来：

“天哪！妈妈，索尼亚，看呀，是他！”

“谁？谁？”

“看吧，天哪，是别素号夫！”娜塔莎说，一边把头伸到车窗外边，望着一个穿车夫长衣的、高大的、肥胖的人，从步态和举止看来，他显然是化装的绅士。他正和一个黄脸的、没有胡须的、穿绒大衣的老人走过苏哈来夫水塔的拱门下边。

“哎呀，别素号夫穿了车夫长衣，和一个年老的人在一起。”娜塔莎说，“看呀，看呀！”

“不是，这不是他！怎能说这样的蠢话！”

“妈妈，”娜塔莎叫起来，“我拿脑袋和您打赌，这是他。我向您保证，停下呀，停下呀。”她向车夫喊叫。

但是车夫不能停，因为从篾山斯卡亚街又出来了许多行李车和马车，并且向罗斯托夫家的人喊叫，要他们向前走，不要挡路。

果然，虽然现在比方才的距离远得多，罗斯托去家所有的人已经看见了彼埃尔，或者是一个异常像彼埃尔的人，穿着车夫长衣，垂着头，面色严肃，和一个像是跟班的、没胡须的、矮小的老人在街上行走。这个老人注意到从车里向他伸出的面孔，然后恭敬地捣了捣彼埃尔的胳膊，指着车子向他说了什么。彼埃尔好久还不明白他所说的话，他显然是想事情想得出神了。最后，他明白了他的意思，顺着他所指的方向看去，认出了娜塔莎，立刻激情冲动，迅速地向车子走去。但是走了十来步，他显然是想起了什么，又站住了。

从车里伸出来的娜塔莎的面孔上露出嘲笑的亲切的神情。

“彼得·基锐累支，来呀！我们认出您了！这是多么奇怪啊！”她向他伸着手喊着，“您在干什么？您为什么这样？”

彼埃尔握着她的伸出的手，很笨拙地一面走着，一面吻她的手（因为车子还继续在走动）。

“伯爵，您有什么事？”伯爵夫人用惊异而怜惜的声音问。

“什么？什么？为什么？不要问我，”彼埃尔说，回头看了看娜塔莎，她的喜气洋洋的目光对他倾注着魅力（他没有向她看，便感觉到这一点）。

“您要做什么，还是留在莫斯科吗？”

彼埃尔沉默着。

“在莫斯科吗？”他疑问地说，“是的，在莫斯科。再会。”

“啊，我但愿我是一个男人，我一定要留下来和您在一起。啊，这多么好啊！”娜塔莎说，“妈妈，您要准许，我就留下来。”

彼埃尔心不在焉地看了看娜塔莎，想要说什么，但是伯爵夫人打断了他的话。

“我们听说您参加了会战，是吗？”

“是的，我参加过的，”彼埃尔回答，“明天又要有会战……”他开始说。

但是娜塔莎打断了他的话："但是伯爵，您有了什么事？您和寻常不一样了……"

"唉，不要问我，不要问我，我自己也不知道。明天……不是！再会，再会，"他低声地说，"可怕的时代！"于是他落在车子后边，走上了行人道。

娜塔莎把头伸在窗外很久，向他露出亲切的、有点儿嘲笑的、高兴的笑容。

18

彼挨尔从家里出走以后，在过世的巴斯皆夫的空房子里住了两天。事情的经过是这样的。

彼挨尔回到莫斯科和拉斯托卜卿会了面，第二天醒来时，他好久还不明白，他自己是在什么地方，他应该做什么。他听说，在接待室里等待他的许多人当中，有一个法国人带着爱仑·发西莉叶芙娜伯爵夫人的信在等他会面，这时候，他忽然产生了他最容易出现的那种混乱与失望的情绪。他忽然觉得，现在一切都完了，一切都混乱了，一切都毁灭了，他觉得，没有人是对的，没有人是错的，将来什么都没有了，而摆脱这种处境的出路也是没有的。他不自然地微笑着，并且喃喃地说着什么，忽而坐到沙发上，显得束手无策，忽而站立起来，走到门边，从门缝里向接待室里窥视，忽而摇着手臂走回来，拿起一本书。仆役长又来了向他说，替伯爵夫人送信的那个法国人很希望会到他，即使是一分钟也好；又说，巴斯皆夫的寡妇派人来请他保管几本书，因为她自己下乡去了。

"嗬，是的，我马上就来。等一下……不，不行，你去向他们说，我马上就来。"彼挨尔向仆役长说。

但是仆役长刚刚出房，彼挨尔便拿了桌上的帽子，从书房的后门走了出去。走廊上没有人。彼挨尔走完整个的长走廊，到了楼梯那里，于是皱着眉，用双手擦着额头，下到第一层的楼梯口。守门的站在大门口。从彼挨尔下来的这个楼梯口，有另外一条楼梯通后门。彼挨尔顺这条楼梯走进院子。没有人看见他。但是在街上，当他刚刚出门，站在马车旁边的车夫和守院的人便看见了他，向他脱帽。彼挨尔感觉到向他投来的目光，他的行动就像一只把头藏在小树中以免被人看见的鸵鸟一样；他垂下头，加快脚步，在街上向前走着。

在那天早晨等着彼挨尔去办的许多事情当中，奥西卜·阿列克塞维支的书籍文件的整理，他觉得是最重要的。

他雇了他所遇到的第一辆车子，要他赶到总主教池，巴斯皆夫的寡妇的家就在这里。

彼挨尔不停地注视着在各方面移动的、离开莫斯科的车辆行列，改正着自己的胖身躯的姿势，以免从颠簸的旧车子上滑下来。他感到一种高兴的情绪，类似小孩逃出学校时的那种情绪。他和车夫交谈着。

车夫告诉他说，今天克里姆林宫出售武器，说明天要把所有的市民赶到三山门外，说那里要发生大战。

到了总主教池，彼挨尔找到了巴斯皆夫的家，他好久没有来过了。他走到小门那里。盖拉西姆听到叩门声便走出来，他就是那个面黄的、无需的老人，彼挨尔五年前在托尔饶克，看见过他和奥西卜·阿列克塞维支在一起的。

“有人在家吗？”彼挨尔问。

“因为现在的局势，索斐亚·大妮洛芙娜带了小孩们到托尔饶克乡下去了，大人。”

“我还是要进来，我要整理书。”彼挨尔说。

“请，请进来吧，故主——愿他在天国里——他的兄弟马卡尔·阿列克塞维支在家里，但是大人知道，他身体不好。”老仆人说。

彼挨尔知道，马卡尔·阿列克塞维支是奥西卜·阿列克塞维支的半疯的、酗酒的兄弟。

“是的，是的，我知道。我们进去吧，进去吧……”彼挨尔说，走进屋里。

一个红鼻子的、高大的、秃顶的老人，穿着宽服，光脚穿着木鞋，站在前室里；他看见了彼挨尔，愤怒地低语着什么，顺走廊走开了。

“从前很聪明，现在，您知道，弱了，”盖拉西姆说，“到书房里去好吗？”——彼挨尔点了点头。“书房封了，一直是这样的。索斐亚·大妮洛芙娜吩咐的，若是您派人来，就让拿书。”

彼挨尔走进这间幽暗的书房，在恩人的生前，他常常那样战栗地走进这间房。这间布满灰尘的书房，自从奥西卜·阿列克塞维支去世以后，便没有人来过，现在显得更加幽暗了。

盖拉西姆打开一扇百叶窗，踮着脚走出书房。彼挨尔在书房里绕了一圈，走到存放手稿的书橱前，取出一个从前是最重要的、本会最神圣的会章。这是真本《苏格兰教律》，上面有恩人的附注和解释。他坐在落满灰尘的写字台前，把手稿放在面前，把它打开，又合上，最后又推开手稿，用手托着头，沉思着。

盖拉西姆小心地向书房里看了几次，看见彼挨尔总是那样地坐着。过了两个多钟头。盖拉西姆大胆地在门外发出了小小的声音，想引起彼挨尔的注意。彼挨尔没有听见。

“大人不要车子吗？”

“哦，是的，”彼挨尔想起来了，连忙地站起说，“你听着，”彼挨尔说，抓住盖拉西姆的一个衣扣，用他的明亮的、湿润的、狂喜的眼睛对老人俯视着，“听着，你知道，明天要有会战吗？”

“是这么说。”盖拉西姆回答。

“我请你不要向人说我是谁。你要照我说的办……”

“晓得了。”盖拉西姆说，“大人要吃东西吗？”

"不要，我要别的东西。我要一件农民的衣服和一把手枪。"彼挨尔说，意外地脸红了。

"晓得了。"盖拉西姆想了一下才说。

这天其余的时间，彼挨尔独自在恩人的书房里，盖拉西姆听见他不安地从这个房角落走到那个房角落自言自语地说些什么。他就在那里替他预备的床上过了夜。

盖拉西姆具有仆人的习惯，一生看到过许多奇怪的事情，毫不奇怪地接受了彼挨尔的寄居，并且似乎因为有人要他侍候而感到满意。他当天晚上就替彼挨尔弄到一件车夫衣服和帽子，他想也没有想这些东西是干什么用的，他还应许了明天弄到彼挨尔所要的手枪。马卡尔·阿列克塞维支这天晚上两次拖着木鞋走到门口停下来，讨好地望着彼挨尔。但彼挨尔刚刚向他转过身来，他便羞怯而愤怒地裹紧了长衣，赶快地走开了。彼挨尔穿了盖拉西姆为他弄来并且蒸煮过的车夫衣服，和他在苏哈来夫水塔买手枪的时候，遇见了罗斯托夫家的人。

19

九月一日夜里，库图索夫下令俄军穿过莫斯科城向锐阿桑大道退却。

第一部分军队在夜间开拔。夜行的军队并不匆忙，徐缓地平静地走着。但是在黎明时，开拔的军队快到道罗高米洛夫桥那里，看见了在他们前面有无数的军队拥挤着急忙要过桥，到了桥那边，阻塞了大街小道，在他们后面还有无数的军队向前拥。军队感到无故的着急和惊慌。大家都向桥边拥，向桥上拥，向徒涉场和船上拥。库图索夫自己乘车由后街绕到莫斯科的那一边。

九月二日上午十时前，在道罗高米洛夫近郊，只留下后卫队在空旷的地方。大军已经在莫斯科的那一边过了莫斯科。

同时，在九月二日上午十时，拿破仑在军队里，站在波克隆尼山上，看着展现在他面前的景物。自八月二十六日至九月二日，自保罗既诺会战至敌人入侵莫斯科，在这个不安的可纪念的一星期内，每天都是异常美好的、总是使人惊讶的秋季天气，低斜的太阳比春天更和暖地照耀着，一切在稀薄的清洁的空气中明亮闪耀，胸间吸入秋天的芬芳的空气，便觉得有力而爽快，甚至夜间也是和暖的，并且在黑暗而和暖的夜里，天空不断地落下来使人又惊又喜的金星。

九月二日上午十时是这样的天气。早晨的光明是仙境般的，有河流、花园与教堂的莫斯科，在波克隆尼山前广阔地展现着，并且似乎在过它的寻常的生活，城里圆形屋顶在阳光下像星星一样闪烁着。

拿破仑看到奇怪的城市和他从未见过的特殊建筑，发生了人们看见他们毫不了解的异国生活方式时所有的那种羡慕而又不安的好奇心。这个城市显然是活着的，是生气蓬勃的。拿破仑凭着人们从远处用以辨别活人与死尸的那些不明确的征象，在波克隆尼山上看见了城内生命的跳动，并且似乎感觉到这个庞大的美丽的身体在呼吸。

每个俄国人看到莫斯科，便觉得莫斯科是母亲；每个外国人看到莫斯科，即使不明白莫斯科有母亲城市的意义，一定会感觉到这个城市的女性的气氛，并且拿破仑感觉到了这种女性的气氛。

“Cette ville asiatique aux innombrables églises, Moscou la sainte. La-voilà donc enfin, cetté fameuse ville! Il était temps.〔这个亚细亚的城市，有无数教堂的圣城莫斯科！这个有名的城市，终于看到它了！正是时候。〕”拿破仑说，下了马，命令把莫斯科城市图展开在他面前，然后召来翻译勒劳恩·提代维勒。

“Une ville occupée par l’ennemi ressemble à une fille qui a perdu son honneur.〔一个被敌人占领的城市，好像一个失去贞操的女子。〕”他这么想（他在斯摩棱斯克向屠契考夫说过这话）。他以这种观点去看那出现在他面前的、他未见过的东方美人。他自己觉得奇怪，他许久以来的、似乎不能达到的愿望终于实现了。在早晨的明亮的光线中，他忽而看城，忽而看地图，核对着这个城的详细情况，而将要占领此城的念头又使他兴奋，又使他畏惧。

“但是会不会不是这样呢？”他想，“这个都城在这里；它在我的脚下，等候着它的命运。亚力山大此刻在哪里？他是什么想法？奇怪、美丽、庄严的城市！并且这是奇怪的庄严的时候！我要怎样地向他们露面呢？”他想到他的兵士们。“这个城就是对于那些信心不坚定的人的酬报，”他想，环顾着他身边的人和开拔来的在编队的军队，“我的一句话，一举手，des czars〔沙皇的〕古都就要毁灭。Mais ma clémence est toujours prompte à descendre sur les vaincus.〔但是我的宽宏大量总是准备垂赐战败者。〕我应当大度而且真正伟大……但是不然，我在莫斯科，这不是真的，”他忽然这么想，“可是，瞧吧，莫斯科是在我的脚下，城里金色的圆形屋顶和十字架在阳光下闪烁着、颤动着。但是我要饶恕它。在野蛮与专制的古碑上我要镌刻正义与仁爱的伟大字句……亚力山大觉得最痛苦的就是这个，我知道他（拿破仑觉得，目前事件的主要意义是他和亚力山大之间的个人斗争）。从克里姆林宫的高处，是的，那是克里姆林宫，是的，我要给他们公正的法律，我要向他们指出真正文化的意义，我要使保亚尔[①]的子孙热爱地怀念征服者的名字。我要向代表团说，我过去和现在都不希望战争；说我只是对他们的朝廷的欺骗政策发动战争，说我爱慕并尊敬亚力山大，说我要在莫斯科接受无愧于我和我的人民的和平条件。我不希望利用战争的幸运来消灭他们所尊重的君主。我要向他们说：‘保亚尔们，我并不想要战争，却想要我的所有的臣民都有和平与幸福。’但我知道，他们的到场将鼓舞我的精神，并且我要向他们说话，要像我平常说话一样：明确、庄严、伟大。但是我在莫斯科，这是真的吗？是的，这就是莫斯科！”

“Qu’on m’amène les boyars.〔让他们把保亚尔们带到我这里

---

① 毛注：保亚尔（贵族）在从前是沙皇的辅佐，但至一七五〇年即不复存在。拿破仑用这词，是表示对于俄国知识的肤浅。

来。〕”他向随从们说。

一个将军和衣着华丽的随从们立刻驰马去找保亚尔。

过了两小时。拿破仑吃了午饭，又站在波克隆尼山上原先的地方，等候代表团。他对保亚尔们要说的话已经在他心里想好了。这个演说辞里面充满了拿破仑所了解的那种尊严与伟大。

拿破仑预备在莫斯科采取的那种宽大的态度，迷惑了他自己。他在自己的想象中指定了réunion dans le palais des czars〔在沙皇宫中集会〕的日子，俄国要人将和法国皇帝的要人在这里聚会。他在自己的心中指定了一个能够深得民心的总督。他知道在莫斯科有许多慈善机关，他在想象中决定了，这些机关都要承受他的恩惠。他想，他在莫斯科一定要像沙皇那样仁爱，好像他在非洲一定要穿了回教服装坐在回教堂里一样。并且为了最后感动俄国人的心——他和每个法国人一样，若不想到 ma chère, ma tendre, ma pauvre mère〔我亲爱的、我慈祥的、我可怜的母亲〕便不能想象任何使人感动的事情——他决定了要下命令在所有的建筑物上面用大写字母镌刻：Etablissement dédié à ma chère mère，〔此项建筑献给我亲爱的母亲，〕或者只是：maison de ma mère，〔我母亲的房屋，〕他自己这么决定。他想，“但是我果真是在莫斯科吗？是的，莫斯科在我的面前，但是为什么这么长时间了还看不见城里的代表团呢？”

这时候，在皇帝随从的后边，在元帅们和将军们之间发出了低声的兴奋的讨论。派去寻找代表团的那些人都带回消息，说莫斯科是空城，居民都离开了。讨论的人都面色发白，焦急不安。他们害怕的不是居民放弃了莫斯科这个消息（虽然这似乎是重要的消息）；他们害怕的，是要用什么样的方式告诉皇帝这件事，要用那种不使陛下陷于可怕的、法国人所谓 ridicule〔可笑的〕境地的方式向他说，他白白地等了保亚尔这么久；说城里只有喝醉酒的人群，再没有别的人了。有的人说，不管怎样，也该召集一个代表团来，别的人反驳这个意见，并且主张应该小心地巧妙地先使皇帝有所准备，再告诉他事实。

“Il faudra le lui dire tout de même〔我们总得告诉他〕……”随从官们说，“Mais messieurs〔但是，诸位〕……”

处境是更加困难了，因为皇帝考虑着他的宽大政策，耐心地在地形图前面走来走去，有时把手掌遮在眼睛上边，顺大道注视莫斯科，并且愉快地骄傲地微笑着。

“Mais c'est impossible〔但这是不可能的〕……”随从官们耸着肩说，不敢说出心中要说的这个可怕的词 le ridicule〔可笑的〕……

这时，皇帝由于徒然的等待感到厌倦了，并且根据他的演戏者的本能，觉得伟大的时刻拖延得太久了，开始失去它的伟大意义了，他用手做了一个手势。信号炮发出孤独的响声，于是，从各方面包围着莫斯科的军队，由特维埃尔门、卡卢加门和道罗高米洛夫门进莫斯科城了。军队移动着，越走越快，彼此追赶着，快步走着，缓驰着，消失在扬起的尘烟中，他们的震耳的混在一起的叫声震动着空气。

拿破仑被军队行动吸引着，骑马随同军队到了道罗高米洛夫门，但是又在那里停住了，下了马，在卡美尔—考列什斯基壁垒下来回走了很久，等候着代表团。

20

莫斯科这时候是空的。城里虽然还有人，还有五十分之一的从前的居民在城里，但城是空的。它是空的，好像一个要死的没有蜂王的蜂巢那样。

在无蜂王的蜂巢里已经没有生命，但是从表面上看来，它似乎还和别的蜂巢一样有生命。

在中午的和暖的阳光下，蜜蜂愉快地围绕着一个没有蜂王的蜂巢飞着，好像围绕别的有生命的蜂巢一样飞着；它同样地远远散发着蜜香，蜜蜂也同样地飞出飞进。但是只要观察一下这个蜂巢，就会明白这个蜂巢里已经没有生命了。蜜蜂不像在活蜂巢旁边那样飞，养蜂人注意到香气和声音也不是一样的。在养蜂人敲着死蜂巢的板壁时，听不到从前那种立刻发生的一致的反应，没有成千成万蜜蜂的嗡嗡声，从前它们威胁地缩着肚子，迅速地鼓翼，发出了有生气的声音，而现在回答他的，是空巢的各部分发出来的不连贯的嗡嗡声。蜂房口里不像从前那样发出强烈的蜜香和毒气，从那里发出的不是蜂群的暖气，而是在蜜味之中混杂着空虚与腐化的气味。在蜂房口上再没有那些为了保卫蜂巢而准备死的、翘起肚子的、发出警报的守护蜂。再没有那种均匀而低微的声音，好像滚水声一般的震动声，只听到不连贯的、零碎的、无秩序的声音。黑色的、长形的、沾着蜜的盗蜂，羞怯地偷偷地飞出飞入蜂巢，它们不螫人，却逃避危险。从前只是带着蜜的蜂飞进去，空身飞出来，现在却是带着蜜飞出来了。养蜂人打开下面的壁板，注视蜂巢的下部。再没有从前挂在蜂巢下部的、黑色的、因为工作而安静的、鲜润的蜂群，互相抓着腿子，带着不断地做工作的微微声在酿蜜——现在是睡意沉沉的、憔悴的蜜蜂在蜂巢的底上和壁上，向各方面无力地爬动。再看不到被蜂翼扇扫得很干净的、胶沾的底板，现在底板上有了蜜点、蜂粪、半死的几乎不能动腿的蜜蜂，以及死了的尚未扫除的蜜蜂。

养蜂人打开上面蜂巢，看蜂巢的上部。他看见的不是密集的一行列一行列的蜜蜂守住蜂房的口在孵育小蜂，他看见了精巧而复杂的蜂房的结构，但是已经看不到从前的干净的状况。只显得荒废和污秽。黑色的盗蜂迅速地偷偷地窥伺着蜂巢；巢内憔悴、缩短、无力、好像是衰老了的蜜蜂在慢慢地爬动，对谁也不加阻碍，什么也不希望，并且失去了生命的意识。雄蜂、大黄蜂、黄蜂、蝴蝶，笨拙地飞撞在蜂巢的板壁上。在有死蜂、小蜂和蜜的蜂房之间，偶尔从各方面发出愤怒的嗡嗡声。有的地方，有两只蜜蜂由于旧习惯和记忆，清理着蜂巢，力不胜任地努力拖开死蜂或黄蜂，它们自己不知道它们为什么要做这样的事情。在别的角落里，别的两只老蜜蜂无力地战斗着，或者理着翅膀，或者互相喂养，它们自己不知道，它们是敌对地还是友好地在做这件事。在第三个地方，成群的蜜蜂在互相拥挤，进攻某一个牺牲者，攻打并且窒息它。衰弱的或者被打死的蜂子慢慢地好像羽毛似的轻轻地从上边坠落在尸堆里。养蜂人打开两个中部的蜜房观察内巢。看不到从前密集的上千蜜蜂的黑圈，它们背靠背坐着，护卫崇高的神秘的繁殖工作，他现在看见的却是成百的无气力的、半死的、睡眠的蜂体。它们几乎都死了，它们自己不知道这一点，坐在它们所看守的神圣的地方，而这个地方已经不复存在了。它们发出腐烂与死亡的气味。它们当中只有几只在动，爬起来，无力地飞，落在敌人的手里，失去了拼死螫它的力气，——其余死了的、好像鱼鳞般的轻轻地落下来。养蜂人关了蜂巢，用粉笔在壁板上写了记号，并且选定一个时间，把里面的东西倒出来，然后熏炙。①

当疲倦、不安、愁闷的拿破仑在卡美尔—考列什斯基壁垒下面来回走动时，莫斯科也是这样空空的；他在等待那种虽然是外表上的、然而他以为是必要的礼节——他在等待一个代表团。

在莫斯科的各个角落里，还有人在无意义地活动着，他们守着旧习惯，却不知道他们在做什么。

当他们很小心地向拿破仑说明莫斯科是空城时，他愤怒地看了看报告的人，转过身继续沉默地来回走着。

“带马车来。”他说。

他和值日副官并排坐在轿车里，驶到近郊去了。

“Moscou déserte! Quel événement invraisemblable!〔莫斯科空了！简直是不能相信的事！〕”他自言自语地说。

他没有进城，却住在道罗高米洛夫近郊的旅店中。

Le coup de théâtre avait raté.〔精彩的戏剧没有演得成。〕

---

① 毛注：俄国蜂巢通常是剜空的树干做的，以火熏清涤。

21

从凌晨两点钟直到午后两点钟，俄军穿过莫斯科城，并且带走了最后离城的居民和伤兵。

军队行动时在石桥、莫斯科河桥和雅乌萨桥上发生了十分拥挤的现象。

当军队在克里姆林宫外分两路向莫斯科河桥和石桥拥去时，许多兵士利用这个停顿与拥挤的机会从桥边往回走，偷偷地、默不作声地经过神圣的发西利教堂①，穿过保罗维兹基门回到山上，溜到红场，他们凭着某种本能，觉得在红场上能够毫不费力地拿取别人的东西。人群就好像在购买廉价物品那样，挤满了商场的大街小巷。但是听不到商人那甜言蜜语招揽顾客的声音，看不到小贩，看不到衣着华丽的购买物品的妇女们——只有穿制服和大衣的兵士，他们没有带步枪，空手走进商场，不作声地带着东西走出商场。店主与伙计（他们很少）茫然若失地在兵士中间走动着，把店铺的门打开又关上，亲自和年轻人把货物抬走。有几个鼓手站在商场的广场上敲响集合号。但是鼓声不能使抢劫的兵士像从前那样应声而至，恰好相反，他们听到了鼓声却远远地跑开了。在商店和街巷里，在兵士当中，可以看见穿灰衣的剃光头的人②。有两个军官在依林卡街角上谈着什么，一个在军服上披着围巾，骑在深灰色瘦马上，另一个穿了大衣站着。第三个军官骑马跑到他们面前。

“将军下令，无论如何要立刻把他们赶出去。啊，这太不像话了。有一半人跑散了。”

“你到哪里去？……你们到哪里去？……”他向三个步兵叫喊，他们没有带步枪，提着大衣下摆，从他面前向商场里跑去，“站住，浑

① 毛注：在莫斯科红场克里姆林宫外的一个奇怪的教堂。

② 毛注：从牢中放出的囚犯。

蛋！”

“您就把他们集合起来吧，”另一个军官说，“无法集合他们了。军队应该快点走，不要让其余的也跑散了，就要这样！”

“怎么走法呢？他们堵在那里，挤在桥上，不能动。要不要布下哨兵线不让其余的逃跑呢？”

“就到那里去吧！把他们赶走。”高级军官喊着说。

围着围巾的军官下了马，把鼓手叫到面前，同他一起走到拱门下边。有几个兵士一哄跑开了。一个在鼻子旁边的腮上有红疱点的商人，在丰满的面孔上带着镇定的、固执的、善于打算的神情连忙夸耀地挥起手臂，走到军官面前。

“老总，”他说，“发发慈悲吧，保护我们。我们是不会计较任何小东西的，要什么都行，我们乐意接待你们！请进来吧，我马上就把一段呢子拿出来，对于老总这样高贵的人，即使是两段呢子我们也是乐意的！因为我们觉得，应当如此。可是这是怎么回事呀，这简直是抢劫！请求您！派些卫兵来，让我们关上门就好了……”

几个商人挤在军官旁边。

“哎，乱叫是没有用的！”他们当中一个面色严厉的、瘦瘦的人说，“头要掉了，不用哭头发了。你们要拿什么就拿什么吧！”他用有力的姿势挥动手臂，对军官侧着身子。

“依凡·谢道锐支，你说得好，”第一个商人愤怒地说，“请进吧，老总。”

“有什么说的呢！”那个瘦瘦的人喊着说，“这里我的三爿店有十万块钱的货。兵士走了，你怎么保管呢？啊，各位先生，上帝的权柄是我们不能反抗的。”

“请进吧，老总。”第一个商人鞠着躬说。

军官困惑地站立着，他的脸上显出了犹豫不决的神情。

“这关我什么事！”他忽然地叫起来，快步地向商场的巷道走去。

在一爿敞开的商铺里发出了打架与咒骂的声音，在军官走到门口的时候，从门内跑出一个穿灰色衣服的剃光头的被赶出来的人。

这个人弯了腰，从商人与军官面前跑了过去。军官向店中的兵士们面前跑去。但是就在这时候，从莫斯科河桥上传来了广大人群的可怕的喊叫声，军官又跑到广场上去了。

“什么事？什么事？”他问，但是他的同伴已经从神圣的发西利教堂前面朝着有喊叫声的那个方向骑马跑去了。

这个军官上了马，向同伴的军官那里追去。当他到了桥边时，他看见了两尊脱离拖车的炮、过桥的步兵、几辆破烂的大车、几个兵士的惊慌的脸和几个兵士的笑脸。在炮的后边有一辆双马的车子。车轮后边挤着四只有颈圈的狼犬。车上是大堆的物品，在最上边，在一把椅脚朝天的小儿坐椅的旁边，坐着一个妇人，她发出尖锐而失望的叫声。同伴们向军官说，人群的喊声和妇人的呼叫，是由于叶尔莫洛夫将军骑马来到人群之间，知道了兵士们跑进商店，市民阻塞了桥道，便下令从拖车上解下两尊大炮，并且做出他要向桥上轰击的样子。人群挤倒了车子，互相拥挤着，绝望地呼号着，拥挤着离开桥道，于是军队又前进了。

22

城内这时是荒凉的。街上几乎一个人也没有了。各家的大门和商店都关闭了；只是在酒店附近的地方，可以听到孤独的叫声和醉汉的歌声。没有人在街上乘车走过，也很难听到脚步声。厨子街是完全寂静而荒凉的。在罗斯托夫家的大院子里，散乱着剩下的秣草、马粪，却看不见一个人。在罗斯托夫家的连同全部财产丢弃下来的屋子里，有两个人在大客厅中。他们是看守房屋的依格那特和小仆人米什卡，发西理齐的孙儿，他是跟祖父一同留在莫斯科的。米什卡打开大钢琴，用一个手指在弹琴。看守房屋的手叉着腰，高兴地微笑着，站在大镜子前面。

“好不好呀？依格那特叔叔！”小孩说，忽然开始用双手在琴键上弹着。

“哎呀，你瞧！”依格那特回答，看到镜子里他自己的面孔上的笑容渐渐地扩大，便感到惊奇了。

“不害臊！真是不害臊！”马富娣·库绮米妮施娜悄悄地走进来，在他们背后说。“那个胖子在龇牙齿。是要您在这里这么干的吗？那里还没有收拾完毕，发西理齐就累坏了。不许弹！”

依格那特收住了笑容，理着腰带，顺从地垂下眼睛，从房里走出去了。

“婶妈，我只是轻轻的。”小孩说。

“我要轻轻地揍你一顿。小浑蛋！”马富娣·库绮米妮施娜大声地说，向他威胁地挥着手臂，“替爹爹烧茶炊去。”

马富娣·库绮米妮施娜掸掉了灰尘，关上了大钢琴，然后深深叹了口气，走出客厅，并且锁了进房的门。

到了院子里，马富娣·库绮米妮施娜考虑着她现在要到哪里去：到发西理齐厢房里去喝茶，还是到储藏室去收拾尚未收拾的东西。

寂静的街道上传来了迅速的脚步声。脚步声在小门的外边停下了，门闩因为有人推门发出了响声。

马富娣·库绮米妮施娜走到门口去了。

“找谁？”

“找伯爵，伊利亚·安德来伊支·罗斯托夫伯爵。”

“您是谁呢？”

“我是军官。我要见他。”一个俄国贵族气派的人愉快地说。

马富娣·库绮米妮施娜打开了小门。一个十八岁的圆脸的军官走进院子，脸模样儿好像罗斯托夫家的人。

“先生，他们走了。昨天晚祷的时候走的。”马富娣·库绮米妮施娜亲切地说。

年轻的军官站在门边，咋着舌头，似乎不能决定是进去，还是出来。

“啊，多么恼人！”他低声说，“我应该昨天来的……啊，多么可惜！……”

这时马富娅·库绮米妮施娜注意地同情地在这个年轻军官的面孔上细看着她所熟识的罗斯托夫家的相貌特征，看着他的破大衣，他的穿坏了的靴子。

“您为什么要见伯爵？”她问。

“唉，有什么办法呢？”军官懊恼地说，倚着小门，似乎是要走开。

他又迟疑地停住了。

“您晓得吗？”他忽然地说，“我是伯爵的本家，他向来待我很好。您看吧（他带着善良的愉快的笑容看了看自己的外套和靴子），衣裳破了，一个钱也没有；所以我希望求伯爵……”

马富娅·库绮米妮施娜没有让他说完。

“先生，您等一会儿。一会儿。”她说。

军官刚从门上把手放下来，马富娅·库绮米妮施娜便转过身，踏着迅速老迈的步子，走到后边院子，到自己厢房里去了。

在马富娅·库绮米妮施娜向自己房间跑去的时候，军官垂下头，望着自己的破靴子，微笑着在院子里来回走着。“多么可惜啊，我没有找到叔叔。一个多么好的老妇人！她跑到哪里去了？我怎么知道，我能从哪一条街，抄近路赶上我的队伍呢？他们现在应该到达罗高日斯基门了吧？”这时候年轻军官想着。马富娅·库绮米妮施娜带着惊惶的同时又是坚决的面色，拿了一条卷起的方格的手帕，从角落里走出来。还相隔几步，她便打开手帕，拿出一张白色二十五卢布的钞票，连忙递给了军官。

“若是老爷在家，一定，他们要尽本家的……但也许……现在……”

马富娅·库绮米妮施娜害羞了、慌乱了。但是军官没有拒绝，不急不忙地接了钞票，然后感谢了马富娅·库绮米妮施娜。

“若是伯爵在家就好了，”马富娑·库绮米妮施娜抱歉地说，“基督保佑你，先生。上帝保佑你。”马富娑·库绮米妮施娜说，鞠着躬送他。

军官好像是在笑他自己，微笑着摇着头，几乎是慢跑着顺荒凉的街道向前跑去，要到雅乌萨桥上去赶他的团。

但是马富娑·库绮米妮施娜还带着湿润的眼睛在关闭的小门前站了很久，沉思地摇着头，对于这个不相识的年轻军官感到意外的母爱与怜悯之情。

23

在发尔发尔卡街的一座未完工的房子的底层，有一家酒店，从那里发出了酩酊的叫声和歌声。在一间不大的污秽的房间里，在桌旁的凳子上，坐着大约十来个工人。他们都吃醉了酒，淌着汗，睁着蒙眬的眼睛，张大着嘴，紧张地在唱什么歌。他们唱得没有调子，显得困难而又费力，他们不是为了想要唱歌，只是为了表示他们喝醉了酒在狂欢。他们当中一个高高的金发的青年，穿了清洁的蓝色的衣服，站在他们面前。他的脸上有细细的长鼻子，假使不是因为他薄薄的、紧紧的、不断地打颤的嘴唇和迟钝的、皱眉的、不动的眼睛，他的脸便很漂亮了。他站在那些唱歌的人跟前，显然是在思索什么，他的袖子卷到臂肘的白手臂，在他们头上严肃地痉挛地挥动着，他不自然地极力要叉开脏污的手指。他的衣袖不断地滑下来，这个年轻人总是小心地又用左手卷上去，好像要把这只白皙的、青筋毕露的、挥动的手臂不断地露出来，看作一件特别重要的事。在唱歌的时候，从门廊和台阶上传来殴打和打架的叫声。高高的年轻人摇了摇手。

“不要唱了！”他命令式地喊着，“打架了，弟兄们！”他不断地卷着袖子，走到台阶上。

工人们跟着他走了。工人们这天早晨在高高的青年领导之下，到酒店来喝酒，从工厂里把皮革带来给了酒保，用它付酒钱。附近铁匠铺里的铁匠们，听到酒店中的叫声，以为酒店被人冲了，也想要硬挤进去。在台阶上发生了殴斗。

酒保和一个铁匠在门口打架，在工人们出门时，铁匠挣脱了酒保逃跑了，在街道上他又跌倒了。

另一个铁匠要冲进门，用胸口抵着酒保。

卷了袖子的青年一面走着，一面对冲进门的铁匠的面孔打了一拳，并且粗野地喊着：

“弟兄们！他们打我们！”

这时候，第一个铁匠从地上爬起来，把他打伤了的脸抓出血，他用啼哭的声音喊叫：

“警察！打死人了！……打死人了！弟兄们！……”

“哎哟，天哪，有个人打得要死了，打死人了！”从附近大门里走出来一个妇人喊叫着。

一群人聚集在淌血的铁匠身边。

“你抢了人不够，还要脱他的衬衣吗？”有一个人向酒保说，“你为什么打死人？强盗！”

高高的青年站在台阶上，用蒙眬的眼睛时而看看酒保，时而看看铁匠，似乎在考虑，现在应该同谁打架。

“凶手！”他忽然地向酒保喊叫，“绑住他，弟兄们！”

“为什么绑我这样的人！”酒保喊叫着，推开那些来抓他的人，并且从头上脱下了帽子，抛在地上。

似乎这种行为发生了一种神秘而威胁的作用，围攻酒保的工人们犹豫地站住了。

“弟兄们，我很知道法律。我去找警长。你以为我不去吗？现在是不准人抢劫的！”酒保拾起帽子喊叫着。

“我们去，你看吧！我们去……你看吧，”酒保和高高的青年互相地重复说，两人一同在街上向前走。

流血的铁匠和他们并排地走着，工人和别的人一面讲着，一面叫着跟他们走。

在马罗基益卡街角，在一座关了窗子、挂了靴匠招牌的大房子对面，站着二十来个面色颓丧的、消瘦憔悴的、穿着外套和破衣服的靴匠。

“他应该照数付工钱！”一个有稀胡子的、皱眉的、瘦瘦的靴匠说，“他为什么吸了我们的血，又丢下了我们。他骗我们，骗了整整一个星期。现在到了最后关头，他自己跑了。”

说话的靴匠看到人群和那个流血的人，便停止了说话，于是所有的靴匠，都带着急切的好奇心，和行走的人群走到一起去了。

“这些人到哪里去？”

“当然是到警官那里去。”

“哦，我们是真的打败了吗？”

“你是怎么想的？看，他们在说什么。”

有了问话和答话的声音。酒保趁人越来越多的机会，落在人群的后边，回到自己的酒店去了。

高高的青年没有注意他的对手酒保已经脱逃，挥动着光手臂，不停地说话，引起大家对他的注意。人群大部分挤在他身边，以为从他那里可以获得他们所关心的问题的解答。

“他要维持秩序，维持法律，政府就是为了这种事才存在的！我说得对吗，正教的弟兄们？”高高的青年说，几乎察觉不出地微笑着。

“他以为没有政府了吗？没有政府还行吗？不然，抢的人不止是他们了。

“为什么说废话！”人们谈论着。“他们要把莫斯科就这样丢了吗？他们向你说笑话，你就相信！我们的兵不够吗？他们就这样让他进来！这是政府的事。你听，那里的人在谈什么，”他们指着高高的青年说。

在中国城[1]的墙边，另外一小群人围绕着一个穿绒布大衣、手拿文件的人。

“命令，在读命令！在读命令！”人群里发出这一声音，于是人群向宣读人面前拥去。

穿绒布大衣的人在读八月三十一日的传单。在群众围绕他的时候，他似乎发慌了，但是由于向他面前挤去的高高的青年的要求，他用微微打颤的声音开始从头宣读传单。

“我明天大清早去见公爵殿下，”他读着，（高高的青年，嘴边微笑着，眉毛皱着，得意地重复着“殿下！”）“和他商谈，我要行动，并且帮助军队消灭敌人：我们也要参加……宣读的人向下读着，然后又停顿了一下，（高高的青年胜利地喊叫着，‘知道吗？他要替你扫除一切障碍……’）消灭敌人，把这些作客的人送去见鬼；我要回来吃饭，并且我们要着手工作，我们要工作，做完工作，把敌人除尽。”

最后几句话是宣读人在完全寂静中读出来的。高高的青年忧郁地垂下了头。显然是谁也没有明白最后的几句话。特别是“我要回来吃饭”这句话使宣读人和听众都不高兴。群众的情绪极其高昂，而这却太简单，并且不需要这么明了；这是他们当中任何一个人都会说出来的，因此，这是最高当局的命令里所不该说的。

大家沮丧地沉默地站立着。高高的青年动着嘴唇，摇晃着身体。

“要问他！……这就是他本人！……当然要问他！……为什么不……他要说明……”在群众的后边忽然发出了这些话声，于是大家的注意力转移到一辆赶到广场上的有两个龙骑兵护送的警察局长的马车上。

警察局长这天早晨奉伯爵命令出去烧船，并且因为这项任务获得了一大笔现款，此刻钱还在他的衣袋中，他看见了向他走来的人群，命令

---

① 毛注：莫斯科的一部分。

车夫停了车。

“你们这些人是什么人？”他向那些散乱地羞怯地向马车走来的人们喊叫着，“你们这些人是什么人？我问你们是什么人？”警察局长又问，又没有得到回答。

“他们，大人，”穿绒布大衣的店员说，“他们，大人，根据伯爵大人的宣言，不惜生命，愿意服役，这并不是作乱，像伯爵大人所说的……”

“伯爵没有走，他在这里，就要向你们发命令的，”警察局长说，“走！”他向车夫说。

人群站住了，围绕着那些听到警察局长说话的人，看着赶走的车子。

这时警察局长惊惶地回头看了一下，向车夫说了什么，于是他的马跑得更快了。

“欺诈，弟兄们！领我们找他本人去！”高高的青年喊叫着，“不让他走，弟兄们！要他回话！抓住他！”大家叫着，于是群众跑去追赶马车了。

追赶警察局长的群众，发出喧嚣的话声，一边向卢毕安卡街走去。

“啊，绅士们和商人都走了，我们就要留下来等死了。难道我们是狗吗？”人们的话声越来越多了。

24

九月一日晚拉斯托卜卿伯爵和库图索夫见面之后，回到莫斯科，因为他们没有邀他参加军事会议，因为库图索夫对于他要参与保卫古都的建议不加注意，他觉得痛心而愤慨，又因为在军营中对他提出一种新的看法而觉得惊讶，按照这个看法，古都的安宁和它的爱国情绪的问题不但显得是次要的，而且完全是不需要的、无足重轻的。拉斯托卜卿伯爵回到莫斯科，觉得痛心，觉得愤慨，并且对这一切感到惊讶。伯爵吃了晚饭，没有脱衣服，睡在躺椅上，在十二点钟以后，他被库图索夫派来送信给他的信使唤醒了。信里说，因为军队要经过莫斯科向锐阿桑大道退却，请伯爵派警官引导军队穿城而过。这个消息对拉斯托卜卿已经不是新闻了。不但在昨天他和库图索夫在波克隆尼山上会面的时候，而且在保罗既诺会战的时候，拉斯托卜卿伯爵就已经知道莫斯科是要放弃的，那时所有的到莫斯科来的将军们都同声一致地说，再有会战是不可能的，并且那时由于伯爵的许可，已经每天夜里送走公家财物，居民也走了一半。但是这个以简单便函的形式和库图索夫的命令一同送来的、在夜间他睡第一觉的时候收到的消息，仍然使伯爵吃惊生气。

后来，拉斯托卜卿伯爵解释他在这时的活动，在他的回忆录里写了几次，说他当时有两个主要目的：de maintenir la tranquillité à Moscou et d'en faire partir les habitants.〔维持莫斯科的安宁并使居民退出。〕假若我们承认了这个双重的目的，则拉斯托卜卿所有的行为都是不可指责的。为什么不运出莫斯科的圣骨、武器、军火、火药、储粮？为什么成千的居民受了欺骗，以为莫斯科不得不放弃并且会焚毁？——拉斯托卜卿伯爵解释说，这是为了维持都城的安宁。为什么运出政府机关里成堆的无用的公文、雷皮赫的气球和其他物品？拉斯托卜卿伯爵解释回答说：这是为了留下一个空城。我们只要承认有什么东西威胁了公共安宁，则所有的行为都变为合理的了。

恐怖期间的一切恐怖，只是由于对公共安宁的忧虑。

一八一二年拉斯托卜卿伯爵在莫斯科对于公共安宁的恐惧有什么根据？假定城内会发生叛乱，这有什么理由？居民离开了，撤退的军队挤满了莫斯科。为什么因此群众必须暴动？

不但是在莫斯科，而且是在俄国各处，在敌人入城时，并没有发生任何类似暴动的事。九月一日及二日，有一万多人退出莫斯科，除了被城防总司令本人所吸引而聚集在他的院子中的群众而外，没有发生任何事件。假若在保罗既诺会战之后，莫斯科的放弃是确定的，或者至少是可能的，假若那时拉斯托卜卿不分发武器，不用传单激励民众，而采取措施，运出所有的圣骨、火药、炮弹与钱财，并且直接向民众说明城要放弃，则显然更没有理由料想人民的骚动了。

拉斯托卜卿是一个情感冲动的急性的人，一向在上级衙门里走动，虽然他有爱国情绪，但是对于他认为是他所领导的人民，却一点也不了解。从敌人进斯摩棱斯克城那时起，拉斯托卜卿就在自己的想象中，以为自己正在扮演的角色是“俄国之心”，民众思想的引导者。他不但觉得（每个行政官吏都觉得是这样的），他在指挥莫斯科居民的外表活动，而且觉得，他以他的宣言和传单在引导人民的思想. 他的宣言和檄文是用那种鄙俗的言辞写成的，这种言辞是人民群众所轻视的，是人民听当局说出时所不了解的。拉斯托卜卿是那么欢喜扮演民众思想的引导者这种漂亮的角色，他是那么惯于扮演这种角色，因而一旦必须停止扮演这种角色，必须不做出任何英勇行为而放弃莫斯科时，便使他感到出乎意料，他忽然觉得他失去了立脚之地，他简直不知道要怎么办了。他虽然知道，但是直到最后一分钟，还不完全相信莫斯科要放弃，并且对于这一点没有任何准备。居民违背他的愿望离开了。假使政府机关搬走了，那只是由于官吏的要求，伯爵对他们是勉强同意的。他自己只是专心注意着扮演他替自己所选定的角色。他正如同富有热烈的幻想的人们一样，常常是这样的，他早就知道莫斯科要放弃，但是他只是凭自己的理智知道这一点的，在他的心里并不相信这一点，并且在心理上没有接受这个新的局势。

他所有的辛苦而果断的活动（这有多大用处，在民众之间有多大影响，是另一问题），他所有的活动，只是为了要在民众之间引起他自己所感觉的那种情绪——爱国主义，对于法国人的仇恨，对自己的信心.

但是，当事件有了真正历史的意义时，当文字不够表现对于法军的仇恨时，当交战甚至也不能表现这种仇恨时，当自信对于莫斯科的唯一的问题显得无用时，当全体的人民万众一心地抛弃了他们的财物，借此种消极行动表现他们爱国情绪的力量，拥出莫斯科时——这时候，拉斯托卜卿所选择的角色忽然显得没有意义了。他忽然觉得自己孤单、软弱、可笑、没有立足点了。

拉斯托卜卿在睡梦中被人叫醒，接到库图索夫冷淡的命令式的通知，愈觉得自己有罪，愈觉得愤怒了。在莫斯科还留着所有交托给他的东西，所有他应该搬走的公物。然而搬走一切是不可能的了。

“谁负这件事的责任，谁把事情弄到这个地步？”他想。“当然不是我。我准备了一切，我把莫斯科保持得这么好！他们把事情弄到这个地步！浑蛋！国贼！”他想，却不能明确地指出谁是浑蛋和国贼，但是他觉得必须仇恨这些做国贼的人，他现在所处的错误而可笑的地位是要这些人负责的。

那天整整一夜拉斯托卜卿伯爵发出命令，莫斯科各方面的人都来向他讨命令。但是他身边的人从来没有看见过伯爵这样地愁闷、愤怒。

“大人，采邑院的院长派人来讨命令……教区监督局派人来，枢密院派人来，大学派人来，孤儿院派人来，副主教派人来……问……对于救火队怎么吩咐？狱官派人来，疯人院派人来……”人们整夜不停地来报告伯爵。

对这些问题伯爵作了简短的愤怒的回答，表示现在不需要他的命令了，他所辛苦地准备好了的全部的事情，现在被什么人破坏了，这个人对于现在所发生的一切要负全部责任。

“你告诉这个傻瓜，”他回答采邑院的问题，“要他留下来保管文件。你为什么要问关于救火队的无聊的话呢？有马就放到夫拉济米尔去，不要留给法国人。”

“大人，疯人院监督来了，怎么吩咐？”

“怎么吩咐？统统放走就是了……把疯人放进城。现在我们用疯人指挥军队，放他们是上帝的意思。”

伯爵听到关于狱中犯人的问题时，向狱官愤怒地大叫。

“怎么，没有兵了。要给你两营兵护送吗？放他们，干脆！”

“大人，还有政治犯：灭施考夫，韦来夏根……”

“韦来夏根！他还没有被绞死吗？”拉斯托卜卿大叫，“把他带到我这里来。”

25

在九点钟之前，当军队已经穿过莫斯科时，不再有人来向伯爵讨命令了。所有能走的都自己走了；那些留下来的人自己决定了他们要做的事。

伯爵下了命令把车子套上马，好到索考尔尼基去。然后他面容忧郁，脸色发黄，沉默地抱着胳膊坐在自己的办公室里。

每个行政官吏在太平无事的时候，觉得他治下的全体人民只是由于他的努力在前进，每个行政官吏觉得自己是不可少的，并且把这种感觉当作他的辛苦与努力的主要的酬报。很自然的，在历史的海洋风平浪静，而行政官吏用钩篙把他的破船靠拢在民众的大船的旁边，并且他自己晃动着的时候，他一定觉得，是他的力量在摇动他所靠拢的大船。但是一旦起了暴风，海面上掀起了波涛，大船摇摆不止，那时候便不能再有这种错觉了。大船靠它的巨大的独立的动作行驶着，钩篙搭不上行动的船，官吏忽然由统治者的地位，由权力的渊源，变为无足重轻的、软弱无用的人了。

拉斯托卜卿感觉到这个，就是这个感觉使他愤怒。

被群众拦阻过的警察局长以及来报告马已备好的副官，一同走进伯爵的房。两人都面色发白，警察局长报告已经完成任务之后，又说在伯爵的院子里有一大群人，等着见他。

拉斯托卜卿一句话也没有回答，站起身来，快步地走进华丽的明亮的客厅，走到阳台的门口，握了门的钮柄，又放了手，走到窗前，从窗子里可以更清楚地看见整个人群。那个高高的青年站在前面，显出严肃的面色，挥动着一只胳膊说些什么。流血的铁匠带着忧郁的神情站在他身边。隔着关闭的窗子，可以听到呼喊声。

“车子准备好了吗？”拉斯托卜卿离开窗子说。

“准备好了，大人。”副官说。

拉斯托卜卿又走到阳台的门前。

“他们要什么？”他问警察局长。

“大人，他们说，奉大人的命令准备去打法国人，喊叫着关于国贼的事。但他们是些狂暴的人，大人。我好容易才离开了他们。大人，我冒昧提议……”

“请走吧，不用您说，我也知道怎么办，”拉斯托卜卿愤怒地说。他站在阳台的门边，望着人群，“这就是他们对俄国所做的事！这就是他们对我所做的事！”拉斯托卜卿这么想，觉得心中对什么人产生了不可遏制的怒火，这个什么人可以说是所发生的这一切事情的原因。火性的人常常是这样的，怒火已经控制了他，但是他还在寻找发火的对象。“La voilà la populace, la lie du peuple,〔这就是人群，下等人民，〕”他想，望着群众，“la plèbe qu'ils ont soulevée par leur sottise. Il leur faut une victime.〔这些贱民，被他们的愚笨所支配。他们需要一个牺牲者。〕”他想到这一点，望着挥动手臂的高高的青年。他想到这一点，正因为他自己需要这个牺牲者，他自己的发火的对象。

“车子准备好了吗？”他又问。

“准备好了，大人。对于韦来夏根有什么吩咐？他等在台阶上。”副官回答。

“啊！”拉斯托卜卿喊叫了一声，似乎是因为忽然想起了什么而吃惊了。

于是，他迅速地开了门，毅然地走到露台上。嘈杂的话声忽然静止了，帽子和便帽都脱下来了，所有的眼睛都抬起来看着出来的伯爵。

“好哇，弟兄们！”伯爵迅速地响亮地说，“谢谢你们的到来。我马上再出来和你们说话，但是我们先应该处理一个坏人。我们应该处罚那个使莫斯科毁灭的坏人。你们等我一下！”伯爵砰然关了门，同样迅速地回到房内去了。

在人群之中传布着赞同的满意的声音。“就是说，他要处罚一切的坏人！你说，法国人……他要让你知道什么是法律！”群众说着，似乎是互相指责那种没有信心的行为。

几分钟后，从前厅的门里急忙地走出一个军官，下了什么命令，于是龙骑兵排队了。人群急切地从露台上向台阶上拥挤。拉斯托卜卿愤怒地迅速地走到台阶上，急忙地回头看了一下，似乎在寻找什么人。

“他在哪里？”伯爵说，正在他说这话的时候，他看见一个年轻人，夹在两个龙骑兵之间，从屋角上走出来，他的颈子又细又长，头发剃了一半，又长出短发了。这个年轻人穿着原是华丽的而此刻是破旧的蓝布面子的狐皮大衣，污秽的麻布囚裤，裤筒塞在不干净的穿坏的瘦靴子里。在瘦而无力的腿上挂着沉重的脚镣，妨碍着年轻人的犹豫不决的步伐。

“啊！”拉斯托卜卿说，连忙把他的目光从穿狐皮大衣的年轻人身上移开，并且指着台阶的下层，“把他放在这里！”

年轻人拖着脚镣，费力地走到指定的台阶踏级上，用一个手指拉了拉皮大衣的紧领子，把长颈子转动了两下，叹了口气，带着屈服的姿势把瘦瘦的不劳动的手按在肚子前边。

在年轻人站到台阶之后，有了几秒钟的静默。只是在向一处拥挤的人群的后面行列里，发出了叹息声、呻吟以及脚步移动发出的响声。

拉斯托卜卿皱着眉，用手擦着脸，等着他站到指定的地点上来。

“弟兄们！”拉斯托卜卿用铿锵响亮的声音说，“韦来夏根这个人就是坏蛋，莫斯科被他毁灭了。”

穿狐皮大衣的年轻人屈服地站立着，把双手按在肚子前边，头微微地低着。他的憔悴的、带着绝望神情的、因为剃了半个头而相貌难看的、年轻的面孔，向下低着。在伯爵最初说话时，他慢慢地抬起头，仰视伯爵，似乎是希望向他说什么，或者至少是看看他的目光。但是拉斯托卜卿没有望他。在年轻人的又瘦又长的颈项上，暴起了青筋，直到耳后，好像细绳子一样，他的脸上忽然发红了。

所有的目光都注视着他。他看了看人群，似乎因为他在人们的脸上所看到的那种表情而怀着希望，他悲哀地羞怯地微笑了一下，又垂下了头，在台阶上站稳了脚。

“他背叛沙皇和祖国，他投靠拿破仑，俄国人当中只有他侮辱了俄国名字，莫斯科被他毁灭了，”拉斯托卜卿用流畅的尖锐的声音说；但是忽然迅速地向下瞥了瞥韦来夏根，他还是那样屈服地站立着。似乎这种情形触怒了他，他举起一只手，几乎是喊叫着向群众说，“你们决定对他怎么办吧！我把他交给你们！”

人群沉默着，大家只是越来越紧密地互相拥挤。互相拥挤，呼吸着难闻的臭气味，动也不能动，等候什么未知的、不解的、可怕的事情，——使人感到难以忍受了。站在前列的人们，看见并且听到眼前所发生的一切，都恐惧地睁大眼睛，张开嘴，鼓起所有的力量，抵挡背后人群的挤压。

“揍他！……让国贼送命，不让他侮辱俄国的名字！”拉斯托卜卿喊叫着，“斩了他！我命令！”

人群中没有听到拉斯托卜卿的说话声，只听到他愤怒的喊叫声，他嚷叫着向前挤了一阵，但是又停下来了。

“伯爵！……”在重又出现的暂时的静寂中，韦来夏根畏怯而又演戏般地说，“伯爵，唯一的上帝在我们头上……”韦来夏根说，抬起了头，他的细颈子的粗筋又充血起来，他脸刷地一下红了，但又很快消失了。

他没有说完他所要说的话。

“斩了他！我下命令！……”拉斯托卜卿喊叫着，忽然面色白得像韦来夏根一样。

“抽刀！”军官向龙骑兵说，自己抽着刀。

另一个更强有力的波动在人群当中兴起，波及前面的行列，推动了前面的人，使他们跄踉地挤上台阶。那个高高的青年，带着呆板的表情，站在韦来夏根旁边，他的一只手臂固定不动地举在头上。

“斩！”军官几乎是向龙骑兵低语着，于是一个兵士忽然带着愤怒的变色的脸，用刀背斩韦来夏根的头。

“啊！”韦来夏根短促地惊讶地叫了一声，恐惧地环顾着，似乎不明白他们为什么要对他这么办。人群中间发出同样的惊讶与恐怖的叫声。

“啊，主啊！”有谁发出悲哀的叫声。

但是韦来夏根在惊讶的喊声之后，又因为疼痛而可怜地大叫了一声，这个叫声置他于死地了。那个紧张至极的压制着人群的人类情绪的障碍，忽然崩溃了。犯罪一旦开始，便一定要进行到底。可怜的指责的呻吟，被人群的威吓而愤怒的吼声压下去了。好像那击破船只的最后猛浪，这个最后不可遏制的波浪从后边的行列中发出，推到前边，掀倒他们，吞没了他们全体。斩了一刀的龙骑兵还想再斩。韦来夏根发出恐怖的叫声，用双手遮拦着，向人群里冲去。他所奔去的那个高高的青年双手抓住韦来夏根的细颈子，并且发出野蛮的叫声，和他一同跌倒在呼吼的拥挤的人群的脚下。

有些人又扯又打韦来夏根，有些人又扯又打那个高高的青年。被践踏的人的叫声，和那些极力拯救高高的青年人的人们的叫声，只引起人群的狂暴。龙骑兵好久还不能救出那个流血的、被打得半死的工人。虽然人们是非常着急地力求做完这件已经开始的事情，但是那些又打、又掐、又撕韦来夏根的人，好久还不能把他打死；人群从各方面在挤他们，并且好像是一个物体，以他们作中心，向各方面摇荡着，使他们既不能打死他，又不能放弃他。

“用斧头打他吗？……压倒了……国贼，他出卖耶稣！还活着……活的……贼受罚是自讨的！……用斧头呀！还活着！”

直到受害者停止挣扎，他的叫声变为均匀的冗长的断气声的时候，人群才开始急忙地在横卧的流血的尸体旁边移动着。每个人走到前面来，看一下所做的事情，又恐怖地、指责地、惊讶地向回挤。

“主啊！这些人就像是野兽啊！他活不成啦！”人群里发出这些声音，“还是一个青年……一定是商人家的，那样的人！……他们说，他不是那个人……怎么不是那个人……主啊！……他们打死了另外一个人，他们说，他快要死了……哎，人……谁不怕罪过……”同样那些人现在这么说，他们带着痛苦的怜恤的表情望着死尸，望着发青的沾上血和泥的脸，以及破裂的又细又长的颈子。

一个工作认真的警官，认为尸体在大人的院子里是不合适的，命令龙骑兵把尸体拖到街上去。两个龙骑兵拉着两条破烂的腿，拖着尸体。长颈子上的那颗血迹斑斑的、沾染污泥的、剃了一半的、死人的头，被拖着在地上转动着。人群避让着尸体。

韦来夏根倒下了，人群发出野蛮的吼叫声，在他四周拥挤着、晃动着，这时候，拉斯托卜卿忽然脸色发白了，他没有向后边的台阶上走去，他的马车在那边等着他，他却低着头，顺着通往楼下房间的走廊快步地走去，不知道要到哪里去以及为什么要去。伯爵的面色发白，不能控制他的下巴痉挛地颤抖。

“大人，这边……您哪里去？……请走这边。”一个颤抖的恐怖的声音在他背后说。

拉斯托卜卿伯爵不能回答，然后听从他回转身来，向着给他指出的方向走去。一辆马车停在后门口。远处人群的吼声在这里也可以听到。拉斯托卜卿伯爵急忙地坐上车，命令赶到索考尔尼基乡下房子那里去。进了宓亚斯尼次基街，便不再听到人群的叫声了，伯爵开始忏悔了。他现在不满意地想起了他在属下的面前所表现的焦急与恐怖。“La populace est terrible, elle est hideuse,〔人群是可怕的，是可憎的，〕”他用法语思索着，“Ils sont comme les loups qu'on, ne peut apaiser qu'avec de la chair.〔他们好像是狼，除了肉，没有东西能够满足他们。〕”“伯爵，唯一的上帝在我们的头上！”他忽然想起了韦来夏根的话，一阵令人不快的凉气掠过拉斯托卜卿伯爵的脊背。但这个感觉是暂时的，拉斯托卜卿伯爵轻蔑地笑了笑他自己。“J'avais d'autres devoirs，〔我有别的责任，〕”他想，“Il fallait apaiser le peuple. Bien d'autres victimes ont péri et périssent pour le bien publique，〔必须使人民满意。许多别的牺牲者为了公共福利已经死了，正在死去，〕”于是他开始想到他的社会责任：他对于自己家庭的，对于他的（托付给他的）都城的，对于他自己的——这个他，不是那个费道尔·发西利也维支·拉斯托卜卿（他以为费道尔·发西利也维支·拉斯托卜卿为了bien publique〔公共福利〕而在牺牲他自己），而是莫斯科城防总司令，政权的代表，皇帝的全权官吏。“假使我只是费道尔·发西利也维支，ma ligne de conduite aurait été tout autrement tracée，〔我的行径会许是完全不同了，〕但是我应该保护我的城防总司令的生命和尊严。”

拉斯托卜卿在马车的软弹簧上轻轻地颠荡着，不再听到人群的可怕的声音，他的身体安宁了，并且，总是这样的，和身体的安宁同时，他的脑筋为他想出了精神安宁的理由。使拉斯托卜卿感到安宁的想法并不是新的想法。自从有了世界而人类互相屠杀以来，从来没有一个人对自己同类犯了罪而不用这个同样的想法来安慰他自己。这个想法就是 le bien publique〔公共福利〕，假定的别人的福利。

不受情感支配的人从来不知道这种福利；但是犯罪的人，总是确实地知道这种福利是什么。拉斯托卜卿现在便知道这一点。

他不但没有在心里为了他所做的事情责备自己，并且找到了自满的理由。就是他能那样成功地 à propos〔顺便〕利用这个机会——处罚了犯人，而同时又安定了人心。

“韦来夏根被审判，并且被判为死罪，”拉斯托卜卿想（然而韦来夏根只被枢密院判为做苦工），“他是一个卖国贼，是一个叛徒；

我不能让他不受处罚，所以 je faisais d'une pierre deux coups;〔我一举两得；〕我为安定人心而把牺牲者交给民众，并且处罚了坏人。”

伯爵到了郊区的屋里，处理了家事，完全安静下来了。

过了半点钟，伯爵驾驭快马穿过索考尔尼基的田野，已经不想到过去的事，只思索并且考虑着将来的事了。他现在向雅乌萨桥走着，他听说库图索夫在那里。拉斯托卜卿伯爵在他的心中准备好了愤怒的刻薄的谴责，这是他由于库图索夫的欺骗要当面去说的。他要使那个朝廷的老狐狸觉得，由于莫斯科的放弃和俄国的灭亡（拉斯托卜卿这么想）而有的一切不幸事件的责任，全在他这老朽昏庸的头上。拉斯托卜卿预先考虑着要向他说的话，在车子里愤怒地转动着并且愤怒地向两边看着。

索考尔尼基的田野是荒凉的。只在它的尽头，在养老院和疯人院的前面，可以看见一群穿白衣服的人，还有几个同样的人单独地在田野上行走着，喊叫着什么，并且挥着手臂。

其中之一横对着拉斯托卜卿伯爵的车子跑着。拉斯托卜卿伯爵自己、他的车夫和龙骑兵，都怀着漠然的恐怖与好奇的心情，望着这些被放出的疯人，特别是那个向他们跑来的人。

这个疯人，穿着飘飘荡荡的衣服，他的又瘦又长的腿摇晃不定地猛急地跑着，他目不转睛地盯着拉斯托卜卿，用沙哑的声音向他喊叫着什么，并且做着手势要他停车。

这个疯人的忧郁的严肃的面孔又瘦又黄，长着长短不齐的成绺的胡须。他的黑色的玛瑙般的瞳子和橙黄色的眼白，靠近下眼皮，不安地转动着。

“等一下！停住！我说！”他尖锐地叫着，喘着气，说话的语气加强了，打着手势喊叫着。

他在车子旁边跑着。

“他们杀死我三次，我从死里复活了三次。他们用石头打我，钉我……我要复活……我要复活……我要复活。他们撕碎了我的身体。天国要毁灭了……我要把它打倒三次，我要把它扶起三次。”他喊着，他的声音越喊越高。

拉斯托卜卿伯爵忽然脸色发白了，如同在人群围攻韦来夏根时他的脸色那样。他掉转了头。他用颤抖的声音向车夫说，“走……加快走！”

车上的马使出全力飞快地向前奔驰着；但是拉斯托卜卿伯爵好久还能听到后面越离越远的疯人的失望的叫声，而在他的眼前，又浮现出穿皮大衣的卖国贼那惊讶恐怖的流血的脸。

这个回忆虽然相隔很近，拉斯托卜卿此刻却觉得，这个回忆深深地血淋淋地刻在他的心里。他现在明白地觉得，这个回忆中的血迹永远不会消失，而且反之，这个可怕的回忆要在他心里存留到他的末日，并且时间愈久，愈是觉得痛苦和残忍。他现在觉得，他听到了自己的话声：“斩了他，您要拿性命对我负责！”——他想：“我为什么说这话！我无意地说的……我可以不说那些话，那时候就不会发生任何事情了。”他看到斩人的龙骑兵那恐怖的和后来忽然盛怒的面孔，那个穿狐皮大衣的青年人对他所投的沉默的畏怯的责备的目光……他想：“但我不是为自己做这件事的。我一定要那样做的。la plèbe, le traître, le bien publique.〔人群，卖国贼……公共福利。〕”

雅乌萨桥边还挤满着军队。天气很热。库图索夫皱着眉，垂头丧气，坐在桥边的凳子上，用鞭子在沙上划着玩，这时一辆马车轰轰地向他驶来。一个穿将军制服的、戴花翎帽子的人，他那又像是愤怒又像是恐怖的眼睛转动不停。他走到了库图索夫面前，开始用法语向他说了些什么。这人是拉斯托卜卿伯爵。他向库图索夫说，他来到这里，是因为都城莫斯科已经没有了，只有军队了。

“假使殿下没有向我说您不再打一仗绝不放弃莫斯科，情形便不同了，这一切都不会发生了！”他说。

库图索夫望着拉斯托卜卿，似乎不明白他所听到的话里的意思，他极为努力地观察着和他说话的人的脸上这时候所表现的某种特殊的东西。拉斯托卜卿狼狈地沉默着。库图索夫微微地摇着头，一直用审视的目光盯着拉斯托卜卿的脸，低声地说：

“是的，我若不打一仗，绝不放弃莫斯科。”

无论是库图索夫说这句话的时候，他想的全然是另外一回事，还是他知道这话没有意义，却故意地说了出来，但是总之，拉斯托卜卿没有回答，便连忙离开了库图索夫。真是奇怪的事！莫斯科的城防总司令，骄傲的拉斯托卜卿伯爵，拿起一根鞭子，走到桥边，开始发出喊叫声，驱散着挡路的车子。

26

下午四时前，牟拉军队进莫斯科。前面是一个乎泰姆堡骠骑兵支队，那不勒王自己骑着马，一大群随从跟在后边。

靠阿尔巴特街的当中，靠近尼考拉显灵教堂，牟拉停下来了，等候前进的支队来报告城中 le Kremlin〔克里姆林〕要塞情况如何。①

一小群留在莫斯科的人围绕着牟拉。他们都畏怯地迷惑地望着这个奇怪的、佩戴花翎和金饰的、留着长发的将军。

“难道这就是他们的沙皇本人吗？不坏！”发出了低低的声音。

一个翻译骑马走到人群的旁边。

“脱帽……帽，”群众互相地望着说。翻译向一个年老的守门人说话，问他到克里姆林宫是不是还远。守门人迷惑地听着生疏的波兰话，没有听出翻译的话是俄语，不明白他向他说的是什么，躲到别人后面去了。

牟拉走到翻译面前，命他探问俄军在哪里。有一个俄国人明白了

---

① 毛注：托尔斯泰借此表示法国人的肤浅而不正确的知识。四卷二部中写拿破仑“关于克里姆林的工事发出小心的指示”。亦是讽刺。

向他所问的话，然后有几个人忽然同时回答翻译。一个法国军官由前进的支队中来到牟拉的面前，报告说，要塞的门被阻塞了，也许那里有埋伏。

“好。”牟拉说，转身向着随从中的一个官员，命令他调出四尊轻炮轰击宫门。

炮兵从牟拉后面的纵队中跑出来，顺阿尔巴特街前进。到了夫司德维任卡街头，炮兵停住了，并且在广场上排队。几个法国军官在指挥部置炮位，并且用望远镜望克里姆林宫。

克里姆林宫里发出晚祷的钟声，这种声音使法国人迷惑了。他们以为这是作战的号令。几个步兵向库他夫耶夫门跑去。门口放了柱子和木板挡板。在军官领了一队人刚刚开始向门前跑去时，从门的下面发出了两声步枪声。站在炮旁的将军向军官发出命令，军官和兵都跑回来了。

从门的下面又发出了三声步枪声。

一粒子弹击中了一个法兵的腿，从挡板后边发出了几声奇怪的呼叫。在法国将军、军官和兵士的脸上，先前愉快、宁静的表情，好像是奉到命令一样，立刻变为坚强的、专注的、对于斗争与痛苦有所准备的表情。对于他们全体——上自将帅下至兵士——来说，这个地方不是夫司德维任卡、莫号伐亚、库他夫耶和特罗伊擦门，这个地方却是新的，也许要流血的新战场。大家都对这个会战有了准备。门里的叫声停止了。大炮推到前面去了。炮兵吹了吹点火杆的火。军官发令：feu!〔开火！〕于是两响霰弹的呼啸声先后发出。霰弹在宫门的石头上、柱子上和木板挡板上撞响了；两团烟在广场上飘起来了。

炮声在克里姆林宫石墙上的回声消失之后不久，在法军的头上，发出了可怕的声音。一大群乌鸦飞在宫墙上面呱呱叫着，扇动着成千的翅膀，在空中打旋。和这种声音同时发生的，是宫门中发出一个孤寂的人的叫声，并且从烟气中出现了一个没戴帽子的穿农民长袍的人。他拿着枪，向法国人瞄准。炮兵的军官又说：feu!〔开火！〕于是在同一个时间里发出了一声枪响和两声炮声。烟又遮没了宫门。

在挡板的后边，什么动静也没有了，法国步兵和军官走到宫门前。在门边躺着三个受伤的和四个打死的人。两个穿农民长袍的人顺着墙脚向斯拿明卡街跑去。

“Enlevez-moi ça.〔替我拖走。〕”军官指着杜子和尸身说，于是法兵把受伤的人打死，把尸身抛到垣墙外边去了。

这些人是谁，没有人知道。关于他们只说了这句话，enlevez-moi ça,〔替我拖走，〕于是他们被抛到墙外，后来又被拖走，免得发臭。只有提埃尔写了几句娓娓动听的话纪念他们：“Ces misérables avaient envahi la citadelle sacrée, s'étaient emparés des fusils de l'arsenal, et tiraient（ces misérable）sur les Français. On en sabra quelques-uns et on purgea le Kremlin de leur présence.〔这些可怜人占领了神圣的堡垒，取得了军械库中的武器（这些可怜的人），射击法兵。他们有的被杀死，从克里姆林宫被清除出去了。〕”

牟拉接到报告，说道路已经清除。法军进了宫门，开始在老院的广场上扎营帐。兵士从枢密院的窗子里抛出椅子在广场上生火。

别的支队穿过了克里姆林宫，驻扎在莫罗塞益卡街、卢毕安卡街、波克罗夫卡街。另外的支队驻扎在夫司德维任卡街、斯拿明卡街、尼考斯卡亚街、特维埃尔斯卡亚街。法军到处都找不到房主，法军好像不是居住在城内的人家里，却好像驻扎在城内的营帐里。

法兵虽然衣服褴褛，腹中饥饿，身体疲倦，人数减到从前的三分之一，但是进莫斯科城时，仍然有良好的纪律。他们是疲劳的、饥饿的、然而还是有战斗力的、有威胁性的军队。但是在兵士没有散到老百姓家时，他们是军队。各团的兵士们一开始散到空着的富庶的人家时，军队便永远没有了，他们变成既非居民、又非兵士、而是不可分类的一种人，叫作盗贼。五个星期以后，同样的这些人离开莫斯科时，他们已经不再是军队了。他们是一群盗贼，每一个人都搬运着或者携带着一大堆他们认为宝贵而有用的东西。他们离开莫斯科时，每个人的目的不在作战，不像从前那样，却只在保持获得的东西。好像一只猴子，把手伸进细颈瓶里，抓了一把胡桃，又不肯放开拳头，以免失去抓到的东西，却因此丧失了自己的生命，法军离开莫斯科时显然一定要灭亡。因为他们随身带了抢劫品，但是要他们抛弃抢劫品，就像要猴子放弃它的胡桃一样，是不可能的。在每团法兵进了莫斯科某一街区十分钟之后，就一个兵士和军官没有了。在房屋的窗口里可以看到穿大衣和软靴的人，笑着在房里走着。在酒窖和地层里，同样的人拿取着食品。在院子里，同样的人打开或者闯开车房和马厩的门。他们在厨房里生了火，用卷起袖子的手揉面，烘面包，煮食物，并且恐吓，调笑，抚爱妇孺。在所有的地方，在商店里和住宅里，有很多这样的人；但是军队已经没有了。

当天，法军指挥官们下了一道又一道命令，禁止兵士们在城内散开，严厉禁止对居民的暴行和抢劫，并且当天晚上要全体点名。虽然有这些法令，但是先前是军队的人们，仍然流散在富庶的、设备齐全的、物品充足的、没有居民的城里。好像饥饿的牛在荒凉的田野上成群地走着，但是一到茂盛的草原，便立刻不能制止地散开了，军队在富庶的城里同样也不能制止地散开了。

莫斯科没有居民，兵士渗透在城里，好像水在沙里一样，从他们最先到达的克里姆林宫，好像星光四射一样，不可制止地流散到各方面去了。骑兵们进了商人的连同全部财物丢下来的房屋里，看到马厩里容纳他们的马还有余地，他们却仍然去占住相邻的、在他们看来是更好的房子。许多兵占了几家房子，用粉笔在房子上写了名字，并且和别的队伍争吵甚至打架。兵士们还没有住定，便跑到街上去看城市，并且听说一切财物都丢下来了，于是径直向可以白白地拿取贵重物品的地方急奔而去。长官们在路上禁止兵士们，但他们自己也不觉地被吸引去做同样的行为。在车市街的车店里留下了许多车辆，将军们挤在那里，选择轿车和篷车。留下的居民邀请军官们到他们自己家里去，希望借此避免抢劫。财富是充足的，他们觉得是无穷尽的。在法军占领地的四周，处处是未发现的未占领的地方，在那些地方，法军觉得有更多的财富。莫斯科越来越多地把他们吸引过去。正如同水流在干土上，结果既没有水也没有干土，只有泥淖，同样，饥饿的军队进了富庶的空城，结果既没有了军队，又没有了富城，只有焚烧与抢劫。

法国人以为莫斯科的焚烧是 au patriotisme féroce de Rostopchine;〔由于拉斯托卜卿野蛮的爱国心；〕俄国人以为这是由于法国人的残暴。事实上，说莫斯科焚烧要归某一个人负责或者几个人负责——这种理由是没有的，而且不会有的。莫斯科焚烧，因为它是在那样的情况下，任何木料建筑的城市，在那种情况下一定要焚烧的，这和城内有没有一百三十个不好的救火机是无关的。莫斯科一定要焚烧，因为居民都从城内逃走了，并且这是不可避免的，正如同一堆刨花，一连几天有火星落在它上边，是一定要焚烧的。木料建筑的城市有居民房主和警察时，几乎每天发生火灾，现在没有居民，却住了抽烟斗的、在枢密院广场上用枢密院的椅子生火的、并且一天烧两顿饭的军队，更不能不焚烧了。在和平时代，只要军队驻扎在某一地区的乡间，这个地区的火灾的次数便立刻增多。在空着的、驻了外国军队的、木料建筑的城市里，火灾的可能性大致会增加多少呢？拉斯托卜卿野蛮的爱国心和法国人的残暴，对于这件事是不能负责的。莫斯科焚烧，是由于烟斗、厨灶、营火、住房子而不是房主的敌兵的粗心。即使有纵火的事（这是极其可疑的，因为谁也没有要纵火的理由，而且纵火是麻烦而危险的），也不能以纵火为理由，因为没有纵火也是要焚烧的。

法国人归罪于拉斯托卜卿的野蛮，俄国人归罪于保拿巴特的凶恶，或者后来把这个英雄的火把放在俄国人民的手中，这虽然说得好听，我们却不能不知道，这种直接的火灾原因是不会有的，因为莫斯科一定要焚烧，正如同每一个乡村、工厂和任何房子，主人走了，让外人来居住烧饭，一定要失火。莫斯科是被居民焚烧的，这是对的；但不是留在城内的居民焚烧的，而是离城的居民焚烧的。莫斯科被敌人占领后，不能像柏林、维也纳，以及其他城市那样保持完整，只是因为莫斯科的人民没有把盐、面包和钥匙交给法国人，却从城里撤走了。

27

法军在莫斯科城内好像星光四射般的向各处渗透，他们在九月二日的傍晚才达到彼挨尔现在所住的街区。

彼挨尔过了两天孤独的异常的生活，近于疯狂的状态了。他完全被一种不可解脱的思想控制着。他自己不知道，这种思想是怎样以及什么时候控制了他，他记不得过去的任何东西，也不了解现在的任何东西；他所见所闻的一切好像是在梦里看见的一样。

彼挨尔走出自己的家，只是为了逃避他所陷入的生活事务中的复杂的纠纷，逃避他在当时的情况之下无法解脱的纠纷。他借口整理死者的书籍文件，到奥西卜·阿列克塞维支家里去，只是为了要逃避生活上的骚扰而求得安宁，因为在他的心中，对奥西卜·阿列克塞维支的回忆，是和永久的、安静的、严肃的幻想连在一起的，这些幻想和他觉得自己所陷入的、那种使人不安的混乱状态是完全相反的。他寻找安静的避难所，并且果然在奥西卜·阿列克塞维支的书房里找到了。当他在书房里死一般的寂静中，把手臂搭在逝世的人的、有灰尘的写字台上坐着的时候，近日来的回忆在他的心中，开始安静地有意义地一个一个地出现了，特别是保罗既诺会战和那种不可克服的感觉，就是和他心目中称为“他们”的那些人的真诚、朴实与有力量比较起来，他感觉到自己的无足重轻与虚伪。当盖拉西姆把他从幻想中唤醒时，彼挨尔想到，他要参与他所知道的那个预定的人民保卫莫斯科的战斗。他抱着这个目的，立刻要求盖拉西姆替他去弄到农人衣服和手枪，并且向他说明了自己的意向，即是要隐姓埋名住在奥西卜·阿列克塞维支家里。后来，在孤独闲散的第一天里（彼挨尔几次想把注意力集中在共济会员的手稿上却不能够），他几次模糊地想起，从前想过的关于他的名字与保拿巴特这个名字之间的玄妙意义；但是，这种想法——即是他，l'Russe Besuhof，〔俄国人别素号夫，〕注定了要限制野兽的权柄——在他心中只是一种幻想，这些幻想无缘无故地、不留痕迹地、在他的心中常常出现。

买了农民衣服（他的目的只是要参加人民的保卫莫斯科的战斗），彼挨尔遇见了罗斯托夫家的人。娜塔莎向他说“您留下吗？这是多么好啊”的时候，他心中忽然出现了这个想法，认为即使莫斯科被占领了，他留在城里执行他注定要做的事，也确实是很好的。

第二天，他怀了不惜牺牲自己、不落在他们后面的想法，到三山门去了。但是回家以后，他相信，他们不会保卫莫斯科了，他忽然觉得，他从前认为只是可能的事，现在变为不可缺少的、不可避免的事了。他一定要隐姓埋名，留在莫斯科，遇见拿破仑，把他杀死，或者是他自己灭亡，或者是结束全欧的不幸，这不幸，照彼挨尔的意思是拿破仑一人造成的。

彼挨尔知道一八〇九年一个德国大学生在维也纳企图刺死拿破仑的详情，并且知道这个大学生被枪毙了。他在实现志愿时所要冒的那种生命危险，更剧烈地激动着他。

两个同样强有力的情绪不可抵抗地吸引彼挨尔去实现他的志愿。第一个情绪是，在共同的灾难中牺牲和痛苦是必要的，就因此他在二十五日到莫沙益司克去，到了会战最激烈的地方，现在走出自己的家，没有了生活上的惯常的奢华与舒适的条件，和衣睡在硬沙发上，和盖拉西姆吃同样的食物；另一个情绪是不明确的、绝对是俄国人的情绪，即是：鄙视一切传统的、人为的、人情上的、一切被大多数的人认作世界最大幸福的东西。彼挨尔在斯洛保大宫第一次体验到这种奇怪的迷惑的情绪，那时候，他忽然觉得财富、权柄和生命，人们尚未惨淡经营与切意保护的一切，这一切假使有什么价值，只是因为快乐，而有了快乐，这一切都可以抛弃。

这正是那种情绪，因为它，志愿后备兵花了最后的一文钱喝酒，醉汉没有任何明显的理由，便打碎镜子和玻璃，并且知道，这要耗费他最后所余的钱；这正是那种情绪，因为它，人做着那种从寻常的观点看来是狂妄的事，好像是他要试验他个人的权柄与力量，证明在人类生活条件之外，还有一种高级的生活标准。

自从彼挨尔在斯洛保大宫第一次体验了这种情绪以后，他不断地受到它的影响，但是直到现在才得到了充分的满足。此外，彼挨尔在这方面已经做过的一切，现在支持着他的志愿，并且使他不能把它放弃。他逃出自己的家，他的农民衣服，手枪，他对罗斯托夫家的人声明，他要留在莫斯科——假使他和别人一样，现在离开了莫斯科，则这一切不但失去了意义，而且都变为可鄙可笑了（彼挨尔对于这一点是很敏感的）。

彼挨尔的身体情况和他的精神状况是一致的，这总是如此的。不习惯的粝食，他这几天所饮的伏特加酒，美酒和雪茄的缺少，脏污的未换的内衣，两夜没有床铺，半醒半睡地躺在短沙发上——这一切使彼挨尔处于激怒的近于疯狂的状态。

已经是午后两点钟了。法军已经进了莫斯科。彼挨尔知道这件事，但是他并没有行动，却只想到自己的事业，考虑着它的未来的全部细节。彼挨尔并没有在他的幻想中清楚地考虑过自己要刺死拿破仑的行动，也没有想到拿破仑的死，却异常真切地亦愁亦喜地想象着自己的灭亡、自己的英勇的大丈夫气概。

他想："是的，为了所有的人我一个人应该行动，或者灭亡！是的，我要走去……后来忽然……用手枪或者短剑？但是反正一样。不是我，却是天意的手处罚你……我要这么说，"彼挨尔想到他杀拿破仑时所要说的话，“好，抓我吧，处罚我吧。”彼挨尔继续对自己说，垂着头，脸上带着愁闷而坚决的表情。

当彼挨尔站在房当中和自己这么说话的时候，书房的门打开了，在门口出现了素来羞怯的马卡尔·阿列克塞维支，他的模样完全变了。他的长衣敞开着。他的脸发红而且难看。他显然是喝醉了。他看见了彼挨尔，起先慌乱了一下，但是看到彼挨尔脸上的不安之色，他立刻胆大起来，蹒跚地踏着细腿走到房当中来了。

“他们胆小，”他用沙哑的确信的嗓音说，“我说：我不投降，我说……是吗，先生？”

他沉思着，看见了桌上的手枪，忽然意外迅速地攫到手里，跑到走廊上去了。

盖拉西姆和守门人跟在马卡尔·阿列克塞维支后边，在门廊上阻止了他，并且开始夺他的手枪。彼挨尔走到走廊上，怜悯地厌恶地望着这个半疯的老人。马卡尔·阿列克塞维支皱着眉，用劲地握住手枪，并且声音沙哑地叫着，显然他在幻想什么英勇的情况。

“拿武器！赶他们上船！你不要拿去！”他喊叫着。

“好了，请您进去吧，好了。赏点光，请您放下吧。请您进去吧，先生……”盖拉西姆说，极力小心地拉住马卡尔·阿列克塞维支的胳膊，向着门里拖着。

“你是谁？保拿巴特！……”马卡尔·阿列克塞维支喊叫着。

“这是不好的，先生。请您进房去休息吧。请把手枪给我。”

“滚开，下贱的奴才！不要碰我！明白吗？”马卡尔·阿列克塞维支叫着，挥动着手枪，“赶他们上船！”

“抓住。”盖拉西姆低声地向守门人说。

他们抓住马卡尔·阿列克塞维支的胳膊向门口拖着。门廊里充满了嘈杂的拉扯声和醉酒的沙沙的喘气声。

忽然台阶上又传来了女性的尖锐的声音，接着女厨子跑进了门廊。

“他们！天哪！……上帝啊！他们！四个，骑马的！……”她喊着。

盖拉西姆和守门人放开了马卡尔·阿列克塞维支，在安静了的走廊上可以清晰地听到几只手敲大门的声音。

28

彼挨尔下了决心，在他的志愿实现之前绝不暴露自己的身份和他的法语知识，他站在走廊上半开的门口，打算在法国人一进来时就隐藏起来。但是法国人进来了，彼挨尔仍然没有离开门口：一种不可抵抗的好奇心支配着他。

他们是两个人。一个是军官，是高大的、英武的、漂亮的男子，另一个显然是兵士或者侍从兵，是一个又矮又瘦的晒黑的人，两腮凹瘪，表情迟钝。军官拄着手杖，瘸着腿走在前面。军官走了几步，似乎认定了这个住处很好，便停下来，转身对着站在外面的兵士，用命令式的大声音向他们说，要他们把马牵进来。做完了这件事，军官带着漂亮的姿态，高高地举起了胳膊，理了胡须，用手碰了碰帽子。

“Bonjour, la compagnie！〔好，诸位！〕”他愉快地说，微笑着向四周环顾一下。

没有人回答。

“Vous êtes le bourgeois?〔你是主人吗？〕”军官向盖拉西姆说。

盖拉西姆恐惧地疑问地望着军官。

“Quartier, quartier, logement,〔住宅，住宅，屋子，〕”军官宽容地好意地微笑着，低头向下望着矮小的人。“Les Français sont de bons enfants. Que diable！Voyons！ne nous fâchons pas, mon vieux.〔法国人是好汉。糟了！哦！我们不要生气，老头儿。〕”他说，拍着受惊的沉默的盖拉西姆的肩膀。

“A, çâ！ Dites donc, on ne parle donc pas français dans cette boutique?〔哦！这个屋里没有人说法语吗？〕”他说，四面环顾着，碰见了彼挨尔的目光。彼挨尔从门口走开了。

军官又转向盖拉西姆。他要求盖拉西姆领他看看屋里的房间。

“主人不在——不懂……我您……”盖拉西姆说，他颠倒次序地说，极力使他的话更容易懂。

法国军官微笑着，把双手伸在盖拉西姆的鼻子前，使他知道他也不懂他的话，于是瘸着腿向彼挨尔站着的门口走去。彼挨尔想要走开，躲避他，但是这时候他从敞开的厨房门里看见了伸头张望的马卡尔·阿列克塞维支在手里拿着一把手枪。马卡尔·阿列克塞维支带着疯人的狡猾的神情看了看法国人，并且举起手枪瞄准。

“赶他们上船！！！……”这个醉汉一面叫着，一面扳着枪机。法国军官听到叫声，便回转了身，就在这一俄顷，彼挨尔向醉汉奔去。正在彼挨尔抓住手枪向上举起的时候，马卡尔·阿列克塞维支终于扳动了枪机，于是发出了震耳的枪声，火药烟遮住了所有的人。法国人脸色发白，回身向门口急奔。

彼挨尔忘记了他的不要泄露法语知识的意图，夺下手枪，把它抛掉，然后跑到军官面前，用法语和他说话。

“Vous n’êtes pas blessé?〔你没有受伤吧？〕”他问。

“Je crois que non,〔我想没有，〕”军官摸着自己的身子回答，“mais je l’ai manqué belle cette fois-ci,〔但是我这次幸而脱险，〕”他又指着墙上的被打坏的泥灰说，“Quel est cet hom-me?〔这人是谁？〕”军官严厉地看了看彼挨尔说。

“Ah！ Je suis vraiment au désespoir de ce qui vient d’arriver,〔啊！对于刚才发生的事，我实在很失望，〕”彼挨尔迅速地说，完全忘记了自己的任务，“C’est un fou, un malheureux qui ne savait pas ce qu’il faisait.〔他是一个疯子，一个不幸的人，他不知道他做了什么事情。〕”

军官走到马卡尔·阿列克塞维支面前，抓住他的领子。

马卡尔·阿列克塞维支张开嘴唇，靠在墙上，摇摇摆摆，好像是在打瞌睡。

“Brigand, tu me la payeras,〔强盗，你要受罚的，〕”法国人放了手说，“Nous autres nous sommes cléments après la victoire; mais nous ne pardonnons pas aux traîtres.〔我们的人在胜利之后是宽大的；但是我们绝不饶恕背叛的人。〕”他在脸上带着忧郁的尊严的神色，并且打着漂亮有力的手势说。

彼挨尔继续说着法语，劝军官不要追究这个醉疯子。法国人无言地听着，没有改变忧郁的神色，却忽然向彼挨尔微笑着。他向他沉默地看了几秒钟。他的漂亮的脸上显出悲剧的温和的表情，并且伸出了他的手。

“Vous m'avez sauvé la vie！Vous êtes Français.〔你救了我的命！你是法国人。〕”他说。在法国人看来，这种结论是无疑的。只有法国人能够做伟大的事，救他的命，m-r Ramballe, Capitaine du 13-me léger〔第十三轻骑兵团的上尉拉姆巴先生的〕命，无疑，这是一件最伟大的事。

虽然这个结论以及军官根据这个结论而有的信念是无疑的，彼挨尔却觉得应该消除他的幻想。

“Je suis Russe.〔我是俄国人。〕”彼挨尔迅速地说。

“嘘嘘嘘！à d'autres,〔向别人去说吧，〕”法国人说，微笑着在自己的鼻子前边摆动着一只手指，“Tout à l'heure vous allez me conter tout ça,〔等一会儿你再统统告诉我吧，〕”他说，“Charmé de rencontrer un compatriote. Eh bien！qu' allons nous faire de cet homme?〔我很愉快，遇到同乡。哦！我对这个人怎么办呢？〕”他又向着彼挨尔说，已经好像是对自己的弟兄似的在说话了。

法国军官的脸色和说话口气却显示出，即使彼挨尔不是法国人，他一旦得到世界上这种最崇高的称呼，他便不能否认。关于最后的问题，彼挨尔又说明了马卡尔·阿列克塞维支是谁，说明正在他们来到这里之前，这个醉疯子抢走了一把实弹的手枪，他们没有来得及从他手里夺出来，并且他要求军官对于这个行为不加处罚。

法国人挺起胸膛，用他的一只手做了一个威严的手势。

“Vous m'avez sauvé la vie！Vous êtes Français. Vous me demandez sa grâce？Je vous l'accorde. Qu'on emmène cet homme.〔你救了我的命！你是法国人。你要求我饶恕他吗？我答应你。把这个人带走吧。〕”法国军官迅速地果断地说，抓住因为救了他的命而被他提升为法国人的彼挨尔的胳膊，和他走进了书房。

院中的兵士，听到枪声，走进门廊，一面探问发生了什么事，一面表示准备处罚罪犯；但是军官严厉地制止了他们。

“On vous demandera quand on aura besoin de vous.〔需要你们的时候就叫你们。〕”他说。

兵士走出去了。已经到厨房去过的侍从兵走到了军官面前。

“Capitaine, ils ont de la soupe et du gigot de mouton dans la cuisine,〔上尉，厨房里有汤和羊腿，〕”他说，“Faut-il vous l'apporter？〔要给你送来吗？〕”

“Oui, et le vin.〔好，还要酒。〕”上尉说。

29

当法国军官和彼挨尔一同走进书房时，彼挨尔认为，再向上尉声明一次他不是法国人乃是他的责任，他并且想要离开，但是法国军官不愿听到这话。他是那样有礼貌，那样和蔼、良善，并且由衷地感激他的救命之恩，以致彼挨尔不忍心拒绝他，并且和他一同坐在大厅中，即是他们所走进的第一个房间。上尉听到彼挨尔断言他自己不是法国人，耸了耸肩，显然不明白，怎么能够拒绝这样荣幸的称呼，并且说，假使他一定要做俄国人，那么就是这样也行，虽然如此，但是他仍然要永远感谢他的救命之恩。

假使这个人有丝毫了解别人心情的能力，假使他能明白彼挨尔的心情，也许彼挨尔已经离开他了；但是这个人对自己身边的一切事物的毫无感觉，把彼挨尔征服了。

“Français ou prince russe incognito，〔法国人，或者隐名的俄国亲王，〕”法国人说，看了看彼挨尔的虽然肮脏却是精致的衬衣和他手上的戒指。“Je vous dois la vie et je vous offre mon amittié. Un français n'oublie jamais ni une insulte ni un service. Je vous offre mon amittié. Je ne vous dis que ça.〔我感谢你的救命之恩，我要同你结交。一个法国人永远不会忘记一次侮辱或一次恩惠。我要和你结交，这就是我要向你所说的一切。〕”

这个军官的声音、面色、手势，表现了那么好的心肠与高贵品质（照法国的意思），以致彼挨尔不觉地以笑容回报他的笑容，并且握了他的伸出的手。

“Capitaine Ramballe du 13-me léger, decoré pour l'affaire de sept,〔十三轻骑兵团的上尉拉姆巴，因为九月七日的战事①而获得荣誉团勋章，〕“他自己介绍着，一直觉得自足的不可抑制的笑容，使他的上髭下边的嘴唇咧开了，“Voudrez vous bien me dire à présent, à qui j'ai l'honneur de parler aussi agréablement au lieu de rester à l'ambulance avec la balle de ce fou dans le corps?〔我没有带着疯人的子弹睡在野战医院里，是和谁有这个光荣在愉快地说话，现在可以请你告诉我吗？〕”

彼挨尔回答说，他不能说出自己的名字，并且脸红着，正要造一个名字，说到他不能说出名字的理由，但是法国人急忙地打断了他的话。

“De grâce，〔好了，〕”他说，“Je comprends vos raisons; vous

---

① 毛注：即保罗既诺会战。

êtes officier...officier superieur peut-être. Vous avez porté les armes contre nous——Ce n'est pas mon affaire. Je vous dois la vie. Cela me suffit. Je suis tout à vous. Vous êtes gentil homme? 〔我明白你的理由了；你是一个军官……或者是一个高级军官。你们同我们打仗。那不关我的事。我感谢你救了我的命。这一点我觉得足够了。我要替你效劳。你是贵族吗？〕"他带着查问的口气说。彼挨尔垂下了头。"Votre nom de baptéme, s'il vous plaît? Je ne demande pas davantage. M-r Pierre, dites vous··· parfait. C'est tout ce que je désire savoir. 〔你的受洗名字愿意说吗？我不再问别的了。你说，是彼挨尔先生吗？……好极了。我只想知道这一点。〕"

在法国兵士送来羊肉、煎蛋、茶炊以及从俄国人家酒窖中拿来的伏特加酒和葡萄酒的时候，拉姆巴邀请彼挨尔一同吃饭，他自己立刻开始饕餮地迅速地像一个健康而饥饿的人那样吃着，他用他的坚强有力的牙齿迅速地嚼着，不断地咂嘴巴，并且说着：excenllent, exquis! 〔好极了，美极了！〕他的脸发红了，淌汗了。彼挨尔饿了，欣然地同他一起吃着。侍从兵莫来送来一汤锅热水，把红葡萄酒烫在水里。另外他带来一瓶克瓦斯酒，这是他从厨房里拿来给他们尝尝的。这种酒是法国人已经知道的，并且有了一个别名。他们把克瓦斯酒叫作 limonade de cochon〔猪的柠檬酒〕，并且莫来称赞了他在厨房里所找到的这种 limonade de cochon。但是上尉已经有了他们穿过莫斯科时所获得的葡萄酒，他把克瓦斯酒给了莫来，自己喝红葡萄酒。他用布把瓶包到瓶颈，替自己和彼挨尔斟酒。充了饥，喝了酒，上尉更加兴奋了，于是他在吃饭时不停地说话。

"Oui, mon cher m-r Pierre, je vous dois une fière chandelle de m'avoir sauvé...de cet enragé...J'en ai assez, voyoz-vous, de balles dans le corps. En voilà une, 〔是的，我亲爱的彼挨尔先生，我应该设一支还愿的蜡烛，纪念你从疯人手里救了我的命。你知道，我身上的子弹够多了。这里的

一颗，〕”（他指了指他的腰）“à Wagram et de deux，〔是在发格拉姆中的，第二个，〕”（他指了腿上的疤）“à Smolensk. Et cette jambe, comme vous voyez, qui ne veut pas marcher. C'est à la grande bataille du 7 à la Moskowa que j'ai reçu ça. Sacré Dieu, c'était beau！ Il fallait voir ça, c'était un déluge de feu.Vous nous avez taillé une rude besogne; vous pouvez vous en vanter, nom d'un petit bonhomme. Et, ma parole, malgré la toux, que j'y ai gagné, je serais prêt a recommencer. Je plains ceux qui n'ont pas vu ça.〔是在斯摩棱斯克中的。这只腿，你看见的，不能走，这是在七日莫斯科的大战里[①]中的，哎呀，它好极了！应该看一下这万炮齐轰的情景。你们给了我们一个很厉害的打击，你们可以自豪，说实在话！并且，老实说，虽然我在那里得了伤风，我却愿意把这一切重新经历一番。我可惜那些没有看到这个战事的人。〕”

“J'y ai été.〔我在那里的。〕”彼挨尔说。

“Bah, vraiment！ Et bien, tant mieux,〔真的！好，那更好了，〕”法国人继续说，“Vous êtes de fiers ennemis, tout de même. La grande redoute a été tenace, nom d'une pipe. Et vous nous l'avez fait crânement payer. J'y suis allé trois fois, tel que vous me voyez. Trois fois nous étions sur les canons et trois fois on nous a culbuté et comme des capucins de cartes. Oh！ c'était beau, M-r Pierre. Vos grenadiers ont été superbes, tonnerre de Dieu. Je les ai vu six fois de suite serrer les rangs, et marcher comme à une revue. Ies beaux hommes！ Notre roi de Naples qui s'y connait a crié: bravo！——Ah！ Ah！ Soldat comme nous autres！〔你们实在是勇敢的对手。那个大堡垒守得很好，我敢用烟斗作保证。你们使我们付出了重大的代价。我到了那里三次，就同你看见我一样的真实。我们向炮台迫近了三次，我们三次都好像纸人一样地被打退了。这个战事很好看，彼挨尔先生！

① 毛注：法国人称保罗既诺战役为莫斯科战役。日期系按新历，故九月七日相等于俄历八月二十六日。

你们的掷弹兵好极了，我的天哪！我看见他们的行列接连地集中了六次，他们就像在受检阅一样地前进。极好的军队。我们的那不勒王很了解这是怎么回事，他叫着说，好极了！啊！啊！你就和我们的兵士一样！〕”他停了一下这么说。“Tant mieux, tant mieux, m-r Pierre. Terrible en battaille…〔这样更好，这样更好，彼挨尔先生。在交战中是可怕的……〕”他微笑着眨了眨眼，“gallants…avec les belles, voila les Français, m-r Pierre, n'est ce pas?〔对于女人是殷勤的，法国人就是这样的，彼挨尔先生，对不对？〕”

这个上尉是那么单纯、善良、愉快、彻底、自满，使得彼挨尔愉快地望着他，也几乎要向他眨眼了。大概gallant〔殷勤〕这个词使上尉想到莫斯科的情况。

“A propos, dites donc, est-ce vrai que toutes les femmes ont quittée Moscou? Une drôle d'idée! Qu'avient-elles à craindre?〔你顺便告诉我，所有的妇女都离开了莫斯科，是真的吗？奇怪的想法！她们怕谁呢？〕”

“Est-ce que les dames françaises ne quitteraient pas Paris, si les Russes y entraient?〔假使俄军进了巴黎，法国妇女不离开巴黎吗？〕”彼挨尔问。

“啊，啊，啊！……”法国人愉快地、急性地大笑着，拍着彼挨尔的肩膀。“Ah! elle est forte celle-là,〔啊！这是什么话，〕”他说，“Paris? ...Mais Paris...Paris...〔巴黎吗？但巴黎……巴黎〕……”

“Paris, la capitale du monde〔巴黎，世界的首都〕……”彼挨尔说完了他的话。

上尉看了看彼挨尔。他有一种习惯，在谈话当中停下来，用含笑的亲切的眼睛注视着。

“Eh bien, si vous ne m'aviez pas dit que vous êtes Russe, j'aurai parié que vous êtes Parisien. Vous avez ce que je ne sais quoi, ce…〔假如不是你说你是俄国人，我就要打赌，你是巴黎人了。你有那种我说不出的东西，

那是……〕”说了这句恭维的话，他又沉默地看了看。

“Jai été à Paris j'y ai passé des années.〔我在巴黎住过，我在那里住了许多年。〕”彼挨尔说。

“On ça se voit bien. Paris! …Un homme qui ne connait pas Paris, est un sauvage. Un Parisien, ça se sent à deux lieux. Paris, c'est Talma, la Duschénois, Potier, la Sorbonne, les boulevards,〔啊，这是显然看得出来的。巴黎！……一个人不知道巴黎便是一个野人。一个巴黎人，隔着很远就可以看出来。巴黎是塔尔马，是丢涉绿注，是波提挨，是索尔蓬，是林荫大道，〕[①]”注意到这个结论比前面的话弱，他又连忙地说：“Il n'y a qu'un Paris au monde. Vous avez été à Paris et vous êtes resté Russe. Eh bien, je ne vous en estime pas moins.〔世界上只有一个巴黎。你住过巴黎，仍然是个俄国人。虽然如此，我还是同样地尊敬你。〕”

彼挨尔怀着忧郁的想法孤独地过了几天之后，在酒力的影响之下，不由自主地感觉到他和这个愉快善良的人谈话的乐趣。

“Pour en revenir à vous dames, on les dit bien belles. Quelle fichue idée d'aller s'enterrer dans les steppes, quand l'armée française est à Moscou. Quelle chance elles ont manqué celles-là. Vos moujiks c'est autre chose, mais vous autres gens civilisés vous devriez nous connaître mieux que ça. Nous avons pris Vienne, Berlin, Madrid, Naples, Rome, Varsovie, toutes les capitales du monde…On nous craint, mais on nous aime. Nous sommes bons à connaître. Et puis l'empereur,〔至于说到你们的妇女，据说她们是很美丽的。法军在莫斯科的时候，她们把自己隐藏在草原上，这是多么愚笨的想法！她们失去了多么好的机会。你们的农民，那是另外一回事了，但是你们有教养的人应该更了解我们。我们占领了维也纳、柏林、玛德里、那不

① 毛注：拉姆巴列举巴黎名胜时，不分青红皂白地提出了悲剧名伶塔尔马（拿破仑所欢喜的）、女伶丢涉绿注、喜剧名伶波提挨、索尔蓬（巴黎大学）和林荫大道。

勒、罗马、华沙和世界上所有的都城。他们怕我们，却爱我们。我们是值得认识的。还有皇帝，〕”他开始说。但是彼挨尔打断了他的话。

“L’empereur，〔皇帝，〕”彼挨尔跟着说，他的脸上忽然显出愁闷的、慌乱的神情。“Est-ce que l’empereur〔皇帝是〕……”

“L’empereur? C’est la générosité, la clémence, la justice, l’ordre, le génie, voilà l’empereur! C’est moi Ramballe qui vous le dit. Tel que vous me voyez, j’étais son ennemi il y a encore huit ans. Mon père a été comte émigré…Mais il m’a vaincu, cet homme. Il m’a empoigné. Je n’ai pas pu resister au spectacle de grandeur et de gloire dont il couvrai la France. Quand j’ai compris ce qu’il voulait, quand j’ai vu qu’il nous faisait une litière de lauriers, voyez vous, je me suis dit: voilà un souverain, et je me suis donné à lui. Eh voilà! Oh, oui, mon cher, c’est le plus grand homme des siècles passés et à Venir.〔皇帝吗？他是宽宏、仁慈、正义、秩序、天才——这就是皇帝。这就是我拉姆巴向你说的。你相信，八年前我是他的敌人。我父亲是一个侨居国外的伯爵……但是这个人征服了我。他控制了我。我不能不看到他给法国增添的伟大和荣誉。在我明白了他希望什么的时候，在我明白他要为我们准备桂床的时候，我向自己说：‘这是一个君王，’我把自己献给了他。就是这样！啊，是的，我亲爱的，他是空前绝后的最伟大的人。〕”

“Est-il à Moscou?〔他在莫斯科吗？〕”彼挨尔结结巴巴地带着自知有罪的面色说。

法国人看了看彼挨尔的自知有罪的面孔，冷笑了一下。

“Non, il fera son entrée demain.〔不，他要明天进城。〕”他又继续说他的话。

他们的谈话被门口几个人的叫喊声和莫来的到来打断了，莫来来报告上尉说，来了几个孚泰姆堡骠骑兵，要把马牵进上尉拴马的院子里来。由于那些骠骑兵不懂得他们的法国话，所以发生了困难。

上尉命令把军曹叫到他面前来，厉声地问他属于哪一个团，他的长官是谁，并且他有什么理由敢占用已被占用的屋子。这个德国人不大懂法语，对于前两个问题，他说出了他的团和长官；但最后的一个问题他不明白，他在德语中夹杂着几句法语回答说，他是团的军需，长官命令他来占据所有这些房子。彼挨尔懂德语，把德国人所说的话翻译给上尉听，把上尉的话用德语翻译给乎泰姆堡骠骑兵听。这个德国人明白了对他所说的话，就服从了，把他的部下带走了。上尉走到门口，大声地发出不知什么命令。

当他回到屋里的时候，彼挨尔还坐在先前所坐的地方，双手蒙着头。他的脸上显得很痛苦。这时候他确实痛苦。当上尉出去时，只剩下彼挨尔一个人，他忽然神志清醒了，明白了他所处的状况。这时候使彼挨尔痛苦的不是莫斯科被占领，不是那些侥幸的胜利者做了城市的主人，并在庇护他，虽然彼挨尔也痛苦地感觉到这一点。但是对于自己的弱点的感觉，更使他痛苦。喝下了几杯酒，和这个好心肠的人的谈话，消除了他的专注的忧郁的心情，就是在这种心情中彼挨尔过了最后几天的生活，而这种心情对于实现他的计划是必不可少的。手枪、短剑和农民的衣服都预备好了，拿破仑明天入城。彼挨尔仍然认为，杀死这个恶鬼是有益的事，是值得做的；但是他觉得，他现在不要做这件事了。为什么？他不知道，但是似乎预感到，他不能实现他的计划。他和自己的软弱无能斗争着，但是他模糊地觉得他不能克服它，他过去的关于复仇、暗杀、自我牺牲的忧郁的想法，在他接触了第一个碰见的人时，便会烟消云散了。

上尉微微跛着腿，打着口哨走进了屋子。

这个法国人的谈话先前使彼挨尔觉得愉快，现在却使他感到讨厌了。他那打口哨的小调、步态、捻唇髭的姿态，现在这一切都使彼挨尔觉得恼火。

“我马上就走，再也不同他说别的话了。”彼挨尔想。他这么想，同时又坐着不动。一种对自己弱点的奇怪感觉把他钉牢在他的坐处：他想要站起身走开，却无法做到。

相反，上尉显得很愉快。他在屋里来回走了两趟。他的眼睛发亮，他的唇髭微微地抖动着，好像他由于某种愉快的想法在对自己微笑。

他忽然说，“charmant, le colonel de ces Wurtembourgeois！C'est un Allemand; mais brave garçon, s'il en fût. Mais Allemand.〔孚泰姆堡部队的上校是一个很可爱的人！他是一个德国人，但他仍然是一个很好的人。但他是一个德国人。〕”

他在彼挨尔的对面坐下来。

“A propos, vous savez donc l'allemand, vous?〔顺便问一声，你懂德语吗？〕”

彼挨尔沉默地望着他。

“Comment dites vous asile en allemand?〔避难所，德语叫作什么？〕”

“Asile?〔避难所？〕”彼挨尔重复着，“Asile en allemand〔避难所，德语是〕Unterkunft.”

“Comment dites-vous?〔你怎么说？〕”上尉怀疑地迅速地问。

“翁特坑夫特。〔Unterkunft.〕”彼挨尔重复说。

“昂特考夫，〔Onterkoff,〕”上尉说，用笑眼向彼挨尔看了几秒钟。“Les Allemands sont de fières bêtes. N'est-ce pas, m-r Pierre?〔这些德国人是大傻瓜。是不是，彼挨尔先生？〕”他结束了自己的话。

“Eh bien, encore une bouteille de ce Bordeau Moscovite, n'est ce pas? Morel, va nous chauffer encore une petite bouteille. Morel！〔哎，再来这样一瓶莫斯科的红葡萄酒，好不好？莫来，再去烫一小瓶酒来。莫来！〕”上尉愉快地叫着。

莫来送来了蜡烛和一瓶葡萄酒。上尉在烛光下望着彼挨尔，交谈者苦恼的面色显然使他吃惊了。拉姆巴脸上带着真诚的苦恼与同情，走到彼挨尔面前，向他低着头。

"Eh bien, nous sommes tristes,〔哎，我们伤心了，〕"他摸着彼埃尔的手说，"Vous aurai-je fait de la peine? Non, vrai, avez-vous quelque chose contre moi?〔是我使你难受吗？不，当真，你有什么地方不满意我吗？〕"他问着，"Peut-être rapport à la situation?〔或者是关于局势吗？〕"

彼埃尔没有回答，却亲切地望着法国人的眼睛。那种同情的表情是他所乐意的。

"Parole d'honneur, sans parler de ce que je vous dois, j'ai de l'amitie pour vous. Puis-je faine quelque chose pour vous? Disposez de moi. C'est à la vie et à la mort. C'est la main sur le coeur que je vous dis.〔真的，不用说的，我很感激你，我和你有了友谊。我能替你做点什么事吗？吩咐我吧。这是生死之交。我把手放在心上和你说这话。〕"他拍着自己的胸口说。

"Merci.〔谢谢你。〕"彼埃尔说。

上尉注意地望了望彼埃尔，正如同他知道"避难所'在德文里叫什么的时候那样地望着他，并且他的脸上忽然显出了笑容。

"Ah! dans ce cas je bois à notre amitié!〔啊，既然这样，我为我们的友谊喝一杯！〕"他愉快地叫着，斟了两杯酒。

彼埃尔端起斟过的杯子喝完了。拉姆巴喝了他自己的一杯，又握了一次彼埃尔的手，并且带着思索的忧郁的姿势把臂肘搭在桌上。

"Oui, mon cher ami, voilà les caprices de la fortune,〔是的，我的好朋友，这就是命运的摆弄，〕"他开始说，"Qui m'aurait dit que je serai soldat et capitaine de dragons au service de Bonaparte, comme nous l'appellions jadis. Et cependant, me voilà à Moscou avec lui. Il faut vous dire, mon cher,〔谁会说，我要当兵，并且做龙骑兵的上尉，替保拿巴特效劳呢——我们以前是这样称呼他。但我还是和他一同到莫斯科来了。我应该告诉你，好朋友，〕"他用准备长谈的人的忧郁而缓慢的口气继续说，"que notre, nom est l'un des plus anciens de la France.〔我们这一姓是法国

最古老的一姓。〕”

上尉带着法国人那种轻松的单纯的坦率的心情，向彼挨尔叙述他祖先的身世，他的幼年、少年和成年时期，他的所有的亲戚、财产和家庭的关系。在这个叙述中，ma pauvre mère〔我的可怜的母亲〕当然占一个重要的地位。

“Mais tout ça ce n’est que la mise en, scène de la vie, le fond c’est l’amour. L’amour！N’est-ce pas？m-r Pierre？〔但是这一切只是生活的背景，生活的实质还是爱情。爱情！是不是，彼挨尔先生？〕”他活跃地说，“Encore un verre.〔再来一杯。〕”

彼挨尔又喝了一杯，替自己斟了第三杯。

“Oh！les femmes, les femmes！〔啊，女人，女人！〕”上尉把他的水汪汪的眼睛望着彼挨尔，开始说到爱情，说到他恋爱的险事。险事很多，一看他的自满的英俊的军官面孔和他说到妇女时的热烈生动的样子，就不难相信了。虽然拉姆巴所有的恋爱故事，有着法国人认为是爱情的唯一魅力与诗意的那种淫秽的性质，上尉却带着那样的真诚的信念说他的故事，相信只有他一个人尝试过并且知道爱情的魅力，并且他那样诱惑性地形容妇女，使得彼挨尔好奇地听着他说了。

显然，法国人所那么欢喜的l’amour〔爱情〕，既不是彼挨尔一度对他的妻子所感觉的那种卑下的简单的爱情，也不是他自己所设想的他对于娜塔莎所体验的那种浪漫的爱情（拉姆巴同样的轻视这两种爱情——他认为一种是 l’amour des charretiers〔粗人的恋爱〕，另一种是 l’amour des nigauds〔愚人的恋爱〕），法国人所崇拜的 l’amour〔爱情〕，主要是限于和妇女的各种不自然的关系以及使感官受到刺激的各种丑事的结合。

于是上尉叙述他的动人的爱情事件，他爱一个三十五岁的妖艳的侯爵夫人，同时又爱这个妖艳的侯爵夫人的女儿，十七岁的妩媚天真的姑娘。母女之间在宽宏大量的问题上有了斗争，结果是母亲牺牲了自己，让女儿和自己的情人结婚，这个斗争虽然早已成为过去的回忆，现在却还使上尉激动。后来他又说了一个情节，在这里面丈夫扮演了情人角色，而他——情人——扮演了丈夫角色，又在他的souvenirs d'Allemagne〔德国回忆〕中说了几段喜剧的情节，在德国作asile〔避难所〕叫做Unterkunft, 在德国，les maris mangent de la choux croute et les jeunes filles sont trop blondes.〔丈夫们吃酸泡菜，而年轻姑娘们的头发过于金黄了。〕

最后一个情节是新近在波兰的事，在上尉的记忆中还很清楚，他带着迅速的手势和发热的面孔叙述着，内容是他救了一个波兰人的命（总之在上尉的故事中不断地说到救命的情节），这个波兰人把他的妖艳的妻子（Parisienne de coeur〔她具有巴黎妇人的心肠〕）托他照顾，他自己到法军中服役去了。上尉是幸福的，妖艳的波兰女子要同他私奔；但是上尉受了她丈夫的雅量的感动，把这个女子交还给了她的丈夫，并且向他说："je vous ai sauvé la vie, et je sauve votre honneur!〔我拯救了你的性命，我还要拯救你的名誉！〕"上尉重述了这句话，拭了拭眼睛，并且颤抖了一下，好像是要在这种动人的回忆中，去掉他的软弱心肠。

正如同在夜晚很迟的时候，在酒力的影响之下，人们常常有这样的情况，彼埃尔听着上尉的故事，注意着上尉所说的一切，明白了一切，同时注意到不知为什么在他心中忽然出现了他个人的一连串的回忆。当他听着上尉这些恋爱故事的时候，他忽然意外地想起他自己的对娜塔莎的爱情，于是他在自己的想象中重温着这个爱情的各幕情景，在心中把它们和拉姆巴的故事作比较。彼埃尔一面听着恋爱与义务之冲突的故事，一面历历如见地想起了他最近在苏哈来夫水塔前遇到他的恋爱对象时的细节。那时候，这个会面对他没有发生影响；他甚至从来没有想到这件事。但是现在他觉得这个会面是一件很有意义的、很有诗情的事了。

"彼得·基锐累支到这里来，我认出你了，"他现在似乎听到了她向他所说的话，看见了她的眼睛、笑容、旅行帽、露出的发绺……他在这一切之中感觉到某种动人心弦的、使人感动的地方。

上尉说完了他的关于妖艳的波兰女子的故事，问彼挨尔是否体验过类似的为爱情而牺牲自己以及嫉妒合法丈夫的心情。

彼挨尔听到这个问题，受到了鼓动，抬起头来，觉得必须说出藏在心中的想法；他开始说明，关于对妇女的爱情，他的见解有点儿不同。他说在他有生以来，他只爱过并且还爱着一个女子，而这个女子绝不会属于他的。

“Tiens?〔怎么回事?〕”上尉说。

于是彼挨尔说明，他在幼年的时候就爱上了这个女子；但他不敢想到她，因为她太年轻，而他是私生子，没有名义。后来他有了名义和财产，他不敢想到她，因为他太爱她，认为她胜过世界上的一切，因此更加胜过他自己。说到这里，彼挨尔问上尉懂不懂这话。

上尉做出手势，表示即使他不懂，还是要请他讲下去。

“L’amour platonique, les nuages〔柏拉图式的恋爱，云雾〕……”他低声地说。

或者是他所喝的酒，或者是由于他的坦率，或者是想到这个人不知道并且不会知道他故事中任何人物，或者是这三件事在一起，打开了彼挨尔的话头。他把水汪汪的眼睛望着远处什么地方，发音含糊地说了自己全部的身世：他的婚姻，娜塔莎对于他的最好的朋友的爱情，她的变心，以及他和她全部的一般关系。由于受到拉姆巴的问题的触动，他还说了他开头所隐瞒的事——他的社会地位，甚至向他说出了自己的名字。

彼挨尔的叙述最使上尉吃惊的，是彼挨尔很富，他有两个公馆在莫斯科，他抛弃了一切，他不离开莫斯科，却隐瞒着自己的姓名和身份，留在城内。

已经是深夜很迟的时候了，他们一同走上街。夜是温暖的、明亮的。在房子的左边，在彼得罗夫卡街，出现了莫斯科的头一个火灾的红光。右边天空里高悬着镰刀般的新月，在月亮的对面悬着那颗在彼挨尔心中和他的爱情有关的明亮的彗星。盖拉西姆、女厨子和两个法国人站在门口。可以听到他们的笑声和互相不了解的言语的谈话声。他们在看城里所出现的火光。

大城中遥远的小火灾没有什么可怕的地方。

彼挨尔望着高高的星空、月亮、彗星和火光，感觉到一种高兴的激动的情绪。“啊，这多么好啊！还需要什么呢？”他想。忽然，当他想起了自己的志愿的时候，他的头发昏了，他觉得那么难受，因而他靠着围墙免得跌倒。

彼挨尔没有和新友道别，便步伐不稳地离开大门，回到自己的房里，躺在沙发上，立刻就睡着了。

30

步行逃跑的、坐车逃走的居民和退却的军队，带着各种各样的心情，从各条道路上，望着九月二日的头一个火灾的红光。

罗斯托夫家的车队这天晚上停在梅济锡，离莫斯科二十俚。九月一日他们走得那么迟，道路是被车辆和军队阻塞得那么厉害，他们忘记了那么多东西，又派人去取，所以这天晚上他们决定在莫斯科城外五俚路的地方过夜。第二天早晨他们醒得很晚，并且又耽搁了很久，因而他们只走到了大梅济锡。晚上十点钟的时候，罗斯托夫家的人和同路的受伤的人，都分住在大村庄的院落和农舍里。罗斯托夫家的仆人和车夫，受伤的军官的侍从兵们，侍候了主人们，吃了晚饭，喂了马，都走到台阶上来了。

拉叶夫斯基的受伤的副官躺在邻近的农舍里，他扭伤了手腕，剧烈的疼痛使他可怜地不停地呻吟着，这种呻吟在秋天的黑夜里听来是可怕的。第一天晚上，这个副官在罗斯托夫家所住的同一个院子里过夜。伯爵夫人说，他的呻吟使她不能闭眼，于是只为了离开这个受伤的军官远一点，她迁到了较坏的农舍里。

仆人当中有一个人在黑夜里，在一辆停在门口的马车的高车顶上，看到另一处小小的火灾的红光。有一道火光是早已看见的，大家知道这是马摩诺夫的哥萨克兵在小梅济锡所放的火。

"看这个呀，弟兄们，又一个地方起火了。"一个侍从兵说。

大家都注意着火光。

"但是他们说，是马摩诺夫的哥萨克兵烧了小梅济锡。"

"他们，不是，这不是梅济锡，是很远的地方。"

"你瞧，一定是在莫斯科！"

仆人们当中的两个人离开了台阶，走到车子那边，坐在踏板上。

"它在左边一点！但梅济锡在那边，这个在另外的一边。"

有几个人走到他们那里来了。

"你看它烧的，"有一个说，"诸位，这火是在莫斯科；或者是在苏歇夫斯基区或者是在罗高日斯基区。"

没有人回答这个话。这些仆人们沉默地许久地望着远处新的火灾的光焰。

伯爵的侍从（人们是这么称呼他的），大尼洛·切任齐支老人走到人群那里，呼喊米什卡。

"你在看什么，你这个东西……伯爵要叫人了，那里没有人；去收拾衣裳吧。"

"我是刚刚出来打水的。"米什卡说。

"您觉得怎样，大尼洛·切任齐支，这个火光好像在莫斯科吧？"一个听差说。

大尼洛·切任齐支没有回答，大家又都静默了好久。火光越来越扩大了，火焰窜得越来越远了。

“上帝发发慈悲吧！……又起风，又干燥……”又有一个声音说。

“看吧，烧得好凶啊。啊，主呀！看得见乌鸦了。主啊，对我们罪人大发慈悲吧！”

“他们会扑灭的，不要怕。”

“谁去灭？”沉默到这时候的大尼洛·切任齐支说。他的声音是镇定的、迟缓的。“是莫斯科，弟兄们，”他说，“莫斯科是我们的母亲，是白的城……”他的声音中断了，他忽然发出了一声老年人的啜泣。

好像大家都只是等候着这个哭声，以便了解他们所见的火光对于他们的意义。出现了叹息、祈祷和伯爵的老侍从的哭泣声。

31

侍从回去报告伯爵，说莫斯科失火了。伯爵披了宽服出来观看。还未脱衣服的索尼亚和邵斯夫人跟他一同走出来。只有娜塔莎和伯爵夫人留在房里。彼恰不再和家里的人在一起了：他随着开往特罗伊擦[①]的自己的团往前走了。

伯爵夫人听到莫斯科失火的消息，哭起来了，娜塔莎面色苍白，瞪着眼睛，坐在圣像下边的椅子上（就是她来到的时候所坐的那个地方），没有注意他父亲的话。她听着副官的隔了三个屋子还可听到的不断的呻吟。

“啊，多么可怕啊！”从外面回来的受冷而又受惊的索尼亚说，“我想莫斯科全城要烧毁了，可怕的火光啊，娜塔莎，你来看，现在可以从窗口看见了。”她向娜塔莎说，显然是希望转移她的注意。

但是娜塔莎看了看她，好像不明白她所听到的话，又把眼睛注视着

① 毛注：此地在莫斯科东北四十四俚。

火炉角上了。娜塔莎从早晨起就显得这样呆板。在早晨的时候，索尼亚不知为什么，认为必须向娜塔莎说到安德来公爵的伤，说到他和他们同路，[①]这使得伯爵夫人惊讶而恼怒了。伯爵夫人向索尼亚发火了，而她是很少对人发火的。索尼亚哭了，并且求饶，现在似乎是力求弥补自己的罪过，不停地照顾娜塔莎。

“你看，娜塔莎，烧得多么可怕啊！”索尼亚说。

“什么在烧？”娜塔莎问，“唉，是的，莫斯科。”

好像是为了不要使得索尼亚因为拒绝而难受、不要疏远索尼亚，她向窗子抬起了头，那样地看了一看，显然是她什么也不能看见，然后她又照先前的姿势坐下来。

“你并没有看见！”

“不是，我真看见了。”娜塔莎说，她的声音请求着不要打搅她。

伯爵夫人和索尼亚都明白，当然，莫斯科，莫斯科火灾，无论什么事，对于娜塔莎都不能够有任何的意义。

伯爵又走到隔墙的后边躺下来了。伯爵夫人走到娜塔莎面前，像女儿生病时她所常做的那样，用手背摸了摸她的头，后来又用嘴唇贴了贴她的额头，好像是要知道她是否发烧，最后吻了她一下。

“你受凉了。你全身发抖。你还是睡下吧。”她说。

“睡下吗？是的，好，我要睡下。我马上就睡下。”娜塔莎说。

娜塔莎在当天早晨听说安德来公爵受了重伤并且和他们同路时，她只在起初问了许多问题，他到哪里去？伤得怎样？他的伤危险吗？她可以看见他吗？但是在她听人说了她不能看见他，他受了重伤而他的生命并无危险之后，她显然是不相信他们向她所说的话，她认定他们的话，无论她怎么探问，他们给她的回答总是完全一样，于是她不探问也不说话了。在路上的时候，娜塔莎动也不动地坐在车厢角落里，睁大着

---

① 毛注：因为娜塔莎若与安德来结婚，尼考拉就有娶她的可能了。

眼睛，伯爵夫人是那么熟悉并且那么惧怕她的眼睛的表情，现在她和在车上一样坐在她来到的时候所坐的凳子上。她在思索什么，她在决定什么，或者已经在她的心里决定了什么。伯爵夫人知道这一点，但这个决定是什么，她却不知道，这件事使她担心，使她苦恼。

“娜塔莎，脱衣服吧，亲爱的，睡到我的床上去吧。”（他们只替伯爵夫人在床架上预备了一个铺；邵斯夫人和两位小姐要睡在地板上的草秸上。）

“不要，妈妈，我要睡在地板上。”娜塔莎愤怒地说，走到窗子那里，把窗子打开。副官的呻吟从打开的窗子里听得更清楚了。她把头伸到潮湿的夜空里，伯爵夫人看见她的细颈子因为哭泣而颤动着，并且碰着窗框子。娜塔莎知道，这不是安德来公爵在呻吟。她知道安德来公爵住在他们所住的同一个院落里，在门廊那边的一间农舍里；但是这个可怕的不停的呻吟使她啜泣了。伯爵夫人和索尼亚互相看了一眼。

“睡下吧，亲爱的，睡下吧，好孩子，”伯爵夫人说，用一只手轻轻地摸摸娜塔莎的肩膀，“唉，睡下吧。”

“嗯，是的……我马上，马上就睡下了，”娜塔莎说，连忙地脱着衣服，扯着裙带。她抛开长裙，穿上了宽服，盘着腿，坐在地板上的铺上，然后把她的又短又细的发辫从肩上拉到前面，开始重编。又细又长的熟巧的手指把头发迅速而灵巧地打开、编起、扎好。娜塔莎的头以习惯的姿势忽而转向这边，忽而转到那边，但是她那睁得大大的眼睛热烈地不动地对直地望着。夜装完毕后，娜塔莎轻轻地躺到门边铺在草上的被单上。

“娜塔莎，你睡到当中来。”索尼亚说。

“我就在这里，”娜塔莎低声地说，“您睡下吧，”她恼怒地补充说。然后她把脸埋到枕头里去了。

伯爵夫人、邵斯夫人和索尼亚都匆匆地脱了衣服，躺下了。房内只留着一盏小灯。但外边被两俚之外的小梅济锡的火光照亮了；在马摩诺夫的哥萨克兵所打毁的酒店里，在街角和街心，传来了人们在夜色中的叫声；副官的不断的呻吟还可以听到。

娜塔莎许久地倾听着房内和房外的声音，动也不动。她首先听到母亲的祈祷与叹息，她身子下边的床板的吱吱声，邵斯夫人的嗯哨般的熟悉的鼾声，索尼亚的低低的呼吸声。后来伯爵夫人叫了一声娜塔莎。娜塔莎没有回答她。

“她大概睡着了，妈妈。”索尼亚低声地回答。

伯爵夫人沉默了一会，又叫了一声，但是这一次没有人回答她了。

不一会儿，娜塔莎听到了母亲的均匀的呼吸声。娜塔莎动也不动，虽然她伸在被子外边的赤着的小脚儿在光地板上觉得冷了。

好像是在庆祝它对每一个人的胜利，一只蟋蟀在墙缝里叫着。远处的鸡啼了一声，近处的鸡跟着啼叫。酒店里的叫声平静了，只听到副官的依然如旧的呻吟。娜塔莎坐了起来。

“索尼亚？你睡着了吗？妈妈？”她低声地说。

无人回答。娜塔莎迟缓地小心地站起来，画了十字，在污秽而寒冷的地板上小心地移动着她的瘦瘦的柔软的赤着的脚。木板响了一下。她小心地迈着步子，好像小猫一样，迅速地跑了几步，然后抓住了冰凉的门把柄。

她觉得在农舍内所有的墙上，有什么沉重的东西有节奏地敲着，拍着：这是她的因为惊骇，因为恐怖，因为爱情而慌张的爆裂的心在跳动。

她打开了门，跨过门坎，走到潮湿的寒冷的门廊的地上。她所感觉的寒冷使她神志清醒了。她的光脚触到了一个睡觉的人，她跨过他的身上，打开安德来公爵所住的农舍的门。这个农舍里是黑暗的。在后面角落里的床上有什么东西躺着，床边的凳子上有一支蜡烛，它的大烛芯快要燃完了。

娜塔莎早晨听说安德来公爵受伤并且是在这里的时候，便下了决心，她一定要看他。她不知道，为什么一定要这样，但是她知道，这次的会面是痛苦的，因此她更加相信，这是必要的。

她这一整天最关心的事只是希望在夜里看见他。但是现在，这个时间到了，她反而对她所要见到的东西觉得恐怖了。他伤成什么样子啦？他还剩下了什么？他是和这个副官的不停的呻吟一样的吗？是的，他完全是那样的。在她的想象中，他是这个可怕的呻吟的化身。当她看到房角上的不清楚的身影，并且把被子下边他的弯起的膝盖当作肩膀的时候，她幻想着一个可怕的身体，并且恐怖地站住了。但是一种不可抵抗的力量把她吸引过去。她小心地走了一步，又走一步，到了堆着东西的小农舍的当中。在农舍里圣像下的凳子上，躺着另外一个人（他是齐摩亨），在地板上躺着另外两个人（他们是医生和听差）。

听差坐起来，低语着什么。齐摩亨因为腿部的伤痛而痛苦着，没有睡着，睁大了眼睛望着穿白衬衫和宽服、戴睡帽的奇怪的姑娘的身影。听差睡意蒙眬、大为吃惊的话——“您要什么？是什么事？”——这只使娜塔莎向躺在角落里的人那里更快地走去。这个身体虽然很不像一个人，她却一定要看见他。她走过听差身边，燃焦的烛芯掉下了，她清晰地看到躺卧的安德来公爵，他把手伸在被上，正像她一向所看见的那样。

他和从前一样：但是他脸上的发烧的颜色，狂喜地向她注视着的发亮的眼睛，特别是伸在衬衣翻领外面的细细的孩童般的颈子，使他具有一种特别天真的孩童般的神情，这是她在安德来公爵的身上从来没有看见过的。她走到他面前，用迅速的、柔软的、年轻人的动作跪了下来。

他微笑了一下，向她伸出了一只手。

32

现在安德来公爵在保罗既诺战场上野战医院里神志恢复那时起，已经七天了。在这个时期之内，他几乎是在经常的昏迷状态中。烧热的情况和受伤的发炎的肠子，按照和他同路的医生的意见，一定会使他丧命的。但是在第七天，他津津有味地吃了一块面包和茶，并且医生注意到他的烧热减退了。安德来公爵在早晨恢复了知觉。离开莫斯科后的第一夜是很暖的，因此安德来公爵留在车上过夜；但是在梅济锡，伤者自己要求抬他下车，并且给他喝茶。抬他进屋时的疼痛，使安德来公爵大声地呻吟，并且再度失去了知觉。当他被人放在行军床上的时候，他闭了眼不动地躺了很久。后来他睁开眼睛，轻轻地低语："茶呢？"对于生活琐事的这种清楚的意识使医生吃惊了。他按了脉，他惊异地不满地注意到，脉搏更好了。医生不满地注意到这一点，因为他凭自己的经验，相信安德来公爵是不能活的，并且假使他现在不死，那么他只会更加痛苦地拖延死期。安德来公爵部下的红鼻子少校齐摩亨在莫斯科和他会合在一起，被人带着和他一路走，齐摩亨是在同一的保罗既诺会战中腿受了伤。和他们一起走的有医生、公爵的听差、车夫和两个侍从兵。

他们给了安德来公爵一点茶。他贪婪地喝着，用发烧的眼睛望着面前的门，似乎是极力要了解并回想着什么。

"我不要了。齐摩亨在这里吗？"他问。

齐摩亨顺凳子爬到他面前去了。

"我在这里，大人。"

"伤怎样？"

"我的吗？大人。没有什么。可是您呢？"

安德来公爵又沉思着，似乎又在回想着什么。

"不能弄到一本书吗？"他问。

"什么书？"

"《福音书》！我没有。"

医生答应了替他弄一本，并且问他觉得怎样。安德来公爵勉强地然而条理清楚地回答了医生的所有问题，然后又说他需要垫一个垫子，因为他不舒服，觉得很疼痛。医生和听差拿起盖在他身上的军大衣，由于闻到伤口发出的腐烂的臭味而皱眉，开始察看这个可怕的地方[①]。医生对所做的一切都很不满意，他重新裹上绷带，把伤员翻个身，使他又呻吟起来，因为在翻身时他疼痛得又失去了知觉，说起了胡话。他不断地说着，要人赶快把那本书拿来，放在他身子下边。

“这费您什么事！”他说，“我没有书，请您替我弄一本来，——在我身子下边放一会儿。”他用可怜的声音说。

医生到门廊里洗手去了。

“啊，你们没有天良，真的，”医生向那个往他手上倒水的听差说，“我只有一会儿没有管你们。要晓得这是那么疼痛，我奇怪他怎么受得住。”

“我觉得，我们好像替他垫了，主耶稣基督啊。”听差说。

当车子停在梅济锡以后，安德来公爵要求把他抬进农舍的时候，他第一次明白了自己在哪里，发生了什么事，想起自己是受了伤，以及伤得怎样。他因为疼痛又不省人事了。以后，他在农舍里喝茶时，又恢复了神志。他回想起他所发生的一切，他又极其真切地想起了他在野战医院的时候，那时他看到了一个他所不喜欢的人的痛苦，他心中产生了那些新的、使他感到幸福的想法。这些想法虽然不清楚、不确定，现在却又支配着他的心灵。他想起他现在有了新的幸福，并且这种幸福是与《福音书》有关的。正因为如此他才要《福音书》。他们使他的伤口感到不舒服的姿势，以及重新翻身又扰乱了他的思想，他第三次恢复神志时，是在完全寂静的夜里。他周围的人都睡觉了。一只蟋蟀在门廊的那边鸣叫；街上有人在叫、在唱；蟑螂在桌上、在圣像上、在墙上爬动；一只大苍蝇在他的枕边和他身边烛芯烧成很大的蘑菇形的蜡烛周围飞着。

他的精神处在不正常的状态中。健康的人通常是同时思索、感觉并记得无数的东西，但他有权力和力量选择一系列的想法或现象，而把全

① 毛注：一八一二年的医药知识是很可怜的。后来才发明了防腐剂。契诃夫（小说家和医生）说，他能够治好安德来这样的坏疽。

部注意力放在这一系列现象上面。健康的人在深思熟虑的时候可以中断思路，向一个进屋的人说一句客气的话，再回到自己的思想中去。安德来公爵的精神在这方面处在不正常的状态中。他的全部精神力量虽然比以前更活跃、更清晰，但它们都是脱离他的意志而活动的。各种各样的想法和想象同时支配着他。有时他的思想忽然开始活动，并显得那么有力、明确、深刻，就是他在健康的时候也从未有过。但是在它的活动中，它会忽然中断，变成某种意料不到的想象，他却没有力量回转到先前的思想中去。

“是的，在我面前展现了一种新的、无法从人的身上夺走的幸福，”他躺在幽暗的寂静的农舍里在想，把狂热的睁大的不动的眼睛望着前面，“在物质力量之外，在对人的物质的、外界的影响之外的一种幸福，唯一的心灵的幸福，爱的幸福！每个人都能够了解它，但是只有上帝能够想出它、制定它。但是上帝究竟是怎样制定这个法律的？为什么上帝之子……”

思绪忽然中断了，安德来公爵听到（不知道是幻觉还是确实听到了）某种轻轻的低语声，合着拍子，不停地重复着：噼啼——噼啼——僻啼，然后啼啼，然后又噼啼——噼啼——噼啼，然后又啼啼。与此同时，在这种低沉的音乐声中，安德来公爵觉得在他脸上，在脸部正当中，升起了一个由细针或碎片凑成的奇怪而轻飘的建筑物。他觉得（虽然这是很困难的），他必须努力保持平衡，为了使这个升起的建筑物不致倒塌；但它仍然坍下来，又缓缓地随着有节奏的低低的音乐声升起来。“起来了！起来了！展开了！起来了！”安德来公爵自语着。安德来公爵一面听着低语声，感觉到这个伸出的升起的细针凑成的建筑物，一面看见蜡烛的红色光晕，听到蟑螂的爬动声和撞在他枕头上和他的脸上的苍蝇的声音。每次苍蝇撞到他的面孔时，都引起烧热的感觉；但同时使他惊异的，是苍蝇正撞在他脸上升起建筑物的地方，却没有把它撞毁。但是此外还有一件重要的东西。那是在门口的白色的东西，是一个狮身人面像，它也在压他。

“那也许是我放在桌上的衬衣，”安德来公爵想，“这是我的两条腿，这是门，但为什么它总是在伸展、在升起呢，并且噼啼——噼啼——噼啼，啼——啼，又噼啼——噼啼——噼啼……够了，停下吧，停下吧。”安德来公爵痛苦地向谁请求着。忽然他的思想和感觉都异常清晰而有力地浮现出来。

“是的，爱，”他又十分清楚地想着，“但不是那种爱，它因为什么东西，为了什么目的或者因为什么缘故而爱，而是这种爱，它是当我临死时我看见了我的敌人却仍然爱他的时候我第一次所体验到的爱。我体验到那种爱的心情，它是心灵的本质，它不需要对象。我现在也体验到了那种幸福的心情。爱邻人，爱仇敌。爱一切——爱有着各种表现的上帝。爱亲爱的人，可以用人间的爱；但是爱敌人，只能用神圣的爱。因此当我觉得我爱那个人的时候，我感觉到那样的快乐。他的情形怎么样？他还活着吗？……

“用人间的爱去爱，我们可以由爱转为恨；但神圣的爱不能改变。无论是死还是什么东西都不能够破坏它。它是心灵的本质。在我的生活中，我仇恨那么多的人。在所有这些人当中，我再没有爱过也没有恨过什么人，像我对她那样。”于是他清楚地想起娜塔莎，不是像从前那样只想起他所欢喜的她那种魅力；而是第一次想到她的心灵。他了解了她的情感，了解她的苦痛、羞怯和忏悔。他现在第一次明白了自己把她甩开的残酷无情，明白了他和她分别的残酷，“但愿我还能再看见她一次。只要一次，望着那一双眼睛，说……”

噼啼——噼啼——噼啼，噼——啼，啼啼——噼啼——砰，苍蝇在扑……于是他的注意力忽然被吸引到另一个真实与烧热的世界中去，在这个世界里正在发生着什么特别的事情。在这个世界里，仍旧有建筑物在升起，而且没倒下来，仍旧有什么东西在展开，蜡烛仍旧发出红色光晕点燃着，有翅的狮身人面怪物仍旧躺在门边；但是除了这一切之外还有什么东西响了一声，吹了一阵清风，于是新的白色的站立着的狮身人面怪物在门前出现了。这个狮身人面怪物的头上有着正是他刚刚想到的那个娜塔莎的苍白的脸和明亮的眼睛。

“啊，这种连续的昏迷是多么痛苦啊！”安德来公爵想着，极力从自己的想象中赶走这个面孔。但这个面孔真实有力地摆在他面前，这个面孔靠近了。安德来公爵想要回到先前的纯粹幻想的世界中去，但是他不能够，昏迷把他带到它的领域里去了。轻柔的低语声继续有节奏地响着，不知什么东西在压、在伸展，而且那个奇怪的面孔来到了他面前。安德来公爵集中全部力量去恢复神志；他动了一下，忽然他的耳朵轰鸣，眼睛发黑，接着他好像一个窜入水里的人失去了知觉。

当他恢复知觉时，娜塔莎，就是那个活的娜塔莎，在世界上所有的人当中他所最爱的人，他要用他现在所体会的那种新的、纯洁的、神圣的爱去爱的娜塔莎，跪在他的面前。他明白了，这是活的、真实的娜塔莎，他没有吃惊，却暗暗地高兴。娜塔莎跪着不动，抑制着哭泣，恐惧地一动不动地望着他（她不能动）。她的脸是苍白的、不动的。只有脸的下部在打颤。

安德来公爵轻松地叹了口气，微笑了一下，伸出了一只手。

“您吗？”他说，“多么幸运！”

娜塔莎迅速而又小心地移动着膝盖向他靠近，小心地抓住他的手，把她的脸对着他的手，开始吻他的手，她的嘴唇正好轻轻地触到他的手。

“饶恕我！”她抬头望着他，低声说，“饶恕我！”

“我爱您。”安德来公爵说。

“饶恕我……”

“饶恕什么？”安德来公爵问。

“饶恕我所做……的事。”娜塔莎几乎听不见地断断续续地低语着，开始一再吻他的手，她的嘴唇正好轻轻碰着他的手。

“我比从前更加爱你了。”安德来说，用手托起她的头，这样他可以看见她的眼睛。那双含着幸福之泪的眼睛，羞涩地、同情地、喜悦地、亲爱地望着他。娜塔莎瘦瘦的苍白的脸和翘起的嘴唇不仅仅是丑，而且显得可怕了。但是安德来公爵没有看见这张面孔，他看见的是她的喜形于色的美丽的眼睛。他们听到了背后的话声。

听差彼得此刻完全惊醒了，他唤醒了医生。齐摩亨因为腿疼痛一直没有睡觉，早已看见了经过的一切，小心地用单被遮住了他的光身子，缩在凳子上。

“这是怎么回事？”医生说，从铺上坐起来，“请走吧，小姐。”

这时候，伯爵夫人派来找女儿的一个女仆在敲门。

好像一个梦游病者，在睡梦中被人唤醒，娜塔莎走出了房，回到自己的农舍里，哭泣着倒在自己床上。

那天以后，在罗斯托夫家的全部的其余的行程中，在所有的休息处和宿夜处，娜塔莎从未离开过负伤的保尔康斯基，医生不得不承认，他没有料到年轻的姑娘有这样的毅力，有这样的看护伤者的本领。

伯爵夫人虽然想到安德来公爵会许（据医生说是很可能的）中途死在她女儿的怀抱里，觉得可怕，她却不能反对娜塔莎。虽然由于负伤的安德来公爵与娜塔莎之间现在有了亲密关系，使人想到，假如他恢复了健康，则从前婚约的关系会要恢复，却没有人——尤其是娜塔莎和安德来公爵——说到这一点，因为不但是在保尔康斯基心中而且也在全俄罗斯心中的那个悬而未决的生死问题，排除了所有其他的问题。

33

彼挨尔在九月三日醒得很迟。他的头发痛，睡觉时未脱的衣服使他身体不舒服，他心里模糊地意识到昨天所做的一件羞耻的事情；这个羞耻的事情是昨天和拉姆巴上尉的谈话。

时钟已经是十一点了，但院子里显得特别阴暗。彼挨尔站了起来，拭了眼睛，看见雕花把柄的手枪又被盖拉西姆放在写字台上，彼挨尔想起了他是在什么地方，以及今天所要办的事情。

“我不是已经太迟了吗？”彼挨尔想，“不，大概他不会在十一点以前进莫斯科的。”彼挨尔没有让他自己去思索当前的事情，只是急忙赶快行动。

彼挨尔整理了身上的衣服，拿起手枪，准备出去。但是这时候他才第一次想到，如果不用手拿，他在街上怎样携带这件武器。就是在他的宽大的车夫衣服里，也难藏得住这把大手枪。在腰带里，在胳肢窝里，都不能够藏得不让人看见。此外，手枪是无弹的，而彼挨尔来不及装弹了。“短刀也是一样，”彼挨尔向自己说，虽然考虑实现他的计划时，他屡次认定一八〇九年那个大学生的主要错误，是他想要用短刀刺死拿破仑。但是，彼挨尔的主要目的，似乎不在实现他的计划，而在向自己证明他没有放弃自己的意图，并且为了实现这个意图在做一切。彼挨尔连忙从绿鞘中拿出他在苏哈来夫水塔与手枪同时购买的一把刀刃有缺口的钝刀，藏在他的背心里。

彼挨尔在长袍上系了腰带，戴了帽子，极力不要发出响声，不要遇见上尉，穿过走廊，走到街上去了。

昨天晚上他漠不关心地所见的火灾，在夜里大大地扩展了。莫斯科已经各处起火了。车市街、莫斯科河街、商场、厨子街的房子、莫斯科河里的船只和道罗高米洛夫桥边的木料市场，都同时在燃烧了。

彼挨尔穿过许多小街走到厨子街，从那里走到阿尔巴特街的尼考拉显灵教堂，他在想象中早就决定了要在这个地方完成他的事业。大部分的屋子都锁了门，关了窗子。大街小巷都是没有人迹的。空气中散发着烧焦的臭味和烟气。有时他遇到俄国人带着不安的羞涩的面孔，法国人带着野外扎营的精神，在街中行走。他们都惊奇地望着彼挨尔。因为俄国人看到彼挨尔时除了他高大的身材与身子的肥胖之外，除了他面部和全身的奇怪的、忧愁的、凝神的、痛苦的表情之外，看不出这个人属于什么阶级。法国人惊异地注视着他，特别是因为彼挨尔不像别的俄国人那样恐怖地好奇地望着法国人，他毫不注意他们。在一家门口，有三个法国人向一些不懂他们的话的俄国人在说什么，他们拦住彼挨尔，问他懂不懂法语。

彼挨尔否认地摇摇头，又向前走。在另一条横街上，一个站在绿弹药箱旁边的哨兵向他喊叫了一声，但是彼挨尔直到听见了重复的威胁的喊叫和哨兵手中所拿的枪的声音，才明白他应该绕到街的另一边去走。他没有听到也没有看到他四周的任何东西。他匆忙地恐怖地在内心抱定着自己的决心，好像它是一件什么可怕的奇怪的东西一样，并且由于昨天夜晚的经验，他怕失去了这个决心。但是彼挨尔情绪注定会出现波动，注定不能把决心保持到所去的地方。此外，即使他在中途不遇到阻挡，他的意图现在也不能实现，因为拿破仑在四小时之前已经从道罗高米洛夫郊区，经阿尔巴特街到克里姆林宫去了。现在，他怀着最愁闷的心情，坐在克里姆林宫沙皇的办公室里，发出详细周密的命令，要立刻执行各项措施：扑灭大火，禁止抢劫，安慰居民。但是彼挨尔并不知道这一点；他专心注意着当前的事情，感到苦恼，人们在坚决地要做一件不是因为困难而是因为事情不合他们的性格，所以是不可能的事情的时候那样觉得苦恼；他觉得苦恼是因为恐怕在紧要关头变得软弱从而失去自尊心。

他虽然没有看见也没有听见他四周的任何事物，却本能地找路，在通往厨子街的小街小巷里却没有走错路。

彼挨尔接近厨子街，烟气越大，甚至感觉到火的热气了。有时火舌从各处的房顶下边冒出来。在街上遇到的人越来越多，这些人越来越惊慌了。彼挨尔虽然觉得在他的四周发生了什么非常的事情，他却没有注意到他走到火场那里去了。彼挨尔在一边邻接厨子街、一边邻接格路生斯基公爵家花园的一个广大空地的小道上走着，忽然听到他的身边的女人的绝望的哭声。他站住了，好像是从梦中惊醒过来一样，然后抬起了头。

在小道旁边干枯的满是灰尘的草上，放着成堆的家庭用品：羽毛床垫、茶炊、圣像、箱子。在箱子旁边的地上，坐着一个中年的瘦瘦的妇女，她的上牙向外翘着，穿着黑色外套，戴着帽子。这个妇人前后摇摆着，说着什么，放声地哭着。两个女孩子，大约十岁到十二岁，穿着脏污的短上衣和外套，她们苍白、恐怖的脸上带着迷惑的表情，望着母亲。一个大约七岁的小男孩，穿着长上衣，戴着别人的大帽子，在一个老保姆的怀中啼哭。一个赤脚的肮脏的女仆坐在箱子上，打散了灰色的发辫，梳理着发出焦味的头发。她丈夫是一个矮矮的驼背，穿着文官制服，有腊肠式的髯须，平正地戴着的帽子下边露出光滑的鬓发，带着没有表情的面孔移动着叠在一起的箱子，箱子下面拖着几件衣服。

那个妇人看到彼埃尔，几乎伏在他的脚下了。

"亲爱的人，正教的教徒，救救我，帮助我，好先生！……随便哪一位，帮助我们一下吧，"她哭泣着说。"我的女孩子！……我的女儿！……丢了我的顶小的女儿！……她烧死了！呜呜呜！我为了这个抚养你的吗？……呜呜！"

"不要说了，玛丽亚·尼考娅叶芙娜，"丈夫低声地向妻子说，显然只是为了在生人面前替自己解释。他又说，"姐姐一定会带出她的，不然会到哪里去呢？"

"傻瓜，浑蛋！"这妇人忽然停止了哭声，愤怒地叫着，"你没有心肠，你不可怜自己的孩子。别人还会从火里救她。他是傻瓜，不是人，不是父亲。你是高贵的人，"妇人哭泣着向彼埃尔急速地说，"全街失火了——烧到我们这里。"女用人喊：'失火了！'我们忙着收拾东西。我们就是这样跑出来的……这就是抢出的东西……圣像、陪嫁的床，一切都丢了。抓了孩子们，卡切姬卡丢了。呜呜呜！主啊……"她又哭起来了，"我心爱的孩子，烧死了！烧死了！"

“但是她在哪里呢？在哪里呢？”彼挨尔说。

由于他的脸上显出兴奋的表情，这个妇人明白了，这个人可以帮助她。

“哎，先生！”她叫着，抓着他的腿，“恩人，叫我心安吧……阿尼斯卡，去，贱货，领路呀。”她向女仆喊叫，愤怒地张着她的嘴，她一叫更加露出长牙齿了。

“领路，领路，我……我……我要去……”彼挨尔用喘气的声音连忙地说。

肮脏的女仆从箱子后边走出来，理好发辫，叹了一口气，迈着光光的短脚，在小道上向前走着。彼挨尔好像是在沉重的昏厥之后忽然恢复了生气。他高高地抬起头，眼睛里发出生命之光，快步地跟着女仆，赶上了她，并且走进了厨子街。全街笼罩着黑色的烟雾。在一片烟雾中火舌不时地从各处冒出来。一大群人在大火前拥挤着。街心里站着一个法国将军，向他四周的人在说什么。彼挨尔正要随同女仆向将军所站的地方走去；但是法国兵阻止了他。

“On ne passe pas！〔不许通过！〕”一个兵向他叫着。

“走这里，伯伯，”女仆说，“我们打这小巷穿过尼库林内街。”

彼挨尔回转身走着，有时跳着追赶她。女仆跑过街，向左一拐，进了一个巷子，过了三家，进了右边的一道大门。

“就是这个地方，不远了。”女仆说，然后跑过院子，打开木栅栏的门，停下来，向彼挨尔指指一个明亮地炽烈地燃烧着的小木厢房。厢房的一边已经倒了，另一边在燃烧，火焰熊熊地从窗口和屋顶下冒出来。

彼挨尔走过栅栏的门时，热气熏人，他不觉地停住了。

“哪一间，哪一间是您的家？”他问。

“呜——呜——呜！”女仆哭着，指指厢房，“就是那间，那就是我们的家。你烧死了，我们的宝贝卡切姬卡，我心爱的小姐，呜，呜！”阿尼斯卡哭着，她对着火，觉得必须表现她的情感。

彼挨尔向厢房冲去，但热气是那么大，他不觉地兜圈子绕过厢房，走到大房子的旁边，这个房子屋顶上有一边刚刚烧着，在房子的旁边拥挤着一群法国兵。彼挨尔起先不明白这些拖出东西的法国兵在做什么；但是看见了面前的一个法国兵用钝刀砍一个农民，夺取他的狐皮袄，彼挨尔模糊地明白了他们是在这里行劫，但是他没有工夫思索这件事情。

爆炸声，倾倒的墙壁与天花板的破碎声，火焰的呼呼声和嘶嘶声，群众激动的叫声，飘动的、有时是密集的又浓又黑的、有时是明亮的带着火花向上升起的烟气的情景，有的地方是连续的圆柱形状的红色的火焰，有些地方是鱼鳞般的金色的在墙上移动的火焰，热气、烟雾和迅速运动的感觉——这一切对彼挨尔产生了火灾时通常有的刺激性的效果。这个效果对于彼挨尔是特别强烈的，因为彼挨尔在大火前面忽然觉得自己摆脱了那些使他苦恼的思想。他觉得自己年轻、愉快、伶俐、果决。他从房子的旁边绕过厢房，并且想要再跑进那尚未塌下的房里去，这时候，正在他的上方响起了几声呼叫，接着一个沉重的东西落在他旁边，发出了破裂声和响声。

彼挨尔向上一看，看见了房子窗口上的法国人，他们刚刚抛下一个装满金属物品的抽屉。站在下面的别的法国兵就走到抽屉旁边去了。

“Eh bien, qu’est ce qu’il veut celui-là?〔喂，你这个人要做什么？〕”一个法国兵向彼挨尔叫着。

“Un enfant dans cette maison. N’avez vous pas vu un enfant?〔有一个小孩在这个屋里。你们没有看见一个小孩吗？〕”彼挨尔问。

“Tiens, qu’est ce qu’il chante celui-là? Va te promener!〔他在讲什么？走开！〕”许多人在说。有一个兵显然是惧怕彼挨尔要来夺他们抽屉里的银器和铜器，威胁地走到他面前。

“Un enfant?〔一个小孩吗？〕”一个法国兵在上面叫着。“j’ai entendu piailler quelque chose au jardin. Peut-être, c’est son moutard au bonhomme. Faut être humain, voyez vous〔我听到花园里有叫声。也许那

就是这个人要找的小孩。应该放人道一点，你知道……〕”

“Où est-il? Où est-il? 〔他在哪里？他在哪里？〕”彼挨尔问。

“Par ici! Parici! 〔这里！这里！〕”法国兵在窗子上向他说，指指屋子后边的花园。“Attendez, je vais descendre. 〔等一下，我就下来。〕”

果然没有多久，这个法国人，一个黑眼的青年，腮上有一个黑痣，只穿着衬衫，从下层的窗口跳出来了，拍了拍彼挨尔的肩膀，同他跑到花园里去了。

“Dépêchez-vous, vous autres, 〔你们赶快，〕”他向同伴们说，“commence à faire chaud. 〔火大起来了。〕”

法国人跑到了屋后铺沙的小道上，拉了拉彼挨尔的手臂，向他指指一块铺沙的圆圆的地方。在花园坐凳的下面躺着一个三岁的穿淡红衣服的女孩。

“Vailà votre moutard. Ah, une petite, tant mieux, 〔你的小孩在这里。啊，是一个小女孩，好极了，〕”法国兵说，“Au revoir. mon gros. Faut être humain. Nous sommes tous mortels, voyez-vous. 〔再见，胖子。应该放人道一点。我们都是凡人，你知道。〕”于是腮上有黑痣的法国兵回到他的同伴那里去了。

彼挨尔高兴得喘不过气来，他跑到女孩的面前，想把她抱起来。这个患瘰疬的、像她母亲的、样子不好看的小女孩看见了生人，叫了起来，并且拔腿就跑。但是彼挨尔抓住了她，把她抱在怀里；她拼命地愤怒地嘶叫着，用她的小手推彼挨尔的手，并且用流涎的嘴咬他。彼挨尔感觉到类似他和讨厌的小兽接触时所感到的那种恐怖与厌恶。但是他克制了他自己，没有抛下这个小孩，并且带着她跑回到大屋子那里去了。但是循旧路回去已经不可能了：女仆阿尼斯卡已经不在那里了，于是彼挨尔带着怜悯与厌恶的情绪，尽可能温柔地把哭得很伤心的潮湿的女孩子搂在怀里，跑过花园，寻找别的出路。

34

彼挨尔带着那个女孩，跑着穿过许多院子和小街，回到厨子街头格路生斯基的花园。他起初认不出他动身去寻找女孩的那个地方：那个地方被人群和从房屋里拖出的家具塞满了。除许多俄国人的家庭以及从火中抢救出来的物品以外，这里还有几个穿各种军服的法国兵。彼挨尔没有注意他们。他匆忙地寻找那个官吏的家庭，要把女孩交给她的母亲，再去救别人。彼挨尔觉得，他还得赶快去做许多别的事。彼挨尔因为热气与奔跑身上觉得发暖，这时更强烈地感觉到在他跑着去救女孩的时候所感到的那种年轻、振奋、果决的心情。女孩子现在安静了，两只小手抓住彼挨尔的车夫衣服，坐在他的手臂上，并且好像一只小野兽，向四周看着。彼挨尔偶尔看着她，并且微笑着。他觉得，他在这个恐惧的病态的小脸上看到了动人的天真的东西。

那个官吏不在原先的地方，他的妻子也不在那里了。彼挨尔快步地在人群中走着，注视着他所遇到的各种面孔。他不觉地注意到一个格鲁吉亚籍的或亚美尼亚籍的家庭，他们是：一个美丽的有东方脸形的、穿布面新羊皮袄和新靴子的很老的人，一个是有同样脸形的老妇人，还有一个年轻的妇女。这个很年轻的妇女，在彼挨尔看来，是十全十美的东方美女，她有线条分明的弯弯的黑眉毛和异常温柔红润的、没有任何表情的、美丽的长脸。她穿着华丽的绸外套，头上包着鲜明的淡蓝色头巾，在人群之中，在广场上散乱的家具之间，她好像是暖房里娇嫩的植物被抛弃在雪地上一样。她坐在老妇人背后附近的包袱上，她那不动的、又大又黑的、杏形的、有长睫毛的眼睛望着地上。显然她知道自己的美丽，并且因此而恐惧。她的面孔引起彼挨尔的注意，他匆忙地顺着围墙行走时，回头看了她好几眼。彼挨尔走到围墙边，仍然没有找到他所寻找的人，停了下来，向四周看着。

彼挨尔怀里抱着小孩，他的身体现在比先前更加令人注目了，在他身边聚集了几个俄国人，有男有女。

“丢了人吗，好先生？——您是绅士吗，是吗？谁的小孩？”他们问他。

彼挨尔回答说，这个小孩是一个穿黑外套的女人的，她是带着小孩们坐在这个地方的；他问谁认识她，她到哪里去了。

“一定是安斐罗夫家的人，”一个年老的教堂执事向一个麻脸的农妇说，“主发慈悲吧。主发慈悲吧。”他又用习惯的低音说。

“安斐罗夫家的人在哪里？”那个农妇说，“安斐罗夫家早上就走了。这不是玛丽亚·尼考娅叶芙娜的孩子，就是依发诺娃的孩子。”

“他说的是一个女人，玛丽亚·尼考娅叶芙娜太太。”一个家奴说。

“那么您认识她，一个长牙齿的瘦瘦的女人。”彼挨尔说。

“就是玛丽亚·尼考娅叶芙娜。这些狼来扑他们的时候，他们到花园里去了。”那个农妇指着法国兵说。

“啊，主发慈悲吧。”教堂执事又说。

“您到那里去吧，他们在那里。就是她。她伤心极了，哭了，”那个农妇又说，“就是她，从这里走。”

但是彼挨尔没有听农妇说话。他已经有好几秒钟聚精会神地注视着几步以外所发生的事。他望着亚美尼亚人的家庭和两个走到他们面前去的法国兵。一个是敏捷的矮小的人，穿着蓝色军大衣，腰间系着一根绳子。他头上戴一顶睡帽，脚赤着。另一个使彼挨尔特别吃惊，他是一个高高的驼背的金发的瘦子，他的动作迟缓，面部表情呆痴。这个人穿着绒布的女外套、蓝裤子、破了的大靴子。那个没有靴子、穿蓝色军大衣的矮小的法国兵，走到亚美尼亚人面前，说了什么，立刻抓住老人的腿，老人立刻就连忙开始脱他的靴子。另一个穿绒布女外套的，站在美丽的亚美尼亚的美女的面前，把手放在衣袋里，沉默地不动地望着她。

“接着，接着小孩，”彼挨尔断然地急忙地向农妇说，并且把小孩递给她，“你交给他们，交给他们！”他几乎向农妇喊叫，把哭叫的女孩放在地上，又看了一下法国兵和亚美尼亚人的家庭。

老人已经赤脚坐着。矮小的法国兵取了他的第二只靴子，把两只靴子对拍着。老人呜咽着说了什么，但是彼挨尔只瞥了一瞥这件事，他的全部注意力集中在穿绒布女外套的法国兵身上，那个兵这时缓缓地摆动着，走近年轻的妇女，从衣袋中把手拿出来，抓她的颈子。

美丽的亚美尼亚女子仍旧不动地坐着，长睫毛下垂着，似乎没有看见、也没有觉到法国兵对她的举动。

当彼挨尔跑过他和法兵之间那几步路的时候，那个穿绒布女外套的、高高的盗匪已经在扯亚美尼亚女子颈项上的项链了，这个年轻的妇女双手抱着颈子，尖声地叫着。

“Laissez cette femme！〔放开这个妇女！〕”彼挨尔激怒地嘶哑地吼着，抓住高高的驼背的兵士的肩膀，把他推开。

法国兵跌倒了，爬起来跑开了。但是他的同伴丢下了靴子，抽出了刀，威胁地走到彼挨尔的面前。

“Voyons, pas de betises！〔嗬，不要胡闹！〕”他叫着。

彼挨尔在怒火的激动中，他什么都顾不得了，并且他的力量增加了十倍。他向赤脚的法国兵冲去，后者还不及抽出他的刀，他已经把他打倒，用拳头捶他了。四周的群众发出称赞的叫声，同时从街角上走出一队巡逻的法国矛枪骑兵。矛枪骑兵缓慢地走到彼挨尔和法国兵的面前，并且把他们包围起来。以后的事情彼挨尔都记不得了。他只记得他打了人，他被人打，最后他觉得他的双手被绑了起来，一群法国兵站在他四周，搜他的衣服。

“Il a un porgnard, lieutenant.〔他有一把刀，中尉。〕”这是彼挨尔所了解的第一句话。

“Ah, une arme！〔啊，一件武器！〕”军官说后，又转向那个同彼挨尔一道被捕的赤脚的法国兵。

“C’est bon, vous direz tous cela au conseil de guerre,〔很好，你把这一切报告军事法庭，〕”军官说，然后又转过身来向着彼挨尔说，“Parlez-vous français, vous?〔你说法语吗？〕”

彼挨尔用充血的眼睛向四周环顾着，没有回答。大概他的面孔显得很可怕，因为军官低声地说了什么，又有了四个矛枪骑兵离开了队伍，站在彼挨尔的两旁。

“Parlez-vous français?〔你说法语吗？〕”军官又问他，站得离他远远的，“Faites venir l’interprête.〔叫翻译来。〕”

从行列中走出一个穿俄国普通衣服的矮子。彼挨尔从他的衣服和言语上立刻认出他是一家莫斯科商店里的法国人。

“Il n’a pas l’air d’un homme du peuple.〔他不像普通人的神气。〕”翻译看了看彼挨尔说。

军官说：“Oh, Oh！ça m’a bien l’air d’un des incendiaires.〔啊，啊！他很像一个放火的人。〕”又说，“Demandez lui ce qu’il est.〔问他是谁。〕”

“你是谁？”翻译问，“你一定要回答长官。”他说。

“Je ne vous dirai pas qui je suis. Je suis votre prisonnier. Emmenez-moi.〔我不告诉你们我是谁。我是你们的俘虏。带我走吧。〕”彼挨尔忽然用法语说。

“啊，啊！”军官皱了皱眉说，“Marchons！〔我们走！〕”

人群聚集在矛枪骑兵的旁边。站得离彼挨尔最近的是那个麻脸农妇和女孩；在巡逻队移动时，她走上前。

“他们带你到哪里去，我的好先生？”她说，“假使这个女孩不是他们的，这个女孩，这个女孩我要怎办呢？！”农妇说。

“Qu’ect ce qu’elle veut cette femme?〔这个女人要干什么？〕”军官问。

彼挨尔好像是喝醉了酒。他的兴奋心情因为看到他所救出来的女孩而加强了。

“Ce qu’elle dit? 〔她说什么?〕”他低声地说，“Elle m’apporté ma fille que je viens de sauver des flammes, 〔她把我刚从火里救出来的，把我的女儿带来了，〕”他说，“Adieu! 〔再会！〕”他自己不知道怎么说出了这个无目的的谎话，迈着坚决而得意的步伐在法国人当中走着。

这个法国巡逻队是许多巡逻队当中的一个，他们被丢好柰派在莫斯科各街道中禁止抢劫，特别是要拘捕放火的人，据法军高级官员当天所表示的一般意见，他们是失火的原因。这个巡逻队，走了几条街，又捕了五个有嫌疑的俄国人——一个小商人，两个神学生，一个农民，一个家奴——和几个行劫的法国兵。但是在这些有嫌疑的人当中，彼挨尔似乎最有嫌疑。当他们被押到苏保夫斯基壁垒上充作拘留所的大房子里过夜的时候，彼挨尔单独地受到严厉的监视。